आत्मपरक ले
लेखन पर स्फुट लेखा

पहचान और परख

मोहनकृष्ण बोहरा

प्रभाकर प्रकाशन

Hard Cover: 978-93-56823-97-6
ISBN: 978-93-56823-95-2
eISBN: 978-93-56823-96-9

प्रकाशक: प्रभाकर प्रकाशन
प्लॉट नं.-55, मेन मदर डेयरी रोड
पांडव नगर, ईस्ट दिल्ली-110092
फोन: 011-40395855

ई-मेल: sales@pharosbooks.in
वेबसाइट: www.prabhakarprakashan.com

प्रथम संस्करण: 2023

पहचान और परख (भाग-एक)
मोहनकृष्ण बोहरा

प्रिय मुनमुन
गार्गी के लिये

दो शब्द

प्रस्तुत पुस्तक 'पहचान और परख' मेरे स्फुट लेखों का पाँचवाँ संग्रह है। यह पांडुलिपि तीन वर्ष पहले ही तैयार थी लेकिन जब इसे प्रकाशन के लिये सौंपने का क्षण आया तो ज्ञात हुआ, पांडुलिपि खो गई है! पांडुलिपि थी, प्रकाशित लेखों की फोटो-प्रति रूप में। सभी लेख अलग-अलग पत्र-पत्रिकाओं में वर्षों पुराने छपे हुए थे। सॉफ्ट-कॉपी उनकी थी नहीं। पत्र-पत्रिकाएँ भी बिखर गई थीं। एक बार तो पैरों तले धरती खिसक गई। लेकिन फिर जब हिम्मत जुटाई तो तय किया कि सामग्री एकत्र कर उसकी सॉफ्ट-कॉपी तैयार करवा ली जाय।

बिखरी सामग्री को फिर से ढूँढ़ना, फिर फोटो-कॉपी, फिर कम्प्यूटर पर टाइपिंग, फिर प्रूफ़-शोधन और किन्हीं लेखों की सामग्री आधी-अधूरी जान पड़ने पर उसका पुनर्लेखन, यह तमाम कार्य कितना श्रम और समय ले लेगा और इस अवधि में कितनी तरह-तरह की नई व्याधियाँ भी घेर लेंगी, इसका अनुमान भी नहीं था। पूरे तीन वर्ष का समय ले लिया। इसका कुछ पता पहले होता, तो हो सकता है, यह पुस्तक तैयार करने के बजाय एक नई पुस्तक ही लिखता।

खैर! जिस तरह भी हुआ, सामग्री-संकलन हुआ, तब स्थिति सामने आई कि जिन कुछ पुस्तकों पर मैं वर्षों पहले लिख चुका था, वे कुछ लेख हाथ आये ही नहीं।

अतः तय यह किया कि उन पुस्तकों को फिर से पढ़ा जाय और नये शिरे से उन पर लिखा जाय।

मन्नू भंडारी के नाटक 'बिना दीवारों का घर' और उनकी आत्मकथा पर फिर से लिखा गया। मन्नू ने अपनी आत्मकथा के लिये 'आत्मकथ्य' पद राजेन्द्र से लिया था। इस पद को समझने के लिये राजेन्द्र को दुबारा पढ़ा। तब दृष्टि उनके रेखाचित्रों पर अटक गई। लगे हाथ उन पर भी कार्य किया। नये पद आत्मकथ्य को ठीक से समझना हुआ, तब स्वयं प्रकाश की सद्यः प्रकाशित कृति 'धूप में नंगे पाँव' देखने में आई, उसे पढ़ कर लगा, 'आत्मकथ्य' पद उसके प्रकाश में ज़्यादा खुलेगा। अतः उस पर भी लिखा।

इस बीच रघुनन्द त्रिवेदी की 'सम्पूर्ण कहानियाँ' हाथ आ गई। एक सशक्त हस्ताक्षर की तरह जो उभरा था, जल्द ही लोग उसे भूलने लगे हैं, यह देख कर उस पुस्तक को भी जोड़ लिया। पद्मजा की 'विश्वास का घर' डायरी भी आ गई थी। डॉ. दुर्गाप्रसाद अग्रवाल के प्रवासी-संस्मरण पढ़ लिये गये थे परन्तु उन पर भी लिखा नहीं जा सका था। उपयुक्त अवसर देख कर उन पर भी लिखा गया।

एक ओर सॉफ्ट-कॉपी तैयार होती गई, दूसरी ओर अंतराल का उपयोग पुनर्लेखन और नये लेखन के लिये होता रहा। इस तरह, विलम्बन का कुछ लाभ ले लिया गया। कुछ पुस्तकों पर काम अभी भी चल रहा है। परन्तु कहीं तो लोभ संवरण करना ही था। अतः विराम।

इन संगृहीत लेखों में कुछ पुस्तकों की पहचान है, तो कुछ की परख भी है। यह देख कर यही इसका शीर्षक रख दिया गया है।

अपनी जिन पुस्तकों को मैंने समकालीन कहानी, उपन्यास और आलोचना कहा है, उनमें संगृहीत लेख हैं तो सभी समकालीन साहित्य पर ही, परन्तु बतौर शीर्षक वह मुझमें असंतोष ही जगाता रहा है। वह सामग्री भी है, पहचान और परख प्रकृति की ही। कभी दूसरे संस्करण का अवसर आया तो विचार करूँगा, उन्हें भी 'पहचान और परख' जैसा ही नाम दे दिया जाय।

इस पुस्तक की सॉफ्ट-कॉपी श्री यासीन ने तैयार की है। इसमें कुछ आलेख पूरे-पूरे बदल दिये गये। उन्होंने पूरे धैर्य से बदलाव और बार-बार की काट-छाँट को झेला। वे मेरे धन्यवाद के पात्र हैं। यही बात मैं श्री योगेश भाटी के लिये कहता हूँ। इस तमाम लेखन का ही नहीं, मूल-पाठ का वाचन भी उन्होंने ही किया। जिन पुस्तकों को बाद में जोड़ा गया, उन्हें कम-से-कम दो-तीन बार पढ़ा गया। उनके धैर्य और परिश्रम के अभाव में यह पुस्तक संभव ही नहीं थी। वे भी अनेकशः धन्यवाद के पात्र हैं।

मोहनकृष्ण बोहरा

भूमिका

इस पुस्तक का प्रकाशन संभव ही नहीं होता यदि डॉ. पल्लव ने इसके लिये उत्साहित नहीं किया होता। मैं उनका आभारी हूँ। इन लेखों को पुस्तकाकार रूप देने में श्री अंशु चौधरी ने जो तत्परता दिखाई, वह भी प्रशंसनीय है। उन्होंने कम समय में ही इसको प्रकाशित कर दिया है। वे भी मेरे धन्यवाद के पात्र हैं।

इस पुस्तक के पाँच खण्ड हैं: आत्मपरक लेखन, निबंध, आलोचनात्मक लेखन, वृत्तात्मक लेखन और कविताएँ। इन सब को मिलाकर पुस्तक का आकार बढ़ गया था। अत: पढ़े जाने की सुविधा के लिए इसे दो भागों में विभक्त कर दिया गया है। आत्मपरक लेखन और निबंध पहले भाग में रखे गये हैं। आलोचनात्मक लेखन, वृत्तात्मक लेखन और कविताओं पर विचार दूसरे भाग में रखे गये हैं।

यदि ये लेख और समीक्षाएँ पाठक में मूल के प्रति कोई जिज्ञासा जगा पाती है, तो इनका लेखन मेरे लिए अधिक तोशदायी होगा। उससे इनके औचित्य का निर्णय वे स्वयं भी कर सकेंगे।

अक्षय तृतीया
अप्रैल 2023

मोहनकृष्ण बोहरा

विषय-सूची

आत्मपरक

निबंध

आत्मपरक

आख़िर, हिन्दी ने वैद को क्या दिया है?

कृष्ण बलदेव वैद : डुबोया मुझको होने ने

डायरी व्यक्ति के रोज़मर्रा के जीवन के लेखनीय प्रसंगों के साथ उसके उस पक्ष का आलेख भी होती है जिसे वह औरों के समक्ष एकाएक व्यक्त नहीं कर पाता है। लेखक की डायरी से उसके रचना-कर्म में भी कोई पैठ मिल सकती है, इस पर आलोचकों में मतैक्य नहीं है। लेकिन कृष्ण बलदेव वैद को तो इसमें भी संशय है कि भारतीय लेखक की डायरी उसके व्यक्तित्व को पाने का भी विश्वसनीय स्त्रोत हो सकती है! वे लिखते हैं कि 'अमेरिकन लेखकों के खतूत और डायरियाँ ईमानदार होती हैं इसलिये दिलचस्प भी। हम हिन्दुस्तानी खतों और डायरियों में और खुश्क हो जाते हैं और झूठे हो जाते हैं।' झूठ के साक्ष्य से व्यक्ति या कृति का सच कितना पाया जा सकता है?

क्यों दर्ज़ होता है, झूठ? इसके लिये वैदजी कहते हैं कि 'डायरी में भी सब कुछ दर्ज़ नहीं किया जाता। उस डायरी में भी नहीं जो छपवाई नहीं जाती है। मतलब है कि खुफिया डायरी पर भी खौफ हावी रहता है कि कोई मुझे पढ़ लेगा।' याने अपने जिस अंतरंग-पक्ष को खोलने के लिए लेखक डायरी लिखता है, उसमें भी झिझक उसे दबोचे रहती है और, अपना गोपन, अपना दौर्बल्य उजागर करने से उसे रोक देती है। वैदजी की डायरी क्या अपवाद है?

अपनी डायरी 'डुबोया मुझको होने ने' में कृष्ण बलदेव वैद की आत्म-स्वीकृति यह है कि 'डायरी रम पीते हुए लिखता हूँ लेकिन रम कर नहीं लिखता।' डायरी पढ़ते हुए हमें भी लगता है कि बहुत कुछ ऐसा है जो लिखा जाना चाहिये था परन्तु लिखा नहीं जा सका है, और बहुत-सी बातें इसमें ऐसी लिखी गई हैं कि डायरी का सम्पादन किया जा सकता था। डायरी में '1991 से 97' तक के लेखक के क्रियाकलापों और मानसिकता का आलेखन है। 1994 वर्ष में उसने दर्ज़ किया है कि 'कल और आज पिछले दो सालों की डायरियाँ देखी और पाया कि उनमें बार-बार वही बातें हैं', लेकिन फिर भी उन्होंने उनका सम्पादन नहीं किया है। प्रश्न यह है कि क्या यह अकारण है? जो लेखक वर्षों तक अपनी पुस्तक को उसके तोषदायी रूप में रच नहीं लिये जाने तक प्रकाशित नहीं करवाता, वह क्या अपनी डायरी को अविचारित रूप में ही प्रकाशित करेगा? स्पष्ट है, उन्होंने अपने को जो निरस्त्र रूप में रहने देना ही उचित समझा है, वह डायरी के साथ न्याय करने के लिये ही।

वैदजी के वैयक्तिक-जीवन का ज़्यादा उल्लेख डायरी में नहीं है। लेकिन जो एक उल्लेख डायरी में बार-बार आया है और जिसे उन्होंने दुहराया भी नहीं है, वह है, औरतों पर उनकी नज़र। रेस्त्रां, बार, यात्रा, सभा-संगोष्ठियों और शादी-ब्याह आदि में जहाँ भी नाजुक, गोरी, बाँकी औरतों की आँख और अदा में शरारत उन्होंने देखी है, वे उस पर रीझे हैं और उनकी आँखें उनके चेहरे की सैर करने लग गई हैं। बारसिलोना में समन्दर के किनारे रेत पर पसरी बिकनी-टॉप रहित औरतों पर वे चाहे मुग्ध नहीं भी हुए हों, डायरी में दर्ज़ उन्होंने उनको भी किया है, और 'सजी-धजी लदी-फदी भैंसों को भी।' लेकिन उन्हें लुभाया है, मधुर-स्वर, मोहक मुस्कराहट और सौम्य चाल वाली लावण्यमयी भारतीय औरतों ने ही चाहे वे इत्र बिखेरती औरतें हों या फल-सब्जी वाली मुस्कराती लड़कियाँ और रंगीन साड़ी पहने श्रमिक औरतें। इसके अनन्तर वे रहे निरामिष ही हैं।

सौन्दर्य की इस प्यास के अलावा डायरी में वैदजी की बीमारियाँ छायी रही हैं या फिर, मृत्यु का आसन्न संकट। घुटना, कंधा, प्रोस्टेट, चक्कर, बवासीर, गठिया, खमीरी रोटी की तरह सूजा हुआ पाँव और कान-दाँत का दर्द उन्हें बराबर सताते रहे हैं। इनमें से कोई भी बीमारी उनके प्राणों का संकट खड़ा करने वाली नहीं है, उसके प्रति विदेशी डॉक्टर ने भी उनको आश्वस्त कर रखा है लेकिन फिर भी मौत के भय ने उनका पीछा नहीं छोड़ा है। जिनके साथ उनका नाता निकटता का रहा है, (जैसे स्वामीनाथन से), उनकी मृत्यु ने तो उनको भयभीत किया ही है, अन्यथा भी समकालीनों की मृत्यु में भी उन्हें अपनी मृत्यु की आहट सुनाई दी है! कहीं तो वे मौत से ही अपनी मौत की प्रार्थना करने लगते हैं! प्रश्न यह उठता है कि जब वे किसी गंभीर बीमारी से पीड़ित नहीं हैं, तब वे बार-बार मृत्यु की कामना या उसकी सन्निकटता अनुभव क्यों करने लगते हैं?

विचार करने पर ऐसा जान पड़ता है कि उनका यह भय उनके भीतर गहरे समाये अवसाद का प्रतिफलन है। आज वैदजी हिन्दी की गिनी-चुनी हस्तियों में से हैं। उनकी एक अलग पहचान है। उन्होंने हिन्दी उपन्यास, कहानी, नाटक आदि विधाओं को नये आयाम दिये हैं; भाषा को नये तेवर दिये हैं और, इस सबसे वे ख़ुद भी अनभिज्ञ नहीं हैं; फिर वे, उदास, उद्विग्न और भयभीत क्यों हैं; मनो-व्याख्या इसकी यह हो सकती है कि दिया तो उन्होंने बहुत कुछ है और सक्रिय वे आज भी हैं, लेकिन यह विचार भी उन्हें मथता होगा कि आख़िर, हिन्दी-जगत ने उनको क्या दिया है? उसने तो उनको हाशिये पर ही धकेल रखा है। क्या यह काँटा उन्हें नहीं गड़ता होगा? यद्यपि स्वयं को उन्होंने समझा लिया है कि उन्हें, अपनी हाशियायी स्थिति को स्वीकार कर लेना चाहिये। उन्होंने एकाधिक स्थलों पर यह भी लिखा है कि अब मान-सम्मान, पुरस्कार, नाम-इनाम आदि में उनका यकीन नहीं रह गया है। ये सब लेखक के रचनात्मक अवदान से उतने तय नहीं होते जितने जोड़-तोड़, तिकड़म, चापलूसी से प्रबंधित किये जाते हैं और यह सब उनके बस में नहीं है इनकी उन्हें चाहना भी नहीं है। लेकिन चाहत को दबा देना क्या उतना सहज संभव है जितना कि हम मान लेते हैं? ख़ुद वैदजी ने ही लिखा है कि 'ख़्वाहिशें खत्म नहीं होतीं। वे हो भी जायें, ख़्वाहिश खत्म नहीं होती।' हम समझ सकते हैं कि

एक लेखक की खत्म नहीं होने वाली ख़्वाहिश कौन-सी होती है? जब भी व्यक्ति किसी औसत दर्ज़े के लेखक को प्रतिष्ठित पुरस्कार से सम्मानित होते देखता है, तब न चाहते हुए भी यह बात उसमें टीस जाय तो स्वाभाविक ही है कि वह वंचित क्यों है? कहने को वैदजी कहते हैं कि 'नाकामी की चुभन अब इतनी नहीं होती जितनी पहले होती थी। शायद शिकस्त को मंजूर कर लिया है।' लेकिन क्या 'इतनी नहीं' भी यह नहीं बताती है कि चुभन होती तो है? फिर, नाकामी और शिकस्त की इस मंजूरी के स्वर को हम उनकी पीड़ा के अतिरिक्त और किस रूप में देखेंगे?'

वस्तुतः प्रतिष्ठित पुरस्कार किसी भी लेखक के कर्तृत्व की केवल साहित्यिक-समाज में ही स्वीकृति नहीं होता है, वह उस व्यापक जन-समुदाय में भी उसे पहचान और मान्यता देता है जो उसे नहीं भी पढ़ता है। अतः वंचित रहना तो उसके भीतर प्रतिक्रिया जगायेगा ही; चाहे दुनियावी प्रलोभनों से अपने को ऊपर उठाने का कितना ही प्रयास उसने क्यों न किया हो! एक प्रसंग में कृष्णा सोबती उन्हें बताती है कि 'काला कोलाज को साहित्य अकादमी का पुरस्कार मिलते-मिलते नहीं मिला।' वैदजी इस सूचना को प्रकटतः दरगुजर कर देते हैं लेकिन फिर भी इतना उनकी कलम से निकल ही पड़ता है कि 'अब फिर वही उदासी और ऊब।' परन्तु कुछ ही दिनों बाद अपनी मानसिकता उन्होंने जिस तरह दर्ज़ की है, वह गौरतलब है–

> "जी चाहता है सारे सतही सिलसिले तोड़ दूँ। किसी से कोई सरोकार नहीं रखूँ। सारी ख़्वाहिशों को मार डालूँ। किसी से कोई उम्मीद न रखूँ। किसी सभा में शिरकत न करूँ। किसी दावत को स्वीकार न करूँ। किसी सेमिनार में न जाऊँ। कोई परचा वगैरह न पढ़ूँ। किसी डेलिगेशन में शिरकत न करूँ।"

इस मानसिकता का, जहाँ यह दर्ज़ है, कोई संदर्भ नहीं है। लेकिन उपर्युक्त प्रसंग के बाद उसके दर्ज़ होने से, और अन्यथा भी, उनकी सतत अवहेलना के संदर्भ की वजह से भी, इनमें संबंध जुड़ ही जाता है। वैदजी केवल सोचते ही नहीं हैं, वे सोच के अनुसार व्यवहार भी करने लगते हैं। 'दिलोदानिश' का ब्लर्ब लिखने से, फिर उसकी समीक्षा लिखने से, कुछ पुस्तकों की भूमिका लिखने से, कुछ सम्पादन कार्यों से, अनुवादों से, अनुवादों को जाँचने से, वे दो टूक इनकार कर देते हैं। नेशनल बुक ट्रस्ट, साहित्य अकादमी, भारत-भवन आदि के कई एक आमन्त्रण भी वे ठुकरा देते हैं। ऐसा नहीं है कि सभी संस्थाओं और नामचीन लोगों ने उनकी राह में काँटे बिछाये हों, लेकिन हताश-निराश मानसिकता को उन सभी से एक बार तो नफरत हो आती है जो उसके पक्ष में खड़े हो सकते थे, उसकी ओर से बोल सकते थे लेकिन जिन्होंने चुप्पी साध ली। उनकी उदासीनता का शुमार भी ऐसा व्यक्ति अपने विरोधियों में ही करता है। उसे वे सभी एक ही थाली के चट्टे-बट्टे जान पड़ते हैं इसलिये उनसे जुड़े व्यापारों का विरोध करके वे मनसा उनसे अपना प्रतिशोध लेने का तोष-सा पाते हैं। असफलता से प्रसूत उनके इस आचरण को मनोविश्लेषण के आलोक में भलीभाँति समझा जा सकता है यद्यपि एक

बड़े लेखक से हम संयत रहने की अपेक्षा भी करते हैं। जो भी हो, बिना गहरा धक्का लगे क्या कोई व्यक्ति इस तरह का व्यवहार करेगा? अपने इर्द-गिर्द से, मित्रों से, अपने को काट कैसे लेगा? लेकिन पूरी डायरी में एक भी उल्लेख ऐसा नहीं है कि किसी मित्र के साथ उन्होंने अपने अभावों का अकुंठित साझा करके तसल्ली पाई हो! स्पष्ट है कि जिसे सही अर्थ में मित्र कहा जा सके, उसका उनके जीवन में अभाव ही रहा है।

महादेवी वर्मा ने प्रसादजी का एक रेखाचित्र लिखा है। अंतिम दिनों में प्रसादजी को राज-रोग हो गया था। उसका उपचार महँगा था। परन्तु किसी के आगे हाथ पसारना उनके लिये संभव नहीं था। स्वाभिमान आड़े आता था। अपने मन की बात उन्होंने एक पात्र से कहलाई, 'जो मित्र हों, वे आगे आयें और मित्रता का प्रमाण दें।' लेकिन ऐसे मित्र न प्रसादजी को मिले, न महादेवी को और न वैदजी को ही, जिनके आगे वे अपना कलेजा निस्संकोच खोल कर, जी हल्का कर लेते! उनके पक्ष में पुरजोर आवाज़ उठाने वाले कुछ लोग भी होते तो यह संभव नहीं था कि रेवड़ियाँ बँटती रहें और एक शलाका-पुरूष की एकान्त उपेक्षा हो! उसकी उपेक्षा उसके विरुद्ध एक तरह की गुपचुप साजिश नहीं, तो क्या है? साहित्य-जगत के लिये यह एक भयावह स्थिति है।

एक जगह वैदजी ने लिखा है कि कांफ्रेंसों में लोग अपना उल्लू सीधा करने जाते हैं, मैं दुश्मन बनाने। असल में, लोग खरी बातें सुनना नहीं चाहते; सुनाई जाय तो शत्रु बन जाते हैं। लोगों को छोड़ें, अपनों में से भी वैदजी को ऐसा कोई नहीं मिला जिसने उनकी खरी बातों का बुरा न माना हो, और न ऐसा ही कोई मिला जिसने वैदजी के बुरा मान जाने की परवाह न करते हुए उन्हें उनकी कमजोरियों से अवगत कराया हो! सच्चे मित्र की पहचान तो यही है। अब एक ओर तो सच्चे मित्र का अभाव है; दूसरी ओर, घर में, बाहर, आई. आई.सी. में, बार में, वैदजी के मित्रों से घिरे रहने के आद्यन्त उल्लेख हैं। ऐसी आवृत्तियों के अनेकशः रहते हुए भी उन्होंने डायरी का जो सम्पादन नहीं किया है, क्या हम नहीं समझ सकते कि वह अकारण नहीं है? क्या ये उल्लेख मित्रता पर व्यंग्य बन कर नहीं उभरे हैं? क्या इन्हीं में से होकर उनके लेखकीय दर्द ने अपनी तीखी व्यंजना नहीं पाई है?

जब आदमी टूटता है तो उसे अपनी व्यर्थता का बोध ज़्यादा होने लगता है। यही उसे मृत्यु-कामना की ओर धकेलने लगता है। आद्यन्त उन्होंने जो मृत्यु-राग गाया है, उसका रहस्य भी यही है। लेकिन रेखांकित करने की बात यह है कि डायरी वैदजी के मृत्यु-भय में ही निश्शेष नहीं हुई है। वह यह भी दिखाती है कि सख्त-पुख्ता लेखक ने अपने को सँभाला भी है–

> "यह इन्दराज अपने आप में उखड़ी-दुखड़ी गुफ़्तगू। अपने आपको कोसने और पोसने का एक उपाय। अपने आपको बचाये रखने का एक बहाना। अपने आपको दबी जबान से दाद अगर नहीं तो दिलासा देते रहने का भी।"

बचाना, पोसना, दिलासा देना आदि में उनके स्वर में आशा का स्पन्दन है, जो उनके व्यक्तित्व के अनुरूप है। अवसाद से टूटे हुए और मौत से भयभीत रहने वाले लेखक

ने अंततः (मित्रों का न सही) अपने लेखन का संबल पाकर ही अपनी अवहेलना करने वालों की अवहेलना कर दी है और मौत को पीछे ही नहीं धकेला है, जीवन की कामना भी जगा ली है–

"कभी-कभी छाती के दर्द को लेकर चिन्ता चिपट जाती है। फिर सोचता हूँ, होने दो। अब इस जीवन को और लंबा खींच कर क्या करूँगा। फिर मुल्कराज आनंद और नीरद चौधरी को देखता हूँ तो ख़याल आता है, अगर बीस साल और मिल जायें और सेहत ठीक रहे तो बुरा क्या है।"

बीस साल और जीने की कामना! मृत्य-भय से उबरना नहीं है तो और क्या है? बात समाप्त करने से पहले दो तीन और बातों का उल्लेख भी अपरिहार्य है। डायरी पढ़ते हुए यह संदेह होता है कि क्या मित्रों की सही पहचान वैदजी कर पाये हैं? वे दूसरों से सुनी हुई बातों पर जल्दी ही विश्वास कर लेते जान पड़ते हैं। निर्मल वर्मा के साथ अपने मतभेद पर हम उन्हें निर्मलजी से सीधे बात करने का विचार करते भी कहीं नहीं देखते! शायद उनका अहं इसमें आड़े आता रहा है। कई और मामलों में भी हम उन्हें अपने अहं पर अकारण ही ठेस अनुभव करते देखते हैं। यदि कोई व्यक्ति उनके प्रति अपनी निकटता के अधिकार से न सही, विश्वास के बल पर ही सही, उनकी योग्यता के प्रति आश्वस्त होने की वजह से कोई दायित्व (जैसे–समीक्षात्मक लेखन, सम्पादन या अनुवाद जैसा दायित्व) उन्हें सौंपता है तो वे इसलिये उखड़ जाते हैं कि उनसे पहले अनुमति क्यों नहीं ली गई थी? यदि पहले पूछ लिया जाता तो उन्हें आपत्ति नहीं होती। उनकी बात सही है लेकिन विचारणीय यह भी है कि यह पूछ लेना मात्र औपचारिकता का निर्वाह करने के अतिरिक्त और क्या होता? लेकिन नजला उस पर गिरता है जिसने औपचारिकता नहीं निभाई है! यह विचार करते भी वे कहीं दिखाई नहीं पड़ते कि उनके अकारण उखड़ने ने भी संबंधों में कटुता भर दी हो सकती है! यदि उन्हें औरों का आचरण अखर सकता है तो उनका आचरण क्या औरों को नहीं अखर सकता? लेकिन उनके प्रबल अहं ने ही उनको अपने अंतर में झाँकने नहीं दिया है। उनका चेतन चाहे नहीं, उनका अवचेतन इस बात को जानता है, तभी तो उसने डायरी का शीर्षक उनसे रखवाया है–'डुबोया मुझको होने ने।'

वैदजी से एक शिकायत यह भी होती है कि डायरी में पारिवारिक जीवन के उल्लेख बहुत कम है। वे समय-समय पर बेटियों के पास विदेश जाकर रहते रहे हैं लेकिन वहाँ के घरेलू-जीवन पर उन्होंने कुछ ख़ास नहीं लिखा है। दामादों का तो नामोल्लेख भी भूले-भटके ही हुआ है। श्रीमती चम्पा वैद के रचना-कर्म के उल्लेख तो इसमें हैं लेकिन उनके जीवन के अभाव और स्वभाव की कोई चर्चा डायरी में नहीं है। मित्रों और मेहमानों के स्वागत में वे कोई कमी नहीं रखतीं, यह बात वैदजी के बोले बिना भी डायरी कह देती है। बेटियों के साथ वैदजी की ना-इत्तफाकी के संकेत तो फिर भी डायरी में हैं लेकिन पत्नी के साथ मनोविनोद या मतभेद या मनभेद का एक भी प्रसंग डायरी में नहीं

है। यह अलग बात है कि उसका 'नहीं होना' भी मायने रखता है। वैदजी सौभाग्यशाली हैं अन्यथा, टॉलस्टॉय का जीवन तो उसकी पत्नी ने ही नरक बना दिया था!

डायरी वैदजी के अध्यवसाय का अच्छा पता देती है। जब वे विदेश में बेटियों के पास रहते हैं तो जब-तब बेबी-सिटर का काम ही नहीं करते हैं, ख़ूब अध्ययन भी करते हैं। अपेक्षा होती है कि जिन पुस्तकों को पढ़ने का उल्लेख वे करते हैं, उन पर उनका कुछ मंतव्य भी रहता! जिन बड़े व्यक्तियों के संपर्क में वे आये हैं, उनमें से कुछ के व्यक्तित्व की चर्चा उन्होंने की है, जैसे आई.ए.रिचर्डस की या कृष्णमूर्ति की; ऐसे ही, कृतियों की भी चर्चा रहती तो उनका उल्लेख ज़्यादा सार्थक होता।

यही बात वैदजी की सांगीतिक रूचि के लिये भी कही जा सकती है। शायद ही शास्त्रीय-संगीत या नृत्य का कोई कार्यक्रम हो, जिसका निमन्त्रण उन्होंने ठुकराया हो लेकिन शायद ही कहीं किसी पर कोई तात्त्विक टिप्पणी उन्होंने की हो! लेकिन फिर भी संगीत उन्हें कितना प्रिय है, यह उनकी इस टिप्पणी से जाना जा सकता है–

> "आख़िरी दिनों में अगर मैं बिलकुल बेकार हो जाऊँ, बिस्तर से उठ न सकूँ, कहीं जाने की ख़्वाहिश और शक्ति न हो तो मैं चाहूँगा मेरे सिरहाने कुमार गन्धर्व, मल्लिकार्जुन, भीमसेन जोशी, अमीर खाँ, अली अकबर खाँ का संगीत लगातार बजता रहे।"

ऐसा कभी न हो कि वे कभी गंभीर बीमारी से पीड़ित हों, लेकिन ऐसा सदैव हो कि वे अपना प्रीतिकर संगीत सुनते हुए रचना-कर्म में रत रहें।

कुंठा-मुक्ति से चलकर दैहिकता के गर्त में

राजेन्द्र यादव : मुड़-मुड़के देखता हूँ

राजेन्द्र यादव अपनी पुस्तक 'मुड़-मुड़के देखता हूँ' को आत्मकथा कहने के बजाय एक अलग-सा नाम देते हैं, 'लगभग आत्मकथ्य'। फिर भी, यह पुस्तक आत्मकथा के रूप में क्यों देखी जायेगी, इस पर हम आगे चलकर विचार करेंगे। यहाँ सबसे पहले हमारा ध्यान वे 'ऑब्सैशंस' आकर्षित करते हैं, जिन्हें लेखक ने 'कन्फैस' किया है। अपनी एक 'फैन' पाठक, एक अभिजात घराने की बहू, हेमलता के निकट सम्पर्क में आकर राजेन्द्रजी ने यह अनुभव किया कि इस सम्पर्क ने उनको उनकी दो प्रमुख कुंठाओं से मुक्त किया। इस पुस्तक में उन्होंने अपनी उन्हीं गाँठों को खोला है। पहली गाँठ 'अभिजात्य के ग्लैमर' और आतंक की थी और दूसरी उनके अपंग होने की।

हेमलता, जो आगे चलकर उनके लिये दीदी हो गई, से उनका प्रारम्भिक-परिचय पत्र-संवाद का था। इसे प्रत्यक्ष परिचय बनाने में उन्हें एक-डेढ़ वर्ष लग गया। अवरोध या आशंका यही थी कि अपंगता देखकर कहीं उन्हें धक्का न लगे; मैत्री दया-भाव में न बदल जाय। लेकिन प्रत्यक्ष भेंट में वास्तविकता जानकर भी जब उनमें वही आत्मीयता बनी रही, तब राजेन्द्र ने अपने भीतर अपूर्व आत्मविश्वास अनुभव किया। इस आत्मविश्वास को मन्नू और मीता से भी विशेष बल मिला।

मन्नू का योग इसमें अप्रतिम रहा। लेखक के रूप में वे प्रतिष्ठा पा चुकी थीं; शिक्षक के रूप में उनकी लोकप्रियता स्पृहणीय थी और सर्वोपरि बात यह कि अपने संभ्रांत परिवार की परवाह किये बिना, उन्होंने जाति-पाँति छोड़ कर, राजेन्द्र का वरण किया था, इस पर वे गर्व कर सकते थे। स्वयं राजेन्द्र ने लिखा है कि मैं इसे मन्नू का असाधरण साहस ही कहूँगा कि उसने कलकत्ते के बन्द समाज में खुले आम मुझसे विवाह किया। संभावित प्रतिक्रियाओं का यह संक्षिप्त किन्तु बड़ा ही वस्तुनिष्ठ और प्रभावी आकलन है कि 'चलो, जात-पाँत को एक बार छोड़ भी दो, वैसे भी आजकल कोई नहीं मानता, मगर मन्नू बाई साब ने क्या देखकर लंगड़े आदमी को चुना; इस किस्म की बातें अनेक तरह से मन्नू को ज़रूर सुननी पड़ी होंगी। लेकिन वे अपने निर्णय पर अडिग रहीं। इसने राजेन्द्र को उनकी हीनता से दूर तक मुक्त किया।'

मीता के प्रति आकर्षण, उनमें मन्नू से विवाह के बाद भी बना रहा; कुछ तो इसलिये कि अपनी कुंठा की पहली मुक्ति उन्होंने इसी संबंध से पाई थी और कुछ कृतज्ञता

भाव के कारण भी कि इन्हीं के कारण उसने जाने कितने लाँछन सहे। अहं को तृप्ति यह देखकर भी मिलती थी कि उसकी डायरियों में एक-एक दिन उन्हें ही निवेदित है। एकाकार भी उसने अपने को इनके साथ इतना कर लिया था कि न सिर्फ मेरी शैली, मेरी लिखाई भी हूबहू उसने अपना ली। उन्होंने यह भी लिखा है कि मीता पज़ेसिव नहीं थी; लेकिन वे भूलते हैं कि यह भी उन्होंने ही लिखा है कि उसे न मेरे पढ़ने-लिखने में दिलचस्पी है, न मित्र-परिचितों में, न मेरे सामाजिक व्यक्तित्व में। वह सिर्फ मुझ तक सीमित रहना चाहती है। इसमें गलत कुछ नहीं है। प्रेम एकाधिकार माँगता ही है। लेकिन यह 'पज़ेसिव' होना नहीं है तो और क्या है? ऐसे में उसका मित्रवत साथ कितना अल्पजीवी रहा, इसका विचार वे नहीं करते। अप्राप्त का आकर्षण अधिक होता ही है; घर की मुर्गी दाल बराबर।

इस आत्मकथ्य का प्रभावी अंश लेखक का कलकत्ता-प्रवास है जो उसका उर्वर रचना-काल भी था। वह अपने आवास और खानपान की चिंता किये बिना स्वाध्याय, मौलिक लेखन और अनुवाद से लेकर प्रूफ़शोधन तक जिस उत्साह से कर रहा था, उसी उत्साह से कॉफी हाऊस की बहसों में और ठाकुर साहब के यहाँ की अड्डेबाज़ी में भाग लेता था और लेखकों की नकल पकड़ में आने पर उसे उछाल देता था। कर्ज की मय पीते, फाकामस्ती में जीये जा रहे इस जीवन में अनदेखे हाथों के अपनत्व भरे, खुशबूदार कीमती लिफाफों की प्रतीक्षा और प्रेरणा एक उन्माद और ऊर्जा भर रही थी। ऑब्सैशंस से मुक्त होकर लेखक ने अपने प्रेम-संबंधों को स्वीकारा है और यथाशक्य ईमानदारी से उनका वर्णन किया है। इसने इस आत्मकथ्य को एक वैशिष्ट्य दिया है।

प्रेम-सम्बन्धों के दायरे में राजेन्द्र ने मन्नू और मीता के अलावा कमल कश्यप, कीर्ति शुक्ला, माला, स्नेह आदि का नाम भी लिया है। दीदी और स्नेह की मैत्री को यद्यपि उन्होंने भावात्मक कहा है लेकिन सच यह है कि इन दोनों ने भी यदि बरज नहीं दिया होता तो इन संबंधों की परिणति दैहिक ही होती। भावना में भी जब-तब दैहिकता सूँघते तो हम उन्हें पाते ही हैं। कमल को चन्द्र के खींच ले जाने पर उन्होंने ईर्ष्या और पश्चाताप ही हुआ। विस्मय तो इससे होता है कि किसी कल्पित गौरा मुखर्जी के चक्कर में पटना जा पहुँचने और पिटते-पिटते बचने वाले मार्कण्डेय का उपहास करने वाला लेखक स्वयं किसी सर्वथा अपरिचित कीर्ति से मिलने भुवानी चला जाता है! और एक नपुंसक पति की निराश पत्नी से मिलने गुजरात! केवल प्रशंसा-भरे पत्र पाकर! ये प्रसंग राजेन्द्र की प्रशंसा-लोलुपता भी दिखाते हैं और नारी-लोलुपता भी। ठाकुर साहब की यह झिड़क सटीक जान पड़ती है कि, 'साले, तू क्या किराये का साँड है।'

लेकिन वे नैतिकता का कोई विचार नहीं करते। उन्होंने अपने प्रेम-संबंधों को मध्यवर्गीय वर्जनाओं के विरुद्ध विद्रोह के रूप में ही देखा है। विद्रोह यह है भी। लेकिन निश्शेष यह दैहिकता के गर्त में ही हुआ है। मनोहर श्याम जोशी ने अपने लखनऊ-संस्मरणों में लिखा है कि औसत रचनाकार पर मध्यवर्गीय नैतिकता और पारिवारिक दायित्व के बोध की पकड़ इतनी सख्त रही है कि उसके लिये अपने जीवन

या कृतियों में स्थापित मर्यादाओं का उल्लंघन करना कल्पनातीत-सा रहा है। प्रेम-विवाह करना आज भी बुज़ुर्वा मान्यताओं के विरुद्ध विद्रोह का रूप ही है। इस दृष्टि से देखने पर हम राजेन्द्र के विद्रोह का मूल्य और भी अधिक समझ सकते हैं क्योंकि वे जीवन और साहित्य दोनों स्तरों पर विद्रोह कर रहे थे।

हिन्दी कथा-साहित्य में स्त्री-पुरुष संबंधों के चित्रण में जो खुलापन आया, उसका श्रेय उन्हें भी है। अपने प्रेम-संबंधों का जो अकुंठित वर्णन उन्होंने किया है, आत्मकथा के संदर्भ में महत्त्व उसका और भी अधिक है। शायद ही हिन्दी के किसी रचनाकार ने अपने प्रेम-संबंधों को ऐसी खुली अभिव्यक्ति दी हो। यदि हिन्दी-लेखक साहसी होता तो उसके जीवन के आलोक में उसकी कृतियों का अनुशीलन किया जा सकता था और तब हिन्दी में जीवनीमूलक-आलोचना का भी ऐसा एकान्त अभाव नहीं रहता। यह आत्मकथ्य इस कोण से भी नई पहल के रूप में देखा जायेगा। यद्यपि जीवन-सूत्रों के रचनाओं में गूँथे जाने के जो निदर्शन उन्होंने किये हैं, वे भी हैं सांकेतिक हीं, तब भी, इनके सहारे उनकी कृतियों पर कुछ नये ढंग से विचार किया जा सकता है। अस्तु।

परन्तु विचारणीय नैतिक पक्ष भी है। जीवन में 'सैटल' हो जाने के बाद भी क्या सामाजिक-नैतिकता की आवश्यकता नहीं पड़ती? लेकिन...मूल्य दोनों स्तरों पर विद्रोह को ही दिया जाय, नैतिकता का सवाल उठाया ही नहीं जाय। लेकिन उनके विवाहेत्तर प्रेम-संबंध उनका विद्रोह नहीं, उनकी वासना सूचित करते हैं। आख़िर...एक के बाद दूसरी नारी में अपनी प्रेरणा और ऊर्जा पाते चलने की लेखकीय स्वतंत्रता की भी क्या कोई सीमा नहीं होनी चाहिये? चिंतनीय यह है कि वे इसके पूरक पक्ष पर कोई विचार नहीं करते। तात्पर्य यह कि क्या वे नारी-लेखक को अपना पुरुष-प्रेमी बदलते चलने की ऐसी ही स्वतंत्रता देना चाहेंगे? उसे भी तो प्रेरणा चाहिये और ऊर्जा भी। चिंतनीय यह भी है कि सामाजिक, पारिवारिक दायित्व निभाने को वे एक सामान्य व्यक्ति होकर रह जाना कहते हैं। लेकिन आम आदमी से जुड़ने की बात करने वाला लेखक उससे कट कर रहना क्यों चाहता है? क्या यह आम आदमी का उपहास नहीं है? असल में राजेन्द्र अपने सारे तर्कों में अपनी यौन-लोलुपता का बचाव करते दिखाई पड़ते हैं। जबकि विचार हमें नारी-संवेदना के इस कोण से भी करना होगा कि तथाकथित लेखकीय-विद्रोह समाज से आज भी यौन-शुचिता के आग्रह का निर्मूलन नहीं कर पाया है। उसके रहते नारी की क्रान्तिकारिता, विद्रोही-पुरुष के उससे मुँह मोड़ते ही, उसे मुँह चिढ़ाने लगती है। राजेन्द्र विद्रोह के इस परिणामी पक्ष का भी कोई आकलन नहीं करते। ऐसा जान पड़ता है कि उनके अनुसार संयमित जीवन जीकर तो किसी उत्कृष्ट कलाकृति की रचना संभव ही नहीं है।

राजेन्द्र अपने को आत्मकेन्द्रित कहते हैं। लेखक प्राय आत्मकेन्द्रित होते ही हैं लेकिन राजेन्द्र इस वृत्ति को भी घर-परिवार की ज़िम्मेदारी से पल्ला झाड़ने की आड़ बना लेते हैं। स्वयं उन्होंने स्वीकार भी किया है कि इस वृत्ति ने उनको न अच्छा पति रहने दिया, न पिता। राकेश की शीलाजी के प्रति रुखाई देखकर जो व्यक्ति विस्मित होता है कि

इतनी सुन्दर महिला से कोई कैसे लड़ सकता है, वही व्यक्ति त्यागशीला मन्नूजी के प्रति जैसा व्यवहार करता है, कभी उसके मार्जन का विचार नहीं करता। जो पत्नी अपना वेतन, पी.एफ., रॉयल्टी, लोगों से लिया हुआ उधार भी पति के धंधे में झोंकती है, वह बदले में पाती क्या है? उपेक्षा और अन्याय। उसके प्रति अपनी गैर-ज़िम्मेदारी वे इस हद तक बढ़ा लेते हैं कि (स्वयं उन्हीं के शब्दों में) 'घर के लिये पैसे नहीं होते और प्रकाशकों से एडवांस लेकर मीता के साथ पहाड़ों पर चला जाता हूँ।' मरने-खपने के लिये मन्नू और मौज-मस्ती के लिये मीता। लिखने को उन्होंने लिखा है कि 'आज स्वीकार करता हूँ कि मन्नू के प्रति यह सचमुच मेरा अन्याय भी था और अपराध भी।' निस्संदेह, यह खुली आत्म-स्वीकृति है और आत्मकथा के कोण से इसका मूल्य है, लेकिन यही वृत्ति बनी रहे तो उससे अपराध का मार्जन कैसे होगा?

जिस विद्रोह की शहादती आड़ राजेन्द्र लेते हैं, उसकी वास्तविकता भी देख ली जानी चाहिए। 'उखड़े हुए लोग' में बिना-विवाह किये जया-शरद का साथ रहने का निर्णय आज भी राजेन्द्र को चकित करता है (गोदान में मालती-मेहता के प्रसंग में, और मालती के मैत्री-प्रस्ताव में, हमें ऐसा ही विचार मिलता है) लेकिन जीवन की वास्तविकता क्या है? मीता ने उनको दो टूक लिखा कि मैं तुम्हारी परिणीता बनकर रहूँ यह मेरा सपना कभी नहीं था। लेकिन बिना-विवाह किये मित्रवत् साथ रहने का मीता का प्रस्ताव राजेन्द्रजी के गले कहाँ उतरा है? स्नेह भी संबंधों को मैत्री की सीमा तक सीमित रखती है। इस पर उन्हें लगता है, उसके आगे बढ़ने में उनकी अपंगता ही बाधक है। फिर, नारी-स्वातन्त्र्य का सहज स्वीकार किधर है? दोनों प्रसंगों में वे अपना रिजैक्शन ही देखते हैं।

वस्तुतः एक अभिजात नारी से गहरे संबंधों के बावजूद उसके आगे हाथ न फैलाने का संकल्प और उसका निर्वाह, अपने खाते में ढेर प्रेम-संबंध दर्ज कर लेने का गर्व, विवाह के बाद भी अलग रह सकने का अहं आदि अपने मूल में हीनता से उबरने का प्रयत्न ही है। राजेन्द्रजी चाहे समझें कि गाँठ खुल गई है, वास्तव में वह उन्हें अभी भी जकड़े हुए ही हैं।

इस आत्मकथ्य में राजेन्द्रजी ने यह बात बार-बार रेखांकित की है कि उन्होंने जीवन में लेखकीय स्वाभिमान के साथ कोई समझौता नहीं किया। निःसन्देह, यह उनके लेखन की बड़ी पूँजी है। लेकिन जब कोई बात ज़्यादा दोहराई जाती है, तब संशय होने लगता है। जो ज़्यादा परहेज करता है, अवचेतनतः वह ज़्यादा लालायित भी हो सकता है! अच्छा होता, वे अपने प्रेम-प्रसंगों की तरह ही उन प्रसंगों का जिक्र भी कर देते जहाँ उन्हें बड़े प्रलोभन दिये गये थे लेकिन जिन्हें उन्होंने ठुकरा दिया। इसमें ऐसे संघर्ष की घटनाएँ नहीं है इसलिये लेखकीय सम्मान की रक्षा की बातें उनके त्याग का कोई प्रभाव अंकित नहीं करतीं, उनका बड़बोलापन ही अधिक सूचित करती हैं। ऐसे में लगता है, जैसे उनके लेखे बड़े लेखकों ने तो समझौते की सीढ़ियाँ चढ़कर ही साहित्यिक उत्कर्ष पाया था!

लेखकीय सम्मान और रचनात्मक उत्कर्ष में परस्पर क्या नाता है, इसका विचार किया जा सकता था लेकिन साहित्यिक बहसें और मित्रों की साहित्यिक चर्चाएँ भी इसमें प्रायः नहीं हैं। इस अभाव से राजेन्द्र अनभिज्ञ नहीं है लेकिन भिज्ञता स्वयं में कोई मार्जन नहीं होती। राकेश की डायरियाँ प्रकाश में आने पर राजेन्द्र ने जो टिप्पणियाँ की थीं, वे इस आत्मकथ्य पर भी की जा सकती हैं लेकिन कथ्य क्योंकि अभी अधूरा है, वह यादव के दिल्ली आने और अक्षर व 'हंस' प्रारम्भ करने के पहले ही समाप्त हो जाता है इसलिए इस पक्ष पर अभी कुछ कहना उचित नहीं होगा यद्यपि यह प्रश्न तो उठता ही है कि जो जीवन जीया जा चुका है, उसे इसमें अधूरा क्यों छोड़ दिया गया है?

इस पुस्तक के लिये राजेन्द्र ने लिखा है कि यह मेरी आत्मकथा नहीं है। निश्चय ही, यह विधिवत लिखी गई आत्मकथा नहीं है। जिस अवधि तक का जीवन इसमें है, उसकी भी कई बातें इसमें छोड़ दी गई है। रचना-शैली भी इसकी संस्मरणात्मक है। कई छूट भी उन्होंने ले ली है, जो आत्मकथा में संभव नहीं थी। कई विशृंखलित बाते इसी संबंध से इसमें रह सकी हैं साठवीं वर्षगाँठ पर आगरे में दिया गया वक्तव्य, एक दुर्घटना का विवरण, ऐयार-प्रसंग, अपनी प्रशंसक महिला के नाम लम्बा पत्र आदि ऐसे ही प्रसंग हैं। यह 'तुम्हारा स्वर' अध्याय के पिछले कोई बीस-एक पृष्ठ और 'हम न मरे' अध्याय तो लगभग समूचा ही अतिरिक्त और दर्पस्फीत विस्तार है। लेकिन इसके प्रति कोई शिकायत हम नहीं कर सकते क्योंकि आत्मकथ्य तो सब है ही। आत्मकथा में इनको क्रमिकता में गूँथना पड़ता तो काफी कुछ का परिहार हो जाता। लेकिन वस्तुस्थिति तो यह है कि लगभग आत्मकथ्य कहकर तो उन्होंने इसमें पर-कथ्य के लिये भी अवकाश निकाल लिया। परन्तु आत्मकथ्य में पर-कथ्य का अवांछनीय हस्तक्षेप क्यों? मेरा आशय अर्चना वर्मा लिखित 'तोते की जान' या 'अब एक ऑटोप्सी' (शव-परीक्षा) अध्याय से है। यदि यह राजेन्द्र की प्रशस्ति न भी मानी जाये तो शव-परीक्षा तो यह कतई नहीं है। राजेन्द्र ऐसे कमजोर लेखक नहीं कि उन्हें पैरोकारी की ज़रूरत पड़े। यह अलग बात है कि विशृंखलित सामग्री के साथ इस आलेख ने मिलकर आत्मकथ्य को एक पुस्तक का विस्तार दे दिया है अन्यथा पुस्तक आधी रह जाती!

लेकिन इस सबके बावजूद प्रारम्भ में जो कहा गया है कि इस आत्मकथ्य को देखा आत्मकथा के रूप में ही जायेगा, वह अकारण नहीं है। अपने अबोध जीवन की कुछ छविया जैसे, दो-तीन बरस का बच्चा दूध के भगोने में पेशाब कर रहा है या कुत्ते की सवारी कर रहा है आदि से प्रारम्भ करके उन्होंने इसके आत्मकथा होने का आभास ही दिया है। प्रारम्भिक शिक्षा की चर्चा, खेल-खेल में पैर में लगी चोट का प्रसंग, फिर उपचार और भुलावे के प्रयत्नों का वर्णन, प्रारम्भिक संस्कारों एवं प्रारम्भिक लेखन की चर्चा आदि से भी उन्होंने उस आभास की पुष्टि ही की है। उनकी यह टिप्पणी तो इस पर मुहर लगाती-सी जान पड़ती है कि जो छूट गया था, वह शायद याद रखने लायक नहीं था; न मेरे, न औरों के। इन बातों से बढ़कर यह तनाव भी लेखक जी रहा है कि अब किसी भी समय खेल खत्म हो सकता है, कभी भी टिकट कट सकता है, ये आशंकाएँ

भी इसे आत्मकथा के किनारे ही ले जाती हैं, स्फुट आत्मकथ्य नहीं रहने देतीं। आत्मकथा के नाम पर दूसरों की स्मृतियाँ संजोना राजेन्द्रजी को गवारा नहीं है यद्यपि व्यक्ति दूसरों की संजोई स्मृतियों की राह से भी अपने को 'डिसकवर' कर सकता है, करता है, लेकिन अपने वर्णनों को तो राजेन्द्रजी ने आत्म-दर्शन नाम दिया है। अत: इन्हें आत्मकथा कहने का पूरा औचित्य है। आगरा-वक्तव्य में उन्होंने अपनी जीवनी लिखने की आकांक्षा का जिक्र भी किया है हम कह सकते हैं, उसी आकांक्षा ने यहाँ अपनी पूर्ति पाई है।

राजेन्द्रजी के प्रति जिनकी धारणा यह है कि वे आज भी नहीं लिखने के कारण ही तलाशते हैं, वे उनका यह कथन पढ़कर आश्वस्त होंगे कि 'भीतर की चुप्पी के आतंक में निरन्तर लिखते चले जाने की दयनीयता के बजाय मैंने अन्तर्समृद्ध मौन को स्वीकार किया है, यह बहुत लोगों को समझा नहीं पाता।' रचना-यात्रा में रुकना हमेशा ही चुकने का पर्याय नहीं होता। लेखक होना प्रमाणित करते जाना उसे छोटा बनाना है। इन सारे वर्षों में शायद ही कोई दिन रहा हो जब मैंने अपने और दूसरों के बहाने लेखक के साथ दो-चार घंटे न बिताए हों। यह जिज्ञासा होना स्वाभाविक है कि इस आत्मालाप का प्रतिफल क्या है? आगरा-वक्तव्य के अन्त में उन्होंने लिखा है कि, "एक भ्रम और आशा आज भी पाले हुए हूँ कि कभी मन की अनुकूल स्थितियाँ हुई तो शायद वह कुछ भी कर सकूँ जो करना चाहता हूँ—अब तक के किये से अलग और श्रेष्ठ शायद अद्‍भुत।" यह वक्तव्य 1989 में दिया गया था और यह आत्मकथ्य 12 वर्ष बाद प्रकाशित हुआ है। क्या उनकी अपने साथ की गई गुफ़्तगू और कुछ अद्‍भुत करने की आकांक्षा का फलितार्थ, यह आत्मकथ्य ही है? अपने प्रेम-प्रसंगों की खुली स्वीकृति में कुछ अद्‍भुत तो है ही। क्या वे इससे भिन्न भी कुछ देंगे या अगले भाग में अपनी पूर्णता पाते हुए यह आत्मकथ्य ही और भी अद्‍भुत हो उठेगा?

आत्मकथ्य भी एक विधायी सम्भावना है

मन्नू भंडारी का आत्मकथ्य—एक कहानी यह भी

मन्नू भंडारी अपनी कृति 'एक कहानी यह भी' के प्रारंभ में ही यह लिख कर कि यह मेरी 'आत्मकथा कतई नहीं है', यह 'आत्मकथ्य' है, इसके विधायी पक्ष के प्रति हमें कुछ अतिरिक्त सजग कर देती हैं। आत्मकथ्य का कोई स्पष्ट निरूपित रूप-विधान नहीं है इसलिये अपेक्षा होती है कि आत्मकथ्य को आत्मकथा से अलगाया उन्होंने किन आधारों पर है, इसका कुछ खुलासा भी वे करतीं; इस पद को ठीक-से पारिभाषित भी करतीं, परन्तु इस ओर उन्होंने ध्यान नहीं दिया है। हम इसके विधायी-पक्ष को समझने का प्रयत्न करेंगे।

इस कृति को 'एक कहानी यह भी' कहते हुए लेखिका ने कहानी विधा से इसके अंतर पर विचार किया है लेकिन आत्मकथा से भिन्न, आत्मकथ्य के रूप पर उन्होंने वैसा कोई विचार बिलकुल नहीं किया है। यह अलग बात है कि कहानी-संदर्भ में उनके खुलासे के बावजूद उनके विचारों से सर्वत्र सहमत होना कठिन है! एक स्थल पर उन्होंने लिखा है कि–

> "जिस तरह कहानी ज़िंदगी का एक अंश मात्र ही होती है, एक पक्ष...एक पहलू, उसी तरह यह भी मेरी ज़िंदगी का टुकड़ा मात्र ही है, जो मुख्यतः मेरे लेखकीय व्यक्तित्व और मेरी लेखन-यात्रा पर केन्द्रित है।" (8)।

लेकिन 'यह कहानी' टुकड़ा-भर जीवन नहीं है, इसने तो मन्नू के लगभग पूरे जीवन को ही अपने पसारे में ले लिया है। फिर, यह उनकी केवल लेखन-यात्रा ही नहीं है, जीवन-यात्रा भी है।

इसका विधायी-वास्तव पाने के लिये हमें इन दोनों पक्षों का वस्तुनिष्ठ आकलन किये रहना होगा।

आत्मकथा चरित-नायक की जीवन-यात्रा का आकलन होती है। उसमें छोटे-बड़े इतर प्रसंगों और व्यक्तियों के स्मरण के लिये भी अवकाश रहता है इस कृति में भी हैं। चरित-नायिका के बचपन, किशोरावस्था, वय:संधि आदि के प्रसंग, कॉलेज-शिक्षा की गतिविधियाँ, स्वाधीनता-आंदोलन का उत्साह और गली-मुहल्ले के परिवेश का वर्णन भी इसमें है। इसी तरह, मन्नू के जीवन में जिनकी छोटी या बड़ी भूमिका रही, उनमें

शीला अग्रवाल, जीतमल लूणिया, अंबालालजी आदि का स्मरण भी इसमें हैं। मन्नू का कलकत्ता-जीवन, सुशीला का आश्रय, बालीगंज शिक्षा सदन, पुष्पमयी बोस, अनामिका, नया समाज के मोहन सिंह सेंगर, कोमल कोठारी आदि-आदि भी इसमें हैं। ये सब मिलकर कृति के प्रारंभिक भाग को, आत्मकथा की दिशा में ही ले गये हैं।

आत्मकथा में जीवन-यात्रा के साथ-साथ चरित-नायक का व्यक्तित्व भी उभरता चलता है। मन्नू के व्यक्तित्व का विकास भी उनके अजमेर रहते ही प्रारंभ हो गया था। जब वे कहती हैं कि उन दिनों 'मेरी रगों में लावा बहता था', तब वे इस निर्मित हो रहे अपने व्यक्तित्व का निदर्शन ही कर रही होती हैं। इसकी पहली झलक हमें उनके घर में हुए साधवी-समागम में बालिका मन्नू द्वारा की गई धृष्टता में मिल जाती है। इसका विकास कॉलेज और आबादी के आंदोलन के उग्र और उत्साही दिनों में हुआ।

प्रेम-विवाह का फैसला भी उसी हौसले की परिणति था। आगे चलकर उन रगों में चाहे पानी बहने लगा हो, परन्तु जब भी वे अपना स्वत्व कुचला जाता या व्यक्तित्व अपनों द्वारा ही अवमूल्यित हुआ पाती हैं, तब जाग उठने वाले स्वाभिमान में भी, उस लावे का अवशिष्ट ताप अनुभव किया जा सकता है। इस तरह, इस कृति को आत्मकथा कहा जा सकता है, यह आत्मकथा है भी, लेकिन मन्नू ने इसे 'आत्मकथ्य' कहा है।

सामान्यत: आत्मकथा में आत्मकथ्य समाया हुआ ही रहता है लेकिन मन्नू जब अपनी कृति के आत्मकथा होने का पुरजोर निषेध करके इसके आत्मकथ्य होने पर अतिरेकी बल देती है, तब इस पट् पर कुछ अलग से विचार करना भी आवश्यक हो जाता है। अन्यथा भी, जब दोनों पदों में अंतर किया जाता है, तब आवश्यक यह भी हो जाता है कि आत्मकथ्य का स्वरूप भी स्पष्ट रहे। कृति का विधायी वास्तव पाने के लिये भी यह उतना ही अपेक्षित है।

इसमें कथ्य को जीवन के एक पक्ष-विशेष तक ही सीमित रखने का आग्रह होता है या उसे उस नितान्त निजी पक्ष पर ही केन्द्रित किया जाता है, जिसे अ-गोपन करने में रचनाकार को संकोच-वलयित दर्द की अनुभूति होती है। उसे दुराये-छिपाये रखना ही अधिक श्रेयस्कर लगता है; लेकिन दूसरी ओर, उसके अंत:करण में उसे व्यक्त करने की छटपटाहट भी उसमें इतनी ही प्रबल होती है। ऐसा अकथ्य भी आत्मकथ्य की वस्तु होता है। उसे आत्मकथा के प्रसार से, वर्णन-विस्तार से और इतर प्रसंगों के हस्तक्षेप से बचाये रखना भी उतना ही आवश्यक होता है। इसकी शैली में भी अंतर्मुखता होती है। आत्मकथा अपनी मूल प्रकृति में बहिर्मुखी रचना होती है।

'आत्मकथ्य' पद मन्नू ने लिया राजेन्द्र की कृति 'मुड़-मुड़के देखता हूँ' से है। उन्होंने उसे 'आत्मकथ्यांश' नाम दिया है याने उन्हें जो कुछ कहना है, यह कृति उसका भी एक 'अंश' ही है। इसमें उन्होंने अपने गोपन को अ-गोपन करने का याने प्रेम-प्रसंगों को प्रकाशित करने का साहस किया है। किया तो मन्नू ने भी उसे प्रकाशित करने का प्रयत्न है जिसे प्रकट करना वह चाहती नहीं थीं, पर क्षेत्र उनका अपना गार्हस्थिक जीवन

है। यह कृति उनके विवाह बाद के जीवन की 'त्रासदियों' से उपजे गहन आत्मिक द्वंद्व और तज्जनित तनाव को पूरी सघनता में दर्शाती हैं।

संस्कारी औरत होने के नाते अपने गार्हस्थिक जीवन के गंद को उन्होंने चौराहे पर उछालना नहीं चाहा। वे उसे यथाशक्य दुराये-छिपाये ही रहीं। उसे प्रकट करना जगत-हँसी का पात्र बनना था। उसे प्रकट किया जाय या नहीं, इस द्वंद्व ने ही इस 'आत्मकथ्य' के प्रकाशन को वर्षों तक अधर में लटकाये रखा। पति के दुष्कृत्यों पर वे भरसक परदा डाले रहीं लेकिन पति का दुराचरण उनकी आत्मा को नोंचने के साथ-साथ उनके लेखन को भी बाधित कर रहा था। अत: अपने आत्म को इस बोझ से मुक्त कर कुछ राहत पाना उनकी विवशता हो गई। आत्मकथ्य ऐसे ही तनावपूर्ण जीवन को उसकी सघनता में अभिव्यक्ति देता है।

राजेन्द्र से प्रेम-विवाह करने के मूल में मन्नू का सोच यह था कि विवाह करते ही उनके लेखन के लिये तो जैसे राजमार्ग ही खुल जायेगा। तब यही उनका एक मात्र काम्य था भी। परन्तु शीघ्र ही उनका मोहभंग हो गया।

राजेन्द्र ने अपनी अभीष्ट जीवन-पद्धति का प्रारूप उनके सामने रखते हुए कहा कि 'छत तो ज़रूर हमारी एक होगी लेकिन ज़िन्दगियाँ अपनी-अपनी होंगी, बिना एक-दूसरे की ज़िन्दगी में हस्तक्षेप किये, बिलकुल स्वतन्त्र।' यह सुनकर मन्नू तो एकदम अवाक्! उन्हें लगा जैसे सिर पर छत का आश्वासन देकर पैरों के नीचे की ज़मीन ही खींच ली गई हो! यदि ऐसी ही ज़िन्दगी जीनी है, तो फिर सिर पर छत की भी आवश्यकता क्या है? (इसी गार्हस्थिक दर्द ने उन्हीं दिनों उनसे 'बिना दीवारों के घर' नाटक लिखवाया)।

शीघ्र ही, यह भी स्पष्ट हो गया कि राजेन्द्र जो स्वच्छन्द जीवन जीना चाहते थे, अंतरंग हेतु उसका यह था कि उसकी आड़ में वे अपने विवाहेत्तर संबंध बनाये रख सकें।

लेखकीय स्वतन्त्रता के नाम पर ही घर की ज़िम्मेदारियों से भी उन्होंने पल्ला झाड़ लिया था! पत्नी पूरे दिनों थी, उसकी और घर की देख-भाल उन्हीं के ज़िम्मे थीं, लेकिन सारी ज़िम्मेदारियाँ रहें खेत, राजेन्द्र रानीखेत!

घर के प्रति उनकी उदासीनता इतनी बढ़ गई थी कि पत्नी का दुख-दर्द भी समान्तर दुनिया का दर्द रचने वाले का सरोकार नहीं रह गया था! बच्ची का जन्म भी उन्हें घर से नहीं जोड़ सका। घर का काम करना उन्हें 'जोरू का गुलाम' होना लगता था और बच्ची की देख-भाल 'आया-गिरी'। उपेक्षा का यह दंश पत्नी के लिये मानसिक यंत्रणा तो था ही, धीरे-धीरे उसने शारीरिक व्याधियों का रूप भी ले लिया। कभी वह मुँह में छाला बनकर, तो कभी कहीं गाँठ बन कर कभी श्वास का कष्ट बनकर तो कभी आवाज़ का लोप होकर और कभी आँख का कष्ट होकर उभरा। अन्तत: उसने प्राणान्तक न्यूरेल्जिया का रूप ले लिया।

कलकत्ता रहते ही मन्नू त्रासदियों से गुजर ही रही थी कि 'एक-दो घटनाएँ' ऐसी घटी कि उन्होंने राजेन्द्र से अलग रहने का निर्णय कर लिया। राजेन्द्र के लिये यह पहला अप्रत्याशित झटका था। लेकिन वे पति होने का तमगा खोकर मित्रों में उपहास का विषय

बनना भी नहीं चाहते थे, न छत की छाँह ही छोड़ना चाहते थे। चतुर पति ने रो-धो कर भोली पत्नी को साथ रहने के लिये मना लिया।

लेकिन इस प्रकरण के बाद भी राजेन्द्र की प्रकृति नहीं बदली। कलकत्ता छोड़कर दिल्ली जा बसने के बाद भी नहीं। वहाँ भी जब ऐसी ही घटनाएँ बार-बार घटी, तब अपमानित और आहत पत्नी ने अंततः स्थायी अलगाव का फैसला कर लिया।

मन्नू के जीवन का यह गार्हस्थिक पहलू उनमें गहरे पैठ गये अवसाद की करुण कहानी है। यह पक्ष आत्मकथा में भी समाया रह सकता था लेकिन इस एकान्तिक जीवन का दर्द दर्शाने के लिये 'आत्मकथ्य' पद कुछ भिन्न, विशिष्ट, और अधिक उपयुक्त पाकर लेखिका ने इसे अपना लिया। एक अन्य पक्ष उनकी लेखन-यात्रा का है।

मन्नू का प्रवेश प्रेम-जीवन और लेखकीय-जीवन में लगभग साथ-साथ ही हुआ था। राजेन्द्र से निकटता भी लेखन के हेतु से ही बढ़ी थी विवाह भी प्रमुखतः उसी हेतु से किया गया। इस 'कहानी' में भी महत्त्व उन्होंने लेखन को ही अधिक दिया है। उन्होंने लिखा भी है कि 'यह कृति मुख्यतः मेरे लेखकीय व्यक्तित्व और मेरी लेखन-यात्रा पर केन्द्रित है।'

उनकी यह लेखन-यात्रा उनके गार्हस्थिक जीवन के समान्तर चलती रही है। लेकिन रेखांकित करने की बात यह है कि प्रयत्न उन्होंने लेखन के तार बचपन से जोड़ने के भी किये हैं। अपने 'स्पष्टीकरण' में उन्होंने लिखा है कि–

> "बचपन और किशोरावस्था के मेरे सम्पर्क-सम्बन्ध (जिनमें माँ-पिता, भाई-बहन, मित्र, अध्यापक आदि हैं) और वह परिवेश तो है ही, जिसमें मेरे लेखकीय व्यक्तित्व की नींव पड़ी थी।"

यहाँ उन्होंने अपनी लेखन-यात्रा का तार बचपन से जुड़ा हुआ दिखाने की जो कोशिश की है, उनके बचपन बल्कि किशोरावस्था और वय:संधि तक के वर्णन में भी उसका कोई वस्तुगत आधार नहीं है। जब वे इस प्रारंभिक जीवन को जी रही थीं, तब तो ऐसी कोई अवगति या प्रतीति भी उन्हें नहीं थी कि आगे चलकर उस परिवेश और व्यक्तियों के जीवन में उनके भावी, लेखन-गोदाम का कोई कच्चा-माल भी हो सकता है! और, न तब कहानी-लेखन ही उनका कोई सपना ही था।

यह तो जब वे कहानियाँ लिखने लग गई, तब उनका ध्यान इस ओर गया कि अजमेर के ब्रह्मपुरी मुहल्ले के कुछ व्यक्तियों का जीवन कहानियों का उपजीव्य हो सकता है। लेकिन बचपन में उन पर कहानियाँ लिखने की कोई कुलबुलाहट उनमें नहीं थी। ऐसी स्थिति में, लेखन-यात्रा की नींव बचपन में स्थिर करने का कोई औचित्य नहीं जान पड़ता।

अपने कहानी-समग्र 'नायक खलनायक विदूषक' की 'मेरी कथा-यात्रा' भूमिका में अपने लेखन के प्रारंभ पर उन्होंने जो विचार किया है, प्रस्तुत प्रसंग में उसे भी देख लेना प्रासंगिक होगा। उन्होंने लिखा है–

> "अपनी कथा-यात्रा के आरम्भिक बिन्दु की बात सोचते ही आँखों के आगे वह माहौल सजग हो जाता है जिसमें मैंने अपनी पहली कहानी लिखी थी।

बिना किसी की प्रेरणा और प्रोत्साहन के मैंने अपनी पहली कहानी 'मैं हार गई' कैसे लिखी, मैं ख़ुद नहीं जानती।"

हम देख सकते हैं, लेखन-संदर्भ में बचपन या ब्रह्मपुरी मुहल्ले का कोई स्मरण भी यहाँ नहीं है।

वस्तुतः लेखन-यात्रा की नींव बचपन में मान लेने का हेतु कुछ और ही है। यदि लेखन-यात्रा की नींव बचपन में स्थिर हुई मान ली जाय तो लेखन का यह तार बीस वर्ष बाद प्रारंभ हुए कहानी-लेखन से जोड़ा जा सकेगा और उस राह से अजमेर से कलकत्ता तक के जीवन को भी सहज ही आत्मकथ्य के पसारे में भी लिया जा सकेगा!

स्पष्ट है, इस सोच के मूल में लेखिका में संपूर्ण कृति को 'आत्मकथ्य' बनाने का आग्रह ही है, लेकिन उसका कोई औचित्य नहीं है।

अपनी कृति को आत्मकथ्य बनाने का एक उद्यम उन्होंने और भी किया है। आत्मकथा में लेखक के परिजनों का जीवन भी थोड़ा-बहुत रहता ही है। इसे देखते हुए कृति को भिन्न, आत्मकथा से भिन्न, आत्मकथ्य बनाने के लिये लेखिका ने सभी परिजनों के प्रसंग और नाम तक भी हटा दिये हैं! पिता के जीवन-प्रसंग अपरिहार्य होने से हटाये नहीं जा सके थे लेकिन नाम तो उनका भी हटा दिया गया है। कहीं-कहीं तो जातिवाचक संज्ञा (माँ-पिता) भी कोष्ठकबद्ध हैं! और उनसे जुड़े प्रसंगों को 'पितृ-गाथा', 'पितृ-पुराण' आदि कह कर उन्होंने उनके प्रति भी अपनी अवहेलना ही दर्शायी है।

लेखिका का ध्यान इस ओर गया ही नहीं है कि प्रसंग विद्यमान हैं, तो नाम हटाने से भी क्या हासिल होगा? और, विचारणीय तो यह भी होना ही चाहिए था कि आत्मकथा और आत्मकथ्य की भेदक-रेखा क्या निरे नामोल्लेख हटाने पर ही निर्भर करेगी? यह गंभीर प्रश्न तो लेखिका के विचार का विषय बना ही नहीं है।

उनका ध्यान इस ओर भी नहीं गया है कि पूर्वार्द्ध तक वस्तु और परिवेश के वर्णन की प्रकृति और विस्तार जो कृति में है संगति उसकी आत्मकथ्य की प्रकृति के मेल में कितना ठहरेगी और उसके कलेवर में कैसे समायेगी? आत्मकथा में तो आत्मकथ्य के लिये अवकाश रहता ही है लेकिन आत्मकथ्य में जीवनकथ्य और उसके इतर प्रसंगों के लिये अवकाश कहाँ से आयेगा?

कृति के स्थापत्य पर विचार करने से ऐसा जान पड़ता है कि अपने मूल में आकल्पन भी इसका किया आत्मकथा के रूप में ही गया था। निर्माण भी इसका दूर तक उसी की अनुरूपता में हुआ है और दखल तो इसका आगे भी बना रहा है। इसे 'आत्मकथ्य' कहना तो लेखिका का पश्च-विचार है। आगे चलकर तो उसने आत्मकथ्य की छैनी से इस स्थापत्य को छीला-गढ़ा और विरूपित भी किया है लेकिन इसके उपरान्त भी प्रभाव यह पक्ष आत्मकथा का ही अंकित करता है। यह भाग (बचपन से वयःसंधि तक का जीवन) उनकी लेखन-यात्रा नहीं है, यह उनकी जीवन-यात्रा ही है इसलिये इसका आलेखन भी आत्मकथा ही कहा जायेगा।

तात्पर्य यह कि कृति एकान्तिक रूप से आत्मकथ्य नहीं है। लेखन में प्रवृत्त होने से पहले तक का भाग आत्मकथा ही है।

अपने लेखक होने का अहसास मन्नू को अपनी पहली कहानी 'मैं हार गई' के प्रकाशन का स्वीकृति-पत्र पाकर हुआ। इसके बाद तो कहानियों के प्रकाशन का सिलसिला शुरू हो गया।

इन्हीं दिनों उन्हें 'ग्यारह सपनों का देश' और 'एक इंच मुस्कान' जैसे उपन्यासों के सह-लेखन का और बतौर अतिथि-सम्पादक 'कहानी' पत्रिका के सम्पादन के जो अवसर मिले, उनसे उनका हौसला और भी बढ़ गया। कलकत्ता छोड़ते समय तक प्रकाशित हो चुके दो कहानी-संग्रहों ने उनको कहानीकार के रूप में स्थापित कर दिया था।

दिल्ली जाकर उनकी लेखन-यात्रा उनके तनावपूर्ण गार्हस्थिक जीवन के समान्तर चलती रही। इसका आकलन लेखिका ने आत्मकथ्य के अंगभूत ही किया है।

नई ज़मीन के उत्खनन की आकांक्षा उन्हें उपन्यास-लेखन के क्षेत्र में ले गई। इर्द-गिर्द के पारिवारिक जीवन की टूटन में देखे गये औरत के तनाव को केन्द्र में रखकर उन्होंने 'आपका बंटी' लिखा। यह उपन्यास 'धर्मयुग' साप्ताहिक में धारावाहिक रूप से प्रकाशित हुआ। इससे उन्हें मिली पाठकों की प्रशंसा की व्यापकता का कुछ अनुमान पोस्टमैन की इस टिप्पणी से लगाया जा सकता है कि 'क्या बात है जो रोज़-रोज़ इतने पत्र आते हैं? आपने घर में कोई ऑफिस खोल लिया है क्या?'

प्रशंसा-पत्र तो 'एक इंच मुस्कान' की मन्नू-किश्त छपने पर भी अनेक आते थे जिन्हें 'ज्ञानोदय' सम्पादक शरद देवड़ा राजेन्द्र यादव को चिढ़ाने की नीयत से भी ले आते थे लेकिन पोस्टमैन की टिप्पणी को मन्नू कभी भुला नहीं पाई। वाकई 'आपका बंटी' के प्रकाशन के समय मन्नू की लोकप्रियता अपने चरम उत्कर्ष पर थी। इस उपन्यास ने पाठकों में ही नहीं, उपन्यासकारों की श्रेणी में भी उनका स्थान आरक्षित कर दिया।

इसके बाद आपराधिक राजनीति ने लेखिका का ध्यान आकर्षित किया। उन दिनों बिहार का 'बेलछी हत्याकांड' चर्चा में था। उस हत्यारे की चुनावी जीत ने मन्नू को बेहद उद्वेलित कर दिया। 'महाभोज' उपन्यास उसी पृष्ठभूमि पर लिखा गया।

राष्ट्रीय नाट्य विद्यालय की निदेशक अमाल अल्लाना के साथ कई महीनों की बैठकों में उन्होंने इसका नाट्य रूपान्तरण किया। यह उनके लिये अपूर्व ऊर्जा भरने वाला अनुभव रहा। दिल्ली, कलकत्ता, महाराष्ट्र आदि में हुए इसके सफल मंचन और प्रशंसात्मक प्रतिक्रियाओं ने भी उनको प्रोत्साहित किया।

उधर, राजेन्द्र के उपन्यास 'सारा आकाश' पर फिल्म बना चुके बासु भट्टाचार्य ने उनकी (याने मन्नू की) कहानी 'यही सच है' पर फिल्म बनाने का प्रस्ताव किया। उन्होंने मानसिक स्तर पर चलने वाली उस कहानी के दृश्य-रूपान्तरण की सफलता के प्रति भी लेखिका की आशंका को निर्मूल ठहराते हुए, जब फिल्म की सफलता के प्रति उन्हें आश्वस्त किया, तब वे फिल्म क्षेत्र में चली गई। इस कहानी पर बनी फिल्म 'रजनीगंधा' सफल ही नहीं रही, उसने सिल्वर जुबली भी मनाई। उसी से प्रेरित होकर

मन्नू ने अपनी कहानी 'अकेली' की पट-कथा और संवाद स्वयं ही लिखे। 'दर्पण' और कुछ अन्य धारावाहिकों की पटकथा भी उन्होंने लिखी। अवश्य ही, प्रेमचन्द के उपन्यास 'निर्मला' पर बनी फिल्म निर्देशक की अदूरदर्शिता के कारण सफल नहीं रही। लेखिका पर व्यावसायिकता के आरोप भी लगे लेकिन अन्ततः इस क्षेत्र में कार्य करते हुए पटकथा-लेखन उन्होंने साध लिया। उनकी पुस्तक 'कथा-पटकथा' इस क्षेत्र में अर्जित उनके अनुभवों की ही प्रसूति ही है।

जब बड़े और छोटे परदे पर उनकी सफलता उन्हें ऊर्जस्वित कर रही थी, उन्हें विदेश-यात्राओं के आमंत्रण मिले। दक्षिण-पूर्व एशिया की लेखिकाओं के नवम्बर, 1984 में आयोज्य सम्मेलन में भाग लेने वे जर्मनी के कॉलोन शहर गईं। 1987 में वे फ्रैंकफर्ट भी गईं। वहाँ उस बार विश्व पुस्तक मेला भारतीय भाषाओं पर केन्द्रित था। जर्मन-हिन्दी विद्वान लोठार लुत्से उनके दुभाषिये थे। उन्होंने उनको बताया कि कॉलोन सम्मेलन में उन्होंने अपने विचार जो सर्वत्र हिन्दी में व्यक्त किये थे, उसे देखते हुए उनका नाम इस सम्मेलन के लिये तब ही तय कर लिया गया था।

जर्मनी में उनसे पूछे गये प्रश्नों में यह भी था कि आपका देश निरक्षर है, तो आपका लिखा पढ़ता कौन है? विदेशी जनमानस में बसी अपने देश की इस नकारात्मक छवि को देखकर वे क्षोभ से भर गईं। आख़िर, विदेश में हमारे दूतावास और राजदूत करते क्या हैं? यह प्रश्न उन्हें मथ गया। उनके साथ के लेखकों में महाश्वेता देवी भी थीं। वे भी देश में फैले जातिवाद, साम्प्रदायिकता, निरक्षरता, भ्रष्टाचार जैसे नकारात्मक पक्षों को उछालने में ही अधिक रुचि ले रही थीं; यह उन्हें और भी अधिक दुर्भाग्यपूर्ण लगा। देश के बाहर जाने वाले लेखकों को तो कम-से-कम देश की उज्ज्वल छवि ही प्रस्तुत करनी चाहिये। अस्तु।

1991 में मिरांडा हाउस से सेवानिवृत्त होने के बाद वे दो वर्ष के लिये प्रेमचन्द-पीठ पर विक्रम विश्वविद्यालय, उज्जैन चली गईं। सोचा, वातावरण बदल जायेगा तो कुछ चैन आ जायेगा। लेकिन चैन आता कहाँ से? उद्विग्न मन तो साथ ही गया था। निदान, वहाँ रहते, वे कुछ भी ख़ास सार्थक नहीं कर पाईं, न तो कुछ नया रच पाईं, न ही, अधूरी पड़ी रचनाएँ ही पूरी कर पाईं।

अवश्य ही, यह नियुक्ति एक तरह से हिन्दी के नामचीन लेखकों में उनकी प्रतिष्ठा पर अकादमिक जगत की मुहर-सी थी; कुछ वैसी ही, जैसे विदेश-यात्राओं के लिये उनके नाम के प्रस्ताव राष्ट्रीय स्तर पर बनी उनकी प्रतिष्ठा पर राजनीतिक मुहर थी।

बहरहाल, मन्नू का फिल्म-क्षेत्र, उनकी विदेश-यात्राएँ, प्रेमचन्द सृजन पीठ के निदेशक पद पर उनका उज्जैन प्रवास आदि को उनकी लेखन-यात्रा के विस्तार के रूप में देखा जा सकता है। अंततः ये सभी थे तो उनके लेखन के प्रतिफलन ही। इस नाते से ही इन्हें उनके आत्मकथ्य के दायरे में भी लिया गया है।

यों, अन्यथा भी, मन्नू जैसी सर्जक प्रतिभा नई विधा की उद्‌भावना के लिये सर्वथा समर्थ ही कही जायेंगी। प्रस्तुत कृति इस दिशा में किया गया उनका एक प्रयोग ही है। उनके साथ कठिनाई उनकी अति संवेदनशीलता रही है। किसी वर्णन-प्रवाह के बीच में

ही अगर कोई अन्य प्रसंग उन्हें कौंधा गया है, तो वे अपने को रोक नहीं पाई हैं। 'यह प्रसंग लिखे बिना तो मैं रह ही नहीं सकती', जैसे कथन उनमें अनेक जगह मिल जायेंगे।

आत्मकथ्य विधान लेखक के स्व पर ही केन्द्रित रहता है। उसमें इतर के सन्निवेश पर निषेधज्ञा ही रहती है। परन्तु लेखिका के जीवन-प्रवाह में यदि राष्ट्रीय महत्त्व की घटनाएँ घटी है, तो उनके इतर होने की उन्होंने कोई चिंता नहीं की है। उनकी संवेदनशीलता उन्हें दर्ज़ किये बिना नहीं रह सकी है। उनकी यह वृत्ति इस आत्मकथ्य को उसके प्रकृत पथ से हटाती रही है।

मन्नू के लेखन-काल के प्रारंभ में ही कुछ राष्ट्रीय घटनाएँ ऐसी घटी कि उन्होंने समूचे राष्ट्र को ही झकझोर दिया। मन्नू भी उनसे कहीं उद्वेलित हुई, तो कहीं आकुल-व्याकुल और आहत भी। कृति में इनका थोड़ा-बहुत वर्णन करने से वे अपने को रोक नहीं पाईं। आत्मकथ्य की प्रकृति की चिंता उन्होंने की नहीं है।

उनके कलकत्ता छोड़ने के पहले ही देश पर चीनी आक्रमण हो गया था। उस अवसर पर ही सुशीला राष्ट्रीय रक्षा कोष में अपनी सोने की चार चूड़ियाँ दान कर आई थी। उस पर घर में हुए कलह-क्लेश के बाद ही उसने (सुशीला ने) सोना पहनना ही छोड़ दिया! उन्होंने उसे दर्ज़ किया है। चीनी आक्रमण के कुछ काल बाद ही नेहरूजी का निधन हुआ। इन घटनाओं पर राजेन्द्र की रूखी प्रतिक्रियाओं से मन्नू खिन्न ही नहीं, क्रुद्ध भी हुई थी। अनन्तर, आपातकाल ने पूरे देश को उग्र रोष से आन्दोलित कर दिया था। दूसरी ओर, बुद्धिजीवियों को प्रलोभित किया जा रहा था। मन्नू और राजेन्द्र भी प्रलोभित किये गये यद्यपि दोनों ने प्रलोभन ठुकरा दिये।

'दिनमान' सम्पादक रघुवीर सहाय का अकारण ही घुटने टेक देना, उन्हें बहुत ही अखर गया था। 'मुनादी' कविता लिखने वाले धर्मवीर भारती का 'सूर्य के अंश' लिखना भी उन्हें रोष से भर गया था। उन्होंने अपना रोष खुल कर प्रकट भी किया है। इंदिरा गाँधी की हत्या के बाद भड़के दंगों से तो वे इतनी विचलित हुई कि घायलों की यत्किंचित् सेवा-सहायता करने त्रिलोकपुरी चली गईं! उस संदर्भ में 'हंस' में उठे विवाद में अपने पक्ष का औचित्य भी उन्होंने खुलकर प्रतिपादित किया है।

इन सभी प्रसंगों का महत्त्व इनके राष्ट्रव्यापी प्रभाव के कारण असंदिग्ध ही कहा जायेगा। इसी तरह, एक विशेष संवेदनशील और राष्ट्रीय विचारों की लेखिका का इन पर प्रतिक्रिया करना भी स्वाभाविक ही कहा जायेगा। लेकिन विचार जब विधायी दृष्टि से किया जायेगा, तब आत्मकथ्य में इनके सन्निवेश को इतर ही कहना होगा। आत्मकथा में तो इनके लिये अवकाश था लेकिन आत्मकथ्य में इनके लिए कोई स्थान सम्भव नहीं था। उसकी प्रकृति में तो बिलकुल भी नहीं।

इन प्रसंगों के बरक्स एक अन्य प्रसंग की चर्चा भी आवश्यक है, विशेषकर इसलिये कि वह राष्ट्रीय प्रसंग नहीं है। यद्यपि उस एक प्रसंग में ही अनेक समाये हुए हैं।

जिन दिनों पारिवारिक टूटन ने उनके मन को बेहद तनावपूर्ण और शरीर को व्याधिग्रस्त बना दिया था, उनके साहित्यिक और साहित्येतर मित्रों की सहायता से ही वे अपने को

सँभाल पाई। उनके प्रति कृतज्ञता उनमें इतनी थी कि 'स्पष्टीकरण' में तो उन्होंने यहाँ तक लिखा है कि 'वे हैं तो मैं हूँ' परन्तु यह देखकर विस्मय होता है कि कृति में जब उनके ऋण-शोधन का अवसर आया, तो उन्होंने अपना हाथ खींच लिया! अपनी सफाई उन्होंने यह कह कर दी है कि 'अपनी कहानी के बीच दूसरों की कहानी क्यों डाली जाय (9)।'

हैरानी यह देखकर होती है कि जो अपने और आत्मीय थे, जीवन जिनकी बदौलत संभव हुआ, उन्हें ठीक से स्मरण करने का अवसर आया तो वे 'दूसरे' हो गये!

आत्मकथा में तो इनके लिये स्थान था ही, आत्मीय जन होने के नाते आत्मकथ्य में भी इनके लिये अवरोधक जैसा कुछ नहीं था। फिर, उनकी उपेक्षा क्यों की गई?

लगता है, 'आत्मकथ्य' संज्ञा लेखिका ने अपनी कृति का वैशिष्ट्य दर्शाने के लिये अपना तो ली लेकिन एकेडिमक स्तर पर इसके विधायी-पक्ष पर मनन-मंथन जैसा उन्होंने कुछ नहीं किया। नतीजतन इसका स्वरूप, प्रकृति, सीमाएँ आदि उनके अपने तक भी स्पष्ट नहीं हुई। यही कारण है कि इतर प्रसंग तो उनमें विस्तार पा गये और आत्मीय जन उपेक्षित रह गये!

यदि लेखिका इतर प्रसंगों से प्रलोभित नहीं होतीं, आत्मकथ्य की सीमाओं का विचार करते हुए अपने को स्व पर ही केन्द्रित किये रहतीं, तो कृति के उत्तरार्द्ध में हम आत्मकथ्य को सुगठित आकार लेते देख सकते थे।

राजेन्द्र यादव ने अपनी कृति 'मुड़ मुड़के देखता हूँ' को 'आत्मकथ्यांश' कहा है। याने उनका आत्मकथ्य भी इसमें पूरा नहीं है। इसमें अपने जीवन के गोपन-पक्ष को अ-गोपन करते हुए उन्होंने यथाशक्य अपने को इतर के प्रलोभन से बचाये रखा है यद्यपि कृति के प्रारंभ और अंत में शैलीगत प्रयोग ने प्रलोभित कर उनको भी भटका ही दिया है इसलिये आत्मकथ्य का अनिंद्य उदाहरण वह भी नहीं है परन्तु एक शुरुआत तो वह है ही।

इस पद ने मन्नू को आकर्षित किया और उन्होंने इसे अपनाया भी। उनके गार्हस्थिक जीवन के 'नसें चटखाने' वाले तनाव ने इसमें अपनी मार्मिक अभिव्यक्ति पाई है। लेकिन इतर प्रसंगों के आकर्षण ने उनका भी यह पथ छेंक लिया है।

विधायी पक्ष पर विचार करते हुए, विशेषतः पूर्वार्द्ध को और राष्ट्रीय एवं जापानी लड़की जैसे अन्य प्रसंगों को पढ़ते हुए यह भी लगता है कि यदि लेखिका ने कृति को आत्मकथा के रूप में ही रहने दिया होता तो यह असंदिग्ध रूप से अधिक प्रभावी होती क्योंकि तब लेखिका पर न तो निषेधों का कोई अंकुश होता और न अतिरिक्त सजगता का दबाव ही। तब न तो परिजनों के प्रसंग और नाम काटने पड़ते और न सुशीला–परिवार और मित्रों की उपेक्षा ही करनी पड़ती। वे अपने जीवन के अकुंठित प्रकाशन के लिये मुक्त होतीं। बिना दुराव-छिपाव के अपने को व्यक्त करना ही उन जैसी नारी और उन जैसी लेखिका की प्रकृति जान पड़ती है। आत्मकथा उसके लिये उपयुक्त विधा भी थी।

अपने उपन्यासों के लिये मन्नू ने लिखा है कि उनमें उनकी लेखनी निर्झरवत् प्रवाहित होती चली गई है। आत्मकथा में वह अपने ही जीवन के प्रकाशन में और भी निर्द्वंद्व, और भी अबाधा गति से चलती, तब कृति और भी प्रवाहपूर्ण होती और प्रभावी भी।

अतः विचार इस पर भी कर लेना चाहिए कि उन्होंने इसे आत्मकथा क्यों नहीं कहा है? क्यों उन्होंने जोर देकर लिखा है कि यह मेरी आत्मकथा कतई नहीं है? इस पुरजोर निषेध का मूल कारण क्या है?

एक कारण तो, जैसा कि कहा भी जा चुका है, यही जान पड़ता है कि उन्होंने अपने त्रासद गार्हस्थिक जीवन को उसकी सघनता में ही संप्रेषित करना चाहा है। आत्मकथा में भी उसके लिये कोई अवरोधक नहीं था लेकिन उन्हें भय हो आया कि आत्मकथा का प्रसार कहीं सघनता को घुला न दे। वैसे तो यह भय निर्मूल ही था। इतर प्रसंग जो भय के कारक थे, उस ओर उनका ध्यान गया ही नहीं। खैर।

एक अन्य कारण उनका यह भय और संकोच जान पड़ता है कि आत्मकथा की अपेक्षाएँ वे पूरा नहीं कर पायेंगी।

आत्मकथाकार से अपेक्षा यह की जाती है कि वह अपने जीवन को ईमानदारी से उजागर करे; उसके गोपन-पक्ष को भी। मराठी के दलित लेखकों और बांग्ला की तसलीमा की आत्मकथाएँ सामने थीं। उन्होंने अपना ही नहीं, माता-पिता का गोपन भी उजागर कर दिया था! राजेन्द्र का आत्मकथ्य भी सामने था। लेकिन मन्नू जैसी संस्कारवान नारी को यह कार्य अपने लिये दुष्कर जान पड़ा। कृति को आत्मकथा कह कर उसकी अपेक्षाओं को पूरा नहीं कर पाने की आलोचना झेलने के स्थान पर सुरक्षित राह उन्हें यही जान पड़ी कि इसे आत्मकथा के स्थान पर कुछ और कह दिया जाय। आत्मकथ्य विकल्प सामने था ही, उन्होंने वही अपना लिया। अपनी दुर्बलता उन्होंने छिपाई भी नहीं है। उन्होंने स्पष्ट लिखा भी है कि–

> "हमारे यहाँ बहुत ईमानदारी से लेखकों के व्यक्तिगत जीवन का लेखा-जोखा प्रस्तुत करने का प्रचलन ही नहीं है...और न ही लेखक ख़ुद ही बहुत ईमानदारी से वह सब लिख पाते हैं। लेखकों की इतनी आत्मकथाएँ आने के बावजूद मैं यह लिख रही हूँ... मैं ख़ुद ही अपनी इस कहानी में कहाँ खोल कर सारी बातें कह पाई।"

लेकिन इस कृति को एकान्तिक रूप से आत्मकथ्य नहीं कहा जा सकता। लेखिका के बचपन से वयःसंधिकाल तक के जीवन का रचाव स्पष्टतः आत्मकथात्मक है और इतर-प्रसंग भी आत्मकथा के ही उपजीव्य हैं। सच तो यह है कि लेखिका का संपूर्ण जीवन इसमें विद्यमान है। इसलिये इस आत्मकथा-पक्ष की उपेक्षा कतई नहीं की जा सकती। अतः लेखिका का इस बात पर जो बलाघात है कि यह मेरी आत्मकथा कतई नहीं है, उसे स्वीकार नहीं किया जा सकता लेकिन दूसरी ओर त्रासद गार्हस्थिक जीवन का जो सजीव चित्रण इसमें है उसे भी अनदेखा नहीं किया जा सकता। यदि उतना जीवन ही लेखिका के आत्म का सर्वस्व होता तो कृति को आत्मकथ्य कहा जा सकता था। बहरहाल कृति जिस रूप में है, उसे देखते हुए यह कहना भी निरापद है कि आत्मकथ्य भी एक विधायी सम्भावना तो है ही।

एक सशक्त आत्मकथ्य

स्वयं प्रकाश : धूप में नंगे पाँव

कथाकार स्वयं प्रकाश ने आजीविका के हेतु से 1966 में घर छोड़ दिया था और 2003 में सेवा-निवृत्ति के बाद घर लौट गये। इस अवधि में उपयुक्त नौकरी की तलाश में जो पापड़ उन्होंने बेले और 'धूप में नंगे पाँव' जो यात्रा की, प्रस्तुत पुस्तक उसी की कथा है।

यह उन्होंने, किशोरावस्था में ही समझ लिया था कि आर्थिक स्थिति अच्छी नहीं है, ननिहाल की न घर की, इसलिये अपेक्षित शिक्षा प्राप्त करके आजीविका की तलाश करनी होगी। इस दृष्टि से पॉलीटेकनीक को उपयुक्त समझ कर उन्होंने उसमें प्रवेश ले लिया। डिप्लोमा हासिल कर बतौर प्रशिक्षु नौ-सेना में चले गये। आजीविका-यात्रा प्रारंभ हो गई। लेकिन प्रशिक्षण पूरा होता उससे पहले ही उन्होंने नौ-सेना छोड़ दी।

भारतीय नौ-सेना में प्रशिक्षु के रूप में उनका जीवन कठोर श्रम-साध्य रहा लेकिन उसे भी उन्होंने कभी उबाऊ नहीं बनने दिया। उन्होंने एक ओर प्रशिक्षण स्थल की सुरभ्य वादियों की सैर की, तो दूसरी ओर वहाँ मिलने वाले सामिष-निरामिष भोजन का भी आनन्द लिया और उतने ही मनोयोग से नौ-सेना के विभिन्न विभागों में प्रशिक्षण भी लिया। लेकिन यह अनुभव कर कि आजीवन यह कार्य उनसे किया नहीं जा सकेगा, प्रशिक्षण पूरा होता, उससे पहले ही नौ-सेना छोड़ कर वे बम्बई चले गये।

वहाँ फिल्म-जगत की खाक छानी लेकिन हाथ कुछ भी नहीं लगा। बम्बई का जीवन, बहन के शब्दों में 'आत्महंता आवारगी' का जीवन रहा परन्तु वहाँ भी हम उन्हें निराश क्या, खिन्न-मना भी नहीं पाते। डाक-तार विभाग से प्रशिक्षु का आमन्त्रण पाकर वे मद्रास चले गये।

मद्रास-प्रशिक्षण में बिताया गया समय मित्रों के साथ भरपूर मस्ती और बेफिक्री का समय था। वहाँ रहते लेखक की दृष्टि परिवेश पर और स्थानीय भेद-भाव, भाषा-भेद और उत्तर-दक्षिण के राजनीतिक भेद पर भी गई।

राजस्थान के भीनमाल कस्बे में उन्हें पहली नियुक्ति मिली। वहाँ के दूर-संचार यांत्रिक-विभाग में कोई ख़ास काम था ही नहीं, लेकिन लेखक निठल्ला नहीं बैठ सकता था। वहाँ जिन लोगों से उसकी स्वर-संगति बैठी, उनके साथ मिल कर उसने अपने लिये नया क्षेत्र तलाश लिया। शिक्षक और चित्रकार पुष्पकान्त ने स्थानीय सहयोग

जुटाया, कुर्बान जैसे आम जन भी जुड़े और 'मुक्तवाणी' साप्ताहिक पत्र प्रारम्भ हो गया। प्रो. मोहन श्रोत्रिय के साथ मिल कर वाम साहित्यिक पत्रिका 'क्यों' का सम्पादन किया। वहीं अंग्रेज़ी के एक और प्रो. सदाशिव श्रोत्रिय का सान्निध्य मिला। वे अंग्रेज़ी, हिन्दी, उर्दू साहित्य के रसिक ही नहीं, रसज्ञ भी थे। उनके साथ मिल कर ग़ालिब-गंगा में किया गया स्नान लेखक का अविस्मरणीय अनुभव हो गया। वहाँ पुष्पकान्तजी के सहयोग से स्कूली बच्चों को तैयार कर लेखक ने प्रथम स्वतन्त्रता संग्राम (1857) के नायकों की झाँकियाँ सजा कर एक सांस्कृतिक समारोह का आयोजन किया। इस आयोजन ने भी लेखक को वहाँ के जीवन से जोड़ा।

भीनमाल से लेखक का तबादला जैसलमेर हो गया। जिले के अंतरंग जीवन से उसका जुड़ाव यहाँ अधिक हुआ। भीनमाल माघ कवि की नगरी थी लेकिन बोलबाला वहाँ तस्करी-जीवन का भी था लेकिन लेखक ने स्वयं को उससे दूर ही रखा।

लेखक की पहली जैसलमेर यात्रा भी यादगार अनुभव रही। वह पोखरण स्टेशन पर पानी पीने उतरा परन्तु कहीं भी पानी नहीं! एक ठेले वाले ने कहा, पानी नहीं है, चमचम खा लो। गार्ड से पूछा, वह एक खेल में लीन था! एक कोने की ओर इशारा किया शायद वहाँ मिल जाय। जब पी कर आओ, बता देना, गाड़ी चला देंगे। पानी वहाँ भी नहीं था। और कहाँ मिलेगी, ऐसी रेल!

लेखक ने कुछ यात्रियों की बातें सुनी। रेल उन्होंने शायद पहली बार देखी। एक दूसरे से कह रहा था, "भई, रेल के डिब्बों में बड़ा एका होता है, एक रूके तो सब रूक जाते हैं! एक जिस तरफ़ चले, सब उसी तरफ़ चल देते हैं!" सुनकर लेखक चकित।

जैसलमेर के जन जीवन को उसने निकट से देखा। पशु-धन ही वहाँ के जीवन की धुरी है। भेड़-बकरियाँ, ऊँट वहाँ बहुतायत में हैं। वहाँ से दूध, मावा और घी बाहर भेजा जाता है। चमचम वहाँ चार रूपये किलो है!

वर्षा वहाँ कम होती है लेकिन वह वहाँ चिंता का विषय नहीं है। अधिक वर्षा से बाजरे की फसल के नष्ट होने का खतरा रहता है। वर्षा-जल वहाँ तालाबों में एकत्र कर लिया जाता है। गढ़सीसर और अमर-सागर वहाँ के प्रसिद्ध सरोवर हैं। राजसी-परिवार की महिलाएँ वहाँ रात में स्नान करने आती हैं।

पर्यटकों और फिल्मकारों के लिये यह जगह आकर्षण का केन्द्र है। वहाँ दर्शनीय-स्थलों में प्रमुख हैं, सोनार-किला, पटवों की हवेली, दीवानजी की हवेली। किंवदन्ती है कि दीवानजी की हवेली जब निर्माण के समय राज-प्रसाद 'बादल-विलास' से भी ऊँची उठ गई, तब राजा ने उसकी ऊपरी मंजिल तोप से उड़वा दी!

सीमान्त-क्षेत्र की चौकियाँ और वहाँ स्थित तनोट माता का मंदिर भी पर्यटकों के आकर्षण की जगह हैं।

लेखक ने सीमान्त रक्षकों के साथ भी कुछ समय बिताया। उनसे उसने जाना कि भारत-पाक की चिर-शत्रुता के बावजूद सैनिकों में भाई-चारा है। दुख-दर्द में वे एक-दूसरे के सहायक होते हैं। इधर के लोग गेहूँ पिसवाने उधर जाते हैं। बारातें भी आती-जाती हैं!

चौकी से बेस कैम्प तक की यात्रा लेखक ने तारों की छाँव में की। बिना किसी कुतुबनुमा के केवल तारों की गति के ज्ञान के बल पर ड्राइवर चुपचाप जीप हाँकता रहा। लेखक भी साँस रोके चुप बैठा रहा। ड्राइवर जीप को बेस-कैंप तक सकुशल ले आया। यह भी लेखक के जीवन का एक बड़ा रोमांचक अनुभव रहा।

लेखक ने जैसलमेर के इर्द-गिर्द के गाँवों में एक-एक दिन बिता कर वहाँ के अंतरंग जीवन को भी देखा और वहाँ की रोचक जानकारियाँ दर्ज़ भी की। रामगढ़ में उसने हिन्दुओं की क़ब्रें भी देखीं! उसे पता चला कि वहाँ राजपूत एक मात्र हिन्दू जाति नहीं है! अनेक मुसलमान भी अपने को राजपूत कहते हैं! दो जातियाँ राजपूतों में हैं, भाटी और सोढ़ा। इनमें से सोढ़ा जाति को कभी गर्व था, उनके गाँव में बारात आती नहीं, केवल जाती ही है! ये लोग बेटी को जन्मते ही अफीम चटा कर मार डालते थे!

लेखक को आश्चर्य हुआ कि रामदेवरा के प्रसिद्ध मन्दिर में लोक-देवता की क़ब्र ही है!

लेखक के आश्चर्य का कारण वहाँ की जिला परिषद का पुस्तकालय भी रहा। वहाँ शेक्सपीयर, चेखव, टॉलस्टॉय, दास्ताएव्सकी जैसे लेखकों का साहित्य-समग्र भी था! एकान्तिक जिले में भी ऐसा साहित्य रसिक!

लेखक ने वहाँ के त्योहार भी देखे। औरतों की कोड़ामार होली देखी, होली खेली और मित्र की पत्नी के हाथ के कोड़े भी खाये! उसे मद्रास की होली का स्मरण आया। वहाँ के हिन्दी-विरोधी उग्रवादी हुड़दंग के लाठी-प्रहार ने उसे घायल कर दिया था! हुड़दंग को देखने-समझने की जिज्ञासा का उसे भारी मोल चुकाना पड़ गया!

देश की राजनीतिक उठा-पटक से यह क्षेत्र (जैसलमेर) अछूता-सा है, इसका अनुभव लेखक ने आपातकाल के दिनों में किया। वहाँ आपातकाल अख़बार में छपी खबर-भर था! यद्यपि बाद में किसी की व्यक्तिगत शिकायत पर लेखक के घर पर छापा पड़ा था! प्रचारात्मक रूसी-साहित्य ही नहीं, उसके निजी पत्र-व्यवहार तक की भी बुरी तरह छानबीन की गई थी!

जैसलमेर से स्थानान्तरण सुमेरपुर हुआ। वहाँ शुरू में सहकर्मियों का सहयोग नहीं मिला बल्कि उन्होंने तो उसके विरुद्ध शिकायत भी की कि यह व्यक्ति काम बिलकुल नहीं जानता और स्वभाव से लड़ाकू है। लेखक ने स्वीकार किया कि पहली बात सही थी दूसरी एकदम गलत। आगन्तुक का सहकर्मी स्वागत करते थे। उसे घर बुलाकर खाना खिलाते थे परन्तु उसके प्रति सभी उदासीन ही रहे! यहाँ तक कि टायफाइड हो जाने पर वह अकेला पन्द्रह दिन बिस्तर पर पड़ा रहा, कोई झाँकनें भी नहीं आया!

लेखक के शेरों-शायरी प्रेम की वजह से उसकी मित्रता डॉ. पुरोहित से हो गई थी। उसके टायफायड के दिनों में उन्होंने उसका उपचार किया और देख-भाल भी की।

स्वस्थ होकर लेखक ने यूनियन के सहयोग से वहाँ नई गतिविधियाँ प्रारंभ कर लोगों को अपनी ओर आकर्षित कर लिया। 'सारा आकाश' नाम का मंच बना कर उसके अंतर्गत साप्ताहिक वार्ताओं का कार्यक्रम शुरू किया गया। डॉक्टर, वकील, पुलिस, आयकर

अधिकारी जैसे लोगों के रोज़मर्रा के जीवन में काम आने वाले जानकारीमूलक भाषणों ने 'सारा आकाश' को लोकप्रिय मंच बना दिया। आम जन भी उससे जुड़ने लगा। लेकिन एक विवादास्पद भाषण की वजह से मंच बंद करना पड़ गया। बाद में, 'सैटर्डे क्लब' शुरू किया गया। उसकी बैठकें मित्रों के घर होने लगी लेकिन वह मजा फिर नहीं आया। उसके बाद उसने सायंकालीन खेल प्रारंभ करवाया, वॉली-बॉल। एक दिन खेल में एक महिला-कोच को बुलाया गया। उससे खेल में नई ऊर्जा आ गई। उसने कई नये गुर भी खिलाड़ियों को सिखाये। लेखक ने वहाँ एक सांस्कृतिक संध्या का आयोजन भी किया।

वहाँ रहते उसने अपना शैक्षणिक उन्नयन करते हुए प्राइवेट छात्र के रूप में हिन्दी-साहित्य में बी.ए, एम.ए. की परीक्षाएँ ही पास नहीं कीं, पी-एच. डी. की उपाधि भी प्राप्त कर ली। इस कार्य में उसे अपने मित्र डॉ. दुर्गाप्रसाद अग्रवाल का सहयोग मिला।

इस योग्यता के बल पर जब उसे राजभाषा-अधिकारी पद पर नई नौकरी मिली, तब वह टेलीफोन विभाग छोड़ कर सर्गीपल्ली (उड़ीसा) चला गया।

वहाँ भी विभागीय स्तर पर शुरू का समय कष्टप्रद ही रहा। उत्तर-दक्षिण का भेद, भाषा-भेद, जातीय-भेद लेखक मद्रास रहते देख-भोग चुका था उसकी आवृति यहाँ भी मिली। गैर-ओड़िया भाषी व्यक्ति ही वहाँ के लोगों को स्वीकार्य नहीं था, उस पर हिन्दी-अधिकारी जैसा पद तो उन्हें सर्वथा नागवार था। कोई हिन्दी काम में लेना या सीखना चाहता ही नहीं था। वे उत्तर-भारत और उसके त्योहारों से भी चिढ़ते थे। लेखक ने अपनी दृढ़ इच्छा-शक्ति और व्यवहार-कुशलता से न केवल उस धरती पर अपने पैर ही जमाये, वहाँ के लोगों के घरों में दीपावली के दीये जलवाये और होली पर उन्हें रंगों से सरोबार भी कर दिया!

वहाँ उसे असीम हालदार और विवेकानन्द बिस्वाल जैसे मित्र मिल गये उन्हीं की बदौलत वह जीवन जीने योग्य हो गया। उन्हीं के साथ मिल कर उसने भरपूर 'किचन एडवेंचर' किये नये-नये व्यंजन बनाये। उसने कर्मचारियों को हिन्दी सीखने के लिये भी प्रेरित किया।

सुमेरपुर रहते वह विभागीय यूनियन से जुड़ गया था और शाखा-सचिव, फिर प्रांतीय सचिव भी बन गया था लेकिन यूनियन की हरामखोरों और निठल्ले, गुंडों को प्रश्रय देने की कार्य-शैली उसे उचित नहीं जान पड़ी इसलिये उसने स्वयं को उससे अलग कर लिया। लेकिन उड़ीसा में तो यूनियन का वर्चस्व आतंककारी था! गोपनीय फाइलों और कर्मचारियों ही नहीं, अधिकारियों की नियुक्ति तक में उनका दखल था!

वहाँ का जीवन भी लेखक ने निकट से देखा। चावल वहाँ चार रूपये किलो था! चिरौंजी नमक के बदले मिल जाती थी! आम, काजू, महुवा वहाँ बहुतायत से होता है। सारे फल ज़मीन पर पड़े रहते थे, कोई उठाता नहीं था। इनका स्थानीय उपयोग भी किया जा सकता था और निर्यात भी लेकिन वहाँ आम आदमी उसे सक्रिय नहीं जान पड़ा। दुकानदार तो दोपहर में आराम करते हैं! दुकानें बंद रहती हैं! मुर्गीपालक परिवार आते-जाते वाहनों के बीच में मुर्गी छोड़ कर उसे कुचलवाते हैं और बदले में मनमाना जुर्माना वसूली के फेर में रहते हैं! वहाँ कमाई का एक धंधा यह भी है!

वहाँ ईसाई धर्म-प्रचारक धर्मान्तरण में लगे हुए हैं! लेकिन ईसाई बन गये हिन्दुओं ने अभी अपने संस्कार छोड़े नहीं हैं, केवल अपने पूजा घर में उन्होंने शिव-गणेश के साथ ईसा को भी रख लिया है!

विभाग में इंजीनियर उसे अपने कार्य में पारंगत और निष्ठावान जान पड़े। वे विदेश में पढ़े हुए थे, उन्हें विदेशों में बुलाया भी जाता था लेकिन वे पलायन नहीं करते थे।

वहाँ रहते लेखक अपना परिवार ले आया था। पत्नी रश्मि मिलनसार थी और पाक-कला में प्रवीण भी। उसकी बदौलत वहाँ के पारिवारिक जीवन में उसका घुलना-मिलना हो गया था।

कोई छह वर्ष उड़ीसा में कार्य करने के बाद लेखक का तबादला जावर माइंस, उदयपुर हो गया। लेकिन इस हिन्दी-प्रदेश ने भी उसे एकाएक अपनाया नहीं। अधिकारी न कर्मचारी ही हिन्दी सीखना चाहते थे। उन्हें तो लगता, हिन्दी-अधिकारी हमारे मुनाफे में मुफ्त का हिस्सा बँटाने आ गये हैं! लेखक को इतनी उपेक्षा झेलनी पड़ी कि तीन माह तक उसे न क्वार्टर मिला न वेतन। जब क्वार्टर मिला भी तो उसमें न सामान था, न सुविधाएँ। ऐसी स्थिति में जब उसे विजिलेंस विभाग में सतर्कता-अधिकारी पद पर नई नियुक्ति मिली, तब उसने, और परिवार ने भी, राहत की साँस ली। चलो! जिल्लत की रोटी से छुटकारा हुआ!

एक बार तो उसके मन ने धिक्कारा भी कि वह चुनौती से घबरा गया है, कि वह हिन्दी के साथ गद्दारी कर रहा है। लेकिन अंततः उसने नई नियुक्ति स्वीकार ली। वह राजपुरा दरीबा माइंस में चला गया।

हैरानी यह देखकर होती है कि दूर-संचार विभाग में तेरह वर्षों तक बिना किसी ख़ास कामकाज के वेतन उठाते रहने पर भी नैतिक-पटल पर ऐसा कोई धिक्कार भाव या कि पश्चात्ताप भी उसके मन में नहीं जागा! सम्भव है, वहाँ तलाशे गए नए कार्य क्षेत्र में उसने इसकी क्षतिपूर्ति हुई मान ली हो।

दरीबा में स्थिति बिलकुल भिन्न थी। परिवेश मनोरम था 'हर सुबह मलमली और शाम मखमली लगती थी।' जीवन की सभी सुविधाएँ वहाँ सुलभ थीं स्कूल, अस्पताल, डाकघर, बैंक, रोडवेज, शॉपिंग सेंटर सभी कुछ परिसर में थे। सतर्कता-अधिकारी पद जैसे सभी को आतंकित किये हुए था। जो सुविधाएँ उसे उपलब्ध करवाई गई, वे उसकी कल्पना के परे थीं। लोगों की धारणा थी कि हिन्दी-अधिकारी विजिलेंस क्या जानता होगा। वे उसके निकट आने के लिये उसे अतिरिक्त आदर देने लगे हर अवसर पर बुलाने लगे। उसके परिवार से भी निकटता बढ़ाने लगे। उच्च अधिकारी भी उसे हवाई यात्राओं के लिये प्रलोभित करने लगे परन्तु उसने पूरे संयम से काम लिया। अपने 'कायस्थ संस्कारों' और लेखकीय सूझ-बूझ से उसने ताड़ लिया कि यदि वह मेल-जोल के फेर में फँस गया तो अपना कर्तव्य नहीं निभा सकेगा। लिहाजा, उसने लोगों से निकटता बढ़ाने के स्वभाव को संयत कर लिया हालाँकि राजनीति, क्रिकेट, फिल्म, साहित्य-चर्चा से अपने को काटना था उसके लिये कष्टकर ही।

शीघ्र ही, वह पुरानी फाइलें निकलवाने, बिलों की जाँच करने और शिकायतों के तल तक जाने के काम में जुट गया। उसने किसी से भेंट-उपहार भी स्वीकार नहीं

किये। उसकी इस कार्य-प्रणाली से परिवार भी सहमत था इसलिये घर में भी कभी कलह-क्लेश नहीं हुआ।

अपना खाली समय उसने नर्सरी के और फिर बड़े बच्चों के साथ कार्यक्रमों में लगाया। इससे उसकी एक नई छवि बन गई।

दरीबा से उसका तबादला चित्तौड़ के चन्देरिया माइंस में हो गया। इस माइंस का विशेष महत्त्व इसके स्पेल्टर के कारण था। इसमें सभी तरह के अयस्क गला कर सीसा, जस्ता, चाँदी आदि निकाली जाती थी। एशिया में भारत के अलावा चीन में ही ऐसी भट्टी थी। इसकी डिजाइनिंग ठंडे देशों के हिसाब से की गई थी। गर्म देश में जब तापमान बढ़ जाता था, भट्टी फूट जाती थी। उससे पिघले धातु ठंडे हो जाते थे। भट्टी को पुनः चालू करने में कई दिन लग जाते थे लेकिन हमारे वैज्ञानिकों की तेज बुद्धि ने कुछ ऐसे परिवर्तन किये कि प्लांट को शत-प्रतिशत क्षमता पर चलाने पर भी भट्टी के फटने का डर नहीं रहा। इस रहस्य को जानने विदेशी वैज्ञानिक भी आने लगे। चीनी वैज्ञानिक भी आये परन्तु वे इसे समझ नहीं पाये।

लेखक के कर्तव्य-परायण होने के साथ-साथ सांस्कृतिक आयोजनों में उसके रूचि लेने की ख्याति यहाँ भी पहुँच चुकी थी। वह वर्ष कंपनी का रजत जयन्ती वर्ष था। उसके लिये उसने लोकगीतों पर आधारित नृत्य-नाटिका तैयार करवायी। उसे लोगों ने पसन्द किया।

दरीबा की अपेक्षा यहाँ उसने अपनी मिलनसारिता बढ़ा ली। यूनियन के महासचिव राणावतजी सज्जन व्यक्ति थे। उन्होंने एल. टी. सी. के रूप में जब बस से धार्मिक-यात्रा का कार्यक्रम बनाया, तब वह भी उसमें सपरिवार शामिल हो गया। विचारधारा से कम्युनिस्ट होने के बावजूद की गई इस यात्रा ने लेखक के सोच पर भी कुछ प्रभाव डाला।

यहाँ रहते ही उसकी पदोन्नति भी हुई। कंपनी ने उसका जाँच-क्षेत्र बढ़ा दिया। कंपनी सुचारू रूप से चल रही थी लेकिन आँकड़ों में दिखाया गया कि वह घाटे में चल रही है। देश के सार्वजनिक उपक्रमों का निजीकरण करने की योजना के तहत हिन्दुस्तान जिंक लि. की सभी इकाइयों को भी बेचने का फैसला कर लिया गया। लेखक ने भी अपने लिये स्वैच्छिक सेवा-निवृत्ति लेने का निर्णय कर लिया और वह राजस्थान छोड़ कर मध्यप्रदेश (भोपाल) चला गया। इस तरह, 1966 में प्रारंभ हुई लेखक की आजीविका-यात्रा 2003 में सकुशल सम्पन्न हो गई।

व्यक्तित्व

यात्रा प्रारंभ करते समय लेखक के हाथ-पाँव सूखी लकड़ी जैसे थे और मुँह छुहारे की तरह पिचका हुआ लेकिन लौटा वह हृष्ट-पुष्ट।

पुस्तक पढ़ कर पहला प्रभाव यही अंकित होता है कि लेखक एक स्व-निर्मित पुरूष रहा। अपना पथ उसने स्वयं तय किया। स्वयं प्रकाश, यथानाम तथा गुण। आत्मदीपो भवः। वह जहाँ भी रहा और जैसा भी जीवन उसे मिला, उसने उसे पूरी जिन्दादिली और मस्ती से जिया।

इस आजीविका-यात्रा में उसका व्यक्तित्व क्रमतर उभरता चला गया है। हम उसे आद्यन्त ऐसे जिन्दादिल व्यक्ति के रूप में देखते हैं जिसमें अदम्य उत्साह है, अक्षय ऊर्जा है और अनुकूलन की अपार क्षमता है।

आत्म-विश्वास उसका विस्मयकारी है। अजमेर छोड़ते समय उसकी जेब में मात्र पच्चीस रूपए थे लेकिन प्रबल आत्म-विश्वास उसका स्वगत कह उठा, जहाँ जोर से नाखून गड़ा दूँगा, धरती चीर कर अमृत की धारा फूट पड़ेगी! इसी विश्वास के बल पर उसने प्लेटफार्म से ही ट्रंक और बिस्तर भाई के साथ घर भेज दिये और बिना सामान के ही यात्रा आरंभ कर दी!

एक बार पढ़ाई के दिनों में जब घर से पैसा नहीं आया, तो उसने भूखे रह कर दिन गुजार दिये! बंबई में एक बार मदन की चाल में ताला मिला तो तीन दिन उसने उसकी प्रतीक्षा में, प्लेटफार्म की बैंचों पर सो कर गुजार दिये! प्रतिकूल परिस्थितियाँ उसे जीवन में अनेक बार झेलनी पड़ी, अपनी अनुकूलन क्षमता के बल पर ही वह उनमें से अपनी राह बनाता चला गया, कभी पस्त-हिम्मत नहीं हुआ।

सर्गीपल्ली रहते वह अपना परिवार ले आया था। पत्नी रश्मि मिलनसार थी। उसकी प्रशंसा करते हुए उसने लिखा है कि मेरी पत्नी पास-पड़ोस से तुरन्त घुल-मिल जाने में महा-निपुण है और इस मामले में मेरी सौ प्रतिशत से भी अधिक क्षतिपूर्ति कर देती है। मैं जितना असामाजिक, संकोची और घर-घुस्सू हूँ, रश्मि उतनी ही मिलनसार सहयोगातुर और खुश-मिजाज है।

पत्नी की प्रशंसा में पति ने स्वयं को चाहे नेपथ्य में डाल दिया हो, असामाजिक और घर-घुस्सू वह कहीं दिखाई नहीं पड़ता है यदि होता तो सर्गीपल्ली का उत्तर-भारत विरोधी सामुदायिक जीवन कैसे बदल पाता! कैसे वहाँ दीवाली पर घरों में दीपक जगमगाते और कैसे रंगों की होली खेली जाती!

सहयोग-तत्परता तो उसमें इतनी मिलती है कि नाइट-ड्यूटी नहीं चाहने वालों की ड्यूटी वह कर दिया करता था! सुमेरपुर में एक लाइनमैन निलम्बित कर दिया गया। लेखक ने उसे हिम्मत बंधाई और कार्यालय के सामने ही उससे टी-स्टॉल खुलवा दी। वह स्टॉल ऐसी चली कि बाद में उसकी बहाली हो जाने पर भी उसने उसे बंद नहीं करना चाहा!

स्वयं प्रकाश के भीतर उसके लेखक ने वय:संधि काल में ही अंगड़ाई ले ली थी, तभी उसने 'मेरी प्यास तुम्हारे बादल' कविता-संग्रह प्रकाशित करवाया था। भीनमाल रहते उसकी कहानियाँ प्रकाशित होने लग गई थीं। अधिकारी पद पर रहते उसने एक जगह लिखा है कि मैं लेखक के रूप में स्थापित हो चुका था। ऐसे में, यदि वह अपने लेखन की चर्चा करते चलता तो वह अस्वाभाविक नहीं होता। लेकिन इसे लेखक का विवेक और संयम ही कहा जायेगा कि उसने आत्म-श्लाघा तो दूर, अपने लेखन की चर्चा से भी अपने को दूर ही रखा।

अवश्य ही, अपने कम्युनिस्ट होने की चर्चा उसने की है लेकिन इसमें भी उसका वैचारिक खुलापन ही अधिक सामने आया है। वामपंथियों के आदर्श और आचरण में मिलने वाले विरोध पर उसने तीखा कटाक्ष किया है–

> "भारत के कम्युनिस्टों ने पिछले पचास सालों में सबसे बड़ी गलती तो यही की है कि धर्म और ईश्वर जैसे सवालों पर स्पष्ट और दो टूक आवरण की मिसाल बनने की बजाय समझौतापरस्ती का रूख अपनाया है और इस तरह न सिर्फ परिवार से पंगे लेने से बचे हैं बल्कि अपनी संस्कारगत भीरूता को भी ढाँके रखा है। अगर आप घर से बाहर कम्युनिस्ट हैं और घर के भीतर मूर्तियों के आगे घंटी बजा रहे हैं और श्राद्ध पक्ष में ब्राह्मण को भोजन करा रहे हैं तो कौन आपकी विचारधारा और दर्शन से प्रभावित होगा? इससे तो ब्रह्मसमाजी और आर्यसमाजी ही ज़्यादा क्रांतिकारी थे जो चाहे सारे प्रश्नों के उत्तर न जानते रहे हों, उनमें यह नैतिक दुचित्तापन और बुनियादी गैर-ईमानदारी नहीं थी।" (192)

लेखक के विचारों की यह स्पष्टता, निर्भ्रांतता और निर्भीकता प्रशंसनीय ही कही जायेगी।

उस धार्मिक बस-यात्रा के बाद लेखक ने अपने विचारों में परिवर्तन करते हुए लिखा कि, "मात्र धार्मिक आस्था रखने से ही कोई व्यक्ति कम्युनिस्टों का दुश्मन नहीं हो जाता। लेखक ने गाँधी की विराटता को भी यह कहते हुए स्वीकार किया है कि ऐसी हस्ती दुनिया में फिर कब पैदा होगी।" (221)।

इसे भी लेखक की बौद्धिक ईमानदारी ही कहा जायेगा कि सोद्देश्य साहित्य की पक्षधरता के बावजूद हम उसे स्वांतः सुखाय के प्रति उदार होते हुए ही नहीं, उसकी प्रशंसा करते भी देखते हैं।

भीनमाल में पुष्पकांतजी के घर में चित्रकला और भित्ति-चित्रों का वैभव देख कर वह चकित रह गया था। एक सामान्य शिक्षक का वह कला-प्रेम उसके लिये कल्पनातीत था। उसकी मुक्तकंठ प्रशंसा करते हुए उसने लिखा है कि–

> "देखिये मजा कि न कभी किसी ने इसकी फोटोग्राफी की, न वीडियोग्राफी, न इसे प्रचारित किया गया, न इस पर इतराये। इससे ज़्यादा शुद्ध स्वांतः सुखाय और कहाँ मिलेगा?" (57)।

पता नहीं, 'मुक्तवाणी' में स्वयं उसने इसकी चर्चा की या नहीं।

सोद्देश्य साहित्य के पक्षधर लेखक को हम विशुद्ध ज्ञान-पिपासा का महत्त्व स्वीकार करते भी देखते हैं। प्रो. सदाशिव श्रोत्रिय का स्वाध्याय देख कर उसने लिखा है कि, "ज्ञान का दूसरा कोई हेतु या उद्देश्य या लक्ष्य होना ज़रूरी नहीं था। आस-पास वालों को वह ज़रूर खब्ती लगते होंगे लेकिन उनकी ज्ञान-पिपासा सचमुच अद्भुत थी।" (62)।

ऐसा ही एक अनुभव लेखक को वैद्य रामदत्तजी द्वारा हिन्दी के श्रेष्ठ कवियों की संगीतबद्ध की गई कविताओं को सुन कर हुआ। "वह अपने आप में एक अनुभव था। यह दुर्भाग्य जैसा ही लगता था कि वैद्य रामदत्त भीनमाल में हैं और हिन्दी कवियों को गा रहे हैं जहाँ उन्हें हम दस-बीस मित्रों के अलावा कोई नहीं सुन रहा। याने यहाँ भी मामला कुछ-कुछ स्वांतः सुखाय वाला ही है।" (69)। काश! कविताओं की वह सांगीतिक प्रस्तुति टेप कर ली जाती!

लेखक के व्यक्तित्व को आयत्त करते हुए उसके इस पक्ष का आकलन भी करना होगा।

अवश्य ही, इसे लेखक की दृष्टिगत संकीर्णता ही कहा जायेगा कि वह आबू में देलवाड़ा मंदिर नाम से ही बिदक गया अन्यथा हवेलियों की कारीगरी का प्रशंसक यदि संगमरमर में शिल्पियों द्वारा उकेरे गये अद्‌भुत सौंदर्य के नेत्रोन्मीलक रूपों को देखता तो आश्चर्य-स्तब्ध हुए बिना नहीं रहता।

लेखक की वैचारिकता का एक पक्ष भाषा, राजनीति, उत्तर-दक्षिण व उत्तर-पूर्व के भेद पर की गई टिप्पणियों का है। ये विचारोत्तेजक हैं। इनमें लेखक के जीवन की देखी ही नहीं, भोगी हुई सच्चाई भी है और साथ में दूसरे पक्ष को समझते चलने की वृत्ति भी है इसलिये आवेशित होने के बावजूद ये टिप्पणियाँ काफी-कुछ ग्राह्य हो जाती हैं।

वैचारिकता का ही एक और पक्ष वह है, जहाँ हम लेखक को एकेडेमिक, ऐतिहासिक मुद्‌दों पर भी निरंकुश होकर अधिकारी-अनाधिकारी टिप्पणियाँ करते देखते हैं। महाराणा प्रताप, हल्दीघाटी, चेतक, चित्तौड़, पद्‌मिनी, जौहर आदि पर की गई टिप्पणियाँ इसी प्रकृति की हैं। ये सभी टिप्पणियाँ हैं प्रसंग-प्राप्त ही। मीरा पर भी उत्सव-प्रसंग में ही लिखा गया है लेकिन क्योंकि ये अभी शोध के विषय हैं, ये लोगों की भावना से जुड़े हुए भी हैं और जिस विधा विशेष की सीमा में यह रचना की गई है, उसमें इनके लिए अवकाश नहीं होता इसलिये भी अपेक्षा होती है कि लेखक निरंकुश टिप्पणियों से बचता। इस तरह के विषय स्वतन्त्र विचार के विषय हैं, लेखक भी इन पर अन्यत्र विचार के लिये स्वतन्त्र था, तब उस पर कोई अंकुश भी नहीं होता लेकिन यहाँ लेखक ने इस पक्ष को भुला दिया है। प्रसंग पाकर अपने विचारों को खुल कर व्यक्त करने का लोभ सवरण वह नहीं कर सका है। यही बात राजस्थानी भाषा पर की गई उसकी टिप्पणी के लिये भी कही जायेगी। प्रसंग-प्राप्त तो माता-पिता, शिक्षा, शादी जैसे विषय भी थे लेकिन उस दिशा में बढ़ने से उसने स्वयं को बचा लिया। उचित होता इन वैचारिक मुद्‌दों पर भी निरंकुश टिप्पणियों से वह अपने को बचाता।

अविस्मरणीय-प्रसंग

लेखक की इस यात्रा में घटित कुछ प्रसंग उसके जीवन के अविस्मरणीय प्रसंग हो गये। सुमेरपुर रहते उसने एक सांस्कृतिक संध्या का आयोजन किया था। दुर्योग से उस दिन प्रातःकाल ही फ्लश-पाइप ऐसा अवरुद्ध हुआ कि पानी डाल कर अवरोध हटाने के परिणाम में सारी गंदगी बाहर फैल गई। जिस प्रांगण में कार्यक्रम होना था, वह गंदगी से लबालब भर गया! अब कार्यक्रम कैसे होगा? सबके हाथ-पैर फूल गये। कुछ लोगों ने हिम्मत की और बाल्टियाँ भर-भर कर गंदा पानी पिछवाड़े खेत में उलीचने लगे। स्वयं लेखक भी इस काम में जुट गया। कुछ समय बाद सफाईकर्मी भी आ गया। अंततः प्रांगण साफ हुआ और निध ीरित समय पर कार्यक्रम वहाँ किया जा सका। इस प्रसंग को लेखक कभी भुला नहीं पाया।

एक अड़चन परिवार को सर्गीपल्ली ले जाते समय आई, वह भी यादगार हो गई। माइंस जाते समय रास्ते में इच्छानाला पार करना पड़ता था। नाला गहरा नहीं था इसलिये

लेखक ने ड्राइवर को नाला पार करने के लिये उकसाया। उसने जीप नाले में डाल दी परन्तु आधे रास्ते जाकर जीप नाले में फँस गई। असल में, मौसम बरसाती था। वर्षा हो रही थी इसलिये नाले में पानी उफान पर था। देखते-ही-देखते पानी जीप में भर गया। जीप में लेखक के अलावा पत्नी, बहन व बच्चे थे। पानी का स्तर बढ़ रहा था। सबको सुरक्षित निकालना सर्वोपरि आवश्यकता थी। इधर, सावधानी से सब को निकाला जा रहा था, उधर पानी जीप में भर गया। उसके तेज बहाव में जीप में रखे छोटे सामान पानी में बहने लग गये! सब देख रहे थे लेकिन लाचार थे। अनेक छोटे नग बह गये। नाला पार कर लेने के बाद सुरक्षित स्थान की ज़रूरत थी। लेखक सहायता के लिये चिल्लाया परन्तु दूर तक कहीं कोई दिखाई नहीं दे रहा था। अचानक देवदूत की तरह महापात्र और उनके साथी प्रकट हुए। वे सभी को अपने कैम्प में ले गये। सबके कपड़े बदलवाये गये और माइंस में लेखक के आगमन की सूचना भेजी गई। इस तरह, वह संकट कटा।

स्मरणीय प्रसंगों में जैसलमेर में किया गया लेखक का रेत-स्नान भी याद किया जा सकता है। यूरोप में धूप-स्नान पर्यटकों का आकर्षण रहता है लेखक के लिये वैसा ही आकर्षण रेत-स्नान रहा। रात में मित्रगण जवाहर-विलास के आगे रेतीले टीलों में चले जाते थे। साथ में शराब की बोतलें ले जाते थे। जाते ही बोतलें रेत में गाड़ दी जाती थीं। मित्रगण रेत-स्नान में मगन हो जाते। ठंडी रेत गर्मी में शरीर को अपूर्व ठंडक देती थी, न शरीर पर चिपकती, न कपड़ों पर ठहरती। दो घंटे तक रेत-निमज्जन चलता रहता। इस बीच बोतलें ठंडी-टीप हो जाती थीं, सभी उनका आनन्द लेते थे।

अन्य पहलू

लेखक के व्यक्तित्व का एक पक्ष यह भी है कि वह उपकार कभी भूलता नहीं है। वह कृतज्ञ है। कभी अपनी परीक्षा की फीस वह अपने मित्र आज़ाद की माँ की संचित पूँजी से ही भर पाया था। जब उसे पहला वेतन मिला, तब वह उसने आज़ाद की माँ को भेज कर ही कुछ ऋण मुक्त हो सका।

इसी तरह, दुर्घटना में उसके हाथ की हड्डी टूट जाने पर छह माह तक पत्नी ने उसकी जो सेवा की, उसे भी उसने कभी नहीं भुलाया बल्कि संकल्प किया कि अवसर आया तो वह प्रति-दान से पीछे नहीं हटेगा। अवसर तो आया लेकिन किंचित् सेवा ने ही अनुभव करा दिया कि सेवा धर्म का निर्वाह सहज नहीं है। बहरहाल कृतज्ञ वह बना रहा।

वर्णन-कौशल

लेखक की बड़ी पूँजी उसका वर्णन-कौशल है। स्फुट प्रसंगों के वर्णन तो उसमें प्रभावी हैं ही, बड़ी घटनाओं के वर्णन सांगोपांग होने से जीवंत चित्र-सा रचते चलते हैं। रेल या बस-यात्रा के प्रसंग स्फुट कोटि के हैं, तो स्मरणीय-प्रसंग सांगोपांग हैं। जैसलमेर में आने वाली आँधी और जन-जीवन पर पड़ने वाले उसके प्रभाव का वर्णन अपनी व्यापकता के कारण, तो उससे बचाव की जुगत का वर्णन अपनी सूक्ष्मता के कारण प्रभावी बन पड़ा है।

रेत का एक रूप वहाँ वह था जिसमें लेखक ने रेत-स्नान किया था, दूसरा रूप वह जिसे वहाँ 'जाँख' कहते हैं–

"यही रेत जब आँधी बन कर आती तो सारे शहर का जीवन अस्त-व्यस्त हो जाता। यदि आप छत पर खड़े होकर देखें तो क्षितिज से बादलों के गुबार की तरह आँधी का उठना आपको साफ नज़र आ जायेगा। आँधी कई रंगों की होती है—पीली, लाल, काली, सफेद और पुराने लोग उसे देख कर ही बता देंगे कि यह कितनी देर चलेगी; एक घंटा, चार घंटे, तीन या सात दिन। अब फर्ज कीजिये तीन दिन चलने वाली आँधी है तो तीन दिन तक रात-दिन सारा आकाश रेत से ढका रहेगा।...मुँह, आँख में कपड़छन रेत घुस जायेगी। बारिश बर्फबारी से भी अधिक वह कोहरे की मानिन्द लगेगी। जैसे रेत का गतिमान कोहरा।...आँधी को कहते हैं 'जाँख'। आँधी चलती तो बिजली चली जाती... बिजली नहीं होती तो सारा शहर अपने घरों में बंद हो जाता। बाहर आपको कुत्ता भी नहीं मिलता। बिजली नहीं होती तो नलों में पानी भी नहीं आता। खिड़की-दरवाज़ों को लाख बंद कर लो, उन पर परदा डाल दो या कंबल टाँग दो, थोड़ी-बहुत रेत तो भीतर आती ही थी। मटका चाहे लाख ढका हो, आप ढक्कन हटाते तो पाते कि पानी पर रेत की मलाई जमी हुई है। फिर हम बड़े निथरे भाव से लोटे में पानी निकालते, जेब से रूमाल निकाल कर लोटे के मुँह पर बाँधते और आराम से गट-गट पानी पी लेते, लेकिन खाना? तो जब जाँख चल रही हो तो शहर के हर घर में अनिवार्यत् खिचड़ी ही पकाई जाती। लेकिन अब उसे खाया कैसे जाय? तो हम खिचड़ी का भगोला, थाली, चम्मच सामने रखकर कंबल ओढ़ लेते और कंबल के तंबू के भीतर भगोले से थाली में खिचड़ी परोस कर भीतर-ही-भीतर खाते। यही किया जा सकता था। सब ऐसा ही करते थे। जाँख थम जाती तो सड़कों पर, नालियों में, सीढ़ियों पर, छत के कोनों में कई-कई फुट रेत जमी मिलती। जैसलमेर-जोधपुर मुख्य सड़क पर रेत के बड़े-बड़े टीले आ जाते, ठीक जैसे जम्मू-श्रीनगर मार्ग पर बर्फ जमा हो जाती है। फलस्वरूप सड़क-यातायात बंद हो जाता। बस बंद, ट्रक बंद, न डाक आती, न सब्जी आती, न डीजल-पेट्रोल, न अख़बार, न दवाई। फिर बी.एस.एफ. की पलटने जा कर सड़क पर से रेत हटाती और दो-तीन रोज़ में जाकर सड़क यातायात फिर चालू हो पाता।"

ऐसा नज़ारा भी लेखक ने देखा कि उसके मकान से सटा रेत का टीला जब उड़ गया तो नीचे जाने कब से दबा हुआ मकान निकल आया! यह तो आम बात थी कि यदि रहवासी मकान में रेत भर जाती तो लोगों को अन्यत्र जा कर रहना पड़ता!

जीवन के क्रिया-कलापों का वर्णन तो फिर भी उतना कठिन नहीं होता, सूनेपन और सन्नाटे को साधना अधिक कठिन होता है परन्तु सर्गीपल्ली में गेस्टहाउस और उसके इर्द-गिर्द के सूनेपन को लेखक ने अपनी भीतर तक जिया, दूर तक देखा, इसलिए उसका वर्णन भी प्रभावी बन पड़ा है—

"अक्सर तो गेस्ट हाउस में मैं अकेला ही गेस्ट होता...दफ्तर से लौटने के बाद आठ कमरों और तीन डाइनिंग हॉल वाले उस गेस्ट हाउस में मैं अकेला ही जीव होता। छुट्टी के दिन तो सुबह से रात तक मैं अकेला ही अकेला होता। ऊबता तो आस-पास घूम आता। आस-पास जंगल ही जंगल। कुछ दूर थी कॉलोनियाँ लेकिन हर दरवाज़ा बंद। न कोई बाज़ार, न दुकान, न क्लब, न ढाबा, न चाय का खोका। यहाँ तक कि कोई कुत्ता तक नहीं। गाय नहीं, बकरी नहीं, चिड़िया तक नहीं। सिर्फ निःशब्द चुप्पी, घबराया हुआ सन्नाटा। (जीव-जन्तु) सब अपने-अपने काम में व्यस्त। सिर्फ ततैये कभी-कभी आवाज़ करते। मैं निरन्तर घंटों उन्हें देखता रहता। उनकी आवाज़ पीता रहता। अकेला गुनगुनाता या बड़बड़ाता रहता। फिर, ऊब कर, थक कर, चिढ़ कर चुप हो जाता। इस कदर सन्नाटे में नींद भी नहीं आती।"

इर्द-गिर्द के जंगल ही नहीं, बस्तियों का जीवन भी लेखक के एकान्त से कम शांत और कम सूना नहीं था।

"बस्ती में भी निकलता तो कोई आवाज़ नहीं मिलती। लोग घरों में बंद, घरों के दरवाज़े बंद, खिड़कियाँ भी बंद। न किसी की हँसी...न सब्जी छौंकने की आवाज़, न चूड़ियों की खनखनाहट, न किसी बच्चे का रोना, न किसी लड़की का पाठ याद करना, न किसी बुजुर्ग की खाँसी! और आसमान धरती से भी ज़्यादा चुप.. जैसे यह कोई और अभिशप्त लोक था जिसमें मैं फैंक दिया गया था! जहाँ मेरी स्मृतियाँ भी आते हुए हिचकती थी।" (145)।

वर्णन प्रसंगों में कुछ ऐसी भी स्थितियाँ हैं जो चाहे संक्षिप्त हैं लेकिन लेखक के कौशल का एक अलग ही प्रभाव अंकित करती हैं। टायफाइड के दिनों में डॉ. पुरोहित के अलावा कोई व्यक्ति झाँकने भी नहीं आया। अपने इस अकेलेपन में एक चिड़िया-प्रसंग का जो वर्णन उसने किया है, वह उसकी दृष्टि की सूक्ष्मता दर्शाता है–

"इन पन्द्रह दिनों में मैं सुबह से शाम, शाम से रात और रात से सुबह तक छत को देखता पड़ा रहता और खामोशी को सुनता रहता। इन पन्द्रह दिनों में डॉ. पुरोहित के अलावा कोई और मुझसे मिलने आया तो एक चिड़िया। जो आती सुबह दस बजे के करीब। फर्श पर फुदकती, पंखें पर बैठ कर झूलती, आईने में अपने प्रतिबिंब को चिढ़ाती। मुझसे पूछती, 'कुछ खाने को नहीं है?' और चली जाती। फिर मैं दाल-चावल के कुछ दाने फर्श पर बिखेरने लगा। लेकिन चिड़िया को मेरी यह भलमनसाहत पसन्द नहीं आई। शायद वह कुछ और चाहती थी।" (116)।

लेखक की वर्णात्मकता का एक पहलू और है, सतर्कता अधिकारी बनने के बाद का जीवन। इस जीवन का जो चित्रण उसने किया है, उसमें एक ओर उसने अपने मानसिक

उद्दवेलन को, तो दूसरी ओर लोगों की मानसिकता को भी गहराई से समझा है और उसका सूक्ष्म वर्णन भी किया है। इस तरह, वर्णन-पक्ष इस रचना का समृद्ध है। लेखक के कथाकार होने की वजह से यह समृद्धि संभव हुई है।

ये उद्धरण कुछ विस्तृत तो हो गये हैं लेकिन कहीं यह परिवेश की पूर्णता के लिये, तो कहीं नायक के संघर्ष से रू-ब-रू कराने के लिये आवश्यक था। आँधी के चित्रण के बिना जैसलमेर का परिवेश अधूरा ही रहता, तो उस बीहड़ भयावह जंगल के शून्य और सन्नाटे में बिताये गये लेखक के कष्टप्रद एकान्तिक जीवन का तो अनुमान करना भी कठिन होता।

चिड़िया-प्रसंग रोचक और रंजक तो है ही, व्यंजक भी कम नहीं है। पन्द्रह दिनों तक टायफाइड भुगत रहा अकेला व्यक्ति चिड़िया के क्षणिक क्रीड़ा-कौतुक से जी बहलाने का भ्रम पाले हुए है, सहकर्मियों के व्यवहार पर यह निरीह चिड़िया क्या तीखा व्यंग्य बन कर नहीं उभरी है?

भाषा

स्वयं प्रकाश की भाषा एक कथाकार की भाषा है; यह वर्णन-क्षम है और कथा का-सा आनन्द देती चलती है। लेखक ने इसे बोलचाल के निकट रखा है। अपने मूल रचाव में यह तत्सम-प्रधान है लेकिन उसमें तद्भव और देशज के लिये भी अवकाश है। उसमें अरबी-फारसी के शब्द हैं, उसके मुहावरे की भंगिमा भी है, तो परहेज अंग्रेज़ी से भी नहीं है।

लेखक की विशेष वृत्ति देशज प्रयोगों की जान पड़ती है। ऐसे प्रयोग भाषा को समृद्ध तब करते हैं, जब वे अपनी अपरिहार्यता की प्रतीति करवाते हैं लेकिन स्वयं प्रकाश बीच रचना-प्रवाह में इनका प्रयोग एक चमक उत्पन्न कर अपने भाषागत वैशिष्ट्य की ओर हमारा ध्यान आकर्षित करने के लिये अधिक करते हैं। ध्यान तो उस ओर जाता भी है लेकिन क्योंकि वे प्रयोग अपनी अपरिहार्यता की प्रतीति नहीं करवा पाते हैं इसलिये आरोपित-से ही अधिक लगते हैं भेले करना, पड़ता खाना, वापरना, जीमना, रबड़ना, उजरत, गोठ, ठंडी-टीप ऐसे ही शब्द हैं। इस सूची को बढ़ाया भी जा सकता है, इनमें से अनेक के सुपड़ हिन्दी-पर्याय मिल जायेंगे। कहीं-कहीं लेखक के स्व-निर्मित शब्द भी मिल जायेंगे। 'बफे' के लिये 'खड़खाना' ऐसा ही शब्द है। हमारा ध्यान तो यह खींचता है लेकिन इसके प्रचलन में आने की संभावना कम है। इसके बरक्स 'भूख भड़काऊ भोजन' सटीक निर्माण है।

भाषा में नये शब्दों का निर्माण, जो सहज ही प्रचलन में आ जायें, कठिन कार्य है परन्तु यह होता लेखक की तलाशी-वृत्ति से ही संभव है। स्वयं प्रकाश की भाषा में यह वृत्ति मिलती है।

लेखक के प्रयोग कहीं-कहीं अतिरंजित हो गये हैं। पुष्पकान्त की तुलना प्रिंस चार्ल्स से करना या 'मुक्तवाणी' के संदर्भ में 'न्यूयार्क टाइम्स' और 'वॉशिंगटन पोस्ट' का उल्लेख ऐसे ही उदाहरण हैं लेकिन ऐसे स्थल कम ही हैं।

लेखक की भाषा खूब सशक्त है और आद्यन्त हमें बाँधे चलती है। इसका सौन्दर्य वर्णनों में निखरा है जो जगह-जगह चित्र आँकते-से चलते हैं।

आत्म-कथ्य

अब, प्रश्न यह है कि 'धूप में नंगे पाँव' को पढ़ा किस रूप में जायेगा? मोटे तौर पर इसे आत्मकथा के रूप में ही पढ़ा जायेगा। एक अर्थ में आत्मकथा यह है भी; लेकिन उस रूप में किंचित् विचारपूर्वक पढ़ी जाने पर यह अखरे बिना नहीं रहेगा कि उसमें लेखक का बचपन, माता-पिता, भाई-बहन, प्रारंभिक शिक्षा, परिवेश जैसा तो कुछ भी नहीं है और न सेवा-निर्वृत्ति के बाद का समय ही है। ऐसी स्थिति में उसे आत्मकथा के रूप में देखना, क्या उसे अधूरा देखना नहीं होगा?

हिन्दी में आत्मकथाएँ अभी अधिक नहीं हैं। कुछ तो ऐसी भी हैं जिन्हें पढ़ा आत्मकथा के रूप में ही गया है लेकिन स्वयं लेखकों ने उनके आत्मकथा होने का किया निषेध ही है। राजेन्द्र यादव ने 'मुड़ मुड़के देखता हूँ' को 'आत्मकथ्यांश' कहा है और मन्नू भंडारी ने 'एक कहानी यह भी' को 'आत्मकथ्य' कहा है।

आत्मकथा और आत्मकथ्य में वैसा पार्थक्य तो नहीं किया जा सकता जैसा उपन्यास और कहानी में होता है लेकिन मन्नू ने इन पदों को अलगाया किन आधारों पर है, यह उनके लेखन में कहीं भी विवेचित नहीं है। परन्तु उन्होंने पूरे बलाघात से यह कहते हुए कि यह 'मेरी आत्मकथा हरगिज नहीं है' और दूसरी ओर उसे 'आत्मकथ्य कह कर और शीर्षक में उसे 'कहानी' कह कर अपनी मंशा उन्होंने भलीभाँति जता दी है।'

'धूप.....' के, विशेषकर उसके विधायी पक्ष के विषय में स्वयं प्रकाश ने भी कुछ नहीं कहा है लेकिन उन्हीं के कथन-प्रमाण पर हम इतना अवश्य कह सकते हैं कि उसे आत्मकथा बनाना या कहना उन्होंने भी नहीं चाहा। कुछ आत्मकथाएँ पढ़ कर उन्हें वितृष्णा ही हुई–

> "जो नामचीन और कर गुजरे किस्म के बन्दे हैं मुझे तो उनकी आत्मकथा या जीवनी की बेहद उबाऊ, आत्म-मुग्धता से लूहसड़ती हुई और लगभग दयनीय लगती है।"

जाहिर है, अपनी रचना को उन्होंने आत्मकथा से अलग ही रखना चाहा होगा। अतः विधायी धरातल पर इसे किस रूप में देखा जाय, यह विचारणीय है।

आत्मकथा लेखक के संपूर्ण जीवन को अपने पसारे में ले लेती है। ऐसी स्थिति में जो रचना लेखक के जीवन के केवल एक पक्ष-विशेष पर ही केन्द्रित हो, उसे हम उसका आत्मकथ्य कह सकते हैं। रचना-प्रमाण पर हम कह सकते हैं कि यह कृति भी स्वयं प्रकाश के जीवन के एक पक्ष पर ही केन्द्रित है वह पक्ष है, उसकी आजीविका-यात्रा। अतः 'धूप...' को स्वयं प्रकाश का आत्मकथ्य कहा जा सकता है बल्कि उसे आत्मकथ्य के पृथक विधायी अस्तित्व को पुष्ट करने वाली रचना के रूप में भी देखा जा सकता है।

लेखक की आजीविका-यात्रा लगभग छत्तीस वर्षों तक फैली हुई है। इस दीर्घ अवधि में जीवन के अनेक प्रमुख पक्ष समा जाते हैं, ऐसे में प्रश्न उठ सकता है कि उसे जीवन

का एक पक्ष कहने का औचित्य क्या है? बात नहीं है, लेकिन यहाँ देखने की बात यह है कि इस दीर्घ अवधि में लेखक को प्रलोभित करने वाले अनेक प्रसंग आये ही होंगे लेकिन रचना साक्षी है कि लेखक ने दूर तक अपने को केन्द्रित केवल आजीविका-यात्रा पर ही रखा है। इसीलिये इसे उसके जीवन का एक पक्ष ही कहा गया है।

आत्मकथा में नायक का संपूर्ण जीवन रचना का उपजीव्य होता है। प्रस्तुत कृति में अवधि का विस्तार तो है लेकिन वर्ण्य पक्ष एक ही है, लेखक की आजीविका-यात्रा। इस यात्रा में पड़ाव तो अनेक है, लेकिन जुड़ाव सबका आवश्यक रूप से आजीविका से ही रहा है। जब संपूर्ण जीवन के चित्रण को आत्मकथा कहते हैं, तब जीवन के एक पक्ष-विशेष पर केन्द्रित कृति को आत्मकथ्य जैसी पृथक संज्ञा से अभिहित किये जाने का औचित्य है।

ऐसी रचना की स्वभावतः आवश्यक शर्त यह होगी कि लेखक उसे अपने जीवन के अन्यान्य पहलुओं से असम्पृक्त रखे कठोरतापूर्वक। इस दृष्टि से देखें तो स्वयं प्रकाश ने प्रशंसनीय संयम बरता है। कृति केवल आजीविका से जुड़े जीवन के दायरे में ही रही है। माता-पिता का जीवन और अपना विवाह जैसे प्रसंग भी लेखक को प्रलोभित नहीं कर पाये हैं।

ऐसी रचना की एक शर्त यह भी रहेगी कि लेखक छोटे-बड़े इतर प्रसंगों के प्रलोभन से भी बचे। इस शर्त को लेखक के जीवन के अन्य पहलुओं से अलग करके देखना होगा। रचना-विकास के क्रम में अनेक स्थितियाँ अपने सन्निवेश के लिये लेखक पर दबाव बनाती है। नौकरी बदलने के लिये जो प्रयत्न उसने किये, उन में शैक्षणिक उन्नयन की कुछ चर्चा उसने अवश्य की है अन्यथा अन्य बदलावों का उसने उल्लेख-भर किया है।

अपने साहित्य की चर्चा करते चलना लेखकों की बड़ी कमजोरी होती है। स्वयं प्रकाश ने उसके उल्लेख से भी अपने को यथाशक्य बचाया है।

अवश्य ही, इतिहास, राजनीति, भाषा आदि ऐसे प्रसंग रहे हैं जिन्होंने उसके विचारों को उत्तेजित किया है।

रचना-प्रवाह में जहाँ इस तरह के अवसर या प्रसंग आये हैं, वहाँ लेखक का स्वयं को रोकना कठिन हो गया है। ये विचार क्योंकि प्रसंग-प्राप्त अवसर पर किये गये हैं इसलिये इन्हें सर्वथा अनुचित तो नहीं कहा जा सकता लेकिन विधा की सीमा पर दृष्टि रहे तो उन्हें इतर ही कहना होगा।

महाराणा प्रताप, हल्दीघाटी चित्तौड़, पद्मिनी, जौहर, मीरां आदि प्रसंग संवेदनशील हैं ये अभी शोध के विषय भी हैं और विवादास्पद भी इसलिये भी आजीविका संदर्भ में ये इतर ही ठहरेंगे। फिर ये विचार के स्वतन्त्र क्षेत्र है और वह राह लेखक के लिये भी खुली थी। वैचारिक विस्तार के लिये भी वही उपयुक्त होता लेकिन अपने वैचारिक आवेश में लेखक इन बातों को देख ही नहीं पाया अन्यथा जिस लेखक ने आत्मीय-रिश्तों और आत्म-श्लाघा का दाँव भी झेल लिया, वैचारिकता के मोह का परिहार करना भी उसके लिये कठिन नहीं था, यदि विद्यार्थी-पक्ष पर उसका ध्यान चला जाता तब आत्मकथ्य के गठन में कोई फाँक नहीं रहती। बहरहाल, रचना जिस रूप में हमारे सामने है, आत्मकथ्य-क्षेत्र में उसे एक मील का पत्थर (माइलिस्टोन) कहा जा सकता है।

महत्त्वाकांक्षा के आकाश में

ज्ञानेश्वर मुले : माटी, पंख और आकाश

कथाकार ज्ञानेश्वर मुले मराठी, अंग्रेज़ी और हिन्दी में समान अधिकार से लिखते हैं। वे सवर्ण नहीं हैं, लेकिन जाति को लेकर कोई कुंठा भी उनमें नहीं है इसलिए उनकी आत्मकथा 'माटी, पंख और आकाश' दलित-आत्मकथाओं में शुमार होगी या नहीं, इसे दलित-साहित्यशास्त्री तय करें। अगर ऐसा होता है तो उस सरगम में यह एक भिन्न स्वर होगा।

दरअसल, यह एक प्रतिभावान बालक, परिश्रमी, उत्साही किशोर और महत्त्वाकांक्षी युवक के सतत संघर्ष और उसकी सफलता के रहस्य की कथा है। संयोगवश उसे जीवन के हर मोड़ पर अपने शिक्षकों और शुभचिंतकों का सहारा, प्रोत्साहन और सही मार्गदर्शन मिला। उसी ने उसमें कुछ बनने की महत्त्वाकांक्षा जगाई और संघर्ष-पथ पर उसका हौसला बढ़ाया।

शिल्प के धरातल पर भी यह एक भिन्न रचना है। जीवन की घटनाओं को उसने क्रमिक रूप से दर्ज़ नहीं किया है। इसकी विशेषता क्रम-छिन्नता में है। पहले खंड 'माटी' में ही पूरे जीवन पर विहंगम दृष्टि है। अतीत और वर्तमान में आवाजाही लगातार चलती रहती है।

यह आत्मकथा कुछ भिन्न इसलिए भी है कि इसमें संस्मरण भी विन्यस्त हैं। 'आकाश' खंड में लेखक ने जापानी कला और संस्कृति का जो परिचय दिया है, उसमें उसका आत्म दब गया है। यह अंश यात्रा-संस्मरण-सा हो गया है। इसी तरह भारतीय सेवा के प्रशिक्षु के रूप में उन्नाव के धौरा गाँव में लेखक द्वारा देखे-सुने गये प्रसंग संस्मरण ही हैं। नाना बाबा प्रसंग का तो उल्लेख भर है, वर्णन नहीं है लेकिन शिक्षित-पागल का प्रसंग विस्तार से है। इसमें नारी का असुरक्षित जीवन, गुंडों द्वारा उसका अपहरण, बालक के मन पर माँ के अपहरण का त्रासद प्रभाव अत्यन्त मार्मिक प्रसंग हैं। ज़मींदार के गुर्गे के आतंक वाला प्रसंग सुगठित है। इस आतंक के आगे देश की क़ानून-व्यवस्था कैसे पंगु होकर रह जाती है, इसका सशक्त चित्रण किया गया है। देश के भावी नौकरशाह कठपुतली बने देखते रह जाते हैं और ज़मींदार का गुर्गा पटवारी की कनपटी पर बंदूक रखकर यह फरमान दाग कर बेखौफ चला जाता है कि निरक्षरों के लिए आवंटित धन ज़मींदारों के खाते में जमा हो जाना चाहिए!

आत्मकथा में अनेक स्फुट प्रसंग हैं, जो लेखक के व्यक्तित्व को अलग-अलग कोणों से प्रकाशित करते हैं। इनसे लेखक की प्रसंग रचाव की सुघड़ता के अलावा उसका वर्णन-कौशल भी उजागर होता है। बचपन में शिक्षकों के कृपा-पात्र बनने के प्रसंग हों या उन्हें सताने के, दोस्तों से मैत्री-शत्रुता के प्रसंग हों या तैराकी के लिए उकसाने वाले, सबका वर्णन उसने मनोयोग से किया है। नीलाबंरी उसके जीवन में प्रेम की शीतल बयार बनकर आई थी, लेकिन वह प्रेम जीवन अल्पजीवी ही रहा। यह प्रेम-प्रसंग एक ओर उसके प्रेम की उत्कटता, तो दूसरी ओर महत्त्वाकांक्षा के गगन में पंख पसार कर उड़ने का दृढ़ संकल्प भी दर्शाता है। महत्त्वाकांक्षा की वेदी पर ही उसने प्रेम की बलि चढ़ा दी। एक बुढ़िया को उसकी खोई हुई रकम लौटाने और गाँव में विराट पीपल को निर्ममता से काट डालने पर उसके तड़प उठने के प्रसंग उसकी गहरी संवेदनशीलता दर्शाते हैं। बाल विधवा चचेरी बहन 'ताई' का रेखाचित्र संक्षिप्त होकर भी ख़ूब मार्मिक और प्रभावी बन पड़ा है।

जापान प्रवास में टैगोर के स्मृति चिह्न वृद्ध हयाशी से सम्मानपूर्वक ग्रहण करने और उन्हें जतनपूर्वक देश लाने के प्रसंग उसकी देश-प्रेम की भावना दिखाते हैं। इस तरह के विविध वर्गों के प्रसंगों के बरक्स आत्मकथा में मारुति प्रसंग है, जो अच्छा-खासा विनोदी है।

एक जिप्सी वृत्ति (भ्रमणशीलता) लेखक में बचपन से ही थी। आसपास के स्थान देखने वह पैदल ही निकल पड़ता था। दस वर्ष की उम्र में उसका घर छूट गया था लेकिन अपने गाँव की मिट्टी, दोस्तों, पंचगंगा नदी, पर्वतों और शिक्षकों को उसने कभी विस्मृत नहीं किया। इनका स्मरण उसके विदेश प्रवास में भी गुँथ गया है। जापान में साकुरा को खिलते देखकर उसका मन नाच उठता है, 'मेरे गाँव के आम पर भी अब बौर आ गए होंगे।'

जापानी जीवन को लेखक ने निकट से देखा और दर्ज़ किया है। इस दृष्टि से वह उन विरल राजनयिकों में हैं, जो अपनी नियुक्ति वाले देश की भाषा सीख कर वहाँ के जनजीवन से तादात्म्य स्थापित करते हैं। और, इस तरह, इस प्रकृति की नौकरी के लिये वे अनुकरणीय आदर्श भी प्रस्तुत करते हैं। काश! सरकार इसे ऐसी नौकरी की अनिवार्य शर्त बना पाती।

लेखक ने लक्ष्य किया है कि जापानी लोग तकनीकी ज्ञान में ही आगे नहीं हैं, अपने तकनीकी कौशल को उन्होंने राष्ट्र की समस्याओं के निराकरण में भी नियोजित किया है। प्रकृति का कोप वे रोक नहीं सके हैं, भीषण भूकम्प वहाँ आज भी आते हैं, लेकिन जनजीवन और बहुमंजिली इमारतों को बचाना उन्होंने सीख लिया है। इसके बरक्स हमारा देश है, जहाँ सूखे और बाढ़ का कोप हर वर्ष रहता है, लेकिन इनसे बचने की कोई प्रणाली तकनीक हमारे वैज्ञानिक आज तक विकसित नहीं कर सके हैं।

आत्मकथा में परिजनों के लिए भी अवकाश रहता है, लेकिन यह आत्मकथा काकू और तात्या के अलावा किसी पर कोई ख़ास प्रकाश नहीं डालती। भाई-बहन और माँ पर भी नहीं।

इस आत्मकथा की भाषा अपने रूपकों के कारण प्राणवान बन पड़ी है। जापान में उसे राह दिखाने वाले सिपाही की चिंता का यह बड़ा सजीव बिंब है–'पहली बार चलना सीखे हुए बच्चे की तरफ़ ममता भरी नज़र से देखने वाली माँ की तरह पुलिस वाला मेरे पीछे ही खड़ा था।' धुँधली याद का यह दृश्य भी–'उस यात्रा की याद मन में धुएँ में दिखाई न पड़ने वाले रास्ते की तरह थी।' साक्षात्कार के लिए अपनी बारी का इंतज़ार करते प्रत्याशी का यह चित्र भी द्रष्टव्य है–'काटने के लिए ले जाए जा रहे बकरे की तरह मैं चुपचाप एक बेंच पर बैठा हुआ था। बच्चों में घर जाने की खुशी गाय की तरफ़ दौड़ने वाले बछड़े जैसी हो जाती थी।'

कुछ स्थलों पर व्यंग्य-विनोद के भी अच्छे छींटे हैं–'कुर्सियाँ भरने के लिए हम वहाँ आमंत्रित थे।' 'हम गरदन नीची करके विद्वान का भाषण सुनते रहे, क्योंकि कान बंद नहीं कर सकते थे।' कुछ नए मुहावरे भी लेखक ने रचे हैं–'बूढ़े की बात मैं प्राणों को कानों में लाकर सुन रहा था।' यह सुघड़ प्रयोग है। कई देशज शब्दों का प्रयोग भी है। अच्छा होता, इनका अर्थ भी कोष्ठक में रहता।

आत्मकथाएँ अधूरी रहने के लिये अभिशप्त होती हैं, लेकिन यह अखरता है कि जिस व्यक्ति के दो बच्चे हैं, उसकी आत्मकथा अविवाहित जीवन पर ही खत्म हो। बहरहाल, यह एक संघर्षशील व्यक्ति की महत्त्वाकांक्षा दर्शाती सशक्त आत्मकथा है।

पद्मश्री मेरे लिये पापश्री बन गया है

फणीश्वरनाथ रेणु : चिठिया हो तो हर कोई बाँचे

(सम्पादक—भारत यायावर)

किसी भी लेखक के व्यक्ति का सहज और निश्छल रूप उसके अनौपचारिक पत्रों में पाया जा सकता है। उसका अंतरंग उसकी डायरी और आत्मकथा में भी रहता है लेकिन जहाँ उसे अपने लेखकत्व का बोध हो आता है, वहाँ वह अपने लेखन का जाने-अनजाने पैरोकार भी हो जाता है इसलिये उसकी निश्छलता के प्रति हम शंकित रहते हैं। अनौपचारिक पत्रों में वह अपने को लगभग निरस्त्रा रूप में प्रस्तुत करता है। ये पत्र लिखे उन्हीं को जाते हैं जो उसके अंत:बाह्य को पहले से ही जान रहे होते हैं इसलिये किसी परिस्थिति-विशेष में अपनी असफलता या दुर्बलता को भी उनके समक्ष स्वीकारने में उसे कोई ख़ास हिचक नहीं होती। प्राय: 'अत्रं कुशलं तत्रास्तु' में समाप्त होने वाले पत्रों में जब-तब लेखक की भी विस्मयकारी आत्मस्वीकृतियाँ मिल जाती हैं। जो उसके ज़्यादा निकट नहीं होते, वे इस रूप को नहीं जान पाते हैं। औपचारिक पत्रों की एक अलग उपादेयता होती है उसके लेखकीय व्यक्तित्व को इनकी राह से भी कुछ जाना जा सकता है। फणीश्वरनाथ 'रेणु' के दोनों तरह के पत्रों का संकलन-सम्पादन कर भारत यायावर ने उन्हें 'चिठिया हो तो हर कोई बाँचे' शीर्षक से पुस्तकाकार प्रकाशित किया है। यह शीर्षक रेणु ने अपने मित्र शैलेन्द्र के संस्मरणों को दिया था। एक स्वतन्त्र रचना का पार्थक्य दर्शाने की दृष्टि से यदि इस पुस्तक को कोई अन्य शीर्षक दिया जाता तो वह ज़्यादा उपयुक्त होता।

रेणु केवल साहित्यिक क्षेत्र में ही सक्रिय नहीं थे, वे राजनीति में भी समान रूप से सक्रिय थे। आजीवन संघर्षशील रहे लेकिन कम ही लोग जानते हैं कि वे एक संस्कारी और ईश्वरविश्वासी व्यक्ति भी थे। भगवती में उनकी गहरी आस्था थी (यद्यपि उसने उनको दीर्घायु नहीं किया)। कहीं उनका यह बल भोलेनाथ भी हैं और कहीं सत्यनारायण भी, जिनकी कथा-पूजा वे करते-कराते हैं। कहीं वे प्रबल रूढ़िवादी भी जान पड़ते हैं। छोटे भाई हरि की मृत्यु का स्मरण करते हुए चचेरे भाई उपेन्द्र को उन्होंने लिखा, 'हरि भाई—तुम सोओ सुख से। तुम्हारी आत्मा को शांति मिले बाबू। तुम मेरे परिवार में अब तक के सभी गुजरने वालों में सौभाग्यवान हो।' उसकी रथी में दो मैथिल और एक

सारस्वत ब्राह्मण ने कंधा दिया, उसे गंगा-लाभ हुआ। हुआ है प्राप्त अपने दादा, परदादा, दादी, नाना-नानी किसी को यह सौभाग्य! एक निकट संबंधी की मृत्यु के कारण परिवार अशौचावस्था (सूतक) में आ गया था। उसमें वे बेटी के द्विरागमन जैसे शुभ कर्म के लिये किसी भी तरह राजी नहीं हुए। अपने मित्र बिरजू को वे बेलाग लिखते हैं, 'साइत, शुभ-अशुभ घड़ी तथा ग्रह-नक्षत्र लग्न, राशि के मामले में बहुत ही रूढ़िवादी और कट्टरपंथी हूँ। इसके लिये मुझे लज्जा भी नहीं। मेरी इज़्ज़त का यहाँ कोई प्रश्न नहीं, बेटी-दामाद के सुखमय भविष्य के लिये ही यह मेरी जिद है।'

यह वास्तव में उनका ग्रामीण संस्कार था जो शहरी संपर्क के बावजूद उनमें बना रहा। लेकिन विश्वास उनके लिये संघर्ष का विकल्प नहीं था, संघर्ष का सहारा था। पिता और भाई की मृत्यु ने उनको तोड़ दिया था लेकिन फिर भी हिम्मत उन्होंने नहीं हारी। वे लिखते हैं, 'मेरी हालत ठीक उस पेड़ की तरह है जिसके ऊपर से एक तूफान गुजर चुका है तुरंत' और भी तूफानों की संभावना के लिए डाल पसारे खड़ा हूँ। आओ! ओ तूफान! जब तक मुझे जड़ से नहीं उखाड़ फेंकोगे 'मैं तुम्हारा मुकाबला करता रहूँगा।'

इसी के अनुरूप हम देखते हैं, तूफानों का सामना वे शरीर, घर-परिवार, समाज-राजनीति, लेखन सभी मोर्चों पर करते हैं, इसी विश्वास के सहारे, दृढ़ संकल्प से, यह कहते हुए कि 'मैं कभी हिम्मत नहीं हारूँगा।' 'हिम्मत से लड़ते और बढ़ते जाना है।' शरीर उनका अंत्रशूल (पैप्टिक अल्सर) और शिर-शूल (माइग्रेन) जैसे स्थायी दुश्मनों से घिरा हुआ था। बीच-बीच में घुटने का दर्द भी सिर उठा लेता था। इन शारीरिक पीड़ाओं से वे कभी-कभी तड़प उठते थे। एक पत्र में लिखते हैं, 'वैसा जीवन जो मैं पिछले कई सालों से जी रहा हूँ, वह भी कोई जीना है? इतना परहेज, हर महीने दर्द, हर रोज़ सुबह-शाम दवा, तिस पर पता नहीं, कब किस रूप में उभरे कि जान ही ले ले। जान ले ही नहीं ले कष्ट से जान ले।' अंतिम वाक्य उस कष्ट को बखूबी व्यंजित करता है जो असह्य होता था। इस दर्द को देखते हुए अस्पताल से लिखे गये पत्रों में जो वर्णनात्मक सौन्दर्य है, वह उनकी लेखकीय निस्संगता को दर्शाता है।

पारिवारिक मोर्चे पर वे अर्थाभाव से पीड़ित थे। मित्रों के आगे हम उन्हें बार-बार हाथ पसारते देखते हैं लेकिन लक्ष्य करने की बात यह है कि नियत समय पर धन लौटाने के लिये उनकी आकुलता भी उसी तरह व्यक्त हुई भी देखते हैं। जब किसी कारण से नहीं लौटा पाते थे तो मुँह दिखाने में भी संकोच करते थे। आजीविका के दो ही साधन थे-खेती और लेखन। दोनों ही भरोसेमन्द नहीं थे; अंततः उन्होंने राजकमल प्रकाशन को अपनी पुस्तकों का कॉपीराइट दस वर्षों तक के लिये बेचने का प्रस्ताव किया। ज़मीन और खेती को लेकर संघर्ष तो कई तरह के थे। बाढ़, सूखा, अकाल आदि एक ओर सताते थे तो दूसरी ओर मुकदमेबाज़ी भी लगी रहती थी। राजकमल-प्रकाशन की शीलाजी को पैसे मँगवाने के लिये लिखे गये पत्रों में इस संघर्ष का एक नया पहलू उभरा है। परती-परिकथा की कथाभूमि अब तीन फसलें देने लगी थी इसलिये जो सफेदपोश लोग गाँव छोड़कर शहरों में जा बसे थे, वे भी लौटने लगे।

'किंतु जिन लोगों ने अब तक आधी-बटाइदारी की थी, वे ज़मीन से बेदखल क्यों होना चाहेंगे। अतः संघर्ष।' एक संघर्ष यह भी कि 'धान पकने से पहले ही नक्सलवादियों ने संथाल, धाँगल और मुसहरों के दल बनाकर धान लुटवाना शुरू कर दिया।' अतः संघर्ष। परिणाम यह कि खेती करने आये थे, मगर लगता है, खेती के साथ राजनीति करना अब आवश्यक होगा।'

कहने की आवश्यकता नहीं कि रेणु ने राजनीति पूरी नैतिकता और निष्ठा से की थी; न तो उनमें प्रलोभन वृत्ति थी और न प्रतिदान कामना; न चापलूसी और न टुच्चापन। एक मित्र ने उनको पत्र लिखा जिसमें चाहा कि गाँव के पुस्तकालय के उद्घाटन के लिये वे एक बड़े व्यक्ति को तय कर लायें। उसका जो उत्तर उन्होंने दिया, वह उनकी राजनीति का स्तर सूचित करता है। उन्होंने लिखा, 'मैं फटकनाथ गिरधारी टाइप का आदमी, मेरी कोई बात सुनेगा? मैं आप लोगों के उत्साह में साथ हूँ। दस टोकरी मिट्टी ढुलवा लीजिए, मगर हाकिम-हुक्काम, अफसरान-लीडरान आदि की सेवा मेरी किस्मत में नहीं।'

वे जनसंघर्ष में अगुआ रहने वाले व्यक्ति थे। बिहार के सभी जन-आन्दोलनों में उनकी सक्रिय भागीदारी थी। जब किसी वजह से किसी आन्दोलन में भाग नहीं ले पाते थे, तो आत्मिक कष्ट अनुभव करते थे। विधान-सभा के सामने सत्याग्रह में भाग नहीं ले पाने का पछतावा प्रकट करते हुए एक पत्र में लिखते हैं कि 'दीवार से सिर टकराकर फोड़ लेने को जी करता है।' जेपी के आन्दोलन से वे कितने गहरे जुड़े हुए थे, इसका प्रमाण यह है कि सरकार की उस आन्दोलन को कुचलने की नीतियों से क्षुब्ध होकर उन्होंने उसके विरोध में अपना 'पद्मश्री' अलंकरण लौटा दिया! यह कहते हुए कि 'पद्मश्री का सम्मान मेरे लिये पापश्री बन गया है।' इसी तरह, एक पत्र राज्यपाल को लिखकर राज्य सरकार से मिलने वाली 300 रूपये प्रतिमाह की साहित्यिक वृत्ति ठुकरा दी, यह कहते हुए कि 'जन-आकांक्षा को हिंसा के बल पर दबाने वाली' सरकार से किसी प्रकार की वृत्ति लेना अपमान समझता हूँ।

इन पत्रों में रेणु की लेखन के प्रति निष्ठा भी कई जगह प्रकट हुई है। वे अपने को लेखक के रूप में ही देखते थे। मई 1946 में एक मित्र को, अस्पताल के लोगों की चर्चा करते हुए, लिखते हैं (वे लोग लिखने से रोकते होंगे) कि 'मैं इन लोगों को कैसे समझाऊँ कि मैं आदमी नहीं हूँ, कलम हूँ।' मार्च 1970 के पत्र में कमलेश्वर को लिखते हैं कि 'पिछली बार (सन् 1951 में) रोगमुक्त होकर अस्पताल से निकलने के बाद जिस तरह लिखने के लिये मन आतुर रहता था, वैसी ही आतुरता मन में फिर जागी है। जय बम भोलेनाथ। जगाये रखो इसको। संयोगवश जब जी गया हूँ तो अकारण ही नहीं। कोई बात बाकी रह गई है। देखा जाय।' 31 दिसम्बर, 1976 को लिखते हैं, 'भगवती फिर मुझसे कोई बड़ा काम करवाना चाहती है लिखने के लिये मेरे पास अब भी बहुत कुछ है भगवती को मना-पटा रहा हूँ। रो-रोकर कसमें खाता हूँ। फिर वह सब नहीं करूँगा किंतु वह सब कुछ करूँगा जो मेरे लेखन के लिये आवश्यक है। नहीं तो फिर जीना किस काम के लिये।' याने जीवन की सार्थकता वे लेखन-कर्म में ही देखते थे। इसके

लिये वे सिगरेट, शराब, सामिष भोजन सभी कुछ छोड़ने के लिये तैयार थे। वैसे, 1975 का एक पत्र बताता है कि सिगरेट छूटी नहीं थी। अप्पू के हाथ बैजनाथ से जो सामान मँगवाने के लिये पत्र उन्होंने लिखा था, उस सूची में तीन पैकेट कैप्सटन भी लिखा हुआ है। लेकिन एकाग्रता से लेखन में जुटने पर वे कई-कई दिनों तक एकान्तवास करते थे और अपने को सामाजिक संपर्क ही नहीं, अख़बार, रेडियो, चिट्ठी-पत्र यहाँ तक कि घड़ी से भी काट लेते थे! कुछ पत्रों में इस आशय के उल्लेख हैं।

भारत यायावर ने इन पत्रों का संकलन बड़े परिश्रमपूर्वक किया है और अपनी भूमिका में इनमें व्यंजित एवं व्यक्त हुए रेणु के व्यक्तित्व पर अच्छा प्रकाश डाला है। पत्र-शैली में रेणु का जो लेखकीय व्यक्तित्व उभरा है, उसका निदर्शन भी उन्होंने किया है। यदि ये पत्र व्यक्ति क्रम के बजाय तिथिक्रम से संजोये जाते तो रेणु की मानसिकता के उतार-चढ़ाव और विकास का ग्राफ भी इनमें बनता देखा जा सकता था। पत्र-संकलन का उद्देश्य पत्रों की राह से लेखक के व्यक्तित्व को समझना हो तो तिथिक्रम अधिक सहायक होता है।

ऐसे पत्रों के सम्पादक से एक अपेक्षा यह होती है कि वह पत्रों में संकेतित प्रसंगों/घटनाओं के संदर्भ स्पष्ट करे। इन पत्रों में भी कई प्रसंग इस प्रकार के आये हैं। भारत सरकार से 1970 में रेणु को विदेश यात्रा का निमन्त्रण मिला था, उसे उनको अस्वीकार करना पड़ा। यह निमन्त्रण किस प्रसंग में था? 'गाँव की गोरी' के लेखक की हरकतों के कारण पूर्णिया की सभी जगहों के नाम फिल्म से हटाये गये। यह मामला क्या था? उन्हें एक साप्ताहिक पत्र का सम्पादक बनाये जाने का प्रस्ताव था, उसे उन्होंने स्वीकार नहीं किया। यह साप्ताहिक कौन-सा था? विधानसभा के सामने एक सत्याग्रह में भाग नहीं ले सकने का उन्हें पछतावा रहा। यह सत्याग्रह था किस सिलसिले में? एक पत्र में उन्होंने बिरजू को लिखा, 'मैंने परिवार के सभी सदस्य तथा रेणु की माँ से सहमति ले ली है। मैं अब बहुत हल्का महसूस कर रहा हूँ।' यह कौन-सा गंभीर मामला था जिसमें सभी की सहमति ली गई? पत्रों में पटना के किसी विद्यालय में पत्नी लतिकाजी के लिये व्यवस्था करने की चिन्ता आई है और उनके किसी ट्रेनिंग में नाम लिखाने का जिक्र भी एक अन्य पत्र में आया है परन्तु इनका संदर्भ ज्ञात नहीं होता। ऐसी दर्जनों जिज्ञासाएँ इन पत्रों को पढ़ते हुए होती हैं। अपेक्षा होती है कि सम्पादक इनका समाधान पाद टिप्पणियों में करते चलते। अपेक्षा यह भी होती है कि परिशिष्ट में रेणु का जीवनक्रम, लेखन, आजीविका के प्रयत्न, फिल्म क्षेत्र, राजनीति आदि में भागीदारी का कुछ परिचय रहता, उससे इन पत्रों को पढ़ने का एक संदर्भ स्वतः जुट जाता। आशा की जाती है कि अगला संस्करण इनका निवारण करता हुआ समुन्नत संस्करण होगा। जो पत्र हाथ नहीं आ सके हैं, वे भी हाथ आयेंगे। बहरहाल प्रस्तुत संकलन के लिये सम्पादक साधुवाद का पात्र है।

इसका उल्लेख कही भी नहीं है।

पत्रों में अधूरा अंतरंग

देवीशंकर अवस्थी : हमका लिख्यो है कहा

सम्पादक : श्रीमती कमलेश अवस्थी

डॉ. देवीशंकर अवस्थी 1955 से 65 के दशक में एक प्रखर और मूर्तिभंजक आलोचक के रूप में उभरे थे; 'चारुचन्द्रलेख' की तीखी आलोचना के बाद से तो विशेष रूप से। यद्यपि इसके बाद भी द्विवेदीजी के प्रति उनके आदर में कोई कमी नहीं आई थी परन्तु द्विवेदीजी में फिर वैसा सौमनस्य नहीं रहा। यही बात दिग्गजों के व्यवहार के लिये भी कही जा सकती है। क्या द्विवेदीजी, डॉ. नगेन्द्र, अज्ञेय के संकलित पत्रों का स्वर और उनका नाम–मात्र का पत्र-व्यवहार भी कुछ व्यंजित नहीं करता? जीवन-व्यवहार में चाहे ये कृपालु बने रहे हों! परन्तु उनकी निर्भीकता की वजह से ही नई पीढ़ी के अनेक लेखक उनके निकट आ गये थे। लेकिन अवस्थीजी का सम्पर्क-वृत्त कुछ लेखकों तक ही सिमटा हुआ नहीं था; इन सबने जब-तब अवस्थीजी को जो पत्र लिखे, श्रीमती कमलेश अवस्थी ने उन्हीं में से कुछ चुनकर यह संकलन 'हमका लिख्यो है कहा' सम्पादित किया है।

अपनी 'स्मृति-अरण्य' भूमिका में श्रीमती अवस्थी ने आशा व्यक्त की है कि 'आप भी जवाब में लिखे गये अवस्थीजी के उत्तर को ज़रूर ही इन पत्रों के अन्दर पढ़ लेंगे।' ज़्यादा पत्र ऐसे हैं कि उनमें उत्तर पढ़ने में कठिनाई नहीं होती; कई एक में तो उत्तर की आवश्यकता भी नहीं लगती, लेकिन कुछ निश्चय ही ऐसे हैं, जिनके संदर्भ में जिज्ञासा होती है कि अवस्थीजी ने उनके उत्तर में क्या लिखा होगा। इसका समाधान संकलन से नहीं होता; और तब लगता है कि इस पक्ष का छूट जाना, इस संकलन का एक बड़ा अभाव है। यह वाकई खेदजनक है कि मौजूद मित्रों से भी उन्हें अवस्थीजी के पत्र प्राप्त नहीं हो सके। श्रीमती कमलेश की लाचारी समझ में आती है। लेकिन यदि अवस्थीजी के लिखे पत्र प्राप्त होते और संकलित पत्रों के बतौर उत्तर उन्हें जोड़ा जाता, चाहे उसके लिये संकलन में निरे मोहवश जुड़े पत्रों को हटाना भी पड़ता, तो संकलन सुगठित ही नहीं, ज़्यादा प्रभावी भी होता; इस अर्थ में कि तब यह अवस्थीजी के व्यक्तित्व को भी उसकी प्रखरता में व्यक्त कर रहा होता।

अपनी प्रकृति में पत्र जिस तरह से लिखने वाले के व्यक्तित्व की अभिव्यक्ति होती है, उस तरह से पाने वाले की नहीं हो सकती परोक्षतः ही हो सकती है, यह उसकी स्वाभाविक सीमा होती है। लेकिन कई पत्र संकलन में ऐसे हैं जो न पाने वाले और न लिखने वाले के व्यक्तित्व पर ही कोई प्रकाश डालते हैं, उन्हें हटाया जा सकता था। यदि

स्वयं अवस्थीजी इसका सम्पादन करते तो वे निश्चय ही ऐसे पत्रों को हटा देते, चाहे सुरक्षित उन्होंने ही सबको रखा था! लेकिन इस सारे संदर्भ में श्रीमती कमलेश की यह वस्तुनिष्ठता निश्चय ही प्रशंसनीय है कि जिन पत्रों में अवस्थीजी की आलोचना की गई है, उन्होंने न तो उनको हटाया, न उनमें कोई कतरब्योंत ही की। इस धरातल पर सचमुच वे आसक्ति मोह से ऊपर उठी रही हैं।

अज्ञेय ने अवस्थीजी की 'हठधर्मिता' को और नेमिचन्द्र जैन ने 'एकांगिता' को लक्ष्य किया है। ये पत्र संकलन में हैं। 'आलोचना और आलोचना' पुस्तक में अवस्थीजी की साहसिकता में कमी को रेखांकित करते हुए नामवरजी लिखते हैं, 'उस पर विश्वनाथप्रसाद की सम्मति छापने का क्या मतलब? आप जिनके ख़िलाफ़ विद्रोह कर रहे हैं, उन्हीं से रिकग्निशन प्राप्त करने की आकांक्षा भी रखते हैं! सबको खुश रखने की प्रवृत्ति के कारण आपके अच्छे ख़ासे निबंधों की धार कुन्द हो गई है। आलोचना के लिये पैनी बुद्धि के साथ नैतिक साहस की भी आवश्यकता है।' यहाँ प्रसंगवश स्मरण किया जा सकता है कि स्वयं नामवरजी में साहस की कमी की शिकायत अशोक वाजपेयी ने की है (यद्यपि वह एक भिन्न मुद्दा है।) लेकिन शीघ्र ही नामवरजी ने अवस्थीजी की साहसिकता के प्रति आश्वस्त होकर नई-कहानी का परचम उन्हें थमा दिया। लिंक-हाउस कथा-संगोष्ठी विषयक सुरेश अवस्थी के संस्मरण को संदर्भित करते हुए नामरवजी ने अवस्थीजी को लिखा कि 'उस खबर के बाद मैंने मन-ही-मन कहानी समीक्षा का झण्डा आपके हाथ सौंप दिया। अब आप जानें और आपका काम जाने। मैं दूसरी दिशा में (मोर्चे पर) चला।' लेकिन दोनों में मैत्री भाव कम नहीं हुआ; बढ़ा ही। 'अब तेरी शोहरत की चर्चा गैर की महफ़िल में है', जैसी प्रशंसा अगले पत्रों में है। एक सदाशयी मित्र के नाते ही वे यह भी सुझाते हैं कि 'क्या यह संभव नहीं कि आप अकेले या दुकेले 'अण्डरस्टेंडिंग फिक्शन' की तरह ही एक बड़ी किताब हिन्दी में तैयार करें। किसी कवि के साथ 'अण्डरस्टेंडिंग पोएट्री' जैसी पुस्तक भी उसी पैटर्न पर हो सकती है और तदुपरान्त नाटक पर भी।'

यहाँ यह जानना भी रोचक होगा कि इस पत्र के कुछ समय पहले ही अवस्थीजी ने 'अण्डरस्टेंडिंग पोएट्री' पुस्तक विद्यानिवासजी के हाथ विदेश से मँगवा ली थी। वे उन्हें यह भेंट कर गये। इसी तरह, रॉबर्ट स्टालमैन की 'द क्रिटीक इन क्रिटिसिज़्म' के पैटर्न पर 'विवेक के रंग' तैयार की जा रही थी। दोनों ही आलोचकों में विदेशी साहित्य के अध्ययन की विशेष वृत्ति थी। यह वृत्ति इनके मित्र अशोकजी के पत्रों में भी फलित हुई है। ये सभी लोग एक आलोचना-पत्रिका के लिये भी समान रूप से चिंतित थे। राजकमल से जुड़ने से पहले नामवरजी अवस्थीजी के पत्रिका-प्रस्ताव पर विचार करने की हामी भी भर चुके थे। राजेन्द्र यादव भी अवस्थीजी के प्रति ऐसी ही निकटता अनुभव करते थे और उनका सम्मान भी करते थे। जैसा व्यंग्य-विनोद नामवरजी के पत्रों में मिलता है, यादवजी के पत्रों में भी मिल जाता है। एक पत्र में वे लिखते हैं कि 'इलाहबाद में नामवर से बड़ी आत्मीय बातें हुईं। उनकी चुप्पी और डेविएशन दोनों ने ही इस आन्दोलन को हानि पहुँचाई। देवीशंकर अवस्थी नाम की बंदूक में बारूद और धमाका तो जोर का था लेकिन लगता है यूनिवर्सिटी की बरसात में सब सील गया।' यह पत्र भी संकलन में है।

इस तरह, इस दशक में नई पीढ़ी के लेखकों की परस्पर निकटता और उनकी बेबाकी की अंतरंग झाँकी देने वाले ये पत्र निश्चय ही पठनीय हैं। वीरेन्द्रकुमार जैन एक पत्र में लिखते हैं कि 'इस कदर राग-द्वेषों के जाले साहित्यिकों के दिलों में जमा हैं कि मैं तो दूर रहकर चुपचाप अपना काम करना चाहता हूँ।' इस बात में सच्चाई है लेकिन इस संकलन के पत्र यह दर्शाते हैं कि तब वातावरण इतना प्रदूषित नहीं था, उसमें सरसता भी थी, प्रदूषित तो वह बाद में ज़्यादा हुआ। एक पत्र में इसकी आशंका व्यक्त करते हुए अशोक वाजपेयी लिखते हैं कि 'किसी भी हालत में राजनीतिक मत-मतान्तर को लेकर पिछले दिनों जो सैनिटी और कैथोलिसिटी आई है उसे आप लोगों को नष्ट नहीं होने देना चाहिए। एक ओर जहाँ राजधानी का साहित्यिक वृत्त जीवन्त होने जा रहा है वहाँ दूसरी ओर उसके डर्टी डिच बनाने का भी खतरा बढ़ रहा है।' इस खतरे से वृत्त की रक्षा का भार वे प्रमुखत: अवस्थीजी के कंधों पर डाल रहे थे लेकिन दुर्भाग्य से इस पत्र के बाद वे साल भर भी जीवित नहीं रहे!

नामवरजी के दिल्ली आने के समाचार अशोकजी ने ही अपने पत्र (उपर्युक्त पत्र में ही) अवस्थीजी को लिखे। उन्होंने लिखा कि 'राजकमलाधीश बनकर उन्होंने अपनी दिल्ली-विजय का पहला चरण पूरा कर लिया। मुझे बहुत खुशी है कि इतने दिनों 'वाइल्डनैस' में गुजारने के बाद उन्हें इतना बढ़िया काम मिला।' इस विजय अभियान को स्वयं नामवरजी के इस पत्र के संदर्भ में पढ़ना भी रोचक होगा (जो उन्होंने अवस्थीजी को लिखा) कि-'दिल्ली और मैं? आप किसे पूछ रहे हैं? सन्तन को कहा सींकरी सों काम? मेरे पास तोड़ने के लिये इतनी पनहियाँ नहीं हैं।' एक अन्य पत्र में वे लिखते हैं, 'गंगा का सुखद किनारा छोड़कर सागर में कूदने का इरादा आप ही कर सकते हैं, मैं नहीं। आप निर्द्वंद्व भाव से जाइये। पीछे से हाथ लगाने को हम ज़रूर तैयार हैं।' स्मरणीय है कि गंगा का किनारा छोड़कर नामवरजी पहले सागर और फिर रेगिस्तान की तरफ़ याने जोधपुर चले गये। लौटकर सन्त अन्तत: सीकरी में ही बस गये! बिना पनहियाँ तोड़े ही। कभी अवस्थीजी की सहायता के लिये उन्होंने सहज ही दस-पन्द्रह जन एक जगह एकत्र करने की बात कही थी। सीकरी में उन्होंने इन सन्तों को भी एकत्र कर ही लिया! अलबत्ता, तब अवस्थीजी नहीं रह गये थे!

इन पत्रों से यह भी ज्ञात होता है कि अशोक वाजपेयी और अजित कुमार से अवस्थीजी का याराना था। एक पत्र में अजित आर्द्र भावुकता में लिखते हैं कि तुम नहीं जानते कि मैं तुम्हें कितना प्यार करता हूँ। सुमित्राजी भी लिखती हैं कि तुम्हीं अजित के अभिन्न मित्र हो। अशोक उन्हें मित्र ही नहीं, बड़ा भाई भी कहते हैं। वे उन्हें अपनी हर गतिविधि से बेखबर रखते थे; अपने अध्ययन, लेखन, प्रकाशन, सम्पादन की योजनाओं और प्रशासनिक सेवा की तैयारी से ही नहीं, घरेलू मामलों, अपने प्रेम-प्रसंगों और विवाह-प्रस्तावों से भी। लेकिन इन पत्रों में अशोकजी का अपना व्यक्तित्व ही ज़्यादा सामने आया है, अवस्थीजी का तो परोक्षत: ही।

उनकी अध्ययनशीलता और निष्पक्ष व तीक्ष्ण आलोचना-दृष्टि यहाँ उनके अन्तर्हित गुण ही हैं विशेष उभार तो उनकी विश्वसनीयता ने ही पाया है जिसके वशीभूत हो वे सब कुछ उनके सामने 'कन्फैस' करते गये हैं। धर्मवीर भारती, विद्यानिवास मिश्र, बालकृष्ण

राव, रामस्वरूप चतुर्वेदी, शरद देवड़ा आदि को भी उनके ये ही गुण आकर्षित करते रहे जान पड़ते हैं। विश्वनाथ त्रिपाठी उनसे अलग ही तरह का अपनापा मानते थे, 'अपने लिये तो आप ही 'सभी' हैं।' परमानन्द श्रीवास्तव भी कुछ ऐसा ही लिखते हैं लेकिन संदर्भ वहाँ और भी अलग होता है, 'सब लोग तो यों ही हैं, आपका स्नेह सबसे ज़्यादा विशिष्ट है। साहित्यिक विश्वासों के अलावा भी आपको बड़े भाई की तरह पाता हूँ। कृपया मेरे जीवन निर्वाह में, लखनऊ रहते हुए, सहायक हों।'

वस्तुत: उन लोगों की सूची बहुत लम्बी है जो उनमें अपना विश्वसनीय अवलम्ब पाते थे; किसी को अपनी पुस्तक छपवानी हो, बिकवानी हो, कहीं लगवानी हो, रिव्यू निकलवानी हो, पी-एच.डी. करनी हो, रूपरेखा बनानी हो, किसी को परीक्षापयोगी प्रश्न भिजवाने हों, दफ्तरों में काम हो, सिफ़ारिश करवानी हो, नौकरी की तलाश हो, अस्पताल का काम हो, और इस तरह के कोई भी काम हों, अवस्थीजी से सहायता की अपेक्षा की जाती थी। जिस तरह वे पत्रिका-सम्पादन और प्रकाशन की योजनाओं में अथवा सभा-समारोहों और संगोष्ठियों में रुचि लेते थे, वैसे ही अन्यान्य कार्य भी वे अकुंठित भाव से करते थे। जिनका काम वे करते थे, उनका स्नेह ही उनकी पूँजी था अन्यथा आर्थिक स्थिति तो उनकी डाँवाडोल ही रहती थी यद्यपि अतिथि-सत्कार निर्बाध चलता रहता था।

इन पत्रों में कई जगह सम्पादकों और प्रकाशकों के साथ लेखकों के पारिश्रमिक का प्रश्न भी उठा है, कहीं स्वाभिमान का मुद्दा बनकर, तो कहीं भिन्न रूप में। उन दिनों लेखक को एक लेख के सामान्यत: 10-15 रूपये मिलते थे! आगरा संस्थान हिन्दी-साहित्य के इतिहास लेखन के लिये 5 रू. प्रति पृष्ठ देता था! अंग्रेज़ी के एक हज़ार शब्दों के हिन्दी अनुवाद की दर 10 रू. थी! साप्ताहिक पत्र नियमित स्तंभ का भुगतान 50-60 रू. करते थे! हारी-बीमारी के अवसर पर भी प्रकाशकों से न सहायता मिलती थी, न रॉयल्टी! रॉयल्टी दर सवा छ: प्रतिशत थी, परीक्षा-काल में ज़्यादा पुस्तकें बिकें तो उस बिक्री पर या पुस्तक कहीं लगवा देने पर 10 प्रतिशत! हर तरफ़ शोषण ही शोषण!

इस संकलन से अवस्थीजी की साहित्यिक-योजनाओं की भी जानकारी मिलती है यद्यपि स्फुट और अव्यवस्थित रूप में। अवस्थीजी की संकलित-सम्पादित 'कविताएँ-1954', 'विवेक के रंग' और नई कहानी आलोचना के ग्रंथ निरे सामान्य संकलन नहीं थे, वे हिन्दी की उत्कृष्ट प्रतिभा और मेधा के प्रतिनिधि-रूप में निरूपित ग्रंथ थे लेकिन इस रूप में इनकी पहचान इन पत्रों में नहीं मिलती, यह विस्मयकारी है। इसे देखते हुए अपेक्षा होती है कि एक ओर उनके प्रमुख जीवन प्रसंगों का, तो दूसरी ओर उनके कृतित्व एवं प्रस्तावों का परिचय भी इस संकलन के प्रारंभ या परिशिष्ट में रहता तो संकलन की उपादेयता बढ़ती। इसी तरह, पत्रों में आये अल्पज्ञात संदर्भों का पाद-टिप्पणियों में कुछ खुलासा रहता तो पत्रों को पढ़ने का आनन्द और भी बढ़ता। बहरहाल, जिस रूप में यह संकलन है, देवीशंकरजी के व्यक्तित्व के विभिन्न रूपों की, और साथ ही, उस युग की, साहित्यिक गतिविधियों की झलक भी इससे मिलती है। आशा है, श्रीमती अवस्थी इसका पूरक संकलन भी शीघ्र ही प्रकाशित करेंगी; अवस्थीजी का अंतरंग तो उसी से सामने आयेगा।

हम फ़िदाये लखनऊ

मनोहर श्याम जोशी : लखनऊ मेरा लखनऊ

मनोहर श्याम जोशी ने लिखा है कि 'हर रचनात्मक व्यक्ति अपने मस्तिष्क में कोई एक ख़ास शहर, कोई एक ख़ास मित्र मंडली, कोई एक ख़ास परिवार, कोई एक ख़ास प्रेमिका लिये घूमता है आजीवन और उससे ही स्फूर्ति पाकर सृजन करता है। मेरे लिये वह ख़ास शहर लखनऊ ही है।' आलेच्य-पुस्तक 'लखनऊ मेरा लखनऊ' जोशीजी के इस ख़ास शहर के संस्मरण हैं।

जोशीजी का जन्म अजमेर में हुआ, उनकी स्कूली-शिक्षा भी वहीं हुई। उच्च शिक्षा के लिये वे अंततः लखनऊ गये और कालक्रम में आजीविका के फेर में लखनऊ से ही दिल्ली चले गये। लखनऊ-प्रवास यद्यपि विज्ञान-स्नातक होने तक ही रहे लेकिन अपने व्यक्तित्व के निर्माण में लखनऊ की भूमिका जोशीजी को आज भी अविस्मरणीय लगती है।

विश्वविद्यालय में उनकी मित्रता कृष्णनारायण कक्कड़ और महेश पंत जैसे कॉमरेडों से हुई। कम्युनिज़्म का पाठ उन्होंने उन्हीं से पढ़ा। कॉमरेडों का वास्तविक चरित्र भी उन्होंने यहीं जाना। 'लखनऊ लेखक संघ' और प्रलेस की गोष्ठियों में उन्होंने साहित्यिक-संस्कार पाये। रघुवीर सहाय से उन्होंने फ्री-लाँसिंग सीखा। प्रेम-दीक्षा भी उन्होंने यहीं पाई। इन गोरखधंधों में पड़ जाने से उनकी पढ़ाई चौपट हो गई। आये थे हरिभजन को ओटन लगे कपास। एक अतिरिक्त वर्ष गँवा कर वे दूसरी श्रेणी के विज्ञान-स्नातक बने! अपनी लापरवाही से ही उन्होंने आगे की शिक्षा के द्वार बंद कर लिये! अंततः उन्हें मुक्तेश्वर में अध्यापकी और फिर सचिवालय में क्लर्की करनी पड़ी! लेकिन उनके मन में यह संकल्प था कि 'मेरा खानदान मास्टरों और क्लर्कों का खानदान रहा है और मैं उससे कुछ अलग बनकर दिखाना चाहता हूँ।' तदनुसार ही उन्होंने दिखाया भी। सचिवालय में जब एक अधिकारी का विरोध करने के कारण वे नौकरी से निकाल दिये गये, तब उन्होंने दिल्ली जाने का निश्चय करके लखनऊ छोड़ दिया।

यह अल्पकालीन लखनऊ-प्रवास ही इन संस्मरणों का मुख्य प्रतिपाद्य है। हम देख सकते हैं कि इस प्रवास-काल में लेखक के जीवन की कोई बड़ी घटनाएँ घटित नहीं हुईं। व्यक्तियों के स्मरणीय प्रसंग जो प्रायः संस्मरण के विषय बनते हैं, इनमें नहीं हैं, लखनऊ शहर का अपना व्यक्तित्व भी इनमें ख़ास नहीं उभरता लखनऊ के साहित्यिक-चरित्र की चर्चा इनमें है लेकिन साहित्यिकों के कृतित्व के पृष्ठभूत रहने की भी प्रभावी प्रतीति वे

हमें नहीं देते लेकिन ये संस्मरण फिर भी हमारा ध्यान आकर्षित करती हैं। कारण इसका यह है कि लेखक ने इन्हें अपनी खिलन्दड़ी भाषा और एक भिन्न शैली में लिखा है। इसके लिये उसने अपने ही व्यक्तित्व के एक प्रतिरूप की, एक अलग 'स्व' 'जोशी जी' की कल्पना की है। लेखक ही इनका नैरेटर है। वही उनके क्रिया-कलापों को एक दूरी से देखता हुआ उनका वर्णन करता और जहाँ-तहाँ उसके आचरण और निर्णयों पर टिप्पणी करता भी चलता है। इस अतिरिक्त स्व की सर्जना ने ही इन संस्मरणों को एक भिन्नता दे दी है। सामान्यतः संस्मरण प्रथम-पुरूष शैली में लिखे जाते हैं लेकिन यहाँ बागडोर नैरेटर ने सँभाल ली है इसलिये ये तृतीय-पुरूष शैली में लिखे गये हैं, इसीलिये लेखक अपने को वस्तुनिष्ठ दृष्टि से देख सका है और अपनी दुर्बलताओं पर व्यंग्य भी कर सका है। यह आत्म-व्यंग्यात्मकता भी इन संस्मरणों की एक विशेषता है। इसी वजह से लेखक को दूसरों पर व्यंग्य करने में कठिनाई नहीं हुई है और इसी वजह से उसकी आत्म-प्रशंसा भी हमें नहीं अखरती।

उसकी खिलन्दड़ी भाषा व्यंग्य को प्रभावी बनाये चलती है। इस आत्म-व्यंग्य का एक पहलू यह भी है कि वे अपने ऊपर व्यंग्य करके ही नहीं रहते, इसके सहारे व्यक्ति की सम्बन्धित वृत्ति की पड़ताल करते हुए कुछ गहरे भी उतरते हैं और इस तरह संस्मरण को नया आयाम देते हुए भी चलते हैं। संस्मरणों का एक भाग इस पड़ताल से ही संघटित हुआ है।

विश्वविद्यालय में प्रवेश लेकर लेखक ने पाया कि उन दिनों यह विश्वविद्यालय इंटेलैक्चुअल्स का इतना बड़ा गढ़ था कि वहाँ जोशीजी जैसे लोग सिफ़र से भी कम ठहर सकते थे! लेखक बन कर उन्होंने पाया कि वे 'हिन्दी साहित्य में तब भी सिफ़र थे और अब भी हैं।' साहित्य ही नहीं, भाषा में भी। 'अगर हिन्दी में सिफ़र थे तो उर्दू में भी दो चश्मी हो रहे थे।' उनके मित्र उनके लेखन के प्रति भी आश्वस्त नहीं थे! कहानी-लेखन के एक प्रसंग में उन्होंने सलाह दी कि 'जैसा आलतू-फालतू बोलते हो, वैसा आलतू-फालतू लिख दो उससे ज़्यादा तुम्हारे बस का और कुछ है भी नहीं।' बरसों बाद जब पुराने मित्र महेश पंत से मिलना हुआ, तब उसने इनके लेखन पर अपनी सम्मति इस प्रकार प्रकट की, 'भाई मनोहरश्याम, तुम्हारे ये सड़क छाप प्रशंसक तुम्हारा लिखा हुआ कभी-कभी ज़बरदस्ती पढ़वा जाते हैं। तुम सतही तब भी थे, अब भी हो।'

जब लेखक अपने को 'फेल्योर' समझ कर निराश होता है, तब नैरेटर उसे आश्वस्त करता है, 'फेल तो तू ना हुआ है, सैकिण्ड क्लास ज़रूर पास हुआ है, और मेरी समझ में सैकिण्ड क्लास ही है तू।' हम देख सकते हैं कि कैसे आश्वस्ति में भी तीखा उपहास समाया हुआ है! लेखक की क्रान्तिकारिता के प्रति भी नैरेटर की दृष्टि कुछ ऐसी ही है। उसने लिखा है कि 'वे क्रान्तिकारी तो होना चाहते थे लेकिन परिवार और परम्परा की उँगली भी पकड़े रहना चाहते थे। वे हद से हद यही कर सकते थे कि दोस्तों के बीच बैठे हुए थोड़ी देर तक बोहेभियन और क्रान्तिकारी होने का खेल खेल लें, शराब पी लें, गाली-वाली दे लें और क्रान्ति के नारे लगा लें।'

ऐसे तीखे आत्म-व्यंग्य इन संस्मरणों में आद्यन्त मिलेंगे। इन्हीं के सहारे लेखक के लिये दूसरों पर व्यंग्य करना आसान हो गया है। यह उस युग पर व्यंग्य-बाण है कि 'विद्रोह की बात तो बहुत होती थी लेकिन सचमुच विद्रोह करने से परम्परावादी और प्रगतिशील दोनों ही कतराते थे।' अपने जीवन और कृतियों में स्थापित मर्यादाओं का उल्लंघन करना दोनों के लिये कल्पनातीत-सा था! 'क्रान्तिकारिता का तब मतलब था, आधुनिक पश्चिमी सोच और संस्कृति का अनुमोदन कम्युनस्टि बिरादरी में शामिल सभी अच्छे हिन्दी लेखक अपने को पश्चिम के नये-नये साहित्यिक-आन्दोलनों से जोड़ने को लालायित रहते थे! जोशीजी की तरह वह प्रगतिशील के साथ-साथ प्रयोगवादी भी होना चाहते थे।' हम देख सकते हैं कि यहाँ भी आत्म-व्यंग्य ने पर-व्यंग्य कुछ सुगम कर दिया है।

स्वयं के बाद सबसे अधिक व्यंग्य जोशीजी ने कॉमरेडों पर किये हैं। बाहर के कॉमरेड भी उनके साथ होस्टल में ठहरते थे। उनके विषय में जोशी का अनुभव यह रहा कि 'आपसे भावभीनी विदाई लेते समय वे आपके बदन के कपड़ों से लेकर आपके बटुए के पैसों तक कुछ भी साधिकार बतौर प्रेमोपहार ले जा सकते थे।' जोशीजी कम्युनिस्ट तो थे लेकिन पार्टी-सदस्यता उन्होंने नहीं ली। इप्टा और प्रलेस में भाग लेकर वे उदीयमान वामपंथी संस्कृतिकर्मी तो बने लेकिन पार्टी-कूरियर कभी नहीं बने। कूरियर बनने के नाम से ही उनकी पतलून खराब हो जाती थी। स्टूडेन्ट फैडरेशन के पक्ष में चुनाव-प्रचार करके या हड़तालों में भाग लेकर वे अपनी क्रान्तिकारिता अवश्य दिखाते रहे अन्यथा वामपंथी बुद्धिजीवी होने का मतलब उनके लिये काफी-हाउस में गरमागरम बहसें करने तक ही सीमित रहा। उन्होंने लक्ष्य किया कि जो बुद्धिजीवी पार्टी-सदस्य थे, स्थिति उनकी भी कमोबेश यही थी। उनमें से कोई भी किसान या मजदूर मोर्चे पर काम करने नहीं गया! वे भी कॉफी की प्यालियों में ही क्रान्तिकारिता छलकाते रहे!

लखनऊ रहते जोशीजी को कुछेक कष्ट भी थे। एक तो यही कि बचपन में तम्बाकू-पान-सिगरेट चोरी की जो आदत उन्हें पड़ गई थी, वह साधु-चरित पूरन दा (जिनके पास वे रहते थे) के यहाँ रहते पूरी नहीं हो पा रही थी, वहाँ ये चीज़ें आती ही नहीं थीं! दूसरे, उन्हें कन्या कष्ट भी था। नैरेटर ने लिखा है कि यह आपत्ति की जा सकती है कि इन संस्मरणों में कन्या-कष्ट कुछ ज़्यादा ही आया है, इस पर उसका निवेदन है कि जोशीजी को यह कष्ट था ही ज़्यादा, इसलिये ज़्यादा आया है। बात यह है कि उन्हें कन्यार्थी उम्र में ही अजनबी शहर (लखनऊ) में आना पड़ गया था। अजमेर में रहते तो कुछ जुगाड़ करते। (वैसे तो करते क्या जबकि थे अभी वे 'शर्मीले बालकनुमा' ही। अपरिचिता से बात करते हुए घिग्घी बँधा जाती थी)। लखनऊ में रहते वे 'कायदे से कजिनबाज भी नहीं बन पाये' याने चचेरे रिश्तों में, ममेरे-मौसेरों में भी कोई प्रेमिका नहीं तलाश पाये। 'कोई सफलता वे गली-मुहल्ले के मोर्चे पर भी हासिल नहीं कर पाये, केवल दूसरों की सफलता पर कुढ़ते रहे।' यहाँ हम असफलता के स्वीकार में भी व्यंजित लेखक की सफलता लक्ष्य कर सकते हैं (और नवयुवकों की वय: संधिकालीन वृत्ति पर

व्यंग्य भी)। अंततः वे मेडिकल-सुंदरी का प्रेम पाने में सफल हो गये। इसके बाद भी एकाधा मछली फँसाने की कोशिश उन्होंने की लेकिन तब उनकी नैतिकता ने ही उन्हें धिक्कार दिया। इस पहलू में फलित नैतिकता में व्यंजित आत्म-प्रशंसा देखी जा सकती है।

संस्कारों से प्राप्त नैतिकता का दबाव इन संस्मरणों में कई जगह दिखाई पड़ता है। रास्तें में पड़े मिले रूपयों के प्रसंग में हम देखते हैं कि जोशी उन्हें अपना नहीं मान पाते। मित्रों से भी वे उन्हें खर्च नहीं करने का आग्रह ही करते हैं। पुरस्कार में मिले चेक को भुनाने के प्रसंग में भी अबोध जोशी नैतिकता के नाम पर ही मित्रों द्वारा छले जाते हैं। लखनऊ-प्रवास अंततः अबोध जोशी के दिमाग से इस तरह की 'भावुकता का भूसा' साफ कर देता है।

लखनऊ के साहित्यकारों के निकट संपर्क में आने से जोशीजी में यह धारणा बनी कि 'हिन्दी साहित्य में लखनवी कलम जैसी एक अलग शैली है।' ये लेखक व्यक्तित्व और कृतित्व में आवश्यकता से अधिक गंभीरता नहीं ओढ़ते। ये विनोदी-प्रकृति के होते हैं और निश्छल व उन्मुक्त ठहाके लगाते नज़र आते हैं। इनमें व्यंग्य और आत्म-व्यंग्य भी खूब मिलता है। अमृतलाल नागर और भगवतीचरण वर्मा में यह वृत्ति ख़ूब मिलती है, यशपाल में चाहे वैसी न भी रही हो। स्वयं को भी जोशीजी इसी श्रेणी में शामिल करते हैं। व्यंग्य-विनोद इनमें भरपूर हैं और आत्म-व्यंग्य में तो ये लगभग बेजोड़। व्यंग्य रघुवीर सहाय में भी मिलता है और भारतभूषण अग्रवाल के तुक्तकों में भी। गिरिजाकुमार माथुर और नरेश मेहता के लेखन में चाहे न भी हो, नरेशजी के व्यक्तित्व में यह वृत्ति थी। इन सभी से जोशीजी का अच्छा परिचय था। लेकिन इन संस्मरणों में जोशीजी इनके कृतित्व से गहरे परिचय की साक्षी कहीं-कहीं ही देते हैं।

नागरजी पर जोशीजी ने कुछ विस्तार से लिखा है लेकिन वहाँ भी अंकित रेखाचित्र ही हुआ है, संस्मरण योग्य प्रसंग वहाँ नहीं या विरल है। कृतित्व के संदर्भ नगण्य हैं।

प्रलेस की गोष्ठियों में उर्दू-लेखक भी आते थे। भाषा के मुद्दे पर उनकी हिन्दी-लेखकों से होने वाली बहसें वातावरण को गर्माती थीं लेकिन उससे लेखकों में आपस में कटुता नहीं आती थी। भुवनेश्वर और मजाज के साथ को तो जोशीजी ने विशेष रूप से याद किया है। अन्य उर्दू लेखकों में रजिया सज्जाद जहीर से जोशीजी विशेष प्रभावित हुए यद्यपि आपा की याद उन्हें अपने जीवन में देखी सिगरेट पीने वाली पहली महिला के रूप में ही रही है! विद्वत्ता और व्यंग्यात्मकता में उन्होंने बाकर मेंहदी को अन्यतम पाया था। उनके अंदाज़ेबयाँ को उन्होंने अपनाने की कोशिश भी की यद्यपि नाकाम रहे।

अपनी इन लखनवी यादों को जोशीजी ने संस्मरण कहा है। अपने बचपन का ब्योरा उन्होंने कदाचित् इसीलिये छोड़ दिया है कि यह पुस्तक उनके लखनऊ के संस्मरणों के रूप में ही देखी जाय। लेकिन संस्मरण की सघनता यहाँ नहीं मिलती। सघनता आती है, अंतरंग पहचान और विशेष स्मरण रखने योग्य घटनाओं से। लखनऊ शहर को ही यहाँ व्यक्तित्व मान लिया जाय, तब भी ऐसे प्रसंग इसमें नहीं हैं जिनमें से होकर शहर

का व्यक्तित्व उभरता हो। स्मरणीयता रखने वाले विशेष प्रभावी प्रसंग, संस्मरण जिनसे संघटित होता है, इसमें नहीं हैं। अचानक रुपये मिलने वाला प्रसंग या कॉफी-हाउस का प्रसंग या मेडिकल सुन्दरी का प्रेम संभव करने वाला नाट्य-प्रसंग और ऐसे ही कुछ और प्रसंग लेखक के जीवन के स्मरणीय-प्रसंग हो सकते थे लेकिन शहर का कोई व्यक्तित्व इनसे नहीं उभरता। लखनऊ के साहित्यिकों की चर्चा लेखक ने की है लेकिन उनसे जुड़े लेखक के कोई निजी प्रसंग इसमें है तो भगवतीचरण वर्मा से जुड़ा हुआ है जो जोशीजी की कच्ची उमर की अधीरता दिखाता है। बिना इस निनेता के संस्मरण नहीं रचा जा सकता। इस अभाव की पूर्ति लेखक ने अन्य विधियों से की है। ये विधियाँ आत्मकथा के लिये तो उपयुक्त हो सकती हैं, संस्मरण के लिये नहीं। जिस मंथर गति से वर्णन चलता है, वह भी आत्मकथा के लिये ही अधिक उपयुक्त है। हर वर्णन और छुटपुट प्रसंग की स्वतन्त्र अर्थवत्ता आत्मकथा के लिये अपेक्षित होती है, वहाँ नगण्य महत्त्व के प्रसंग किसी अन्य प्रमुख प्रसंग से जुड़कर व्यक्ति के पहलू-विशेष को उभारने में पर्यवसित होते हुए अपनी सार्थकता पा लेते हैं। यह बात संस्मरण को, बतौर संस्मरण, प्रभावी नहीं बनाती, शिथिल ही करती है।

यह कहा जा सकता है कि आज का लेखक विधायी केंद्र का कायल नहीं है इसलिए विधाओं की विभाजक रेखाएँ आज धुँधलाती जा रही हैं। आत्मकथा और संस्मरण, संस्मरण और रेखाचित्र जैसी विधाएँ परस्पर जुड़ी हुई भी ऐसी हैं कि इनमें आत्यन्तिक भेद करना कठिन लग सकता है। जोशीजी ने इन सबका प्रयोग किया है। अपनी प्रेमिका मेडिकल-सुन्दरी का नाम उन्होंने जिस तरह अंत तक दुराये ही रखा है, वह हमें टी.वी. सीरियलों की ब्रेक के बाद 'स्टे विद अस' वाली शैली का स्मरण कराता है जिसमें रहस्य भरसक बनाये रखा जाता है। हम भी लेखक की प्रेमिका का नाम उसकी अगली पुस्तक में ही जान सकेंगे। बहरहाल, यदि हम विधा के रूप में पहचान करना चाहें तो लेखक की ये यादें आत्मकथा के अधिक निकट ठहरेंगी। जोशीजी ने इस पुस्तक में स्वयं भी कहीं-कहीं बायोग्राफी शब्द का प्रयोग आत्मकथा के अर्थ में ही किया है। अंततः जोशीजी लिखेंगे, आत्मकथा ही।

समीक्षा वलयित संस्मरण

मनोहर श्याम जोशी : रघुवीर सहाय : रचनाओं के बहाने एक स्मरण

मनोहर श्याम जोशी ने रचनात्मक क्षेत्र में सदैव ही कुछ विशिष्ट या भिन्न करना चाहा है। अपनी नई पुस्तक 'रघुवीर सहाय : रचनाओं के बहाने एक स्मरण' में भी उन्होंने ऐसा ही कुछ प्रयोग समीक्षा और संस्मरण के सम्मिलित क्षेत्र में किया है। उनका कहना तो यह है कि मैं 'समीक्षक-वमीक्षक नहीं हूँ' और 'मैं इस रचनावली की समीक्षा नहीं कर सकता, बस इसके बहाने रघुवीर को याद ही कर सकता हूँ' परन्तु पुस्तक पढ़ते हुए हम पाते हैं कि समीक्षा संस्मरण पर भारी ही रही है। इसमें संस्मरण से समीक्षा और समीक्षा से पुनः संस्मरण में संक्रमण का जो सुग्रथित पैटर्न मिलता है, वह उस समीक्षात्मक अनुशासन का ही फल है जो उन्होंने साधा है। संस्मरणों ने रचनाओं से पुष्टि पाई है, तो समीक्षा ने संस्मरणों से पोषण। इसी सबब से यह पुस्तक समीक्षा वलयित संस्मरण का विशिष्ट उदाहरण बन गई है।

जोशीजी प्रारम्भ से ही रघुवीर की कविता के 'अन्यतम प्रशंसक' थे। रघुवीर एक ओर उर्दू शायरी और गीतधारा से भावित कविता लिख रहे थे, तो दूसरी ओर, 'सैंस ऑफ़ एब्सर्ड' दर्शाने वाली कविता भी। वे जीवन के बेतुकेपन में भी कविता ढूँढ़ लेते थे और जोशीजी से उन्हें उस पर भी दाद मिलती थी। लखनवी रसिकों को ये कविताएँ चिढ़ाने वाली होती थीं तो पहली कोटि वाली आधुनिकतावादियों को नागवार थीं। प्रयोगवादी छन्दहीन और अतुकान्त कविताएँ लिख रहे थे लेकिन रघुवीर छंदबद्ध और तुकान्त भी लिखते थे उनकी गति छन्दों में भी थी 'पढ़िए गीता/बनिए सीता' वाली व्यंग्य-विनोद की कविता ही नहीं, गम्भीर कविताएँ भी वे इस मुहावरे में लिख देते थे। कोई कवि 'साँस की लय' वाली आधुनिक कविता भी छंद में लिखे, यह उनके समकालीनों को आपत्तिजनक लगता था। इसी तरह, सर्वथा बोलचाल की भाषा में भी कविता करने की रघुवीरी जिद लोगों को नागवार थी जबकि रघुवीर प्रेम कविताएँ भी गैर-रूमानी बोलचाल में लिख देते थे। जोशीजी इस रघुवीरी मुहावरे में हमें पैठ देते हैं। वे कहते हैं, 'खोये हुए रूमाल के लिए विलाप करते हुए वह उस पर किसी लिपिस्टिक लगे होने की या उसमें इत्र की गंध बसी होने की बात न कहकर यह सूचना देता था कि 'उससे मैंने जूता, नाक, पसीना और कलम की निब पोंछी थी' और फिर भी वह आश्वस्त होता था कि मैंने जो कुछ कहा, वह काव्यात्मक है।' जो लोग आक्षेप करते थे, उसमें कल्पना

नाम की चीज़ नहीं है, उनके लिये यह समझ सकना कठिन था कि उसकी कल्पना शक्ति ऐसी थी कि वह विरोधों में सामंजस्य खोज लेती थी और रोज़मर्रा के यथार्थ को भी सर्वथा काव्यमय बना लेती थी। वह एक साथ गम्भीर और खिलन्दड़ हो सकता था, अपनी कृतियों में भी और जीवन में भी।

जीवन में उसका खिलन्दड़ा रूप जोशीजी ने आकाशवाणी-काल के संस्मरणों में उभारा है, चाहे वे प्रसंग समाचार-वाचिकाओं के साथ हँसी-ठिठोली के हों या सरकारी या दूतावासी आयोजनों में इनके द्वारा बरते गये मसखरेपन के। एक गम्भीर व्यक्ति के भीतर छिपी विनोद-वृत्ति इन प्रसंगों में ख़ूब उजागर हुई है। इनकी वॉकी-टॉकी के प्रसंगों में और उनके द्वारा जब-तब रचे जाते सड़क-साहित्य में रचनावृत्ति और जिन्दादिली परस्पर घुल-मिल गई है।

रघुवीर जिद्दी भी बहुत थे यद्यपि आकाशवाणी में उनकी भाषाई-जिद वाला प्रसंग उनकी भाषाई-परख भी दिखाता है। लेकिन ऐसी ही किसी जिद में उन्होंने आकाशवाणी से त्यागपत्र दे दिया। इससे उनका बाद का जीवन आर्थिक दृष्टि से संकटपूर्ण हो गया और संघर्षपूर्ण भी। इसके बाद दिल्ली में फ्री-लाँसिंग, 'कल्पना' के बुलावे पर हैदराबाद, एशिया थियेटर में नियुक्ति पर पुनः दिल्ली, पिता का निधन, लखनऊ प्रवास, एक के बाद दूसरी पुत्री का जन्म, 'वाक्' में पुनः दिल्ली का संक्षिप्त-लेखा जोशीजी ने लिया है। रचनात्मक क्षेत्र में भी यह उनका संघर्ष-काल ही था। एक भी कविता-संग्रह वे प्रकाशित नहीं करा सके थे। 'सीढ़ियों पर धूप' उनकी मिली-जुली रचनाओं का संग्रह है। इसके प्रकाशन ने भी कोई धमाका नहीं किया।

इसी काल में वे कहानी-लेखन की ओर मुड़े। वस्तुतः जब-जब उन्हें लिख कर कमाने की ज़रूरत पड़ी, उन्होंने कहानियाँ लिखीं। पत्रिकाएँ पैसा कहानियों पर देती थीं, कविताएँ छापने पर नहीं। इस तरह कहानियाँ लिखना उनकी मजबूरी थी, चाहे कहानियों में भी लिखते वे कविता ही रहे। अपने मत की पुष्टि में जोशीजी ने स्वयं रघुवीर की भूमिका से ही यह कथन उद्धृत किया है—यह जानकर मुझे, एक रचनाकार को संतोष मिलता है कि इनमें से प्रत्येक रचना एक-न-एक विधा का विकल्प है, बहुत करके कविता का क्योंकि वही मैं लिखना चाहता रहा हूँ। लेकिन बतौर कहानी भी रघुवीर के प्रयोग समकालीनों के गले नहीं उतरे थे। परन्तु जोशीजी की इस टिप्पणी से सहमत होना भी कठिन है कि 'रघुवीर ने इतनी अद्‌भुत और विचित्र कहानियाँ तब लिख डाली जब 'नयी कविता' की टक्कर में किसी 'नयी कहानी' को लाने में जुटे लोग भी परम्परागत कथा शैली के ही कायल थे।' परम्परित शैली की केंचुल तो कहानी ने रघुवीर से पहले ही उतार दी थी, चाहे चौंकाने वाले प्रयोग न भी किये हों। अवश्य ही, रघुवीर के इस कहानी-चिंतन से आज के प्रयोगशील भी सहमत होंगे कि 'कहानी पर यह शर्त लागू नहीं की जा सकती कि वह कहानी ही रहे। उसके लिये कुछ ज़रूरी है तो यह कि वह जीवन की समझ पैदा करे।' इस समझ की रघुवीरी व्याख्या और इसकी विधायी-सीमा का यह निदर्शन भी बहुतों के लिये विचारोत्तेजक होगा कि—जब कहानी जीवन की समझ

पैदा नहीं कर पाती तो वह कहानी नहीं होती, 'मगर जब कर पाती तो उस पर यह बंधन भी नहीं रहता कि वह कहानी ही रहे, यह बंधन रहता है कि वह जीवन की नई समझ का शास्त्र न बन जाय।'

रघुवीर का कविता-चिंतन भी ऐसा ही मौलिक और धारदार है। 'कविता की ज़रूरत' पर विचार करते हुए वे कहते हैं कि 'बार-बार ऐसा वक्त आता है कि कवि को जीने का उद्देश्य समझ में नहीं आ रहा होता है। उस वक्त कविता की ज़रूरत कवि को होती है। कविता उसे जीवन का उद्देश्य बता नहीं देती, वह स्वयं उद्देश्य बन जाती है। कह सकते हैं कि वह जीवन का उद्देश्य नहीं बनती, ख़ुद एक जीवन बन जाती है जिसका उद्देश्य वह स्वयं होती है।'

मुझे विस्मय होता है कि कविता की स्वायत्तता को इस हद तक स्वीकारने वाला मौलिक विचारक मार्क्सवादी-रुझान वाला कैसे हो गया? बुनियादी आदमी से हमदर्दी रखने के नाते भर से? जोशीजी इस सवाल से कतरा जाते हैं।

बहरहाल, कहानियाँ रघुवीर के आर्थिक-संकट का समाधान नहीं हो सकती थीं। आजीविका के लिये उनके 'दिनमान' में जाने से पहले तक का यह काल, कठोर संघर्ष का था और 'दिनमान' में जाने तक का तो अपमान भरा भी। पहले तो उन्हें उसी आकाशवाणी (उसी समाचार-विभाग और वहाँ उस व्यक्ति) की शरण में जाना पड़ा, जिसे वे ठुकरा चुके थे! बाद में, 'नवभारत टाइम्स' में काम करना भी कम त्रासदायी नहीं रहा होगा क्योंकि अक्षयकुमार जैन को टाइम्स-ग्रुप में प्रयोगवादी फूटी आँख नहीं सुहाते थे। परन्तु इसी अवधि में 'दिनमान' द्वारा की गई उनकी अवहेलना उनके लिये सबसे ज़्यादा यंत्रणादायी थी। लेकिन उनके रचना-कर्म के लिये यह संघर्ष उर्वर सिद्ध हुआ। जोशीजी ने लिखा है कि 'रघुवीर का एक लम्बे अरसे से खामोश कवि दिनमान प्रसंग से लगी चोट के कारण सहसा चीत्कार कर उठा। कई वर्ष पहले प्रेम ने उसकी रचनात्मकता को जितना भड़काया था उतना ही अब अपमान और पीड़ा ने भड़का दिया। और, सबसे बड़ी बात यह हुई कि वह अपनी कविता के लिये जिस नये तेवर और मुहावरे की एक अरसे से तलाश कर रहा था, वह उसे मिल गया।'

पत्रकार के रूप में काम करते हुए उसने राजनीतिज्ञों और बड़े लोगों के सम्पर्क से उन लोगों की असलियत पहचानी जिनका वह मारा हुआ था। उसने पाया कि लोग सत्य नहीं चाहते, चाहते हैं पक्षधरता-'खण्डन लोग चाहते हैं या कि मण्डन/या फिर केवल अनुवाद लिसलिसाता भक्ति से/स्वाधीन इस देश में चौंकते हैं लोग/एक स्वाधीन व्यक्ति से।'

इस दौर की कविताएँ 'आत्महत्या के विरुद्ध' संग्रह में हैं। यह रघुवीर का सबसे सशक्त संग्रह है और सर्वाधिक प्रशंसित भी। जोशीजी ने लिखा है, 'यह जो सन् 63 से 67 का दौर है, उसमें वात्स्यायनजी का ख़ास चेला समझा जाने वाला रघुवीर जीवन में पहली बार वात्स्यायनजी की परछाईं से मुक्त होकर जी और लिख रहा था।' इस संग्रह की कविता के लिये वे लिखते हैं कि 'हर रचनाकार के जीवन में कभी ऐसा दौर आता

है जब वह अपना स्वर बिलकुल सही, साधा पाता है और उसकी पुकार तमाम तरह की सामाजिक गूँजों की नुमाइन्दगी तो करता ही है, स्वयं भी सहृदय समाज में तमाम तरह की अनुगूँजें पैदा कर पाती है। रघुवीर के लिये वह एक ऐसा ही दौर था।' बाद में 'हँसो-हँसो जल्दी हँसो' संग्रह भी आया 'जो लगभग उतना ही अच्छा था' लेकिन साहित्य-अकादमी पुरस्कार उन्हें मिला उनके अपेक्षाकृत कमजोर संग्रह 'लोग भूल गये हैं' पर। पर रघुवीर के लिये सबसे ज़्यादा संतोष की बात यह थी कि 'आत्महत्या के विरुद्ध' के प्रकाशन के बाद 'कवि के रूप में उसका महत्त्व पहचान लिया गया।'

इस तरह, कविताओं से गुजरते हुए जोशीजी ने रघुवीर के मुहावरे की पहचान हमें दी है और उसमें फलित उसका जीवन-संघर्ष भी दिखाया है। बढ़ती उम्र के साथ बढ़ती चिंताएँ, घटता हुआ आत्म-विश्वास, घिरता हुआ बुढ़ापा और भीतर रेंगता हुआ मृत्यु-भय कैसे उन्हें त्रस्त कर रहा था और कैसे उसने इनकी कविताओं में अभिव्यक्ति पाई है, इसे जोशीजी ने पटाक्षेप तक दिखाया है।

लेकिन यह विस्मयकारी है कि जोशी रघुवीर के चिंतन-पक्ष से कतरा गये हैं। केवल उसे मौलिक विचारक कह कर इतिश्री मान ली है। समाज-चिंतन की तो उन्होंने एकान्त अवहेलना ही की है, यह कहकर कि उन्होंने मार्क्स को नहीं पढ़ा था, न सम्यक् रूप से लोहिया को, वे बल तो इस पर देना चाहते हैं कि रघुवीर मौलिक चिंतन का पक्षधर था लेकिन इस मौलिक की कतई कोई चर्चा नहीं होने से ये कथन अपनी कठोरता में उनके व्यक्तित्व को क्षतिग्रस्त ही करते हैं। वह पढ़ाकू नहीं था, उसको किताबें पढ़ने की फुर्सत थी न चाह, जैसी टिप्पणियाँ उस पर मोहर-सी लगा देती है।

जोशीजी ने रघुवीर के बाल-साहित्य की चर्चा भी की है लेकिन उनके रेडियो-रूपकों, नाटकों, अनुवादों आदि पर चुप रहे हैं। लेकिन तब भी, कुल मिलाकर, रघुवीर के प्रमुख रचनाकार-पक्ष का आकलन हमें यहाँ मिल जाता है।

संस्मरणों में दिनमान–प्रकरण रघुवीर के जीवन का अहम् भाग है और पुस्तक का भी। रघुवीर प्रारम्भ से ही दिनमान में सहायक-सम्पादक पद के आकांक्षी थे लेकिन वात्स्यायनजी ने यह पद न उन्हें दिया, न जोशीजी को ही। इससे रघुवीर को धक्का लगा। बाद में, जोशीजी को सहायक बना दिये जाने को तो उन्होंने अपनी उपेक्षा और अपमान के रूप में ही देखा। स्वयं जोशीजी ने भी अनुभव किया कि 'चाहे-अनचाहे मैंने वात्स्यायनजी के सहायक के रूप में वह जगह ले ली है जो कायदे से रघुवीर की होनी चाहिये थी।' लेकिन यह पद रघुवीर को जोशीजी के दिनमान छोड़ने के बाद ही मिल सका। यह मिलना भी कितना सम्मानजनक रहा होगा! जोशीजी ने सफाई दी है कि वात्स्यायनजी तो चाहते थे कि वे (जोशी) दिनमान में ही बने रहें, उनके (वात्स्यायनजी के) विदेश जाने पर वे वहीं सम्पादक बना दिये जायेंगे। लेकिन वे त्यागपत्र देकर 'साप्ताहिक हिन्दुस्तान' में सम्पादक बन कर चले गये। यद्यपि इस त्याग के बाद भी इस प्रकरण की वजह से दोनों के सम्बन्धों में जो दरार आ चुकी थी, वह बनी ही रही। मिलते-जुलते वे बाद में भी रहे बल्कि मकान पास-पास होने से वे निकट भी रहने लगे थे लेकिन दिलों की

दूरियाँ और पारिवारिक दूरियाँ भी बढ़ गई थीं। मैत्री की ऊष्मा इस हद तक चुक गई थी कि रघुवीर की मृत्यु का समाचार भी जोशीजी को तत्काल नहीं दिया गया!

लेकिन यह भी कुछ कम खिन्न विस्मयकारी नहीं है कि शोक-संवेदना के लिये गये जोशीजी मित्र की मृत देह देखकर भी रोये-बिलखे नहीं! जो आँखें आज भी यह याद करके गीली हो आती हैं कि वह अपनी आधी रेजगारी जोशी जी को बाँटता था, वे ही आँखें उस मित्र की अंतिम विदाई पर भी छलछलाई नहीं! जो आँख से ही नहीं टपका वह लहू क्या है! जबकि यह मृत्यु असामयिक तो थी ही, नितान्त आकस्मिक होने के नाते गहरा धक्का लगाने वाली भी थी। हाँ! वे उनकी मृत्यु-बोध की कविताएँ ज़रूर स्मरण करते हैं।

जोशीजी ने लिखा है कि मेरी रघुवीर से सबसे ज़्यादा दोस्ती 1953 से 1968 तक रही। लेकिन पुस्तक से गुजरते हुए हम पाते हैं कि आकाशवाणी काल के बाद की घटनाएँ जोशीजी ठंडेपन से दर्ज़ भर करते हैं, संस्मरणों की ऊष्मा का उनमें से लोप हो गया है। रघुवीर के अन्तर्मन का कोई साझा हमें उनमें नहीं मिलता। जोशीजी ने यह कहते हुए बड़ी सफाई से पल्ला झाड़ लिया है कि उसके अंतरंग जीवन का ब्योरा 'उसके स्वभाव का आदर करते हुए न मैंने कभी जानना चाहा और न उसने कभी बताया।' सम्भव है, रघुवीर का स्वभाव ही आत्मीयता छीजने के लिये उत्तरदायी हो परन्तु क्या इसका एक बड़ा कारण यह भी नहीं रहा, जैसा कि स्वयं जोशीजी ने लिखा है कि 'रघुवीर के बहुत नज़दीक जाने का मतलब तब औरों से दूर हो जाने का कोई खतरा मोल लेना था।' स्पष्ट है, जोशीजी खतरा मोल लेने से कतरा गये। औरों से दूर होने के बजाय वे रघुवीर से ही दूर हो गये।

प्रसंगवश, मुझे महादेवी का लिखा प्रसाद का रेखाचित्र स्मरण आता है। प्रसाद जब रोग शै"या पर थे, उन्हें मित्रों से सहायता नहीं मिली। उन्होंने माँगी भी नहीं। प्रसाद की मनःस्थिति पर विचार करते हुए महादेवी ने जो कुछ लिखा है, भाव उसका यह है कि अपनों से सहायता की याचना करने में भीतर का स्वाभिमान विद्रोह कर उठता है। मन यही कहता है कि जो मित्र हों आगे आवें और मित्रता का प्रमाण दें। (चन्द्रगुप्त में सिंहरण) क्या यही बात रघुवीर की ओर से भी नहीं कही जा सकती? और, क्या यह भी नहीं देखा जा सकता कि मित्रता का प्रमाण देने के बजाय जोशीजी ने मित्रता से ही मुँह फेर लिया! यदि रघुवीर के जगह-जगह चिथड़े गये स्वाभिमान के कारण उठी चीत्कार से जोशीजी का साझा होता तो कोई कारण नहीं था कि यह मैत्री अंतरंग नहीं होती।

इन संस्मरणों के लेखनीय प्रसंगों में रघुवीर और वात्स्यायनजी के संबंधों का पक्ष भी है जिस पर जोशीजी ने विचार किया है। उन्होंने इस बात पर बल दिया है कि साहित्य जगत में विशिष्ट चेले के रूप में देखे जाने के उपरान्त भी रघुवीर का अपना व्यक्तित्व था, वह वात्स्यायनजी की परछाईं नहीं था। उसने कभी उनसे घरेलू नाता नहीं जोड़ा। उसके व्यवहार से भी यह ध्वनि निकलती थी कि मुझे अपना प्रशंसक और सहायक ही मानें, ख़ास चेला नहीं। उसकी कविता में भी आधुनिक यूरोप नहीं, भारत ही बोलता है

और सो भी रोज़मर्रा और निहायत घरेलू-सा। परन्तु जोशीजी का यह निष्कर्ष अतिरंजित लगता है कि रघुवीर ने वात्स्यायनजी के व्यक्तित्व से कोई छोटी-छोटी बात भी उधार नहीं ली या 'मुझे रघुवीर के व्यक्तित्व और कृतित्व दोनों में कहीं ऐसा कुछ नहीं दिखा कि उसे वात्स्यायनजी का पटशिष्य तो क्या, अज्ञेय से प्रभावित लेखक कवि ही मान सकूँ।' किसी व्यक्ति का व्यक्तित्व ऐसी जटिल रचना होता है कि उसके बारे में ऐसी सरलीकृत बातें कैसे कही जा सकती हैं। यहाँ इस पक्ष पर विचार करने के लिये अवकाश नहीं है परन्तु अपने और रघुवीर को वे सर्वत्र वात्स्यायनजी का जो चेला कहते हैं, वह क्या सूचित करता है? दूसरे, रघुवीर में जो अतिरिक्त सजग स्वाभिमान था, मुझे वह वात्स्यायनजी का स्मरण दिलाता है। इस पुस्तक तक ही रहें तो 'प्रतीक' में नौकरी की शर्तों पर हम उन्हें कुछ वैसी ही हुज्जत करते पाते है जैसी आकाशवाणी के वार्ता-अनुबंधों को लेकर वात्स्यायनजी करते थे। यह अलग बात है कि रघुवीर को उस स्वाभिमान से समझौते करने पड़े। जोशीजी चाहे कहें कि रघुवीर 'पत्रकार और कवि दोनों ही रूप में अपने लिये एक विशिष्ट स्थान बना लेने में सफल हो चुका था और वह भी अपनी शर्तों पर' लेकिन ये संस्मरण ही दिखाते हैं कि अपनी शर्तों से उन्हें कई बार हटना भी पड़ा। लेखन-क्षेत्र का जहाँ तक प्रश्न है, अपने गद्य का परिमार्जन रघुवीर भी वात्स्यायनजी की तरह ही करते देखे जा सकते हैं। और तो और, यह तो स्वयं जोशीजी का ही कथन है कि 'गद्य में भले ही रघुवीर बारीक-बयानी के चक्कर में कहीं-कहीं अज्ञेय हो जाता था।' जादू वही जो सिर पर चढ़ कर बोले।

संस्मरण लेखन में एक आशंका यह रहती है कि लेखक अपने व्यक्तित्व का भी प्रक्षेपण करता चले। लेकिन जोशीजी ने संयम बरता है। ज़्यादा चर्चा वे रघुवीर की ही करते हैं। दिनमान-प्रकरण में जहाँ प्रतिद्वंद्वी स्थिति आई है, वहाँ भी यथासम्भव उन्होंने लो-प्रोफाइल रखा है–'वात्स्यायनजी तो रघुवीर को अपने उत्तराधिकारी के रूप में देखते ही आये थे, रघुवीर भी अपने को उनका उत्तराधिकारी ही मानता रहा था। जहाँ तक मेरा सवाल है, वात्स्यायनजी मुझे इसलिये उत्तराधिकारी नहीं मान सकते थे कि मैं उन्हें न पर्याप्त परिपक्व लगता था, न भाषा के मामले में मेरी खिलन्दड़ दृष्टि उन्हें पसन्द थी।' लेकिन रघुवीर को छोड़कर जब उन्होंने जोशी को सहायक बना लिया, तब अपनी उपादेयता का पक्ष रखना उन्हें आवश्यक लगा। अपना पक्ष भी वे पहले रघुवीर के शब्दों में रखते हैं–'वात्स्यायनजी जोशी के बारे में यह समझ चुके थे कि वह उनसे जो भी कहेंगे वे उसको तत्काल तैयार करके निकाल कर धर देंगे।' फिर, इस पर वे अपनी टिप्पणी करते हैं कि यह कथन–'जरा-मरा खुनस भरा होने पर भी इस अर्थ में सही है कि वात्स्यायनजी मेरी उपयोगिता विविध विषयों की जानकारी रखने वाले और विदेशी साहित्य, संस्कृति के परिचित चेले के रूप तक सीमित मानते थे।' इस 'सीमित' की व्यंजना असीमित है। अगले ही क्षण वे लिखते हैं–'दिनमान कार्यालय में पधारे उनके परिमलीय चेले तब बहुत चमत्कृत होते थे जब वात्स्यायनजी इस चेला-विशेष को बुलाकर ऐसी चर्चा करते थे जिसमें कुल पाँच मिनट में आस्ट्रेलियाई टेनिस खिलाड़ी से लेकर

जापानी नाटककार तक, जर्मन दार्शनिक से लेकर इताल्वी भौतिकशास्त्री तक, अमेरिकी समाजशास्त्री से लेकर ब्रिटेनी मूर्तिकार तक कई हस्तियाँ निपटा दी जाती थी और इस सिलसिले में चेला-विशेष को निशान लगी हुई अंग्रेज़ी और फ्रांसीसी पत्रिकाएँ थमाई जाती रहती थीं।' स्पष्ट है कि जोशीजी कहना यह चाहते हैं बल्कि उन्होंने कहा भी है कि टाइम और समाचार साप्ताहिक हिन्दी में निकालने के लिये 'उनके' जैसा चेला वात्स्यायनजी के लिये अपरिहार्य था। बिना विदेशी संवाददाताओं की मदद के भी दिनमान में 'कान फिल्मोत्सव' का जो कवरेज हुआ और जिसे देखकर दिनमान का प्रबंध-मंडल भी चकित रह गया, वह इस 'चेला-विशेष' की बदौलत ही सम्भव हुआ। सहायक-सम्पादक के रूप में जोशीजी की जो पदोन्नति हुई, वह उनकी इसी विविधमुखी प्रतिभा का पुरस्कार थी, सेंत-मेंत में दे दिया गया उपहार नहीं।

अब यदि इसमें किसी को जोशीजी की आत्मप्रशंसा लगे तो भी जोशीजी के पक्ष या प्रयत्न को आपत्तिजनक नहीं कहा जा सकेगा क्योंकि इसके बिना इस प्रकरण में यह स्पष्ट ही नहीं होगा कि जोशीजी पर वात्स्यायनजी मेहरबान क्यों थे?

बाद में, रघुवीर के सम्पादन काल में दिनमान को अधिक जुझारू और आम आदमियों की चिन्ताओं की पत्रिका के रूप में देखते हुए भी, वे यह संकेत अवश्य करते हैं कि अन्यान्य क्षेत्र उसमें सिमटते चले गये (क्योंकि तब कोई जोशी साथ में नहीं था। आत्मप्रशंसा की गंध यहाँ पाई जा सकती है। रघुवीर को अंग्रेज़ी कविता से परिचित कराने का श्रेय भी वे लेते हैं, उसमें आत्म-प्रशंसा इसलिये जान पड़ती है कि रघुवीर स्वयं भी अंग्रेज़ी साहित्य में एम.ए. थे। लेकिन सब मिलाकर, इस पुस्तक से प्रभाव यही अंकित होता है कि (आत्म-प्रशंसा का जहाँ तक प्रश्न है) अपने को जोशीजी ने संयत और संयमित रखा है।

पुस्तक में अखरने वाली बात है, उस काल के साहित्यिक-परिदृश्य पर लेखक की चुप्पी जबकि जिन जगहों पर रघुवीर और जोशीजी कार्यरत थे, वे मीडिया-केन्द्र ही नहीं थीं, साहित्यिक गतिविधियों की केन्द्र भी थीं। बकौल लेखक, आकाशवाणी का दिल्ली केन्द्र तो उन दिनों साहित्य का गढ़ ही था। नयी-पुरानी दोनों पीढ़ियों के दिग्गज लेखक किसी-न-किसी रूप में आकाशवाणी से जुड़े हुए भी थे। दिनमान स्वयं एक अनूठा साप्ताहिक-समाचार था जो साहित्यिक पत्रकारों द्वारा ही निकाला जा रहा था। तीनों अकादमियाँ अस्तित्व में आ चुकी थीं। पुरस्कारों की राजनीति भी चल पड़ी थी। शनिवार समाज और कल्चरल फोरम भी सक्रिय मंच थे। रघुवीर 'नवभारत टाइम्स' से जुड़े हुए थे और 'धर्मयुग' में भी लिख रहे थे। रघुवीर के दिनमान में रहते ही देश और राजनेताओं को ही नहीं, पत्रकारों और साहित्यिकारों को भी आपातकाल से गुजरना पड़ा था। लेकिन यह हैरानी की बात है कि यह पुस्तक इस व्यापक परिदृश्य पर चुप है! (आपातकाल पर रघुवीरी सम्पादकीय तो खैर, जोशीजी के हट जाने के बाद के प्रसंग हैं)। केवल नाम भर को इनके उल्लेख जहाँ-तहाँ आ गये हैं। हाँ! टाइम्स-ग्रुप की आपसी खींचतान की कुछ चर्चा भारती और अक्षय कुमार को लेकर हैं, साहू जैन के इन्दिरा विरोधी और

लोहियावादी रुझान और पत्रकारिता पर उसके प्रभाव की चर्चा भी है और यह चर्चा भी है कि पत्रकारिता जैसा निर्भीक व्यवसाय भी किस कदर सेठ की नौकरी बनकर रह गया था, रघुवीर चाहे, निर्भीक पत्रकारिता का मुगालता पाले रहे हों! लेकिन इस काल की गहमागहमी को देखते हुए छुटपुट संकेत सर्वथा ना-काफी जान पड़ते हैं। इसका लेखकीय समाधान यह है कि 'तब रघुवीर खासा 'हा-हा हू-ही' नगर में अकेला किस्म का प्राणी था।' उसे दूसरों के अनुमोदन-समर्थन की कोई आवश्यकता प्रतीत ही नहीं होती थी। समकालीनों से उसे चिढ़ भी थी। कई समकालीन लेखक उसे वात्स्यायनजी का नकचढ़ा चेला मानकर उससे चिढ़ते थे, कम्युनिस्ट लेखक विशेष रूप से। इसलिये संस्मरणों का दायरा संकुचित हो गया है। यह स्पष्टीकरण अपनी जगह सही हो सकता है लेकिन जोशीजी जैसा लेखक इस दायरे को विस्तार दे सकता था। ऐसा जान पड़ता है कि रघुवीर संदर्भ में जोशीजी ने दिनमान और वात्स्यायनजी में साहित्यिक दुनिया समाई हुई मानकर इतिश्री कर दी है। इससे रघुवीर के साथ न्याय नहीं हुआ है। परन्तु तमाम सीमाओं के बावजूद यह रघुवीर के जीवन-संघर्ष का दस्तावेज़ होने के नाते और संस्मरणों से वलयित समीक्षा होने के नाते भी एक महत्त्वपूर्ण रचना है, इसमें संदेह नहीं।

संस्मरण : नये आयाम के फेर में

डॉ. कान्तिकुमार जैन : जो कहूँगा सच कहूँगा

मारवाड़ी भाषा में एक मुहावरा है, माळी-पन्ने उतारना। आडम्बर-मंडित ऊँचाई को बेनकाब करने के अर्थ में इसका प्रयोग किया जाता है। अपने सद्यः प्रकाशित संस्मरणों 'जो कहूँगा सच कहूँगा' में डॉ. कान्तिकुमार जैन ने कुछ साहित्यिक हस्तियों के माळी-पन्ने उतारने का काम ही किया है। लेकिन दूसरी ओर, उन्होंने कुछ अन्य हस्तियों को जो खरोंच लगने से भी बचाया है, उससे उनका रवैया पक्षपातपूर्ण हो गया है। लेकिन इसमें कोई संदेह नहीं कि अपने कथात्मक प्रवाह और लाक्षणिक प्रयोगों की वजह से ये संस्मरण रोचक बन पड़े हैं। ये संस्मरण कुछ सैद्धान्तिक प्रश्न भी छेड़ते हैं, वे विचारणीय हैं।

जिन व्यक्तियों पर डॉ. जैन ने मनोयोगपूर्वक लिखा है, उनमें उनके गुरु आचार्य नन्ददुलारे वाजपेयी और शिवमंगलसिंह सुमन के नाम प्रमुख हैं। अपने समय में वाजपेयीजी के नाम की तूती बोलती थी; सागर विश्वविद्यालय में ही नहीं, हिन्दी-आलोचना जगत में भी। परन्तु डॉ. जैन ने विशेष रुचि उनकी दुर्बलताओं को उजागर करने में ली है। यों, उन्होंने उनके प्रभावशाली व्यक्तित्व, उनकी सुरूचि-सम्पन्नता, उनके अध्यापन-कौशल, मर्यादित आचरण, छात्र-वत्सलता, राजनीति के कुचकों से उनकी अनभिज्ञता आदि बातों की चर्चा भी की है लेकिन उद्‌देश्य उनका धमाका करना था और वह माळी-पन्ने वाला आवरण हटाकर ही किया जा सकता था इसलिये इन संस्मरणों में यही पक्ष उभरा है।

लेखक ने कई तरह से दिखाया है कि वाजपेयीजी में चढ़ते सूर्य को नमस्कार करने की विशेष वृत्ति थी। प्रारंभ में वे कंपोज़िशन वाले (हिन्दी-कंपोज़िशन पढ़ाने वाले) थे लेकिन उनका सपना किसी विश्वविद्यालय में बड़े पद पर नियुक्ति पाने का था। इसके लिये वे महावीरप्रसाद द्विवेदी, मिश्रबंधु, निराला और अन्य जिनका उस युग में बोलबाला था उनको, साधे रखना चाहते थे। बाबू श्यामसुन्दरदास के वे प्रिय शिष्य थे। डॉ. जैन ने जानकारी दी है कि 'इस प्रियता को पुख्ता करने के लिये उन्होंने बाबू साहब के लिये महावीरप्रसाद द्विवेदी पर एक प्रदीर्घ समीक्षात्मक निबंध लिखा। यह निबंध बाबू साहब के नाम से द्विवेदी-अभिनन्दन-ग्रंथ में छपा!' लेखक ने यह भी लक्ष्य किया है कि अपनी पुस्तकों के समर्पण भी वाजपेयीजी ने इसी दोहन-दृष्टि से किये थे; इलाहबाद, लखनऊ और सागर विश्वविद्यालयों के कुलपतियों के नाम! सागर के कुलपति द्वारकाप्रसाद मिश्र को साधे रखने के लिये उन्होंने उनके रचित 'कृष्णायन' को पाठ्‌यक्रम में लगाया, उसकी

आलोचना लिखी और उस पर शोधकार्य भी करवाया! मिश्रजी के कुलपति-चुनाव में दौड़धूप की! सेवा निष्फल नहीं गई। अंततः मेवा मिला। मिश्रजी ने मुख्यमंत्री बनने के बाद, सागर न सही, उज्जैन में उन्हें कुलपति बना दिया।

वाजपेयीजी में प्रतिशोधी वृत्ति भी प्रबल थी। एक छात्र ने कक्षा में 'अग्रस्तन' शब्द को लेकर प्रश्न क्या किया, मर्यादावादी वाजपेयीजी उखड़ गये। वह प्रथम श्रेणी छात्र उनके हाथों तृतीय श्रेणी ही पा सका! यह अलग बात है कि इस अपकर्म का भेद खुलवा कर विश्वविद्यालय ने उनको ब्लैकलिस्ट कर दिया!

डॉ. जैन के अनुसार वाजपेयी ब्राह्मणवादी भी थे। अपनी आलोचना द्वारा उन्होंने साहित्य-जगत में भगवतीप्रसाद वाजपेयी, रामेश्वर शुक्ल अंचल, द्वारकाप्रसाद मिश्र जैसे कम प्रतिभाशाली ब्राह्मणों को प्रतिष्ठित करने का उद्यम किया। (वैसे, तो रामचन्द्र शुक्ल भी ब्राह्मण थे लेकिन वाजपेयीजी उनके आलोचक थे! अन्य जिनकी उपेक्षा की, वे भी ब्राह्मण थे, जैसे–मुकुटधर पाण्डेय, माखनलाल चतुर्वेदी आदि)। खैर!

कान्तिकुमार जैन के व्याख्याता पद पर चयन में भी गुरूजी की यही ब्राह्मणवादी-दृष्टि बाधक हुई। वाजपेयीजी ने उनको चयन के प्रति आश्वस्त भी किया था लेकिन अन्ततः चयन उन्होंने किया, राजेश्वर शुक्ल (अंचल के अनुज), प्रेमशंकर तिवारी और गंगाधर झा का! तीनों ब्राह्मण! यह एक जैन के साथ सरासर अन्याय था और विश्वासघात भी। यही फाँस लेखक को गड़ गई। लगता है, गुरूजी के माळी-पन्ने उतार कर शिष्य ने अपना बदला चुकाने के लिये ही यह संस्मरण लिखा है!

लेकिन इस सहेतुकता ने संस्मरणों का मूल्य घटाया है और इनकी विश्वसनीयता को भी। जब प्रसंग प्रतिशोध के चश्में से देखे जाते हैं, तब दुर्बलताएँ ही विस्फारित होती हैं। यह कहना कि वाजपेयीजी ने सागर में कुलपति बना दिये जाने की अपेक्षा में नई शेरवानी सिलवा ली, फूलमालाएँ, फोटोग्राफर, बैंड आदि का प्रबंध भी कर लिया था लेकिन तिलक निकाले जाने का आदेश आया ही नहीं, सिवाय वाजपेयीजी की मखौल उड़ाने के और क्या है? ऐसे और प्रसंग भी संस्मरण में संकल्पित हैं।

कहा जा सकता है कि संस्मरण-लेखक के मानस में स्मरणीय व्यक्ति की कोई दुर्बलता ही गड़ी हुई हो तो वह उसी का वर्णन करेगा, इसमें कोई आपत्ति की बात नहीं होनी चाहिये, लेकिन दुर्बलता का वर्णन करना और उस वर्णन में रस लेने लगना, अलग-अलग बातें हैं। डॉ. जैन दूसरी कोटि में आते हैं। शिवमंगलसिंह सुमन डॉ. जैन के दूसरे शिकार हैं। उनकी अवसरवादिता और उनकी साँचाबद्ध आशु-वक्तृता के प्रसंग उनकी खिल्ली उड़ाने के लिये ही संकलित किये गये जान पड़ते हैं। फ़िराक़ के हल्के होना चाहने पर सुमनजी का अंजलि आगे कर देना भी व्यंग्य को भदेस तक ले जाना है।

इसी पुस्तक में नामवरसिंह, मुक्तिबोध और त्रिलोचन के संस्मरण भी हैं। प्रसंग प्राप्त उल्लेख परसाई के भी हैं। लेकिन इनमें से किसी भी व्यक्तित्व का छिद्रान्वेषण करना तो दूर, लेखक ने एक को भी खरोंच तक नहीं लगने दी है। सच तो यह है कि श्यामाचरण दूबे जब मुक्तिबोध की नर्वसनैस की बात कहते हैं, तब लेखक आहत अनुभव करता है!

'जो कहूँगा सच कहूँगा' कहने वाला गवाह जब न्यायालय में शपथपूर्वक बयान करता है, तब वह कौन-सा सच बोलता है, हम सभी जानते हैं। यह विडम्बना ही है कि पुस्तक का. सच और शीर्षक इसी अर्थ में व्यंजक है।

कुछ संस्मरणों में, जहाँ स्मरणीय प्रसंग विशेष नहीं हैं, लेखक ने स्मरणीय व्यक्ति के लेखन पर कुछ समीक्षात्मक-विचार जोड़ कर उस अभाव की पूर्ति की है! छायावाद के सूत्रधार मुकुटधर पाण्डेय का संस्मरण कुछ इसी कोटि का है। इसमें डॉ. जैन ने यह जानकारी भी दी है कि कुछ इतिहास पुस्तकों में पाण्डेयजी के 1918 में दिवंगत होने का उल्लेख है जबकि वे 1989 तक जीवित रहे! लेखक की उनसे 1964 में भेंट हुई थी और बाद में पत्राचार भी रहा! वे साहित्यिक प्रश्नों पर खुले विचारों के व्यक्ति थे। मध्यप्रदेश के दो क्षेत्रीय कवियों, जीवनलाल वर्मा विद्रोही और रामविलास शर्मा के संस्मरण भी इसी प्रकृति के हैं। (विद्रोही के संस्मरणों का उल्लेख अनुक्रम में छूट गया है)। इनमें समीक्षा-भाग ज़्यादा बढ़ गया है यद्यपि विद्रोही के व्यंग्य और उनकी 'चरवाहा' कविता के सौन्दर्य और रामविलास शर्मा के बिंबों पर लेखक की मुग्धता उचित जान पड़ती है। नामवर सिंह, मुक्तिबोध और त्रिलोचन के संस्मरण भी समीक्षात्मक हो सकते थे क्योंकि स्मरणीय प्रसंग इनमें भी कम ही हैं लेकिन डॉ. जैन ने समीक्षा भी अपेक्षया दोयम दर्ज़े के लेखकों पर ही अधिक लिखी है।

दो अध्याय शोधकार्य-विषयक संस्मरणों के हैं; इनमें शोध-पुराण विशेष रोचक है। यह शोध की दुर्गति के विविध रूप दर्शाता है। लेखक ने यद्यपि संस्मरण लिखे इस दृष्टि से हैं कि 'जिन्हें जानते हैं, उनका क्या छिपाना और क्यों छिपाना', परन्तु शोध में प्रतिशोध की वृत्ति नहीं या कम रही हैं; शोधार्थी, परीक्षक आदि के नाम यहाँ गोपन ही रखे गये हैं अन्यथा यहाँ भी कई एक धुरन्धरों के माळीपन्ने उतर जाते! बहरहाल, कई एक आत्मघटित प्रसंगों के ये संस्मरण बहुत जीवन्त बन पड़े हैं। हर्बल ब्यूटी पार्लर चलाने वाली एक शोधार्थी द्वारा ठेके पर लिखवाये गये शोधग्रंथ का संस्मरण तो सचमुच नेत्रोन्मीलक है। इसके अलग-अलग अध्याय, अलग-अलग स्थानों पर, अलग-अलग व्यक्तियों द्वारा लिखवाये गये थे! 'प्रथम अध्याय नागपुर में, द्वितीय ग्वालियर में, तृतीय अध्याय जबलपुर में, चतुर्थ आगरा में, पंचम उज्ज्यिनी में, संदर्भ-ग्रंथ सूची रायपुर में, प्राक्कथन बिलासपुर में टंकित और विनिर्मित था।' स्वयं लेखक को हिन्दी के टंकण-यंत्र पर शोधकार्य करवाने का अनुभव था इसलिये रैमिंग्टन, हाल्डा, गोदरेज आदि विभिन्न टाइपराइटरों के फेस ताड़ लेने में उसे कोई कठिनाई नहीं हुई। मध्यप्रदेश की क्षेत्रीय बोलियों का लेखक का ज्ञान भी शोध के शव-परीक्षण में सहायक हुआ। उसने यह भी पहचान लिया कि 'जो अध्याय नागपुर के विद्वदवर ने लिखा था और वहीं टंकित था, उसमें श्रीमती की वर्तनी श्रीमति थी, जो जबलपुर की कार्यशाला का उत्पाद था, उसमें कूदना कूँदना बनकर आया था और आगे आँगे बन गया था! ग्वालियर की शैली का उदाहरण भी था, 'वे कहते हैं' के रूप में। बिलासपुर और रायपुर की छत्तीसगढ़िया हिन्दी तो पुकार-पुकार कर कह रही थी, हमें भी देखो-मैं लिख दी हूँ, मैं सोची थी'

आदि-आदि। शोध की दुर्गति के और भी उदाहरण लेखक ने दिये हैं और वे भी रोचक हैं। इनमें शोधकर्त्ता से बदला चुकाते निदेशक हैं, तो लार टपकाते परीक्षक और अपनी भेंट-पूजा की जुगाड़ बैठाते मौखिकी-परीक्षक भी हैं! नीची क्लास में यात्रा करके ए.सी. टिकट का पैसा उठाने वाले तो कई एक हैं! यह लेखक का नैतिक साहस ही कहा जायेगा कि अपने लिये उसने स्वीकार किया है कि 'समाज की यथास्थिति बनाये रखने में वह भी 'शरीकेजुर्म' है।' जब अपने किये शोधतंत्र में कुछ हो नहीं सकता तो थोड़ी दुनियादारी, थोड़ी चतुराई, थोड़ी पैंतरेबाज़ी न की जा सके, ऐसा बेवकूफ कौन होगा? डॉ. जैन भी बेवकूफ नहीं हैं। लेकिन यह देखकर खिन्न विस्मय होता है कि अपने शरीकेजुर्म होने पर उन्हें ग्लानि भी नहीं हुई है!

मेरा ध्यान डॉ. जैन के एक और कथन पर भी जाता है। वे लिखते हैं कि 'हम तुलसीदास के सही-सही संस्मरण नहीं लिख सकते क्योंकि हम उन्हें पूरी तरह जानते नहीं हैं।' तुलसी के उल्लेख से तो बात बहुत उलझती है, उसे छोड़ भी दें तो जिन समकालीनों को हम जानते हैं, उनमें से भी क्या हरेक के संस्मरण लिखे जा सकते हैं? मुझे गहरा संदेह है यद्यपि डॉ. जैन ने डॉ. श्यामाचरण दूबे के संस्मरण भी लिखे हैं जबकि उनका 'प्रत्यक्ष सान्निध्य' उन्हें नहीं मिला था! यह स्वयं उन्हीं का कथन है कि जब दूबेजी सागर में थे, 'तब मैं यहाँ नहीं था, न छात्र के रूप में, न प्रोफ़ेसर के रूप में।' याने उनसे लेखक का परिचय केवल कुछ अवसरों पर औपचारिक भेंट का ही था। फिर भी उसने दूबेजी पर विस्तार से लिखा है और ऐसा विश्वास वह पाठक में उत्पन्न कर सका है कि यह मानते नहीं बनता कि उसने दूबेजी को घर और बाहर भी बहुत निकटता से देखा नहीं था! जबकि वास्तविकता यह है कि यह आलेख उसके केवल लेखकीय हुनर का कमाल है! यह हुनर तो काबिलेतारीफ़ है लेकिन विचारणीय यह भी है कि क्या इसे संस्मरण कहने से संस्मरणों की विश्वसनीयता खत्म नहीं हो जायेगी? डॉ. जैन ने तो बहुतेरे संकलित प्रसंगों को ही संस्मरण का रूप दे दिया है। यदि इसी विधि से संस्मरण संघटित हों तो फिर क्या हम जीवनी के क्षेत्र में नहीं चले जायेंगे? संस्मरण में हम लेखक की निजता की छाप चाहते हैं। उसके पोषण में हम उस प्रसंग को तो ले सकते हैं जिसका एक साक्ष्य लेखक भी रहा है, जैसे राजनाथ पाण्डेय के संस्मरणों में, अमरूद-चोरी प्रकरण और सर्प प्रकरण हैं। छात्र के नाते लेखक इनका साक्षी था इसलिये संस्मरण में इनका संकलन उचित कहा जा सकता हैं लेकिन दूबेजी के विषय में केवल संकलित प्रसंगों के जोड़ को संस्मरण कैसे कहेंगे?

संस्मरण प्राय: ख्यात या कुछ विशेषता लिये हुए व्यक्तियों के लिखे जाते रहे हैं; वे उनके अछूते पक्ष प्रकाशित करने वाले या ज्ञात पक्ष पर नई रोशनी डालने वाले होते हैं लेकिन यदि चरित-नायक अल्पज्ञात भी हो तो यह आवश्यक होगा कि उसका संस्मरण मानवीय प्रकृति का या सामाजिक परिवेश का कोई अछूता कोना उद्भासित करने वाला हो अन्यथा साहित्य-क्षेत्र में उसकी क्या उपादेयता होगी? इस दृष्टि से देखें तो शफीका-प्रसंग को लेखक ने कुछ अनावश्यक तूल दिया है। लेखक के वैयक्तिक जीवन के मधुर-प्रसंग

उसका नैतिक साहस दिखाते हैं, लेकिन वे भी आत्मकथोचित अधिक हैं। इसके बरक्स गोविन्द की प्रबल राष्ट्रीय भावना दर्शाने वाला प्रसंग सचमुच स्मरणीय है। पाठक के चित्त से उस दिलेर की छवि एकाएक नहीं उतरती। संस्मरण की सही सार्थकता इसी तरह के गहरी छाप छोड़ने वाले प्रसंगों में ही होती है। संस्मरण विधा का क्षेत्र विस्तृत तो होना चाहिये लेकिन उसे जीवनी या आत्मकथा के क्षेत्र में अपनी घुसपैठ का औचित्य भी दिखाना होगा।

यदि सैद्धान्तिकता का प्रश्न स्थगित करें तो इस पुस्तक की रोचकता की पावती देना भी आवश्यक है। विश्लेषण करने पर हम पाते हैं कि इस रोचकता का एक प्रमुख हेतु लेखक का वर्णन-कौशल है। पात्र और प्रसंग का वर्णन, पात्रों का परस्पर बतियाना, उनका अंतर्द्वंद्व, लेखक का ऊहापोह, उसकी टीका-टिप्पणी, उसका हास-परिहास और व्यंग्य-प्रहार सभी कुछ वर्णन-प्रवाह में घुले मिले चलते हैं; उन्हें पृथक-पृथक जताने की आवश्यकता लेखक को नहीं होती, यह उसका लेखकीय कौशल है। जिस कौशल से वह व्यक्ति-चित्र अंकित करता है, उसी दक्षता से वह वर्ण्य-प्रसंग, परिस्थिति, परिवेश आदि का चित्रण भी करता है। इसी तरह, एक प्रसंग में अन्य प्रसंग गूँथने की पटुता भी लेखक में है। इसी पटुता ने संस्मरणों को सजीव बनाया है और परिवेश को विस्तार देकर संस्मरण को नया आयाम भी दिया है। इसी के चलते कहीं विश्वविद्यालय की भीतरी राजनीति का चित्रण हो गया है, तो कहीं लोक सेवा आयोग की चयन विधि पर पड़ा हुआ पर्दा उठ गया है। मध्यप्रदेश की राजनीतिक उठापटक के कुछ रोचक प्रसंग भी इन संस्मरणों में हैं।

प्रसंग-प्राप्त अवसरों पर कुछ साहित्यिक मुद्दे भी लेखक ने उठाये हैं। अश्लीलता का मुद्दा इनमें प्रमुख जान पड़ता है जिसे लेखक ने कई जगह उठाया है। लेखक की दृष्टि प्रकटतः उदार जान पड़ती है लेकिन वह विरोधाभासी भी है। कक्षा में छात्राओं को शृंगारिक प्रसंग पढ़ाने में शिक्षकों को जो झिझक होती है, लेखक ने उसका उपहास किया है लेकिन वही लेखक क्षुब्ध हो जाता है, जब कन्या महाविद्यालय में कवि-सम्मेलन में कवि 'विद्रोही' कुछ ऐसी कविताएँ सुनाते हैं जो उसके अनुसार–'कन्याओं की उस सभा के लिये उचित नहीं थीं।' इसी तरह, दुष्यन्त द्वारा श्रीकान्त की कविता में से अश्लील प्रसंग चुनकर जिस सभा में दिखाये गये, उसमें महिलाएँ भी थीं, विवाहित, अविवाहित दोनों। यह भी लेखक को नागवार गुजरा है। लेकिन उमाशंकर की अश्लील चुहलबाजियाँ पंडितजी (नन्ददुलारे वाजपेयी) को नागवार गुजरती हैं, तब लेखक उनका मज़ाक उड़ाता है! युगनद्ध मूर्तियाँ निहार रहे व्यक्तियों को देखकर स्वयं लेखक को भी लगा कि 'वे यह आकलन कर रहे थे कि घर लौटकर कंधरिया महादेव की भित्तियों पर उत्कीर्ण इन मूर्तियों को कितना व्यावहारिक स्वरूप प्रदान कर पायेंगे।' यह क्या है? यदि लेखक के अनुसार अश्लीलता व्यक्ति की नीयत पर निर्भर करती है तो यह कहना निरापद है कि रत्यात्मक या सरस प्रसंगों में हम स्वयं डॉ. जैन को रस लेकर वर्णन करते देखते हैं; अन्यथा उपर्युक्त टिप्पणी कैसे लिखी जाती? दूबेजी डिण्डाओं (पतिरहित नारी) में गहरी

रूचि लेते थे लेकिन उनका डिण्डा-प्रेम दिखाने में क्या स्वयं डॉ. जैन ने कम रूचि ली है? खैर।

इन संस्मरणों पर विचार करते हुए इनकी भाषा हमारा ध्यान विशेष रूप से आकर्षित करती है। भाषा में प्रधान स्वर तो व्यंग्य का है लेकिन इस व्यंग्य की विशेषता यह है कि यह आया लाक्षणिकता की राह से है। खजुराहों पिकनिक में वाजपेयीजी युगनद्ध मूर्तियाँ नहीं निहार सके। लेखक ने लिखा है कि 'वाजपेयीजी जहाँ जाते स्वामी दयानन्द को साथ ले जाते।' साहित्य-परिषद् के एक ग्रुप-फोटो के अवसर पर पंडितजी को करंट आ गया। लाइव वायर से। पीछे मुड़कर देखा, वायरवती! वे क्षुब्ध हो गये। दयानन्द को लड़की का स्पर्श कैसे गवारा होता! लक्षणा के प्रभाव से ही व्यंग्य विनोद-रंजित भी हो गया है। व्यंग्य का एक और रूप भी द्रष्टव्य है। 'सरकारी नौकरों में बड़ा अनुशासन होता है। स्थानान्तर के भय से जहाँ बैठने को कहो, वहाँ लेट जाते हैं।' यहाँ संदर्भ कुलपति-चुनाव का है जिसमें महाविद्यालयों के प्राचार्यों को निर्देश था कि वे शिक्षा-सचिव को दिखाकर वोट दें और उन्होंने इसका पालन किया!

लाक्षणिक प्रयोगों का एक और रूप सादृश्य-विपर्यय में मिलता है। लेखक का एक कवि-मित्र रामविलास शर्मा रोडवेज में अधिकारी था। उसकी कविता में यह विपर्यय मिलता है। वह छोटी कविताएँ लिखता था। इन पर लिखते हुए डॉ. जैन रोडवेज की भाषा में बोलते हैं, वह लम्बी रूट का ड्राइवर नहीं था। कोई ड्राइवर बीमार पड़ जाता तो वह कंडक्टर को उसकी सीट पर बैठा देता! शब्दों के साथ भी वह ऐसा ही सुलूक करता था। 'त्वचा के संवेदन को घ्राण के संवेदन की सीट पर बैठा देता।'

केवल लाक्षणिक प्रयोगों की ही बात नहीं है अन्यथा भी भाषा पर लेखक का अबोध अधिकार है। जब उसका कवि अंगड़ाई लेता है, तब वह आलंकारिक भाषा भी इतनी ही सहजता से लिखता है, जैसे 'बुंदेलखंड की नवराजिमंडित, निर्झर निनदित, उन्मुक्त करौंदी वायु से मह मह करती उपत्यकाएँ' आदि। दूसरी ओर, देशज शब्दों का भी लेखक ने अकुंठित प्रयोग किया है। लेखक ने जगह-जगह काव्यांशों के विन्यास से भी भाषा की अभिव्यक्ति सामर्थ्य को बढ़ाया है और वस्तु की रंजकता को भी। यही बात फिल्मी गीतों के अंशों के लिये भी कही जा सकती है जो जगह-जगह पिरोये गये हैं। इन रचनाओं में जो विनोद-वृत्ति समाई हुई है, उसके साथ इनका मेल सहज ही बैठ गया है। ये परिस्थिति में निबद्ध भाव को कुछ और प्रभावी बनाकर प्रेषित करते हैं। इन प्रयोगों के बावजूद उसने भाषा के स्तर को गिरने नहीं दिया है।

लेखक ने कुछ शब्द गढ़े भी हैं; पियक्कड़ की तर्ज पर चयक्कड़ और अड़ियल की तर्ज पर बिड़ियल शब्द मुक्तिबोध के लिये गढ़े गये हैं। चिड़चिड़े ये चिड़चिड़ीतम या पिछड़ीतम जैसे प्रयोग या मित्र, प्रशंसक और साहित्यकार के स्त्रीलिंग प्रयोग मित्राणियाँ, प्रशंसिकाएँ, साहित्यकारा आदि चलन में आने लायक नहीं लगते। इनके बरक्स संपर्कसुखी और विघ्नसंतोषी जैसे प्रयोग व्यंजक हैं और प्रचलन भी पायेंगे, ऐसी आशा की जा सकती है। कुल मिलाकर, लेखक की भाषा ने संस्मरणों को नई स्फूर्ति दी है।

लेकिन यह एक चिंतनीय स्थिति है कि केवल जनश्रुतियों के सहारे लेखक ने दूबेजी और सुमनजी की महिला लोलुपता को उनके चरित्र-हनन की हद तक खींच लिया है! इसी तरह, संस्मरणों को नये आयाम देने के फेर में उसने जहाँ-तहाँ उन्हें अप्रामाणिक प्रसंगों का संकलन बनाने का जो प्रयत्न किया है, उसकी विश्वसनीयता कितनी है, यह भी विचारणीय है। बहरहाल, इन संस्मरणों में कथात्मक रोचकता भी है, इसमें संदेह नहीं।

अतीत के राग–दीप्त चित्र

नन्द चतुर्वेदी : अतीत राग

नन्द चतुर्वेदी ने एक कवि के रूप में ख्याति पाई है और विचारक के रूप में भी; लेकिन वे एक बेहतर गद्य-शिल्पी भी हैं, इसकी पावती अभी दी जानी शेष है। उनकी नई कृति 'अतीत राग' उनके संस्मरणात्मक आलेखों का संग्रह है लेकिन इसमें उनके गद्य-शिल्पी ने अनेक स्मरणीय व्यक्तियों के चित्र बख़ूबी उभारे हैं।

उन्होंने स्मरणीय व्यक्तियों की प्रतिमाएँ ऐसी सूक्ष्मदर्शिता से तराशी हैं कि हमारे परिचित चेहरे भी नई आभा से चमक उठे हैं। यह नई चमक उन्हें उन पर न्योछावर की गई अकुंठित प्रशंसा से नहीं मिली है, यह उन्हें मिली है, उनके व्यक्तित्व के केन्द्रीभूत तत्त्व की अचूक पहचान और उसकी सटीक अभिव्यक्ति से जिसे विशेषणों के सधे हुए प्रयोगों ने बख़ूबी अंजाम दिया है।

अपनी जीवन-यात्रा में अपना पाथेय वे जिन-जिन से पाते रहे हैं, 'अतीत राग' में उन्होंने उनके प्रति अपनी कृतज्ञता ज्ञापित की है। उन्होंने लिखा है कि 'अतीत राग' के आलेख किंचित् भावुकता के साथ लिखा उन लोगों का स्मरण है जिनके स्नेह की छत्रछाया में मैंने अपनी ज़िंदगी को पुनर्वसित करने की कोशिश की है। लेकिन गौर करने पर हम पाते हैं कि जिनसे उन्होंने अपना पाथेय पाया था, इस कृति में उन्होंने उनके प्रति अपनी कृतज्ञता भी ज्ञापित की है। गौर करने पर हम यह भी पाते हैं कि ये आलेख निरे भावुक स्मरण-भर नहीं हैं। जब श्रद्धास्पद या प्रिय व्यक्तियों का स्मरण किया जाता है तो प्रायः लेखनी उनका गुणानुवाद करने लगती है; नंदजी ने भी यह किया है, लेकिन विशेषता उनकी यह है कि गुणानुवाद में भी वे उस व्यक्तित्व का वस्तुनिष्ठ आकलन भी कहीं-न-कहीं टाँक सके हैं। अपनी बात वे घटनाओं और प्रसंगों के रूप में रखते हैं और विवेचन के रूप में भी, लेकिन बहुधा वे यह काम ख़ूब तराशे हुए विशेषणों से या विशेषण और संज्ञा उपवाक्यों से भी लेते हैं; उनके सहारे उनकी सीमाओं का निदर्शन भी जहाँ-तहाँ कर देते हैं, वैशिष्ट्य को तो वे विशेषणों से उजागर करते ही हैं।

बड़े लोगों को याद करते हुए वे अपने तरीके से उनके युग का चरित्र भी अंकित कर देते हैं। नेहरूजी का चित्र अंकित करते हुए वे उनके विज़न, उनकी नेतृत्व क्षमता, उनके इतिहास-बोध, सौन्दर्य-बोध, स्वतन्त्र सोच, भाषा की मायावी शक्ति आदि का उल्लेख करते हैं लेकिन विफलता को एक विशेषण में बाँध लेते हैं, जुझारू इच्छा-शक्ति

का अभाव। इसी वजह से वे अपने क्रांतिकारी संकल्पों को रूपाकार नहीं दे सके। जब बात को खोलते हैं, तब कहते हैं कि उनकी कुछ कोशिशें लोकतंत्र को निष्प्रभ कर रही थीं। वे दलालों, नौकरशाहों और चापलूसों को शक्तिवान बनाती नज़र आती हैं और अंत में लोकतंत्र बिकाऊ माल की तरह खरीदा जाने लगता है। वे यह आशंका भी जताते हैं कि मूल्यों का जो भारी क्षरण बाद में दिखाई पड़ता है, शुरुआत उसकी यहीं से हो गई थी। 'अवसरवादिता तथा सिद्धांतविहीन दल-बदल जो समझ में नहीं आते, पुरानी विरासत की ही पुनरावृत्ति तो नहीं हैं?'

आधी सदी तक जयप्रकाश ने जिस लोकशक्ति को जगाया था, वह इसी-राज्य शक्ति के विरोध में, जो नेहरू-युग से ही भ्रष्ट हो गई थी। उपर्युक्त आलेख को इसी पीठिका के रूप में देखना चाहिये।

अपना राजनैतिक आदर्श नंदजी ने जे. पी. और लोहिया से पाया था। अपने संस्मरणों में उन्होंने इनकी विशिष्ट पहचान उभारी है। यह एक सटीक कथन है कि लोहिया राजपुरुष नहीं थे। राजपुरुषों के अकृपापात्र थे। कुलीनता के नाटक को निर्भीकतापूर्वक बेनकाब करने वाले वे अकेले थे। गाँधी के बाद खुलेआम जेल चलने का बुलावा देने वाले भी वे अकेले राजनेता ही थे। कई आंदोलन उन्होंने अकेले दम ही चलाये। भारतीय भाषाओं को उनकी प्रतिष्ठा दिलाने के लिये ही उन्होंने 'अंग्रेज़ी हटाओ' आंदोलन चलाया। संसदीय आचरण को एक नई अर्थवत्ता देते हुए उन्होंने पहली बार चकित कर देने वाली आँकड़ेबाज़ी की। नेहरूजी के स्थापित विकास-मिथक को तोड़ते हुए आम आदमी की प्रतिदिन की तीन आने कमाई (और नेहरूजी पर प्रतिदिन खर्च) का आँकड़ा देकर उन्होंने सत्ताधीशों, अर्थशास्त्रियों और आँकड़ेबाज़ों को हतप्रभ और शर्मिन्दा कर दिया। कोई उन्हें झुठला नहीं सका! वे भारत की संस्कृति के आधुनिक भाष्यकार थे। उनके समग्र व्यक्तित्व का यह सटीक मूल्यांकन है कि 'राजनीति के फरेब और क्रूर सामंती आचरण को उद्‌घाटित करते हुए भी देश के सांस्कृतिक सरोकारों से जुड़े रहने की कोशिश लोहिया को एक लासानी राजनेता और बड़ा आदमी बनाती है।'

लोहिया ने ही जयप्रकाश के लिये कहा था कि 'तुम न हिलो तो सारी दुनिया को हिला सकते हो।' और, सच में ही युवा-शक्ति का आह्वान करके जे. पी. ने देश को लोक शक्ति का प्रचंड उभार दिखा दिया और अपनी अपूर्व नेतृत्व शक्ति का कायल भी कर दिया। वे कहते थे कि लोक जीवन में आग दबी हुई है, आवश्यकता लोक की शक्ति को चेतन करने की है। चेतन होने पर वह कैसे धधकती है, यह उन्होंने दिखा दिया। परन्तु ये ही जे. पी. जब सर्वोदयी हो गये, तब समाजवादियों में और जन-सामान्य में भी निराशा छा गई। यद्यपि नन्दजी ने 'यूतोपिया' रचने वाले जे. पी. के प्रति भी प्रकटतः आदर ही दर्शाया है लेकिन उनके अंतर्मन ने उनके फैसले को संशय से ही देखा है क्योंकि इस राह से समाज-रचना का कोई नया विकल्प तैयार हुआ, उन्होंने नहीं देखा था। चीनी आक्रमण के संदर्भ में भी ऐसा ही प्रश्न उन्होंने बड़ी तल्खी से उठाया है कि 'उस समय 'अहिंसक प्रतिकार' की कोई विधि आविष्कृत क्यों नहीं की गई? क्या ऐसे अवसर हिंसा

की अनिवार्यता और देश-रक्षा के लिये सैन्य शक्ति की आवश्यकता सिद्ध नहीं करते?' राजनेताओं से किये गये इस तरह के असुविधाजनक प्रश्न यह बात भलीभाँति दिखाते हैं कि नंदजी की भावुकता ने भी उनकी दृष्टि को धुँधलाया नहीं है।

जे. पी. और लोहिया के इतने अंतरंग होने के अवसर नन्दजी को नहीं मिले थे कि इन आलेखों में स्मरणीय प्रसंग कुछ ख़ास होते। लोहिया से ट्रेन में भेंट का प्रसंग है या फिर कोटा में उनकी सभा का। इसी तरह, कोटा और उदयपुर में जे. पी. की सभाओं के प्रसंग हैं, जहाँ हम उनके नवयुवक मन में जे. पी. के प्रति इतना आदर पाते हैं कि सभा की सफलता के प्रति उनका आशंकित हृदय धड़कता देखते हैं! इस श्रद्धा ने स्मरणीय प्रसंगों के अभाव की पूर्ति व्यक्तित्व और वैचारिकता के विवेचन से कर दी है।

नन्दजी को जो कवि के रूप में ही जानते हैं, उन्हें उनका राजनीतिक-चिंतन कुछ विस्मित कर सकता है लेकिन अन्य आलेख यह बताते हुए हमारी शंका का निवारण कर देते हैं कि कवि होने के साथ-साथ वे प्रारंभ से ही समाजवादी पार्टी के कार्यकर्ता थे। यद्यपि साथी कार्यकर्ता इन्हें 'सिल्की समाजवादी' कहते थे, इसलिये कि न तो ये कभी जेल गये थे और न ही इन्होंने कभी पुलिस की थप्पड़ें खाई थीं, लेकिन फिर भी समाजवादी आदर्शों के प्रति जनसामान्य में चेतना जगाने के कार्यक्रमों में ये कभी पीछे नहीं रहे। साहित्य-सृजन में यश अर्जित कर लेने के बाद भी राजनीति से उनका लगाव बना रहा। इस तरह, राजनीति उनकी चिंता में प्रारंभ से ही रसी-बसी रही है।

अपने राजनैतिक साथियों में उन्होंने हीरालाल जैन को उनके त्याग और संघर्ष के लिये स्मरण किया है। उनकी ज़िंदगी नाकामयाब और जोखिम उठाने वाली रही लेकिन फिर भी उन्होंने उसे लेकर कभी कोई शिकायत नहीं की। पद की कोई लालसा भी उन्हें नहीं थी। इसी तरह, संघर्षों में जीने वाले बेमिसाल कार्यकर्ताओं के रूप में उन्होंने नरेन्द्रपालसिंह चौधरी और उनके भाई राजेन्द्रसिंह चौधरी को याद किया है। लेखक को एक कसक यह रही है कि बड़े लोगों को तो इतिहास याद करेगा लेकिन अनाम आहुति देने वालों का स्मरण कौन करेगा?

इस संग्रह के कई एक आलेखों के बीच जो टीस गुजरती दिखाई पड़ती है, वह यही है कि क्षेत्र चाहे राजनीति का हो या साहित्य का, जो मूक साधनारत रहे, प्रतिदान पाने का लोभ जिनमें नहीं रहा, उनके अवदान के ऋण से यह समाज उऋण कैसे होगा? और, इसका कोई तोषदायक उत्तर नहीं पाकर स्वयं उन्होंने यह बीड़ा उठा लिया और जिनको जानने का अवसर उन्हें मिला था, उनका अवदान उन्होंने दर्ज़ कर दिया। पं. गिरधर शर्मा 'कविरत्न', उनके पुत्र ईश्वरलाल 'रत्नाकर' और पुत्री शकुंतला रेणु पर उनका आलेख कविता-भाषा के मोर्चे पर संघर्षरत इस परिवार को उनकी श्रद्धांजलि है। यह कविता के क्षेत्र में कमोबेश ब्रजभाषा का युग था लेकिन कविरत्न-परिवार ने खड़ी बोली की पदचाप सुन ली थी इसलिये उसे ही उन्होंने अपनी काव्यभाषा बनाया। उनके काव्य का अनुशीलन कर नन्दजी ने सही लिखा है कि पंडितजी नव-जागरण के उन कवियों में थे जो सांस्कृतिक बहुलता के रचनात्मक अभिप्रायों को समझते थे और

उसके प्रसार की भाषा रचने के लिये प्रतिश्रुत थे। इसी तरह, द्विवेदी-युग के गद्यकारों में नन्दजी ने राजस्थान के निबंधकार और सम्पादक पं. रामनिवास शर्मा की ओर हमारा ध्यान आकर्षित किया है। पंडितजी ने 1920 में 'सौरभ' पत्रिका का सम्पादन किया था और इसके 19 अंक प्रकाशित किये थे। उनका एकमात्र प्रकाशित निबंध-संग्रह 'सौरभकण' है। इसमें संगृहीत वैज्ञानिक और कलात्मक विषयों पर लिखे गये निबंधों के अवलोकन के बाद नन्दजी ने बड़े दर्द से लिखा है कि यदि हिन्दी का इतिहास लेखन उत्तरप्रदेश के इर्द-गिर्द की ही साहित्यिक ज़मीन तक सीमित न रह गया होता तो हिन्दी गद्य के सहस्त्रों पृष्ठ लिखने वाले पं. रामनिवास जी जैसे बड़े गद्य-निर्माता का नाम उसमें अनुल्लिखित नहीं रहता। उनकी अपेक्षा है कि अकादमी कभी इस मनीषी पर कोई प्रामाणिक पुस्तक उपलब्ध करवायेगी।

हिन्दी के जिन बड़े लेखकों का स्मरण उन्होंने किया है, उनके सान्निध्य के अवसर भी उन्हें कम ही मिले थे लेकिन फिर भी उनके स्वभाव, व्यवहार और विचारों का उनका पर्यवेक्षण खूब सुविचारित जान पड़ता है। अश्कजी के लिये उन्होंने लिखा है कि वे बेतकल्लुफ़, प्रसन्नमुख और कुछ हद तक महत्त्वाकांक्षी थे और व्यावसायिक बुद्धिवाले भी, तभी 'बैंगन का पौधा' कहानी-संग्रह कृषि महाविद्यालय की लाइब्रेरी में बेंगन की खेती के लिये महत्त्वपूर्ण पुस्तक बताकर खरीदवा गये! कौशल्या अश्क में भी व्यावसायिक बुद्धि थी। वे उन दिनों भी औरत की स्वाधीनता और स्वावलम्बन की जैसी दृढ़ पक्षधर थी, उसे देखकर नन्दजी ने लिखा है कि 'आधी सदी पहले स्त्री-स्वाधीनता की यह अकंपित आवाज़ थी जो आज सहस्त्रों में सुनता हूँ।' यशपाल के बारे में उन्होंने खूब लिखा है कि जब वे बोलते थे तब व्यंग्य और वक्रोक्ति दोनों का मज़ा लिया जा सकता था। इसी तरह यह भी उनका वस्तुनिष्ठ आकलन है कि उनकी टिप्पणियाँ सख्त और व्यक्ति-केन्द्रित होती थीं। परस्पर व्यवहार में आयु या बड़प्पन की कोई रेखा उनके चेहरे पर नज़र नहीं आती थी। उनके कथा-साहित्य पर भी उनकी यह टिप्पणी माकूल है कि उसमें ज़िन्दगी की सच्चाइयाँ कला की किन्हीं अदाओं के साथ प्रकट नहीं होती। जैनेन्द्रजी के साहित्य में भी कला रूपों की रंगीन बनावट नहीं होती लेकिन वे विशिष्ट इस अर्थ में हैं कि वे केवल विचार और तर्क पर ही निर्भर नहीं करते, प्रेम, ईश्वर, नैतिकता, स्वाधीनता जैसी तर्कातीत शक्तियों के सहारे भी जीवन को समझने का उपक्रम करते हैं।

बड़े साहित्यिकों की अपेक्षा समाजशास्त्री श्यामाचरण दूबे के संपर्क में आने और उनके विचारों को जानने के अवसर उन्हें अधिक मिले थे। उनके संस्मरण में सेमिनार की राह से उनके विचार सहज गुँथ गये हैं। आदिवासियों की संस्कृति में सरकारी हस्तक्षेप के मुद्दे पर बुद्धिजीवी विरोध प्रकट करते रहे हैं लेकिन इस संदर्भ में दूबेजी के इस सोच में सत्य है कि कुपोषण, अज्ञानता, बीमारी, निर्धनता आदि को सांस्कृतिक प्रतिमानों का दर्ज़ा देने का भी कोई औचित्य नहीं है।

अपने समकालीन और युवतर लेखकों में से नन्दजी ने उनको स्मरण किया है जिनसे उनका मेलजोल ज़्यादा होता रहा–प्रकाश आतुर, आलमशाह खान, भागीरथ भार्गव, कमर

मेवाड़ी, भाणावत बंधु ऐसे ही नाम हैं। इन लेखकों की लेखन-वृत्ति और इनकी सीमाओं का निदर्शन भी नन्दजी ने किया है लेकिन इनके प्रतिनिधि लेखन की चर्चा भी साथ में रहती तो संस्मरण भरे-पूरे लगते। बड़े लेखकों में सुमनजी और युवतर लेखकों में नरेन्द्र भाणावत के संस्मरणों में इनके साहित्य और साहित्य-दृष्टि का अपेक्षया कुछ समावेश हुआ है अन्यथा अश्क, यशपाल, रांगेय राघव आदि के संस्मरण हमें अतृप्त ही छोड़ते हैं। देवीलाल सामर के सान्निध्य में रहने का अवसर नन्दजी को मिला था लेकिन लोक कलाओं के क्षेत्र में उनके अवदान-मूल्यांकन पर वे कुछ भी नहीं कहते जबकि राजस्थान ही नहीं, समूचे हिन्दी-जगत में लोक-चिंतन की साहित्यमुखी वृत्ति को लोकोन्मुखी बनाने वाले वे हिन्दी के पहले लोक-आलोचक थे (और दूसरे कोमल कोठारी हुए)। सामरजी की तुलना में दादाभाई बोर्डियाजी का स्मरण जितना उनके व्यक्तित्व का है, उतना ही उस शिक्षा-प्रणाली का है जिसे उन्होंने उस समय की शिक्षा के 'परम्परावादी और निस्तेज कर्मकांड को तोड़कर एक नये विकल्प की तलाश' में लागू किया था। प्रारंभ में ही यह लिखकर कि 'वे विद्या भवन के सिद्धांतों का, जिनमें से अब बहुत-से विलुप्त हो गये हैं, कर्म-पक्ष थे', उन्होंने विद्या-भवन के अतीत के साथ उसका वर्तमान भी अंकित कर दिया है। हम लक्ष्य कर सकते हैं कि विशेषणों और उपवाक्यों की कैसी तराश उनमें मिलती है। यह तराश उनमें आद्यंत बनी रही है। इसी तरह चुमता हुआ व्यंग्य भी उनमें जगह-जगह मिलता है।

कुछ संस्मरणों में नन्दजी ने अपने परिजनों की वत्सलता का सजल स्मरण किया है। माँ की ममता के लिये और नाना के लिये माँ के हृदय में बहते स्नेह के सुप्त सोते के संकेत इसमें बड़े मर्मस्पर्शी हैं। माँ के गाँव का स्मरण केवल गाँव का और वहाँ के अंधविश्वासों का ही स्मरण नहीं है, वह वहाँ के कल्पनातीत अभावपूर्ण जीवन की करुण-गाथा भी है। उनके ननिहाल में तब प्रकाश के लिये लालटेन और कपड़े धुलाई के लिये साबुन तक सुलभ नहीं था! नानी चिमनी के पीले प्रकाश में गीली लकड़ियों के धुएँ से आँखें फोड़ती हुई खाना पकाती थी! वे न किसी से शिकायत करती थीं, न कोई सुनने वाला ही था! नाना परम भंगेड़ी थे। उनकी रगों में बहता रक्त इतना विषैला था कि (स्वयं नन्दजी ने देखा कि) उन्हें काटने वाला बिच्छू भी मर गया था! अंधविश्वास ऐसे बद्धमूल थे कि भयावह गरीबी के बावजूद विवाह व मृत्यु के कर्मकांडों की दक्षिणा चुकाने के लिये खेत और कुएँ गिरवी रखे जाते या बेचे जाते थे! (इसी पृष्ठभूमि पर प्रेमचन्द ने 'गो-दान' की रचना की है)। गाँव के भागीरथ काका और पारो मौसी स्वयं में अविस्मरणीय चरित्र हैं। काका जहाँ हैरतनाक जड़ता की हद तक मूर्खता और निश्छलता के प्रतिरूप थे, वहीं पारो मौसी क्रूर नृशंसता का जीवंत रूप थी! नन्दजी की माँ की ऐसी बहन के प्रति उदारता भी अप्रतिम ही लगती है।

यह देखकर विस्मय होता है कि नन्दजी ने अपनी पत्नी और परिवार पर कुछ भी नहीं लिखा है! वैसे तो, संस्मरण केवल स्मरणीय व्यक्ति को ही सामने नहीं लाता है, स्मरणकर्ता को भी खोलता है, लेकिन नन्दजी ने अपने को भी यथाशक्य नेपथ्य में

ही रहने दिया है; भूले-भटके ही वे कभी सामने आ जाते हैं जैसे कि अंतिम दो-एक आलेखों में।

कुल मिलाकर, ये संस्मरण और रेखाचित्र संक्षिप्त होते हुए भी राजनीति के व्यक्तियों के व्यक्तित्व का और रचनाकारों की रचना-वृत्ति का सटीक परिचय देते हैं और उनकी सीमाओं का तीखा निदर्शन भी करते हैं। नन्दजी ने केवल अपने विशेषण ही नहीं तराशे हैं, कुछ संस्मरणों के शीर्षक भी ऐसे तराशे हैं कि संस्मरण उन्हीं में निचुड़ आया है। सुलिखित गद्य के लालित्य में रमने के लिये और तीखी व्यंग्यात्मकता का आनन्द लेने के लिये भी इन्हें पढ़ा जा सकता है। ये एक गद्य-शिल्पी के अतीत के राग-दीप्त चित्र हैं।

काशी के आचार्यों का अधूरा स्मरण

कृष्णबिहारी मिश्र : नेह के नाते अनेक

कृष्णबिहारी मिश्र लिखते हैं कि 'व्यक्तिगत राग-द्वेष और पद-प्रतिष्ठा की आकांक्षा से शीर्षस्थ विद्वान भी साधारण आदमी की तरह व्याकुल-विक्षिप्त रहते हैं। आचार्यों के करीब रहकर उनकी मानवीय कमज़ोरियों का मैंने साक्षात्कार किया है। कई प्रसंग मेरी स्मृति में जीवित हैं।' अपनी पुस्तक 'नेह के नाते अनेक' में मिश्रजी ने इन्हीं प्रसंगों में से चुन कर कुछ का उल्लेख करते हुए काशी के आचार्यों का एवं कतिपय अन्य साहित्यिकों का स्मरण किया है।

हजारीप्रसाद द्विवेदी के विषय में उन्होंने लिखा है कि आचार्य नरेन्द्र देव ने शान्ति निकेतन से लाकर उन्हें विश्वविद्यालय में शुक्लजी की आचार्य-पीठ पर प्रतिष्ठित किया था परन्तु वह प्रतिष्ठा कई विद्वानों के गले नहीं उतरी। शुक्लजी के पट्ट-शिष्य पं. चन्द्रबली पांडे यद्यपि स्वयं इस दौड़ में नहीं थे और अन्यथा भी निस्पृह व्यक्ति और बड़े प्रखर आलोचक थे, द्विवेदीजी को स्वीकार नहीं कर पाये। उनके प्रति अपनी शुभकामना प्रकट करते हुए उन्होंने कहा कि 'सो तो अच्छा हुआ, आप काशी आ गये। यह शुक्लजी की गद्दी है। इसकी मर्यादा की रक्षा के लिये अब आप कुछ हिन्दी पढ़ डालिये।' (वे बंगाल से आये थे, कदाचित इसलिये यह उच्चारण वैसा रहा होगा; यह सफाई उस दृष्टि से दी गई हो सकती है, अन्यथा) यह बात तब की है, जब 'हिन्दी-साहित्य की भूमिका', 'कबीर', 'बाणभट्ट की आत्मकथा' और 'अशोक के फूल' रचकर द्विवेदीजी कीर्ति के शिखर पर पहुँच चुके थे। स्पष्ट है, वातावरण में वैमनस्य घुल गया था। पं. विश्वनाथ प्रसाद मिश्र को, जो कभी काशी से बाहर नहीं गये थे, विभागाध्यक्ष बनने के लिये उन्हें अन्ततः उज्जैन जाना पड़ा इसलिये उनमें कड़वाहट आना स्वाभाविक ही था। खटास द्विवेदीजी के मन में भी आ गई थी। मिश्रजी के पौत्र के उपनयन संस्कार में 'विभागाध्यक्ष' (द्विवेदीजी) 'काशी में रहते हुए भी' शामिल नहीं हुए, इसका गिला-शिकवा पंडितजी कृष्णबिहारी से करते देखे जा सकते हैं जबकि अन्यथा द्विवेदीजी बहुत ही सहृदयी और सहिष्णु थे। वे अपमान के कड़वे घूँट भी प्रायः चुपचाप पी लेते थे, पलट कर मुँह तोड़ उत्तर नहीं देते थे। कृष्णबिहारी लिखते हैं कि ऐसा नहीं कि जवाब सूझता नहीं था, प्रत्युत्पन्न मति के लिये ख्यात द्विवेदीजी की जीभ के अग्र भाग पर हर सवाल का जवाब हाज़िर रहता था, पर जल्दी मुखर नहीं होता था। उनका मर्यादाशील संस्कार और

व्यवहार-पाटव उन्हें टोक देता था। लेकिन विभागीय मामलों में पारस्परिक खींचतान बाहर आये बिना नहीं रही। विश्वनाथजी को स्नातकोत्तर कक्षाएँ पढ़ाने को नहीं दी गईं और उधर उन्होंने भी इसकी शिकायत उप-कुलपति से करने में न संकोच किया और न विलम्ब ही।

ऐसी छोटी-छोटी बातों को और शांतिप्रिय द्विवेदीजी के क़िस्सों जैसे प्रसंगों को गूँथकर कृष्णबिहारीजी ने काशी के साहित्यिक वातावरण का सजीव चित्रण किया है। इसमें आचार्यों के ऊँचे दर्ज़े के आदर्श और हलके दर्ज़े के आचरण, दोनों के उदाहरण देखे जा सकते हैं। इस वातावरण के अंतरंग की झलकियों के लिये यह पुस्तक पढ़ी जानी चाहिए।

जिन आचार्यों में परस्पर वैमनस्य था, कृष्णबिहारी क्योंकि उन सबके समान रूप से प्रिय होने का प्रभाव अंकित करते हैं इसलिये अपेक्षा यह होती है कि वे द्विवेदीजी के काशी छोड़ने और चंडीगढ़ जाने की कथा भी कहते। उस स्थिति में ये संस्मरण और भी मूल्यवान होते। लेकिन आचार्यों के निकट होने के संकोच के कारण ही मिश्रजी उनका व्यक्तित्व भी सम्यक् रूप से सामने नहीं ला पाये हैं।

हजारीप्रसादजी मर्यादाशील और उदार व्यक्ति थे लेकिन साथ ही, उनमें यह दुर्बलता भी थी कि वे गलत बातों को भी सह लेते थे। ये दो भिन्न बातें हैं, लेकिन लेखक के संकोच ने इन दोनों बातों को गड्डमड्ड कर दिया है। अज्ञेयजी ने अपने संस्मरणों में इन पहलुओं को स्पष्ट किया है। द्विवेदीजी के प्रति पूरे सम्मान के बावजूद उन्हें यह कहना आवश्यक लगा है कि कई बार गलत निर्णयों से भी उनका नाम जुड़ जाता था क्योंकि वे उस निर्णायक-मंडल में होते थे। अपना मत वे प्रकट कर देते थे लेकिन जब उसके प्रतिकूल निर्णय लिया जाता था, तब वे उसका प्रतिरोध नहीं कर पाते थे; 'क्या फर्क पड़ता है', कह कर वे अपने को उससे अलग कर लेते थे। (लेकिन ऐसे कोई अपना पल्ला कैसे झाड़ सकता है!)। अज्ञेयजी ने यह लिखा है कि 'एकाध बार तो मैंने अभियोग के स्वर में उनसे यह कहा भी कि यह अपने सामाजिक उत्तरदायित्व से कतराना है, लेकिन उससे उनके व्यवहार में कोई परिवर्तन नहीं हुआ।'

अज्ञेयजी का हवाला मैंने दो कारणों से दिया है—एक तो इसलिये कि अज्ञेयजी ने भी द्विवेदीजी पर लिखा है और कृष्णबिहारी ने द्विवेदीजी के साथ-साथ अज्ञेयजी पर भी लिखा है। दोनों दृष्टियों में हम कुछ पूरकता भी लक्ष्य करते हैं। दूसरा कारण यह है कि अज्ञेयजी के संस्मरणों में हमें स्मरणीय व्यक्ति का साहित्य संदर्भित हुआ ही नहीं, उसके व्यक्तिगत चित्रण में स्पन्दित हुआ भी पाते हैं। इसी तरह, व्यक्ति के अभावों पर भी उनकी तीखी दृष्टि रहती थी, यद्यपि शील के निर्वाह के प्रति भी वे पूरे सतर्क रहते थे। इससे उनके संस्मरणों को एक अलग पहचान मिली हुई देखी जा सकती है। अपने संस्मरणों की पुस्तक अज्ञेयजी ने कृष्णबिहारीजी को भेजी भी थी। वैसे, संस्मरणों में हम व्यक्ति को पूर्ण रूप से पाने की अपेक्षा नहीं करते, वहाँ तो हम उसे लेखक की दृष्टि से ही पाना चाहते हैं; लेकिन संस्मरणकार जब स्वयं साहित्यिक हो तो यह अपेक्षा भी होती है कि स्मरणीय साहित्यकार का प्रासंगिक साहित्यिक-पक्ष भी संस्मरणों में विन्यस्त

हुआ रहे। अज्ञेयजी इस ओर बराबर सजग रहे हैं। प्रस्तुत प्रसंग में उन्होंने द्विवेदीजी की सांस्कृतिक-दृष्टि पर भी प्रकाश डाला है और उनके शिष्यों के बरक्स उनके संवेदन और दृष्टि-विचार को रेखांकित किया है जिससे उन्होंने संस्कृत-साहित्य में अवगाहन से अर्जित किया था।

मुझे राजेन्द्र यादव का स्मरण आता है, उनके संस्मरणों में भी व्यक्ति के साहित्यिक-पक्ष का सम्यक् आकलन मिलता है और उसके अभावों पर बेबाक टिप्पणी भी। इस दृष्टि से उनका रांगेय राघव का स्मरण विशेष रूप से लेखनीय है।

साहित्यिक संदर्भ मिश्रजी में नही हों, ऐसा नहीं है; प्रभाकर माचवे के संस्मरणों में तो ऐसे हवाले कई एक हैं लेकिन एक तो वे उनकी प्रासंगिकता के प्रति सर्वत्र सतर्क रहे नहीं जान पड़ते। दूसरे, यह विन्यास उनकी प्रकृति नहीं है। शायद इसलिये कि उनका साहित्यिक-आलोड़न भी वैसा और उतना नहीं है। फिर, कई संदर्भ उनके यहाँ रह भी अधूरे ही गये हैं।

अवश्य ही, यह कहते हुए वे साहित्य में प्रतिछायित द्विवेदीजी के व्यक्तित्व में अपनी पैठ सूचित करते हैं कि 'तीखी से तीखी प्रतिक्रिया और गहरे क्लेश को सर्जनशील मुद्रा में प्रकट करने की उनमें अप्रतिम कला-सिद्धि थी। 'कुटज' शीर्षक निबंध इसका प्रमाण है।' उनमें कलात्मक आवरण की जो सिद्धि थी, उसे वे बाणभट्ट और अनामदास की भूमिका के प्रमाण से दिखाते हैं लेकिन उस 'गहरे क्लेश' पर वे कोई प्रकाश नहीं डालते जो उनके अनुसार 'कुटज' की रचना के प्रेरणाभूत रहा है।

विश्वनाथप्रसाद मिश्र के पांडित्य की प्रशंसा लेखक ने बार-बार की है। कवि जमाल के काव्य की गुत्थी सुलझाने वाले एक प्रसंग का उसने विशेष उल्लेख किया है। इस कार्य के लिये ही एक जिज्ञासु उनके पास राजस्थान से काशी आया था, लेकिन यह गुत्थी थी क्या, और पंडितजी ने उसे सुलझाया कैसे, यह वे हमें नहीं बताते। निदान, जमाल नाम पाठक पर कोई प्रभाव नहीं डाल पाता। धर्मवीर भारती ने कभी 'धुरीहीनता' निबंध लिखकर द्विवेदीजी पर कुछ तीखी टिप्पणियाँ की थीं, इसका उल्लेख लेखक ने द्विवेदीजी और भारती दोनों के संस्मरणों में किया है लेकिन निबंध में उठाये गये मुद्दों की चर्चा लेखक ने कहीं भी नहीं की है। किसी प्रसंग को छेड़ कर उसे अधूरा छोड़ देना, मिश्रजी के अभाव की ओर पाठक को ज़्यादा सजग करता है।

कृष्णबिहारीजी का द्विवेदीजी और विश्वनाथप्रसाद मिश्र के परिवारों में भी आना-जाना था लेकिन ये संस्मरण उनके पारिवारिक जीवन पर भी कोई ख़ास प्रकाश नहीं डालते, केवल ऐसी कुछ सूचनाएँ भर देते हैं कि द्विवेदीजी के पुत्र ने पंजाब में चोपड़ा परिवार में विवाह किया था और मिश्रजी को दो पुत्रों के निधन का दारुण आघात झेलना पड़ा था! सच तो यह है कि गहरी छाप छोड़ने वाले स्मरणीय प्रसंग इन संस्मरणों में कम ही हैं। वाजपेयीजी के संस्मरणों में उन्होंने लिखा है कि एक बार राजबली पांडे ने अपनी व्यावहारिक सजगता और प्रशासनिक कुशलता से वाजपेयीजी की प्रतिष्ठा की रक्षा की थी लेकिन यह प्रसंग था क्या, यह वे हमें नहीं बताते। इस प्रकार, संदर्भों का अधूरापन हमें

कई जगह अखरता है। लेखक ने सहृदयता को वाजपेयीजी के चरित्र की मुख्य पहचान कहा है लेकिन संस्मरण में आये कुछ प्रसंग कुछ और ही कहते हैं। स्वयं लेखक ने वाजपेयीजी के अधीन करवाया हुआ अपना शोध-पंजीकरण रद्द करवाया; ठाकुरप्रसाद सिंह और उनसे भी बढ़कर शिवप्रसाद सिंह का (पूरी योग्यता के बावजूद) वाजपेयीजी ने चयन नहीं किया; इन सबकी वास्तविकता क्या थी, यह हम नहीं जान पाते। लेखक ने इन प्रसंगों पर लीपापोती ही की है। फिर, वे सहृदयी कैसे?

इन संस्मरणों की एक विशेषता यह है कि लेखक ने इधर साहित्य-जगत में भुला-से दिये गये शिविर-निरपेक्ष लेखक ठाकुरप्रसाद सिंह और नक्सली-चेतना के विप्लवी कवि कुमारेन्द्र पारसनाथ सिंह के संस्मरण लिखे हैं। ये संस्मरण उपेक्षा और अभावों से जूझते इन लेखकों के जीवन-संघर्ष की ओर हमारा ध्यान आकर्षित करते हैं। यदि इन संस्मरणों में लेखक का किया हुआ इनका साहित्यानुशीलन भी संदर्भित रहता तो ये संस्मरण और भी प्रभावी होते लेकिन तथ्य तो यह है कि साहित्य का संदर्भ तो शिवप्रसाद सिंह के संस्मरणों में भी विरल ही हैं जो कि कुछ विस्मयकारक भी है क्योंकि उन्हें लेखक ने घनिष्ठ मित्र ही नहीं, भाई भी कहा है! यहाँ यह स्पष्ट कर देना आवश्यक है कि लेखक को याद करते हुए उसका साहित्य संदर्भित रहे, यह संस्मरण की शर्त नहीं हो सकती। यह उसका अतिरिक्त गुण होगा।

इस पुस्तक में लेखक की भाषा, विशेषकर कुछ शब्दों के अप्रचलित प्रयोगों का उसका आग्रह, हमारा ध्यान आकर्षित करता है। जहाँ अंग्रेज़ी के 'बैड रिड्डन' के लिये 'शय्या-शायित' प्रयोग सर्वथा सटीक हैं, वहीं कई प्रयोग कृत्रिम-से भी हो गये हैं; स्वास्थ्य में अपेक्षित उन्नति (सुधार के अर्थ में); पंडितजी दुःख से धीरे-धीरे उत्तीर्ण हो रहे थे (उबर); वे मेरे परिवार को समृद्ध (पावन या पवित्र) करते रहे; हम प्रदूषण को स्वयं समृद्ध किये (बढ़ाये) जा रहे हैं; प्रीत (प्रसन्न) होकर उन्होंने कहा; उन्होंने अध्यापना की (एक जगह अध्यापन प्रयोग भी है); आग को तमाशे की तरह उपभोग करने लगे (मज़ा लेने के अर्थ में) जानकारी हमेशा उनके साथ उपस्थित रहती थी मुँह में सुर्ती व्यवस्थित करके सभा के शेष में (समाप्ति के बाद) ऐसे ही प्रयोग हैं। इन प्रयोगों के प्रचलित हिन्दी-रूप सर्वथा उपयुक्त व सुघड़ हैं, इसलिये मुझे संदेह है कि ये कृत्रिम रूप अपनाये जायेंगे। इन संस्कृतनिष्ठ प्रयोगों के दूसरे छोर पर कुछ नितांत देशज प्रयोग भी मिलते हैं। मेठ, टाँड (और टाँठ भी), दग्दग्, समुहत, नवही, अमनख आदि ऐसे ही प्रयोग हैं जिनका अर्थ हमें वाक्य-संदर्भ से ही पाना होता है। कुछेक स्थलों पर वर्तमानकालिक क्रियाओं का भूतकालिक रूप भी अखरता है जैसे, अरविन्द की समाधि को प्रणति निवेदित करने (या निवेदन करने?), या वे खाली हों तो अपना प्रयोजन निवेदित करूँ आदि। लेकिन इसका अर्थ यह नहीं है कि भाषा पर लेखक का अधिकार नहीं है या कि भाषा प्रवाहपूर्ण नहीं है। भाषा प्रवाहपूर्ण है और विशेषणों का प्रयोग तराशा हुआ भी जान पड़ता है लेकिन शब्दों के अप्रचलित प्रयोग के लिये आग्रह ने प्रवाह को कहीं-कहीं अवरूद्ध किया है।

बहरहाल, जिन लेखकों के संस्मरण मिश्रजी ने लिखे हैं, उनके जीवन और स्वभाव का और साथ में काशी के साहित्यिक वातावरण का कुछ परिचय इनसे मिलता है। जिनके कृतित्व से हम अपरिचित हैं, उनके भी जीवन के बारे में मिलने वाली यह जानकारी हमें उनके कुछ निकट ले जाती है। इस दृष्टि से यह पुस्तक पठनीय है।

आज अधूरी है गृहस्थी इन बिन

पद्मा सचदेव : इन बिन...

प्रायः परिचित व्यक्तियों या चर्चित हस्तियाँ ही संस्मरण का विषय बनती रही हैं परन्तु पुस्तक 'इन बिन' में पद्मा सचदेव ने घरेलू नौकरों के संस्मरण लिखे हैं। आज की मध्यवर्गीय गृहिणियों को, और कार्यकारी महिलाओं को तो विशेष रूप से लगता है कि इन-बिन उनकी गृहस्थी सुचारू रूप से चल ही नहीं सकती।

इसमें लेखिका ने व्यक्तियों पर तो लिखा ही है, साथ में उनके परिवेश पर भी लिखा है। इससे ज्ञात होता है कि ज़्यादातर निम्न वर्ग की लड़कियाँ प्रेम के चक्कर में फँस कर गर्भवती हो जाने पर या ससुराल में पति से प्रताड़ित होकर या अधिक कमाई के प्रलोभन में घर छोड़कर भागती हैं। 'सुन्दरी', 'सकीना', 'कमला', 'मेलो की बड़ी बेटी' पर लिखते हुए लेखिका ने इनके सामाजिक जीवन का चित्रण भी किया है। मेलो की बड़ी बेटी के पति का बाहर तबादला हो गया है इसलिए वह पीहर रह रही है। माँ ने उसे भी कुछ घर दिला दिये हैं। अवसर पाकर समधन अपनी बहू के वेतन पर अपना हक जमाने आ धमकती है। बेटे के ससुराल में अंडे, पकौड़े, मुर्गी, दारू से अपना स्वागत करवाना भी तो उसका हक बनता है! सुन्दरी के भाई अपने जीजा की इज़्ज़त करते हैं, लेकिन जब वह सुन्दरी पर हाथ उठाता है तो वे उसके हाथ-पैर तोड़ने में भी देर नहीं लगाते। लेकिन सामान्यतः औरतों का अपने आदमी से पिटना इन समाजों में आम बात है। हद तो यह है कि औरत को भी यह पिटाई स्वीकार्य है! सुन्दरी ने पहले पति को छोड़ दिया है लेकिन वह इसे भी बख़ूबी जानती है कि 'वह मुझे दो-चार लगाकर ले जाता तो जाना ही पड़ता।' (हम रांगेय राघव की 'गदल' का स्मरण कर सकते हैं।) लेकिन यह विलक्षण बात है कि पति से बैर-विरोध चाहे कितना ही हो, उसके हृदय में पति के लिए कोमल कोना ज़रूर होता है। यही कोमलता सुन्दरी को विवश करती है कि भाइयों के हाथों पिटे हुए पति के खाने के लिए थोड़ा माँस वह भाभी से माँग ले। यही भावना कमला में है। उसके पति ने दूसरा विवाह कर लिया है इसलिए उसने (कमला ने) उससे डायवोर्स ले लिया है। लेकिन उसके कोश में डायवोर्स का अर्थ यह नहीं है कि गर्मियों में उसका पति उसकी झुग्गी में कूलर की ठंडी हवा न खाये या सर्दी में रजाई न ओढ़े! नारी मनोविज्ञान का एक लगभग अछूता पहलू ये पात्र प्रकाशित करती है।

चीना-प्रसंग में लेखिका ने औरत के हृदय को और भी गहराई से देखा है। चीना को जब दुबारा गर्भ ठहर जाता है तो वह उसे तत्काल गिराने और डॉक्टर द्वारा मना करने पर होने वाले बच्चे को किसी और को सौंप देने पर आमादा है। लेकिन हम देखते हैं कि पुत्र संतान उत्पन्न होने पर उसका मन बदल जाता है। वह इस पुत्र के पिता के पास लौटने का मानस बना लेती है और लौट भी जाती है। लेखिका की व्याख्या यह है कि एक बार छले जाने के बावजूद औरत का मन यह कहता है कि यदि वह पति की गोद में पुत्र डाल दे तो वहाँ अपने लिये छत पा सकती है। लेखिका ने बड़े दर्द के साथ लिखा है कि, किसी भी कीमत पर औरत सुरक्षित घर पाना चाहती है। कोई शर्म, हया, अपमान आड़े नहीं आता। बस घर चाहिये। घर औरत से ही बनता है। लेकिन कैसी विडम्बना है कि उसी औरत का अपना कोई घर नहीं होता। यह घर की आशा ही मेलो की बेटी को उपेक्षा और अपमान का जीवन जीने को और विमला, कमला, सकीना आदि को दूसरा-तीसरा घर करने को विवश करती है। इन सामान्य औरतों के संस्मरणों से लेखिका ने गहरा जीवन सत्य बरामद किया है।

लेकिन ये कामवालियाँ निरी निरीह प्राणी भी नहीं हैं। ये बड़े नखरेवाली भी होती हैं और मुँहफट भी। मेलो और सुन्दरी काम में हाथ बाद में डालेंगी, चाय-नाश्ता पहले माँगेंगी। हुक्मदेही तो आते ही पहले हुक्म देगी, दो फुल्कों पर अचार और दूध में पत्ती वाली चाय! कपड़ों की माँग सुन्दरी बेहिचक करती है लेकिन इसी सुन्दरी को जब पद्माजी जाले हटाने को कहती हैं तो वह बेलिहाज बोलती है, यह काम तुम्हारे नौकर का है। मुझसे तो झाडू-कटका करवाना है तो बोलो, नहीं तो मैं चली। और वह सचमुच चली भी जाती है! मराठी बाई तो पहले बर्तनों में थूकती है, फिर माँजती है। पद्माजी ने देख लिया और टोका तो कहती है, 'बाई, मैं तो ऐसे इच साफ करती है, तुमको चाहिये तो बोलो, नहीं तो मैं जाती, और वह आधे बर्तन छोड़कर ही चली जाती हैं!'

इन नारियों में सामाजिक चेतना भी आ रही है। इसके निदर्शन भी संस्मरणों में हैं। लाली ने तो बिना पति को बताये बैंक-खाता खोल दिया है। चीना ने भी पुत्र के शगुन के रूपये बैंक में जमा कराये हैं। पुत्र जन्म के साथ ही उसने परिवार-नियोजन का ऑपरेशन करा लिया है! चमेली ने तय किया है, वह शादी करेगी, बंधुआ मजदूरी नहीं, उसकी बहन के प्रेम-विवाह में घर वाले रोड़ा न लगायें इसलिए उसने कोर्ट में शादी की अर्ज़ी दी है! सुन्दरी को ज्ञान है कि उसने पूर्व-पति से तलाक लिये बिना दूसरी शादी की है इसलिए पूर्व-पति पुलिस लेकर आ सकता है, यह बात कहकर वह पति को दबाये रखती है। मेलो ने पाँच हज़ार रिश्वत देकर बेटे की नौकरी लगवाई है। रामप्रसाद को यूनियन ने बता दिया है कि उसे दिन में दो घंटे छुट्टी का अधिकार है; अब वह तीन से पाँच बजे तक काम नहीं करेगा!

इन कामवालियों में सौन्दर्य चेतना भी खूब है। चमेली कहती है कि मेरे दाँत ऊँचे नहीं होते तो मैं रेखा से कम नहीं थी! सुन्दरी को मालूम है, लड़के उसे 'कॉलेज गर्ल' समझते थे। इनमें से कई एक अपने सौन्दर्य निखार के लिये अपनी कमाई का एक हिस्सा ब्यूटी-पार्लरों पर खर्च करती है!

लेखिका ने भी इन औरतों में सौन्दर्य लक्ष्य किया है लेकिन मुग्ध वह जवान श्यामल लड़कियों के बाँकेपन पर ही हुई है। परन्तु बब्बन, मरियम, सुन्दरी, धोबन सभी की बाँकी अदाओं पर जब वे समान रूप से रीझती हैं, तब किसी की भी कोई विशेष छवि नहीं उभरती। इसी तरह, इश्किया क़िस्से भी पुस्तक में इतने भर गये हैं कि उससे एकरसता-सी आ गई है।

यह पुस्तक कार्यकारी महिलाओं के घर की अव्यवस्था भी उजागर करती है। लेखिका ने स्वयं अपना घर विश्वसनीय नौकर प्रताप के भरोसे छोड़ रखा था। उसकी बदौलत उसका साला इस घर में जिस तरह पलता रहा, उसके लिये लेखिका लिखती है कि 'यह साला टोडरमल रोड़ में' दस बरस रहा और खाना भी वहीं खाता रहा और मुझे पता भी नहीं चला! वाह री पद्मा सचदेव! दूसरा विश्वसनीय नौकर खेलसिंह था। वह इसका भी गुरु निकला। घर में जब नई डाइनिंग टेबल व कुर्सियाँ मँगवाई गई, तब उसने ऐसा खेल रचा कि जिस गाड़ी में नया सैट आया था, उसी में उसने बिना किसी से कुछ पूछे, पुराना सैट लदवा कर अपने घर भिजवा दिया! रिवाल्विंग डाइनिंग टेबल पर पति-पत्नी रीझते रहे, पुराने सैट का उन्हें ध्यान भी नहीं आया! जब आया, तब खेलसिंह से पूछा गया तो उसने खीसें निपोर दी!

इन संस्मरणों की एक विशेषता यह है कि लेखिका ने आत्म-संयम बरता है। अपने विषय में उसने यथाशक्य कुछ भी नहीं लिखा हैं। आकाशवाणी और दूरदर्शन में उसकी नौकरी या पद्मश्री अलंकरण से उसके सामान का उल्लेख भी अपरिहार्य प्रसंगवश ही हुआ है। लेकिन उसके बिना बताये ही संस्मरण बोलते हैं कि पद्माजी के यहाँ नौकर घर के सदस्य की तरह ही रहते रहे हैं। वे उन्हें मुँह माँगा कपड़ा व सामान देती रही हैं और कई लड़कियों के तो उन्होंने दहेज तक जुटाये। इसलिए वे टिकते रहे। यद्यपि कोई-कोई इसके बावजूद भी धोखा देते रहे।

लेखिका की भाषा में जगह-जगह बोलचाल के मुहावरे प्रयुक्त हुए हैं। 'फिट करना' लेखिका का अति-प्रिय प्रयोग है। मेलो की बेटी का पति जो अन्यत्र-मस्त है, उसे कहता है कि तू मेरे भरोसे मत रहना, मेरा टाँका बहुत सालों से बाहर फिट है। (इस समूह में मेलो जैसी अनुभवी महिलाएँ पति के इधर-उधर मुँह मारने से ज़्यादा विचलित नहीं होती)? लब्भू के लिए पद्मा की माँ ने 'टिप्पस भिड़ाई' लेकिन काम नहीं बना। फुल्ली तेरह बरस की थी, जमादार पच्चीस-तीस के फेरे में होगा। ड्राइवर से फोन पर बात की, पर वह तो घोड़े पर सवार (धुत) था! मालकिन की प्रसिद्धि देखकर वह भी हवा खा गया था। बारह घंटे काम के लिए पाँच सौ रूपल्ली देकर आप समझती हैं, कि आपने हातिमताई की क़ब्र पर लात मार दी! कमला घर में आई तब तक 'झाड़ू फिर' चुका था। (सब कुछ जा चुका था)। इस तरह के बोलचाल के और कुछ स्वनिर्मित मुहावरों के प्रयोग ने और भाषा में पंजाबी व बांग्ला प्रयोगों ने उसे जीवन्त बनाया है।

संस्मरणों की तो यह रोचक कृति है ही, गृहिणियों के लिये यह विशेष पठनीय है, उन्हें विस्मय हो सकता है और ईर्ष्या भी कि जहाँ उन्हें एक अदद कामवाली जुटाने में

पसीना आ जाता है, पद्माजी तो कोई तीसेक जुटा चुकी हैं! लाली रेहड़ीवाली को तो उन्होंने ऐसा पटा लिया था कि इस नाटक की सीधे पात्र नहीं होकर भी अधिकांश पात्रों की सूत्रधार वही रही है। लक्खी धोबन और फुल्लो जमादारिन को भी लेखिका ने अपने संरचनात्मक कौशल से गूँथ रखा है। सभी प्रसंग स्वयं में स्वतन्त्र है लेकिन लेखिका ने इन्हें कथात्मक रोचकता दी है और प्रवाह भी। समाजशास्त्र के किसी अध्येता को इस वर्ग के सर्वेक्षण से जो भी जानकारी मिल सकती है, उससे कहीं अधिक प्रामाणिक और रोचक जानकारी उसे इस कृति से मिल जायेगी।

पाप की आग में जलती आत्मा फ़िराक़

रमेश चन्द्र द्विवेदी : यूँ ही फ़िराक़ ने उम्र बसर की

फ़िराक़ गोरखपुरी के व्यक्तित्व को समझने का प्रयत्न करते हुए रमेश चन्द्र द्विवेदी ने पहले 'फ़िराक़ साहब' और बाद में 'मैंने फ़िराक़ को देखा था' पुस्तकें लिखी लेकिन उन्हें तोष नहीं हुआ। हाल ही में प्रकाशित उनकी पुस्तक 'यूँ ही फ़िराक़ ने उम्र बसर की' इसी श्रृंखला की तीसरी कड़ी है। इसमें उन्होंने फ़िराक़ के विषय में प्रचलित प्रवादों के अल्पज्ञात पक्ष पर प्रकाश डाला है और एक ओर उनके घरेलू जीवन के कुछ प्रसंगों के माध्यम से, विशेषकर उनके घरेलू नौकरों के साथ उनके व्यवहार के माध्यम से, तो दूसरी ओर, कॉफी हाउस और अन्य स्थलों पर उनकी बहसों के माध्यम से भी, उन्हें समझने का प्रयत्न किया है।

वैचारिक धरातल फ़िराक़ का उच्च कोटि का था। नैतिक क्षेत्र में प्रचलित उदारवादी धारणा यह है कि पाप से घृणा करो, पापी से नहीं, लेकिन फ़िराक़ कहते थे कि अपराध पर भी रहम खाओ। अपराध ख़ुद अपनी आग में जलता है, अब उसे क्या सज़ा दी जाय! पाप के भीतर पुण्य क़ैद हैं, उसे मुक्त कर दो; यह काम क्षमा के द्वारा किया जा सकता है। अन्यत्र वे जो कहते हैं, अशुभ के भीतर शुभत्व को देखो, वह भी यही बात है।

अपने जीवन में स्वयं फ़िराक़ भी इस आदर्श को चरितार्थ करने के लिये चेष्टाशील रहे। उनके कुछ नौकर, जैसे हीरा या पन्ना, सेवाभावी थे और ईमानदार भी, लेकिन अनेक ऐसे थे जो शराब-चोरी, सिगरेट-चोरी, धन-चोरी, सामान-चोरी में लिप्त रहते थे। एक ने सत्रह सौ रूपये चुरा लिये, तो दूसरे ने दो हज़ार पर हाथ मारा। बंगाली औरत और उसके साथ वालों ने आठ हज़ार छीनने के लिये फ़िराक़ की धुनाई कर दी! लेकिन इस सबके बावजूद वे इन लोगों से बदला लेने व इनको मारे-पीटे जाने के पक्षधर नहीं थे। गाँजा-सेवी भगतजी और एकाध और को घर से निकालने के लिये पुलिस बुलानी पड़ गई लेकिन पुलिस से भी फ़िराक़ ने यही कहा कि इन्हें मारा-पीटा नहीं जाय। जो भी नौकर काम छोड़कर गये, उन्हें फ़िराक़ ने रूपये और कपड़े देकर विदा किया! चोरी करने वाले बहादुर को भी दो माह का वेतन दिया! यह पाप में भी पुण्य (शुभ) देखने वाली दृष्टि थी।

लेकिन इस तरह की व्याख्या के उपरान्त भी फ़िराक़ के जीवन में कई बातें ऐसी थीं जिनका समाधान किसी सफाई से, व्याख्या से, पाना कठिन जान पड़ता है। कुरूप के नाम पर जब वे बार-बार चिढ़ते हैं, तब कहना पड़ता है कि वे अपने स्वभाव का

अतिक्रमण, विचारों के धरातल पर जितना कर सके थे, व्यवहार के धरातल पर उतना नहीं। इस संदर्भ में एक प्रसंग लेखनीय है। फ़िराक़ ने अपने नौकर हीरा को बल्ब जलाने के लिये कहा। उसने स्विच दबाया परन्तु बल्ब जला नहीं। इस पर फ़िराक़ उस पर उबल पड़े। वे उसे बदसूरत कहकर कोसने और गालियाँ देने लगे। हीरा कभी पलट कर जवाब नहीं देता था, लेकिन इस अवसर पर उसने कह दिया कि आप ख़ूबसूरत हैं, आप ही जला लें। लेकिन "यूज बल्ब कैसे जलता?" इस पर वे उस पर फिर चिल्लाने लगे। एक बार बदसूरत हाथों से छू जाने के बाद उसे सुन्दरता की देवी सरस्वती और लक्ष्मी भी नहीं जला सकती। यह प्रसंग यहाँ इसलिये भी उद्धृत किया गया है कि हम देखें कि कोस वे हीरा को रहे थे परन्तु सुना अपनी कुरूप और 'बैंगनमुखी पत्नी' को रहे थे! दूसरी ओर, इसी बल्ब-प्रसंग में फ़िराक़ की पत्नी का पक्ष भी द्रष्टव्य है। वे हीरा को समझाती हुई कहती हैं कि 'देखो बेटा हीरा, बाबू जो कहें, उसे चुपचाप सुन लिया करो। देखो न, मैं भी उन्हें चुपचाप ज़िन्दगी भर सुनती आ रही हूँ। मैंने आज तक कभी बाबूजी को जवाब नहीं दिया।'

फ़िराक़ जिसे पाप में शुभत्व देखना कहते हैं, उसका चरितार्थ रूप हम उनकी पत्नी के इस कथन और उनके आचरण में देख सकते हैं। यह हैरानी की बात हैं कि फ़िराक़ इस त्यागमूर्ति के उदात्त विचारों की गरिमा कभी अनुभव नहीं कर सके। इस प्रसंग के साक्षी रहे लेखक पर तो इसका प्रभाव इतना गहरा पड़ा कि उसने लिखा है कि 'इतनी गहरी बात कह दी थी उन्होंने कि मुझे फ़िराक़ से नफरत-सी होने लगी।'

यों, ख़ुद लेखक ने भी फ़िराक़ की गलत आदतों पर पर्दा नहीं डाला है परन्तु उसने उनके कारणों का निदर्शन कर हमें उनके प्रति उदार बनाने का प्रयत्न किया है। फ़िराक़ की नग्नता के लिये उसका कहना है कि नौकरों ने शराब पिला-पिला कर ऐसी स्थिति पैदा कर दी थी कि अतिशय नशे में वे सुधा-बुधा खो बैठते थे और नंगे हो जाते थे। बात एक हद तक सही है। बंगाली परिवार जब उनकी जान लेने पर उतारू हो गया था, तब भाग कर सड़क पर चले गये फ़िराक़ की लुंगी बिस्तर पर ही छूट गई!

इस लाचारी को समझा जा सकता है। लेकिन गाहे-बगाहे नंगे हो जाने को क्या कहेंगे? लाल किले के मुशायरे पर दिल्ली गये हुए फ़िराक़ होटल में यदि काश्मीरी बालाओं के सामने पाजामा नहीं सँभाल पाये तो उसके लिये क्या कहा जायेगा?

हिन्दी-उर्दू विवाद में हिन्दी के प्रति उनकी नफरत सर्वज्ञात है लेकिन इस मुद्दे का दूसरा पक्ष दिखाने के लिये लेखक ने एक घटना का उल्लेख किया है। कॉफी हाउस में उनका सामना एक ऐसे हिन्दी-प्रेमी से हो गया जिसने उनकी हिन्दी-आलोचना सुनकर उत्तेजित हो, उन्हें मारने के लिये जूता उठा लिया! लोगों के बीच-बचाव से मामला शांत हुआ। लेकिन दूसरे ही दिन वह व्यक्ति जब उनके घर जाकर रोने-गिड़गिड़ाने लगा और अपने बेटे की कहीं नौकरी लगवाने के लिये हाथ जोड़ने लगा, तब उन्होंने अपना अपमान भुलाकर एक जज से सिफ़ारिश कर उसकी नौकरी लगवा दी!

लेखक ने इस घटना को हिन्दी के प्रति उनकी उदारता दिखाने के लिये प्रस्तुत किया है। उदारता तो यह है ही लेकिन विचारणीय यह है कि हिन्दी-प्रेमी की आर्थिक बदहाली के प्रति उनकी उदारता को हिन्दी-भाषा के प्रति उदारता कैसे माना जायेगा? अवश्य ही, हिन्दू-संस्कृति के प्रति वे उदार थे। एक जगह तो वे यहाँ तक कहते हैं कि ब्राह्मणों की देन के बिना भारत की कल्पना भी नहीं की जा सकती!

लेखक ने अपने लेखन में फ़िराक़ के व्यवहार की विसंगतियों की व्याख्या करने के लिये सूत्र निरूपित करना चाहा है। लेखिका उसे प्रभावी पाकर उसने लिख दिया है कि फ़िराक़ के विषय में कोई राय कायम करना मुश्किल ही नहीं, असंभव है! लेकिन फ़िराक़ का यह अपना ही कथन उन्हें पाने का एक सूत्र हमें थमा देता है कि 'पाप के हृदय में धधकती हुई अग्नि ही उसे हर पल जला-जला कर राख कर देती है।' फ़िराक़ अपने स्वभाव से सुन्दरता के पुजारी थे, जीवन में भी और साहित्यों में भी। परन्तु उनकी पत्नी सुन्दर नहीं थी इसलिये उन्होंने उसका तिरस्कार ही किया यद्यपि वह तिरस्कार सहकर भी उनकी सेवा करती रही। उनका यह तिरस्कार ही उनका पाप था और इसी की आग उन्हें जीवन-भर जलाती रही। उनकी गालियाँ भी उनकी इसी जलन की अभिव्यक्ति थीं। स्वयं उन्होंने भी कहा है कि कोई समझता ही नहीं कि उनकी गाली दर्द की चीख हैं। वे कहते यह भी हैं कि गाली उन्होंने माँ से संस्कार में पाई है; बदसूरत और मूर्ख लोगों का व्यवहार भी उनमें गाली भड़काता था, लेकिन मूलतः जिस जलन की चीख गाली में फूटती थी, उसे पैदा उनकी पाप-भावना ने ही किया था। याने पत्नी का तिरस्कार उनकी पाप-भावना थी, उसी ने उनमें जलन पैदा की। इस जलन ने ही भौतिक-पदार्थों के प्रति उनकी आसक्ति को भी जला दिया था और इसी ने उनके घर से नित्यप्रति होने वाली चोरियों के प्रति और पुस्तकों की क्षति के प्रति भी उन्हें उदासीन बना दिया था! इसलिये उन्हें समझने के लिये उनकी इस जलन को समझने की आवश्यकता सर्वोपरि है।

इस पुस्तक में फ़िराक़ की विद्वत्ता के और वैचारिक निर्भीकता के निदर्शन भी हैं। किसी के साहित्य पर किसी के भी दबाव में उन्होंने कभी सम्मति नहीं लिखी। एक क़िस्सा पूर्व केन्द्रीय मंत्री उस्मान आरिफ का है जिनके कलाम पर सम्मति लिखवाने के लिये पूर्व-राष्ट्रपति फखरूद्दीन अली अहमद की बहन ने भी फ़िराक़ से सिफ़ारिश की थी लेकिन फ़िराक़ नहीं माने। इस संदर्भ के रहते रमेशजी का यह कथन भी माने रखता है कि फ़िराक़ की मृत्यु के बाद उनके नाम से लोगों ने तरह-तरह के जो पत्र और प्रशस्ति-पत्र पेश किये, वे प्रामाणिक नहीं हैं।

प्रस्तुत पुस्तक के शीर्षक में 'यूँ ही' पद विचारणीय है। बोलचाल में यह पद 'व्यर्थ ही' का वाचक भी हो जाता है। विचारणीय यह भी है कि शुभत्व अंततः रहता अपराधी और पापी में ही है, अपराध और पाप में नहीं। उसे अपराध और पाप में मानना केवल उसका आग्रह है। बहरहाल, फ़िराक़ को समझने में इस पुस्तक से मदद मिलेगी।

दूसरों के आईने में पांडेय बेचन शर्मा 'उग्र'

सुधाकर पांडेय (सं.) : पांडेय बेचन शर्मा 'उग्र'

किसी व्यक्ति को उसके कोण से देखना एक बात है और उसे दूसरों के आईने में देखना उससे भिन्न। लेकिन उग्रजी की जन्मशती पर प्रकाशित और सुधाकर पांडेय द्वारा सम्पादित पुस्तक पांडेय बेचन शर्मा 'उग्र' पढ़कर हम उग्रजी को दूसरों की दृष्टि से देख सकते हैं। इसमें उग्रजी के सम्पर्क में आये व्यक्तियों के संस्मरणात्मक आलेख हैं, कुछ सामग्री उनके निकट रहे व्यक्तियों के पूर्व-लेखन से संगृहीत है, कुछ आलेखों में उनके कृतित्व का परिचय है और अंत में, बेचन शर्मा द्वारा उग्र से लिया हुआ लगभग एक इंटरव्यू भी है।

पुस्तक के अधिकांश आलेख उग्रजी के व्यक्तित्व के किसी न किसी पहलू पर प्रकाश डालते हैं। विधायी दृष्टि से ये संस्मरण नहीं हैं क्योंकि अंतरंगता की वह ऊष्मा जो संस्मरण की निजता होती है, इनमें नहीं मिलती। ये उग्रजी के शब्द-चित्र ही अधिक है लेकिन इनसे उग्रजी के जीवन और व्यक्तित्व पर विभिन्न कोणों से थोड़ा या बहुत प्रकाश आता है, इसमें संदेह नहीं। सुधाकरजी एक उदार सम्पादक हैं इसलिये डॉ. महेशचन्द्र शर्मा लिखित 'उग्र–एक परिचय' जैसे कई आलेख भी संकलन में हैं। ऐसे आलेख यदि नहीं भी रहते तो पुस्तक की कोई क्षति होने वाली नहीं थी। बहरहाल, अपने तई सुधाकरजी ने यह सावधानी बरती है कि मतवाला-मंडल का परिचय उन्होंने अलग लेख में दिया है और संस्मरण को उससे पृथक रखा है। संस्मरणों में सुधाकरजी की माँ से उग्रजी की भेंट का प्रसंग काफी रोचक है। उग्रजी द्वारा मित्रों से किया गया इस भेंट का वर्णन, जिसकी परिणति इस टिप्पणी में हुई है कि 'सुधाकर तो बाघिन का बेटा है', उग्रजी के व्यक्तित्व के एक अलग ही पहलू को उजागर करता है।

संस्मरण एक ऐसी विधा है जो एक ओर स्मरणीय व्यक्ति के किसी पहलू-विशेष को प्रकाशित करती है, तो दूसरी ओर स्मरण करने वाले की प्रकृति का भी कुछ पता दे ही जाती है। सुधाकरजी की ये पंक्तियाँ भी बरबस हमारा ध्यान आकर्षित करती हैं–

> "उग्रजी काशी आये हुए थे। तब तक मैं यहाँ के वाराणसी के जाने माने लोगों में हो गया था और दशाश्वमेघ से ज्ञानवापी तक और डी.ए.वी. कॉलेज से विश्वेश्वर गंज तक साँड की भाँति दहाड़ता था और दस पाँच आदमी मेरे बगल हुआ करते थे। साहित्य के एक वर्ग का मैं राजकुमार भी था और दूसरा वर्ग मुझे अभिमन्यु की भाँति मारना चाहता था। अस्तु।"

संकलित आलेखों से समवेत रूप से उग्रजी का जो व्यक्तित्व सामने आता है, वह एक ऐसे व्यक्ति का है जिसने बचपन में अभाव ही अभाव देखे। माँ-बाप रहे नहीं और भाइयों से कुसंस्कार ही मिले। जुआ, शराब और वेश्यावृत्ति घर में ही पल रही थी। रामलीला जैसी मंडलियों में भी, जिनमें उग्रजी का बचपन बीता, भरपूर विलासिता और अप्राकृतिक यौनाचार पल रहा था। ऐसी स्थिति में उग्रजी में भी ये दुर्गुण आयें तो क्या आश्चर्य। इन्हीं की वजह से वे उद्धत स्वभाव के हो गये और स्कूली शिक्षा भी पूरी नहीं कर सके। वे सट्टा खेलने लगे और भाँग भी पीने लगे। खाना चाहे एक बार खाते हों, भाँग दो बार पीते थे। सवेरे उठकर पहले भाँग घोटते थे, फिर लेखन में प्रवृत्त होते थे। पारिवारिक ज़िम्मेदारी से बचते थे इसलिये अविवाहित ही रहे, लेकिन शौकीन तबीयत ख़ूब थे। पियर्स से नहाते थे, सैंट लगाते थे, शाम को बन-सँवर कर निकलते थे, बाज़ार से मिठाई लेते और खाते थे, ताँगे में हों तो ताँगेवाले को भी खिलाते थे। अंटी में पैसे होते तो मालदार भंग पीते थे और इत्र खरीद कर बालों में उंड़ेल लेते थे। ये शौक बचपन की संगत की देन थे। अभावों में चाहे कितने ही जीये, धन की लालसा उनमें नहीं थी, कल की चिंता में कभी धन बचाकर नहीं रखा। संपूर्णानंदजी ने ठीक ही लिखा है कि वे फक्कड़ थे। सरस्वती के इस उपासक ने अपने हृदय मंदिर में कभी लक्ष्मी की प्रतिमा प्रतिष्ठित नहीं की। बड़े-से-बड़े की कभी परवाह नहीं की। किसी भी मूल्य पर आत्मसम्मान नहीं बेचा। सदा संघर्ष करते रहे। कठिनाइयों के आक्रमण से तिलमिलाये तो ज़रूर, पर कभी हार नहीं मानी। न दैन्यं न पलायनं। जब किसी की बात खटक गई तो मुँह तोड़ उत्तर दिये बिना नहीं रहे। सदा कटु सच ही बोला। मित्रों को भी नहीं बख्शा। निदान, किसी से भी स्थायी मित्रता नहीं निभी। एक बार जब संपूर्णानंदजी से नाराज हुए तो उत्तरप्रदेश के तत्कालीन मंत्री श्रीकृष्णदत्त पालीवाल से पचास हज़ार रुपये का प्रबंध करने के लिये कहा। पूछने पर बताया कि एक दैनिक अख़बार निकालूँगा और संपूर्णानंदजी की धज्जियाँ उड़ाऊँगा। बाद में, जब जयपुर में हृदयाघात हुआ, तब संपूर्णानंदजी ने ही उनके उपचार की व्यवस्था की। (इसका उल्लेख संपूर्णानंदजी ने नहीं किया है, स्वयं उग्रजी ने ही उनके प्रति कृतज्ञता प्रकट की है)। हम देख सकते हैं कि वे आवेशी प्रकृति के व्यक्ति थे लेकिन कृतघ्न नहीं थे।

कहानी-संग्रह 'चाकलेट' के प्रकाशन पर बनारसीदास चतुर्वेदी ने उग्र के विरुद्ध घासलेटी-साहित्य का आन्दोलन चलाया। कई पत्र-पत्रिकाओं और कई दिग्गज लेखकों को भी उन्होंने साथ जोड़ा। एक बार तो महात्मा गाँधी को भी। लेकिन पुस्तक पढ़ने के बाद गाँधीजी ने चतुर्वेदीजी के विचारों को स्वीकार नहीं किया। आन्दोलन का बल बनाये रखने के लिये चतुर्वेदीजी ने गाँधीजी के पत्र को छिपा लिया। लेकिन उग्रजी ने अकेले दम ही संघर्ष किया। सुधाकरजी ने लिखा है कि-'एक लेखक पर प्रहार करने के लिये जितना बड़ा बवंडर उग्र साहित्य को लेकर हुआ, उतना बड़ा भद्रगोल किसी अकेले साहित्यकार पर सिद्धान्त के घेरे में नहीं हुआ।' 'उग्रजी दल नहीं बना सकते थे, पर वे स्वयं वीर पुरुष थे।'

सामाजिक और राष्ट्रीय जीवन में शोषण, अत्याचार, भ्रष्टाचार, पापाचार, साम्प्रदायिक वैमनस्य जैसी बुराइयाँ वे नहीं सह सकते थे। इनसे लोहा लेने की जुझारू वृत्ति ही उन्हें पत्रकारी क्षेत्र में ले गई। और, एक बार कदम रखने के बाद तो अख़बार निकालना उनका व्यसन हो गया। शायद ही किसी हिन्दी-साहित्यकार ने इतने अख़बार निकाले हों, जितने उग्रजी ने। जहाँ भी वे रहे, थोड़ा या ज्यादा समय के लिये, वहाँ से वे अख़बार निकाले बिना नहीं रहे; कलकत्ता, बम्बई, इंदौर, उज्जैन, काशी-मिर्जापुर, बीकानेर-जयपुर, दिल्ली सभी जगहों से उन्होंने अख़बार निकाले यद्यपि इनमें से अधिकांश अल्पजीवी ही रहे। सम्पादक-पत्रकार का आदर्श उनका यह था कि 'जो साल भर में पन्द्रह बार जूतों से नहीं पिटा हो, चार-पाँच बार जिसकी खोपड़ी न फूटी हो और आठ-दस मुकदमें दीवानी और फौजदारी उस पर न चले हो', वह सम्पादक क्या। वे स्वयं इसके जीते-जागते उदाहरण थे। कई बार लोग उन्हें मारने पहुँचे गये। 'स्वदेश' के दशहरा-विशेषांक के सम्पादन के कारण तो संचालक, प्रकाशक और मुद्रक को भी जेल हुई, सम्पादक को तो हुई ही। 'मेरा जर्नलिज़्म' में उन्होंने निर्द्वन्द्व स्वीकार किया है कि 'सन् 24 में पण्डित दशरथजी के 'स्वदेश' का सत्यानाश उसी अल्पज्ञान की ज्वाला से मैंने कर दिया।' इसी तरह, उन्होंने बड़ी बेबाकी से लिखा है कि-'मतवाला' के विनाश का यश भी उसके विधाता मुंशी नवजादिकलाल का नहीं, पोषक लक्ष्मीपति सेठ महादेवप्रसाद स्वर्गीय का भी नहीं, 'उग्र' का-मेरा है। पाण्डेयजी ने सही लिखा है कि वे 'देश के बहुत से पत्रों में लिखते रहते थे किन्तु उनका तेज स्थाई रूप से कोई भी पत्र वहन नहीं कर सका। या तो वह उनके तेज से जलकर नष्ट हो जाता यदि उग्र के तेज की परिधि से बाहर नहीं निकल गया।'

क्या यह विस्मयकारी नहीं कि इस पुस्तक में हिन्दी पत्रकारिता को उग्रजी के दाय का विवेचन करने वाला पृथक से कोई आलेख नहीं है जो उनके सम्पादित पत्रों की रीति-नीति को दृष्टिगत रखते हुए लिखा गया हो यद्यपि संकलन का कोई आलेख ऐसा नहीं है जिसमें उनकी पत्रकारिता का हवाला न हो! पर वह एक अलग बात है।

इतिहास जब साहित्यिक-पत्रकारों का लेखा लेगा, उग्रजी को तब उसमें महत्त्वपूर्ण स्थान मिलेगा। यद्यपि तब देखा यह भी जायेगा कि कैसे पत्रकारिता एक रचनाकार को समकालीनता उछालने के लिये उकसा कर उसकी रचनात्मकता की राह छेंक लेती है।

उग्रजी पत्रकार ही नहीं, साहित्यकार भी थे। तुलसी और ग़ालिब उनके प्रिय कवि थे। उर्दू साहित्य में भी उनकी गति थी। आत्मकथा 'अपनी खबर' का शीर्षक उन्होंने ग़ालिब के एक शेर से लिया, तो 'चंद हसीनों के खतूत' उपन्यास का शीर्षक आतिश लखनवी के एक शेर से। आलोच्य-पुस्तक के कुछ आलेखों में उग्रजी के साहित्यिक कृतित्व पर विचार किया गया है, इसे इसकी विशेषता कहा जा सकता है लेकिन यही इसकी एक दुर्बलता भी है, इस अर्थ में कि संबंधित आलेख काफी सतही है।

साहित्य-जगत में उग्रजी तीसरे दशक में आ गये थे इसलिये वे प्रेमचन्द, प्रसाद और शुक्ल के समकालीन थे लेकिन किसी का भी अनुकरण उन्होंने नहीं किया। वे प्रचंड स्वाभिमानी थे और अपने को किसी भी लेखक से कम नहीं आँकते थे इसलिये सभी

क्षेत्रों में अपना पथ उन्होंने स्वतन्त्र रूप से बनाया। कथा क्षेत्र में अपनी वस्तु उन्होंने सामाजिक जीवन से ही ली थी लेकिन समाज के उन क्षेत्रों से, जिन्हें प्रेमचन्द ने वर्जित समझ कर छोड़ दिया था। नाटक, प्रसाद ने भारतीय इतिहास पर लिखे थे, उग्रजी ने 'महात्मा ईसा' पर। प्रकटतः यह नाटक ईसा पर लिखा गया है लेकिन प्रच्छन्नतः चित्रण इसमें महात्मा गाँधी का है। निबंध शुक्लजी ने मनोवृत्तियों पर लिखे, उग्रजी ने अवस्था पर, जैसे 'बुढ़ापा' निबंध। उन्होंने अपने लिये नई भाषा का निर्माण भी किया। नई भाषा और नई भंगिमा भी। लेकिन प्रश्न यह है कि प्रेमचन्द, प्रसाद या शुक्ल जैसा महत्त्व उन्हें क्यों नहीं मिला। एक कारण इसका यह जान पड़ता है कि जिन कुटेवों और अपराधों का विरोध वे कर रहे थे, वर्णन उनका भी वे जहाँ-तहाँ रस ले-लेकर करने लग जाते थे इसीलिये वे प्रबुद्ध वर्ग पर अभीष्ट प्रभाव नहीं डाल सके? इस बात की पड़ताल किये जाने की आवश्यकता थी लेकिन इस दिशा में पुस्तक का एक भी आलेख हमें आश्वस्त नहीं करता। उनकी गद्य-शैली पर एक आलेख है लेकिन वह शैली के उदाहरणों में ही निश्शेष हो गया है। एक शैलीकार तो वे थे लेकिन मुझे लगता है, एक घोर अध्यवसायी और गहन विचारशील चिंतक उसके पृष्ठभूत नहीं था इसलिये पहले ही पाठ में वह शैली जितना चकित करती है, निरन्तर पढ़ने पर वैसा नहीं कर पाती। मेरा आशय यही है कि उग्रजी के साहित्यिक मूल्यांकन की दिशा में कोई गंभीर प्रयास यहाँ दिखाई नहीं पड़ता परन्तु यदि हम उग्रजी के व्यक्तित्व का परिचय पाने तक ही सीमित रहें तो यह पुस्तक निश्चय ही उपादेय है। सभा के प्रकाशनों का स्तर निरन्तर गिरता जा रहा है, प्रूफ़शोधन की दृष्टि से और छपाई और गेट-अप की दृष्टि से भी। यह चिंतनीय है।

स्त्री का अपना आईना

जया जादवानी अपनी प्रारंभिक कहानियों से ही फॉर्म के साथ प्रयोग करती आई हैं। उनके इस पहले संग्रह 'मुझे ही होना है बार-बार' की भी अधिकांश कहानियाँ प्रयोगधर्मी ही हैं। यद्यपि उनकी प्रतिपाद्य वस्तु नारी-जीवन ही है लेकिन इससे साक्षात कराने की उनकी शैली विशिष्ट है और नतीजे में जो जीवन हम पाते हैं वह भी निरा पिष्टपेषित नहीं होता। कहानियों के शीर्षक जिस तरह से दिए गए हैं और पात्रों के नाम जिस तरह से दुहराए गए हैं, लेखिका की प्रयोगवृत्ति हम उसमें भी लक्ष्य कर सकते हैं, रचना-विधान और भाषा में तो वह है ही।

जया अपनी कहानियों में घटनाओं का सहारा प्रायः नहीं लेतीं। घटनात्मकता का परित्याग तो कहानी ने जाने कब से कर रखा है लेकिन फिर भी कभी "फ्लैश बैक के सहारे तो कभी किसी अन्य विधि के सहारे, घटना कहानी में आती रहती है और प्रमुख स्थान भी पाती रहती है लेकिन जया इस वैशाखी से दूर रही हैं। मंच पर घटना का रहना तो दूर वे यथाशक्य उसे नेपथ्य से भी हटा देती हैं। 'लड़की आसमान में' ऐसी ही कहानी है। यह लड़की के अंतर में वय:संधि के अंगड़ाई लेने की कहानी है। वयः संधि कैसे उसमें हलचल उत्पन्न करती है, कैसे उमंग उठाती है और उद्वेलन जगाती है, लेखिका ने इसका प्रतीकात्मक चित्रण किया है। यहाँ फॉर्म स्वयं हलचल रूपेण हो गई है। आसमान

लड़की की आँखों में समाया हुआ है, झिलमिल तारे उसकी मुट्ठी में बंद हैं। वे देखती है, बाहर बरसात हो रही है, उसने मछलियाँ आँचल में भर ली हैं। ये उमंग की मछलियाँ है जो सपनों के वर्षा जाल में ज़िंदा रहती हैं। वह चाहती है, माँ भी इस वर्षा के आनंद में उसका साझा करें लेकिन माँ उसे झिड़क देती है, उसे यह वर्षा दिखाई नहीं देती। लड़की पाती है, सारा कुसूर आँखों का है, ये वो देखते हैं जो होता ही नहीं।

डॉ. नगेन्द्र के अवदान का स्मरण

डॉ. सुषमा प्रियदर्शिनी (सं.) : डॉ. नगेन्द्र परम्परा और परिणति

डॉ. सुषमा प्रियदर्शिनी ने अपने पिता की स्मृति में 'डॉ. नगेन्द्र : परम्परा और परिणति' ग्रंथ का सम्पादन किया है। इसमें व्यक्ति और आलोचक डॉ. नगेन्द्र के विविधमुखी योगदान का आकलन किया गया है। डॉ. नगेन्द्र का व्यक्तित्व प्रखर था, इस प्रखरता की खरोंचे जिन्हें लगीं, वे तिलमिलाए। सुषमाजी की वस्तुनिष्ठता इसमें है कि उन्होंने संस्मरण लेखकों की तिलमिलाहट भी इसमें बनी रहने दी है। दिल्ली विश्वविद्यालय में कभी इस नाम की तूती बोली थी, हिन्दी-विभाग भी उन्हीं की बदौलत एक विशेष प्रतिष्ठा पा सका था; लेकिन यह अहंकारी 'क्षत्रप' अपने क्षेत्र में किसी विरोधी को सह नहीं पाता था; चयन के मामले में वे कई बार योग्य व्यक्ति को भी हैरान करते थे; जिनको योग्य समझते थे, उसकी हर सम्भव सहायता भी करते थे लेकिन अपेक्षा भी करते थे कि उपकृत व्यक्ति विरोधी खेमे के प्रति रुझान भी न दिखाए; वे कानों के कच्चे भी थे–पहलुओं के पोषक संस्मरण भी ग्रंथ में हैं। चिरंजीत के सम्मान-समारोह का प्रसंग उनका मिथ्याभिमान दर्शाता है। कुछ लेखकों ने अपने संस्मरणों में नगेन्द्र का विरोध कर सकने की अपनी हैसियत ज़्यादा दर्शाई है, वहाँ डॉ. नगेन्द्र हाशिए पर हैं। उनके बारे में एक धारणा यह रही कि वे काम के आदमी को नींबू की तरह निचोड़ लेते थे। जयनारायण कौशिक से उन्होंने इन शर्तों पर काम कराया था–ग्रंथ में आपके नाम का उल्लेख नहीं होगा; मानदेय नहीं मिलेगा; ग्रंथ की तीन प्रतियाँ निःशुल्क मिलेंगी। बस। नींबू और कैसे निचोड़ा जाता है!

कुछ संस्मरणों में डॉ. नगेन्द्र के अंतरंग-जीवन पर भी किंचित् प्रकाश आया है। उन्होंने अपनी पत्नी की जीवन-भर जो उपेक्षा की, उसकी ओर तड़प भरा संकेत श्रीमती शांता वाचस्पति ने किया है। रक्षावती (पत्नी) अत्यन्त स्वाभिमानी थी। नियति के क्रूर प्रहारों ने उनके स्वाभिमान को क्षत-विक्षत कर दिया। गृहस्वामिनी जो बाहर शिक्षा-साहित्य के क्षेत्र में पति के कदम से कदम मिलाकर अग्रसर होने में समर्थ थी, वह 'बेवकूफ' की उपाधि पा गई। इतना अधिक धनोपार्जन आजीवन करने पर भी कभी मुक्त हस्त से गृहलक्ष्मी को संतुष्ट नहीं किया। वह आजीवन अभावग्रस्त रही। अन्यान्य संस्मरणों में भी इसके संकेत हैं। यह कैसा आचरण था, त्रिकाल संध्या करने वाले व्यक्ति का! क्या पत्नी की उपेक्षा इसलिए की गई थी कि उसने कोई पुत्र-रत्न नहीं दिया था? उसे जो

उदर-पीड़ा रहने लगी, वह इसी तिरस्कार का परिणाम थी। यह कैसा अभिशाप था कि इस नारी ने लम्बा जीवन बिना भोजन के गुज़ारा! स्वयं डॉ. नगेन्द्र ने भी क्या सुख पाया? घर में भोजन करना भी उन्हें नसीब नहीं हुआ! सुबह का भोजन वे कार में करते थे, शाम का मित्रों के यहाँ! उनकी इस प्रवृत्ति को जानकर मित्र-पत्नियाँ उनसे कन्नी काटने लगी थीं। एक प्रचंड स्वाभिमानी की यह नियति!

वे बैठकर नहीं लिख पाते थे, खड़े-खड़े लिखते थे! अनिद्रा के शिकार थे। आँखों की रोशनी क्षीण होती गई थी लेकिन अपने रोगों को वे सदा छिपाए रहते थे। क्या कोई घनिष्ठ आत्मीय नहीं था जिससे वे अपने दुख-दर्द को खुलकर साझा करते? संस्मरण इन पहलुओं पर प्रकाश नहीं डालते। विस्मय होता है, सुषमा प्रियदर्शिनी भी चुप रही है!

साहित्य-खंड में भी संस्मरण साथ नहीं छोड़ते लेकिन विशेष कुछ प्रकाशित भी नहीं करते। इस खंड में डॉ. नगेन्द्र के लेखन के विभिन्न पहलुओं यथा, कविता, अनुवाद, सम्पादन, भाषा आदि की सामान्य और उनकी आलोचना की विशेष चर्चा है। लेकिन यह देखकर निराशा होती है कि उनकी विद्वता और उनके आलोचनात्मक अवदान का समेकित मूल्यांकन इसमें नहीं है, उनके लेखन की स्फुट चर्चा अधिक है। डॉ. राजकुमार कोहली ने "पाश्चात्य-चिन्तन और डॉ. नगेन्द्र" मनोयोग से लिखा है और डॉ. राममूर्ति त्रिपाठी ने रसेतर सम्प्रदायों के पुनराख्यान की जो चर्चा की है, वह भी पठनीय है, यद्यपि वह अलंकार-केन्द्रित अधिक है। यह विस्मयकारी है कि डॉ. सत्यदेव चौधरी, डॉ. मनोहर काले प्रभृति लेखकों ने उनकी पुस्तकों के सारांश लिखे हैं! सौन्दर्यशास्त्रीय विवेचन तो काव्यशास्त्र के साथ गड्डमड्ड हो गया। डॉ. नामवर सिंह के लिए उनका प्रबन्ध-कौशल और सम्पादन-कौशल ही अधिक महत्त्वपूर्ण था। उनके आलोचनात्मक लेखन पर वे लगभग चुप ही रहे है। बहरहाल, डॉ. नगेन्द्र के साहित्यिक अवदान का परिचय इस खंड से मिल जाता है और जीवन का जैसा-तैसा संस्मरणों से।

डॉ. कुमार विमल एक कवि है और सौन्दर्यशास्त्रीय आलोचक भी। इन दोनों पहलुओं पर प्रकाश डालने की दृष्टि से रंजना शशिप्रभा और प्रतिभा प्रियदर्शिनी ने "शिखर, चिन्तक डॉ. कुमार विमल" पुस्तक का सम्पादन किया है। इसमें छह आलेख कविता पर हैं और आठ आलोचना पर, लेकिन किसी भी पक्ष का शिखरत्व दिखाने वाला समेकित मूल्यांकन तो क्या विवेचन भी इनमें नहीं मिलता। पहला आलेख डॉ. विमल की विकास यात्रा दर्शाता है। उसमें लेखिका ने इनकी पुस्तकों के बड़े प्रकाशकों के नाम, लोकार्पण समारोहों में उपस्थित बड़ी हस्तियों के नाम, लेखक द्वारा सुशोभित बड़े पदों के नाम, विदेशी यात्राओं का और वहाँ दिए गए भाषणों का स-तिथि उल्लेख जिस उत्साह से किया है, उसमें, और इसके साथ एक आलेख में "हिन्दी की सौन्दर्यशास्त्रीय आलोचना को अंतर्राष्ट्रीय धरातल पर प्रतिष्ठित करने का श्रेय" जिस तरह डॉ. विमल को दिया गया है उससे यह तमाम आयोजन प्रायोजित-सा हो गया है।

प्रायोजित शिखरत्व

रंजना शशिप्रभाव-प्रतिभा प्रियदर्शिनी (सं.) : शिखर, चिन्तक

डॉ. कुमार विमल

डॉ. कुमार विमल एक कवि है और सौन्दर्यशास्त्रीय आलोचक भी। इन दोनों पहलुओं पर प्रकाश डालने की दृष्टि से रंजना शशिप्रभा और प्रतिभा प्रियदर्शिनी ने "शिखर चिन्तक डॉ. कुमार विमल" पुस्तक का सम्पादन किया है। इसमें छह आलेख कविता पर हैं और आठ आलोचना पर, लेकिन किसी भी पक्ष का शिखरत्व दिखाने वाला समेकित मूल्यांकन तो क्या विवेचन भी इनमें नहीं मिलता। पहला आलेख डॉ. विमल की विकास यात्रा दर्शाता है। उसमें लेखिका ने इनकी पुस्तकों के बड़े प्रकाशकों के नाम, लोकार्पण समारोहों में उपस्थित बड़ी हस्तियों के नाम, लेखक द्वारा सुशोभित बड़े पदों के नाम, विदेशी यात्राओं का और वहाँ दिए गए भाषणों का स-तिथि उल्लेख जिस उत्साह से किया है, उसमें, और इसके साथ एक आलेख में हिन्दी की सौन्दर्यशास्त्रीय आलोचना को अंतर्राष्ट्रीय धरातल पर प्रतिष्ठित करने का श्रेय जिस तरह डॉ. विमल को दिया गया है उससे यह तमाम आयोजन प्रायोजित-सा हो गया है।

आत्म-प्रशस्ति की लालसा दिखाता है आईना

मधुरेश : यह जो आईना है

मधुरेश मुख्यतः हिन्दी कथा-साहित्य के आलोचक हैं लेकिन आलोच्य पुस्तक 'यह जो आईना है' उनके संस्मरणात्मक लेखन का संग्रह है। जिन लेखकों के संस्मरण पुस्तक में हैं, उनमें से अधिकांश नाम हिन्दी-जगत के सुपरिचित हैं लेकिन कुछ नाम अल्पज्ञात भी हैं–पं.राधेश्याम कथावाचक और प्रो.भोलानाथ शर्मा के नाम ऐसे ही हैं। वैसे, कथावाचक राधेश्याम का नाम उतना अल्पज्ञात नहीं हैं; पिछली पीढ़ी की तो औरतें तक इस नाम से परिचित थीं; लेकिन राधेश्यामी रामायण के अलावा पारसी थियेटर से उनके जुड़ाव और उसमें भी विशेष रूप से उस थियेटर को 'राष्ट्रीय और सामाजिक सवालों के बीच खड़ा कर देने वाली' उनकी भूमिका का जो रेखांकन लेखक ने किया है, वह साहित्य के बहुत से पाठकों को भी ज्ञात नहीं हैं यद्यपि पारसी कुरुचि को संस्कारित करने में उनकी भूमिका को मधुरेश जब 'प्रसाद की राष्ट्रीय-सांस्कृतिक अस्मिता' के निकट रखते हैं, तब मुझे लगता है कि पंडितजी के प्रति 'तर्कातीत श्रद्धा' रखने का निषेध करते हुए भी वे उनमें कुछ ज़्यादा ही पढ़ जाते है। परन्तु इसमें कोई सन्देह नहीं कि आज इस विस्मृतप्रायः व्यक्तित्व को 'सही परिप्रेक्ष्य में' देखे जाने और 'उसके योगदान का मूल्यांकन' किये जाने की आवश्यकता है। इसी तरह, ग्रीक और जर्मन जैसी कई भाषाओं के ज्ञाता मनीषी प्रो. भोलानाथ शर्मा का जो परिचय लेखक ने दिया है, वह भी हिन्दी-जगत का कम परिचित है। प्रतिदान की कामना के बिना शर्मा जी जिस एकान्त साधना में रत रहे, उसकी जानकारी पाकर उन दिग्गजों की नाम-लिप्सा पर एक ओर तरस आता है तो दूसरी ओर रोष, जो उसे अपने हक में भुनाने का जुगाड़ कर रहे थे। लेकिन इन दोनों आलेखों में लेखक के अपने जीवन परिचय का हस्तक्षेप कुछ ज़्यादा ही हो गया है! संबंधित व्यक्तियों का चित्रण भी इनमें हैं लेकिन संस्मरण जैसा तत्त्व कम है।

अवश्य ही, संस्मरण लिखने के लिये लेखक में जिस ईमानदारी, उदारता, गुणग्राहकता आदि की अपेक्षा होती है, वह मधुरेश में है। विचारों से मधुरेश वामपंथी हैं लेकिन जिन व्यक्तियों से वे प्रभावित हुए, यदि वे वामपंथी नहीं भी रहे, तब भी मधुरेश ने उन पर निर्द्वंद्व भाव से लिखा है। यह जानना रोचक होगा कि उन्हें प्रभावित करने वालों में यहाँ गैर-वामपंथी ही अधिक हैं। इसे उनकी गुण-ग्राहकता ही कहना चाहिये। ईमानदारी से यहाँ तात्पर्य है, घटित-प्रसंगों को सही-सही दर्ज़ करने की ईमानदारी। पर्ल बक के

गीता-भाष्य वाला प्रसंग लेखक की अपनी किसी विशेषता का नहीं, शेखी बघारने वाली वृति प्रकाशक की है। लेकिन भोलानाथजी के पक्ष में यह प्रसंग उनकी, उग्र-विरोध नहीं कर पाने वाली और ज्ञान की सम्भावनाओं के प्रति अपने को खुला रखने वाली प्रकृति को दर्शाने का हेतु है, इस नाते लेखक ने इसे संस्मरण में बने रहने दिया है। इस रूप में यह प्रसंग लेखक की शर्मिन्दगी का सूचक न रहकर, उसकी ईमानदारी का ज्ञापक हो गया है।

इसी तरह, अपनी असफलताओं को भी लेखक ने अकुंठित भाव से स्वीकार किया है। इतना ही नहीं, 'साक्षात्कार' के सम्पादक रहते हुए शानी ने लेखक का अमृतराय पर लेख लौटा दिया, 'समकालीन भारतीय साहित्य' ने उनका 'हिन्दी कहानी और आन्दोलन' लेख लौटा दिया, प्रकाश जैन ने रांगेय राघव पर उनकी टिप्पणी प्रकाशित नहीं की; लेकिन इन बातों की लेखक ने गाँठ नहीं बाँधी बल्कि इसके बावजूद उसने शानी और प्रकाश जैन पर लिखा है और उनके सम्पादकीय गुणों की प्रशंसा ही की है (यद्यपि शानी की राजनीति से वे क्षुब्ध भी हुए हैं।)

भैरव प्रसाद गुप्त का व्यवहार मधुरेश को ज़्यादा नागवार गुजरा है। भैरव स्वयं भी वामपंथी थे लेकिन यशपाल के प्रति वे ईर्ष्यालु थे। बातचीत में उन्होंने प्रकाशवतीजी के मास्को से कंगन लाने और यशपाल के बड़ी कोठी बनवाने के प्रसंग को जिस व्यंग्य भाव से छेड़ा, वह लेखक को चुभ गया। अतः वे उन पर तीखी टिप्पणी किये बिना नहीं रहे। प्रकट या प्रच्छन्न रूप में भैरवजी पर यह प्रहार उन्होंने और भी जगह दोहराया है लेकिन स्मरणीय यह है कि अपने वैयक्तिक राग-द्वेष को भैरवजी ने अपने सम्पादक पर हावी नहीं होने दिया, इसकी मधुरेश ने प्रशंसा की है। यह मधुरेश का खुलापन है। परन्तु कठिनाई यह है कि ईमानदारी और गुणग्राहकता आदि लेखकीय गुण ही हैं, संस्मरण के विधायक तत्त्व नहीं। विधायक तत्त्व हैं, स्मरणीय व्यक्तित्व से लेखक के सम्बन्धों की निकटता और आत्मीयता, भेंट के अवसरों का अपना महत्त्व, वर्ण्य-प्रसंग में व्यक्तित्व के किसी नये कोण का उद्‌घाटन आदि। इस पटल पर ये संस्मरण बहुत दुर्बल जान पड़ते हैं। ये हमें उस निजता की अनुभूति नहीं कराते जो संस्मरण की निधि होती है। स्वयं मधुरेश ने ही लिखा है कि 'मैंने कभी सोचा नहीं था कि मैं स्वयं भी कभी संस्मरण लिखूँगा। बेहद संकोची स्वभाव, यात्रा-भीरूता और मित्र बनाने की कला में लगभग शून्य–ये सारी चीज़ें हैं जो संस्मरण लेखन के विरोध में जाती हैं।' सम्पर्क-कला की कमी तो लेखक ने पत्राचार से पूरी की है और इसमें भी संदेह नहीं कि पत्रों, पुस्तकों, पत्रिकाओं, भाषण-सम्भाषण एवं औपचारिक भेंट आदि से भी व्यक्ति को जाना जाता है लेकिन उस जानने में गहराई नहीं होती। व्यक्तित्व के भीतर पैठ तो साहचर्य से और संबंधों की अंतरंगता से ही पाई जा सकती है। मधुरेश का भी कहना यही है कि 'अंतरंगता संस्मरण की शिराओं में प्रवाहित रक्त की तरह है।' अतः मधुरेश की शब्दावली में ही कहें तो ये संस्मरण अंतरंगता की रक्ताल्पता से पीड़ित हैं।

अवश्य ही, यशपाल के संस्मरण अपवाद हैं। धर्मेन्द्र गौड़ ने यशपाल पर आरोप लगाया था कि फरारी के दिनों में वे क्रान्तिकारी दल के भेद पुलिस को देते रहते थे।

मधुरेश ने यशपाल से अपनी जिस भेंट का जिक्र संस्मरण में किया है, उसमें यशपाल ने इन आरोपों का खण्डन किया है। इस कारण से इनका विशेष महत्त्व है यद्यपि अपनी शैली में यह संस्मरण एक प्रकार से यशपाल का स्पष्टीकरण होकर रह गया है। लेकिन अन्य संस्मरणों में लेखनीय प्रसंग ही विरल हैं।

पं. राधेश्याम कथावाचक का संस्मरण तो उनके कृतित्व के विवेचन पर या फिर लेखक के स्वयं पर ही अधिक टिका हुआ है। कथावाचक से तो लेखक का कोई परिचय तक नहीं रहा! रांगेय राघव और प्रकाश जैन से भी उसका मिलना कभी नहीं हुआ, परिचय पत्रात्मक ही रहा। रमेश बक्षी के लिये तो लेखक ने लिखा भी है कि 'हमारे संबंध कभी बहुत घनिष्ठ और आत्मीय नहीं रहे'। और, सच तो यह है कि जहाँ कहीं ऐसा नहीं भी लिखा गया है, स्थिति वहाँ भी कुछ भिन्न नहीं है। लगभग सभी संस्मरण पत्र-मैत्री, लेखन या सम्पादन-परिचय, शिष्टाचारी भेंट आदि की वैशाखियों पर ही खड़े हैं। यही कारण है कि स्मरणीय व्यक्तियों के जीवन पर किसी नये कोण से प्रकाश पड़ता हम नहीं पाते। वस्तुतः एक आलोचक के संस्मरणों में हम संस्मरणीय व्यक्तित्व को कुछ विशेष रूप में पाया गया देखना चाहते हैं, विशेषतः उसके परिचित पक्ष का भी कोई अपरिचित रूप पाना चाहते हैं जिसे हम सामान्यतः नहीं जान रहे होते हैं। उसके संस्मरण होने की अर्थवत्ता भी हम उसी में पाते हैं। इस दृष्टि से यह पुस्तक हमें आश्वस्त नहीं करती।

यदि हम यह प्रश्न उठायें कि यह पुस्तक नहीं लिखी गई होती तो हमारा संस्मरण-साहित्य कितना विपन्न रह जाता, तो हम इसकी स्थिति के वास्तव को पा सकेंगे (विष्णु प्रभाकर, अमृतलाल नागर, रांगेय राघव, प्रकाश जैन आदि में नये लेखकों को प्रोत्साहित करने की वृत्ति का जो उल्लेख इन संस्मरणों में मिलता है, वह हमें और जगहों पर भी मिल जायेगा) लेकिन जीवनचर्या के रूटीन में जो अनौपचारिक ही नहीं, औपचारिक मिलना-भेंटना होता है, जो पत्राचार होता है, उस राह से भी व्यक्ति को कुछ पाना हो सकता है, यह इस पुस्तक को पढ़कर देखा जा सकता है।

इस पुस्तक में संस्मरणों के अतिरिक्त भी कुछ है। उसकी भी कुछ चर्चा आवश्यक है। पुस्तक का शीर्षक है, 'यह जो आईना है'। अपने आईने में लेखक ने औरों को तो देखा ही है, स्वयं को भी देखा है। पुस्तक के प्रारम्भिक अध्याय 'मैं और मेरा आलोचना कर्म' में उसने अपने जीवन की चर्चा की है और अपने आलोचना-कर्म की भी। जब अपने जीवन-प्रसंगों की चर्चा के लिये एक अध्याय नियत किया गया है, तब अन्य अध्यायों में जगह-जगह मिलने वाली उसकी आवृत्तियाँ हमें अखरती है। मामूली सम्पादन करके इससे बचा जा सकता था। यही बात लेखक के आलोचना-कर्म की चर्चा के लिये भी कही जा सकती। आलोचना-जगत में अपने पर्दापण की, 'आलोचना' पत्रिका में अपने दो-एक लेखों के प्रकाशन की ओर बड़े लेखकों द्वारा लिये गये उसके नोटिस की, उन लेखों के आलोचनात्मक महत्त्व के बल पर आलोचना जगत में स्थान पा लेने की, उसी बल पर अफ्रो-एशियाई लेखक सम्मेलन में भाग लेने की, तदनन्तर आलोचना-जगत में

अपने स्थापित हो जाने की और अपने आलोचनात्मक अवदान की, जो सगर्व चर्चा पूरी पुस्तक में बार-बार की गई है, संबंधित अध्याय में ही उसे संयत कर लिया जाता तो आत्मश्लाघा उतनी नहीं अखरती। लेकिन लेखक को संतोष इससे भी नहीं हुआ है। उसने अपने मित्रों से अपने ही ऊपर लिखवा कर दो लम्बे लेख पुस्तक में बतौर परिशिष्ट भी जोड़े हैं। यदि किसी को यह व्यापार प्रायोजित लगे तो कहा जा सकता है कि यहाँ मधुरेश मित्रों के आईने में है। लेकिन तब भी यह आयोजन लेखक की प्रौढ़ता तो नहीं दर्शाता है। मधुरेश अपने को 'बेहद संकोची स्वभाव का' व्यक्ति कहते हैं, मित्र भी ऐसा ही कहते हैं लेकिन यह पुस्तक उस मिथ को तोड़ने का उपक्रम है।

अपने लिये मधुरेश कहते हैं कि 'कायदे से मैं न प्रगतिवादी हूँ और न जनवादी।' नागरजी उनसे कहते हैं, 'आप जैसे गुटबाजी से दूर बेलाग बात कहने वाले समीक्षकों की आज बेहद ज़रूरत है।' लेखकों के गुटों में बँटे होने की मधुरेश ने तीखी आलोचना भी की है। उन्होंने लिखा है कि–

> "प्रगतिवादी और जनवादी रचनाकारों-आलोचकों के भी अपने-अपने मठ और शिविर हैं जहाँ रचना कर्म की अपेक्षा दूसरी दीगर चीज़ों का महत्त्व अधिक है।"

लेकिन क्या सचमुच स्वयं मधुरेश इस गुटबाजी से ऊपर हैं? जब वे लिखते हैं कि–

> "प्रगतिवाद का झण्डा हाथ में उठाकर लोग प्रायः हर महीने दिल्ली से भोपाल की उड़ान भरते हैं और सैद्धान्तिक लड़ाई की धार को अपने वर्ग सहयोग वाले आचरण से गुट्ठल और भोंथरा बनाते हैं।"

तब उस गुट की पहचान कठिन नहीं रह जाती जिसकी चिंता लेखक मधुरेश को है बल्कि जिसका पक्षधर भी वह है। इतना ही नहीं, प्रगतिवाद और जनवाद दोनों से अपना पल्ला झाड़ने के बाद भी जब वह लिखता है कि–

> "कुछ मित्रों के सुझाव पर मैंने 'पूर्वग्रह' में धारावाहिक प्रकाशित होने वाली लेखमाला 'नयी कहानी : पुनर्विचार' बन्द की है और अपनी स्वीकृत रचनाएँ वहाँ से वापस मँगवाई है क्योंकि 'पूर्वग्रह' प्रगतिवाद के विरोध का मंच बनता गया है और उन मित्रों की राय थी कि उस हालत में मुझे उससे नहीं जुड़ना चाहिये।"

तब तो यह देख लेने में किंचित भी कठिनाई नहीं रह जाती कि स्वयं लेखक प्रगतिवादी ही है, चाहे कथित रूप में वह इसका निषेध ही क्यों न कर रहा हो! प्रगतिवाद में भी वह भोपाल-विरोधी गुट का समर्थक है। जिन मित्रों के निर्देश या राय पर वह अमल करता है, उनसे अलग उसे कैसे माना जायेगा? प्रश्न तो यह भी है कि एक प्रगतिवादी लेखक (मधुरेश) को उसकी लेखमाला छापकर मंच सुलभ कराने वाली पत्रिका प्रगतिवाद-विरोधी मंच कैसे हुई? और, यदि है भी तो मधुरेश के स्वयं के गुटबाजी से अलग रहने का उत्सव मनाने का अवकाश वहाँ कहाँ है? अपने को इस्तेमाल होने से बचाने वाले लेखक को इस स्थिति पर भी पुनर्विचार करना चाहिए।

आत्म-श्लाघा की हरचन्द कोशिश

बसन्तजीत सिंह हरचन्द : त्रिलोचनः दिल्ली के दिल में

त्रिलोचन बहिर्मुखी व्यक्ति हैं, वे बोलते बहुत हैं; एकान्त उन्हें पसंद नहीं है; वे बाहर घूमना पसंद करते हैं और पैदल घूमना तो और भी ज़्यादा; मॉडल टाउन से दिल्ली विश्वविद्यालय वे पैदल चल लेते थे; उन्हें कवियों की संगत प्रिय है लेकिन गोष्ठियों में जाते उन्हें कम ही देखा गया है; उन्हें पान का शौक है, वे सिगरेट नहीं पीते; वे शराब भी नहीं पीते; वे बाहर की चीज़ें खाना भी पसंद नहीं करते; वे मिलनसार हैं; नये कवियों को वे प्रोत्साहित करते हैं; वे स्वाभिमानी हैं; राजनीतिज्ञों के बारे में बातें वे नहीं करते आदि-आदि। यह त्रिलोचन का वह परिचय है जो बसन्तजीत सिंह हरचन्द की हाल ही में प्रकाशित पुस्तक 'त्रिलोचन : दिल्ली के दिल में' हमें बिखरा हुआ मिलता है।

हरचन्द से हम त्रिलोचन को कुछ गहराई से जानने की अपेक्षा करते हैं क्योंकि दिल्ली में त्रिलोचन कुछ अरसे तक हरचन्द के पड़ोस में रहे थे। दोनों का एक-दूसरे के यहाँ आना-जाना था और पारिवारिक मेल-जोल भी। दिल्ली छोड़ने के बाद भी उनका यह सम्पर्क किसी-न-किसी रूप में बना रहा। परन्तु इतनी निकटता के उपरान्त भी इस पुस्तक में न तो त्रिलोचन का व्यक्तित्व और न उनका कृतित्व ही समेकित है बल्कि कृतित्व तो लगभग नदारद ही है।

त्रिलोचन अपने प्रारंभिक जीवन में चरवाहा रहे; उन्होंने रिक्शा भी चलाया; भूख और गरीबी से जूझे आठ-आठ दिन निरा पानी पीकर गुजारे लेकिन उस संघर्षशील जीवन के ये मात्र उल्लेख भी इस पुस्तक में किसी अन्य लेखक के लेख से उद्धृत हैं! त्रिलोचन के छोटे पुत्र का नाम अमित प्रकाश सिंह है, यह जानकारी भी लेखक को विष्णु शर्मा से मिली है! जबकि त्रिलोचन के साथ लेखक का घूमना प्रायः होता था और घर आना-जाना भी बेरोकटोक था! त्रिलोचन की अनुपस्थिति में लेखक की उनकी पत्नी से भी बातें होती थीं! ऐसी स्थिति में त्रिलोचन के जीवन के विषय में लेखक की अनभिज्ञता हैरानी में डालती है विशेषकर इसलिये कि अपने जन्म-स्थान, शिक्षा-दीक्षा, परिवार-जाति, यहाँ तक कि वंश-वृक्ष आदि की जानकारी भी उसने दर्ज़ की है! अपनी साहित्यिक रुचि पर भी उसने विस्तार से प्रकाश डाला है! अपनी पुस्तकों और प्रमुख कविताओं की चर्चा भी उसने किसी-न-किसी बहाने से की ही है। लेकिन त्रिलोचन की काव्य-कृतियों का तो व्यवस्थित उल्लेख भी नहीं है! एक अध्याय सॉनेट पर है परन्तु

उसमें भी न तो सॉनेट-रूप पर चर्चा है और न ही त्रिलोचन की सॉनेटों की विशेषताओं का विवेचन-विश्लेषण! स्वयं लेखक के शब्दों में कहें तो पुस्तक में उल्टी गंगा बही है लगता है, त्रिलोचन ने ही हरचन्द का इंटरव्यू लिया हो! यह विडम्बना ही है कि त्रिलोचन पर लिखने वाला लेखक यह देख ही नहीं सका है कि उसने लिखा अपने पर ही है और अपना ही ज्ञान बघारा है, त्रिलोचन तो एक बहाना-भर है। पुस्तक में हरचन्द ही सर्वत्र है, त्रिलोचन तो यत्र-तत्र और भूले-भटके। अच्छा होता, पुस्तक का शीर्षक कुछ और होता क्योंकि पुस्तक में न तो त्रिलोचन है, न दिल्ली और न दिल!

पुस्तक में आदि से अंत तक उल्लसित उल्लेख हैं कि लेखक ने किन-किन लेखकों को अपने संग्रह भेंट किये और कैसे उनके यहाँ सपत्नीक जाकर या पत्र लिखकर उनकी प्रतिक्रियाएँ प्राप्त कीं! जिन्होंने भी औपचारिकतावश दो पंक्तियाँ प्रशंसा में लिख दीं, लेखक ने उनको अपना खरा मूल्यांकन मानकर सहेजकर रखा है और सोत्साह लोगों से पढ़वाते भी हैं! शमशेर, शिवदानसिंह चौहान, नरेन्द्र कोहली, गिरधर राठी, अशोक वाजपेयी आदि ने लेखक को कोई महत्त्व नहीं दिया, उनके प्रति उसमें रोष रहा है। राजेन्द्र यादव से प्रतिक्रिया माँगने पर उन्होंने दो टूक कह दिया कि मैं कविता नहीं पढ़ता। लिखने को तो लेखक ने लिखा है कि मैंने उनके कहने का बुरा नहीं माना लेकिन अपनी उपेक्षा का बदला उसने इस तरह लिया है कि उसने भी राजेन्द्र-साहित्य नहीं पढ़ा! उसे क्लेश यह भी रहा कि उसे उसने अपनी पुस्तक क्यों दी जिसे कविता का क ख ग भी नहीं आता! नरेन्द्र कोहली को अपनी कविता सुनाकर उसे लगा कि मेरे करम फूटे जो मैंने कविता सुनाई! एक त्रिलोचन ही ऐसे व्यक्ति उसे मिले जिन्होंने उसकी कविता की प्रशंसा की और यह उन्हीं के प्रति लेखक का कृतज्ञता-ज्ञापन है कि उसने उन पर यह पुस्तक लिखी है! पुस्तक में त्रिलोचन कम हैं तो क्या, शीर्षक में तो हैं ही और त्रिलोचन के नाम से लोग इसे खरीदेंगे, उसका लाभ तो लेखक को मिलेगा ही।

जन जीवन से साक्षात्कार

डॉ. विश्वनाथ प्रसाद तिवारी : आत्म की धरती

डॉ. विश्वनाथ प्रसाद तिवारी ने भारत को (और अपने संस्मरणों को भी) आत्म की धरती कहा है। उनका मानना है कि भारत की हस्ती अपने दर्शन, चिन्तन और अध्यात्म के कारण ही बची हुई है। यह दर्शन उस गहरी अभेद दृष्टि में है जो सर्वभूतों को चैतन्य मानती है। एक शब्द में यह आत्मवादी दृष्टि है और इसी सबब से यह देश आत्म की धरती है। इसके अनुरूप ही अपनी यात्राओं में लेखक ने भारत का जन और जीवन बराबर देखा-दिखाया है। एक जगह उसने लिखा है कि ये लोग ही हमारे देश की जीवन-धारा हैं। उड़ीसा हो या कलकत्ता, मद्रास हो या रामेश्वरम या केरल या गोवा, यह सामान्यजन बराबर उसके (याने लेखक के) दृष्टिपथ में रहा है। यह इन संस्मरणों की एक विशेषता है।

काठमांडू की यात्रा में वह पर्वत-पुत्रों के संघर्ष को विशेष रूप से उभारता है। जिन लोगों को नमक-तेल के लिए जीवन दाँव पर लगाना पड़ता है, पहाड़ों पर उन्हीं की उगाई मक्के और धान की खेती देखकर वह लिखता है कि इन प्रकृति-पुत्रों के साहस और कर्मठता का लोहा मानना पड़ता है उसके ठीक सामने कठिनाई और अभाव का पहाड़ खड़ा है, उसके चारों ओर गरीबी की गहरी खाई है लेकिन वह है कि इन सब के बीच मुस्कराता रहता है। कश्मीर यात्रा में वह पाता है कि छह महीनों की कमाई पर यहाँ के लोग वर्ष भर गुजारा करते हैं। यहाँ गरीबी बहुत है।

इन संस्मरणों की एक अन्य विशेषता यह है कि ये पत्र शैली में लिखे गए हैं। प्रायः लेखक अपने संस्मरण यात्रा कर चुकने के बाद ही लिखते हैं इसलिए उन्हें यह सुविधा जुट जाती है कि वे उन स्थलों से जुड़ी सामग्री संकलित कर उन्हें ज़्यादा जानकारीमूलक और संदर्भगर्भित बना कर प्रभावी बना लें, यद्यपि उनमें संस्मरण की अपनी ताजगी दब-सी जाती है, यह अलग बात है कि संदर्भों की राह से भी स्मृति अपने को संस्कारित करती है। पत्र-शैली में क्योंकि तात्कालिकता रहती है इसीलिए जीवन से सीधे साक्षात्कार की ताजगी भी उन्हीं में रहती है। डॉ. तिवारी के अधिकांश संस्मरणों में यह ताजगी है यद्यपि कई जगह जब हम उन्हें यात्रा-स्थल की समुद्रतल से ऊँचाई मापते या संदर्भ-पुस्तकों की पृष्ठ संख्या तक लिखते, पुराने अख़बारों के तिथि-अंकित संदर्भ देते या शब्दशः उद्धरण देते देखते हैं, तब विस्मय होता है यदि लेखक की स्मृति इतनी तीक्ष्ण हो, तो ईर्ष्या भी।

पुस्तक का पहला अध्याय "कुछ बात है कि हस्ती मिटती नहीं हमारी" भी कम संदर्भग्रथित नहीं है, लेकिन वहाँ संकलित संदर्भ विस्मित नहीं करते; कारण यह है कि यह एक विवेचनात्मक आलेख है, यात्रा-संस्मरण नहीं, न ही यह पत्र-शैली में लिखा गया है।

डॉ. तिवारी ने ज़्यादातर यात्राएँ कहीं इंटरव्यू लेने और कहीं मौखिक परीक्षा लेने के सबब से की है; इसकी छाया भी संस्मरणों पर है। यह स्वाभाविक ही है कि उनके सम्मान में हिन्दी-विभागों द्वारा गोष्ठियों और उनके व्याख्यानों के आयोजन हों। लेकिन यहाँ चर्चा के लिए साहित्यिक-परिवेश के मुद्दे उठाने वाली दो-एक गोष्ठियों को वे चुन लेते तो सभी औपचारिक गोष्ठियों का उल्लेख जो आत्मश्लाघात्मक-सा बन गया है, उससे बचा जा सकता था। जब लेखक स्वयं पाता है कि इनमें कुछ स्मरणात्मक था ही नहीं, बल्कि कहता भी है कि "मैं तो दक्षिण में इतना घूमा लेकिन कभी अपनी ओर से यह इच्छा नहीं हुई कि किसी विश्वविद्यालय के हिन्दी-विभाग में जाऊँ या किसी से मिलूँ", तब तो संस्मरण-लेखन में यह चयन स्वयं उसी के हक में और भी अधिक आवश्यक था। उन्होंने तो यहाँ तक लिखा है कि "दक्षिण के विश्वविद्यालयों के हिन्दी विभाग प्रायः हर दृष्टि से दरिद्र हैं। न विद्वान चिन्तक ही है वहाँ, न सर्जक रचनाकार ही।" मैं अनुभव करता हूँ कि यह टिप्पणी कुछ ज़्यादा ही तीखी है। उत्तर में हिन्दी के वर्तमान साहित्यिक परिवेश में जैसी आपाधापी, गुटबाजी, राजनीति छाई हुई है, उस संदर्भ में तो और भी तीखी टिप्पणियों की आवश्यकता है और मेरी तो शिकायत भी है कि डॉ. तिवारी ने उनसे अपने को बचाए रखा है, जबकि उन जैसा साहित्यिक-पत्रकार जो आलोचक भी है, ऐसी टिप्पणियाँ करता तो उनमें पाठकों का भी साझा होता। लेकिन उत्तर-दक्षिण का मुद्दा उठाने वाली उपर्युक्त टिप्पणी को तो इसलिए भी संतुलित किया जाना चाहिए था कि साहित्य-शिक्षण की स्थिति उत्तर में भी कम दयनीय नहीं है बल्कि कुछ जगहों पर तो वह निश्चित रूप से ज़्यादा दयनीय है। यह टिप्पणी तो ऐसा आभास देती है जैसे स्थिति उत्तर में स्पृहणीय हो।

विद्वत्ता का आतंक

डॉ. रमेशचन्द्र शाह : एक लम्बी छाँह

'एक लंबी छाँह' डॉ. रमेशचंद्र शाह की इंग्लैण्ड और आयरलैण्ड यात्रा के संस्मरण हैं। लेखक ने इन्हें तैयारी से लिखा है। आयरिश मूल का कवि येट्स क्योंकि शाहजी का मनोनीत कवि रहा है इसलिए आयरलैण्ड के संस्मरण ज़्यादा प्रभावी हैं। बेन-बुलबेन पर्वत, इन सफ़्री नदी और द्वीप, कूल पार्क, सागर आदि उपादानों ने, जो येट्स-काव्य के उपजीव्य रहे हैं, शाह में येट्स की कविताओं की स्मृति जगाई है और इन संस्मरणों में, प्रासंगिक स्थलों पर, वे उन्हें टाँकते चले गए हैं। इससे इनमें हमें एक के आलोक में दूसरे में झाँकने का अवसर मिल जाता है और एक साहित्यिक पाठक के लिए इन्हें पढ़ना रंजनकारी हो जाता है।

शाह येट्स की जीवन-यात्रा में भी झाँकते हैं और कवि की पत्नी, प्रेयसी, घर-संपत्ति आदि की जानकारी भी देते हैं, वे फ्रैंक ओ कॉनर और जार्ज रसेल जैसे उसके मित्रों का स्मरण भी करते हैं, बल्कि कवि के जीवन और कृतित्व-विषयक इनके विचारों का और तत्संबंधी विवादों का भी संदर्भ-संश्लिष्ट आकलन करते हैं। आयरलैण्ड के अस्मिता-संघर्ष और उसके पृष्ठभूत इतिहास की भी ऐसी ही संदर्भ-संश्लिष्ट झाँकी उन्होंने दी है। लोक-संपदा और रहस्यानुभूति की ओर कवि का रुझान उसे किस तरह भारत के निकट लाता है और क्योंकर यह कवि आज भी यूरोप और भारत के लिए प्रासंगिक है, इसका विचार भी शाह ने किया है।

यह वैचारिकता और संदर्भ-संश्लिष्टता इन संस्मरणों की विशेषता है, यह अलग बात है कि शाह के मित्र डेविड की तरह ही कुछ पाठकों की भी प्रतिक्रिया यह हो सकती है कि शाह वहाँ रिसर्च करने गए थे या घूमने-फिरने! लेकिन ऐसी टिप्पणी उनके साथ न्याय नहीं होगी। बात यह है कि यह उनकी लेखन वृत्ति है और उनमें आद्यंत मिलती है। डबलिन की यात्रा में वे जॉयस के बारे में भी रुचि से लिखते हैं। 'गुलिवर्स ट्रैवल्स' के रचयिता स्विफट को और आयरलैण्ड में ही वानेसी से जुड़े उसके प्रणय संबंधों को भी शाह नहीं भूलते, न आयरलैण्ड से रहे हॉपकिन्स के नाते को ही वे बिसारते हैं। इसी उत्साह से वे वेल्स यात्रा में डिलन टॉमस को याद करते हैं और वर्नन वाटकिंस से उसके पत्रचार को भी।

इंग्लैण्ड में लेक डिस्ट्रिक्ट की यात्रा में वड्सर्वर्थ के स्थल पुराण को भी उसकी कविता के आलोक में बाँचा गया है। डव कॉटेज और ग्रासमियर झील का वर्णन भी

शाह ने आत्मीयता से किया है और 'ग्रासमियर जर्नल' को उद्धृत करके इन्हें हमें डोरोथी की दृष्टि से भी दिखाया है, यद्यपि डोरोथी-कॉलरिज के प्रेम संबंधों को और कॉलरिज-वड्र्सवर्थ के मैत्री-संबंधों में आई दरार के बारे में वे विशेष कुछ नहीं कहते। शेक्सपीयर के प्रति शाह की उदासीनता भी कुछ अखरती है यद्यपि ग्लोब-थियेटर की राह से वे इसकी कुछ क्षतिपूर्ति कर देते हैं।

शाह ने यह यात्रा टेमनोस अकादमी, लंदन के आमंत्रण पर वैदिक व संस्कृत काव्य और काव्यशास्त्र पर व्याख्यान देने और ईशावास्योपनिषद् पर सेमिनार करने के लिए की थी। इस बौद्धिक पक्ष के यथाशक्य आकलन के आग्रह ने इन संस्मरणों को कुछ बोझिल बना दिया है। इस बात पर भी उचित आपत्ति हो सकती है कि हिन्दी का आलोचक देश के बाहर वेद और उपनिषद् पर आधिकारिक चर्चा करें और वह भी उस स्थिति में जबकि स्वयं उसे कहीं न कहीं अपनी पात्रता के प्रति आश्वस्त होना कठिन लगता हो।

इन्हीं संस्मरणों में गाँधी वर्सेज महात्मा प्रसंग भी है और वह पर्याप्त विचारोत्तेजक भी है। मुझे लगता है क्रिस्टोफर के साथ बहस की राह से आने के कारण यह प्रसंग रुचिकर बना है। इसके विपरीत, व्याख्यानों का प्रस्तुतीकरण सपाट और एकतरफा हो गया है; उसकी बोझिलता का एक कारण यह भी है। इसमें आई आत्मश्लाघा भी अखरती है।

बहरहाल, शाह जिस अध्यात्म और रहस्य की दिशा में बढ़ रहे हैं, उसका संकेत बल्कि कुछ पुष्टि-सी इन संस्मरणों से होती है। यदि शाह के आलोचक का यह प्रस्थान-बिन्दु है तो चिन्त्य ही है।

शाह के विषय में मैं विश्वास करना चाहता हूँ कि उनके दिए हुए संदर्भ संदर्भच्युत नहीं हैं; लेकिन एलियट का एक संदर्भ, मैं जानता हूँ, सही नहीं है। शाह ने लिखा है कि ऐसा क्यों हुआ कि एलियट जैसा सिद्ध कवि भी अपनी यात्रा के अंत पर काव्य को मात्र 'मनोरंजन का एक बेहतर ढंग' (ए सुपीरियर काइंड ऑफ़ एम्यूजमेंट) कहके अवमूल्यित करने को विवश हुआ? इस विषय में यहाँ इतना ही कहा जा सकता है कि एक तो यह कथन एलियट की विचार-यात्रा के अंत में नहीं, प्रारंभ में ही आया है; दूसरे, संदर्भ से न कटें तो कहना होगा कि 'एम्यूजमेंट' वहाँ उस हल्के अर्थ में कतई नहीं है जिसमें ग्रहण करके शाह ने इसका उपहात और अवमूल्यन किया है; और विवश होने का तो कोई प्रश्न ही नहीं है। लगता है, 'सबद निरंतर' से लगाकर संस्मरणों तक की यात्रा में शाह को एलियट-मूल तक पुनः जाने का अवकाश ही नहीं मिला है। (सबद निरंतर शाह का ही एक निबंध-संग्रह है जिसमें उन्होंने उपर्युक्त एलियट-विचार की संदर्भच्युत व्याख्या की है।)

लद्दाख में बौद्ध धर्म का ह्रासोन्मुखी रूप

कृष्णनाथ : लद्दाख में राग-विराग

लद्दाख में राग-विराग कृष्णनाथ की हिमालय यात्रा के तीसरे चरण के पूर्व प्रकाशित संस्मरणों का पॉकेट प्रकाशन है। कारगिल युद्ध ने सामान्य जन में लद्दाख के प्रति जो जिज्ञासा जगाई है, उस संदर्भ में लद्दाख में बौद्ध धर्म के ह्रासोन्मुखी रूप को दिखाने वाले इन संस्मरणों के इस प्रकाशन का महत्त्व है। लेखक की चेतावनी आज भी मौजूद है कि रूस और अमेरिका की तरह भारत भी चीन से मामला पटाने के सीमित अंध स्वार्थ में तिब्बत की स्वतंत्रता की बलि न दे अन्यथा भारत की स्वतंत्रता खतरे में पड़ जाएगी। उसने हमारा ध्यान इस ओर भी आकर्षित किया है कि कैसे रख-रखाव के अभाव में इस धर्म के स्मारक, चित्र, भित्ति-चित्र, मृण्मूर्तियाँ नष्ट हो रही हैं। जिस कल्चरल एकेडेमी पर इनके संरक्षण का दायित्व है, वह अफसरशाही से पीड़ित है। धार्मिक दार्शनिक रूचि जगाने और शास्त्र ज्ञान संवर्धित करने का दायित्व जिस बौद्ध दर्शन महाविद्यालय पर है, वह और भी दुर्दशाग्रस्त है। न वहाँ बौद्ध दर्शन का उपयुक्त पाठयक्रम है, न योग्य शिक्षक, न स्कूलों में पढ़ाई। शिक्षानीति एकांगी है। उर्दू भाषा अरबी लिपि में है। छात्र हिन्दी पढ़ना चाहते हैं लेकिन शिक्षा नीति में उसके लिए स्थान नहीं है। नीचे स्तर पर जब हिन्दी है ही नहीं, तो सीधे उच्च स्तर पर उसे कैसे पढ़ा जाए? उच्च स्तर पर भोटी की पढ़ाई की सर्वोपरि आवश्यकता है। यह भाषा समूचे हिमालय की भाषा है, श्रीनगर से अरूणाचल तक की। इसमें दर्शन, तंत्र, ज्योतिष, आयुर्वेद, साधना मार्ग आदि का अकूत भंडार है लेकिन माध्यम नहीं होने से सारी विद्या पुस्तकों में क़ैद हो कर रह गई है। इसी वजह से ज्ञान को ले कर गुह्यता का आतंक है। इस गुह्यता के पीछे अज्ञान भी छिपा है। सचमुच गुह्य कितना है अज्ञान कितना, इसका माप कठिन है। भोटी भाषा का अध्ययन गुह्यता का आतंक हटा सकता है और उस भौतिकता और आधुनिकता के आकर्षण को भी संयत कर सकता है जो कश्मीर, पंजाब और नीचे की हवा के ऊपर पहुँचने की वजह से उत्पन्न हुआ है और जिसे विदेशी पर्यटकों ने बढ़ावा दिया है। वास्तविक शिक्षा की व्यवस्था करके लद्दाख में धर्म को और पददलित होने से बचाया जा सकता है। अपने संस्मरणों में लेखक ने इन बातों को अच्छे ढंग से गूँथा है, यह इन की बड़ी विशेषता है।

लद्दाख का हस्तशिल्प वहाँ के आर्थिक जीवन की रेखा है लेकिन धर्म की तरह ही वहाँ के हस्तशिल्प का भी ह्रास हो रहा है। हैंडीक्राफ्ट्स सेंटर वहाँ है, कई शिल्पों

के प्रशिक्षण का प्रावधान भी वहाँ है, और वह ठीक काम करे तो लोगों को जीविका ही नहीं दी जा सकती, जीवन का छंद भी लौटाया जा सकता है, लेकिन एकेडेमी और कॉलेज की तरह ही यह सेंटर भी नाकारा है।

इस सारे संदर्भ मे लेखक को लगता है और ठीक ही लगता है कि अगले बीस पच्चीस वर्षों में लद्दाख यह नहीं रहेगा। अभी यहाँ के लोग झूठ नहीं बोलते, चोरी नहीं करते, विनम्र हैं, आदर-सत्कार करते हैं, पर्यटक अकेला भी हो तो रास्ते में घड़ी, कैमरा छिनने का भय नहीं है लद्दाखी से तो हरगिज नहीं पलटन से भी नहीं, लेकिन बाहरी दबाव बढ़ा तो इन संस्कारों का लोप होने वाला है। सड़क और संचार की पहुँच तो हो ही चुकी है और हड़ताल और नारेबाज़ी की छूत भी आ गई है। अंग्रेज़ पर्यटकों ने लद्दाख बच्चों को भीख माँगना भी सिखा ही दिया है। बाकी क्या रहा?

ससपोल से वापसी यात्रा में हम देखते हैं कि एक लड़का लामा तक के लिए ट्रक की सीट छोड़ने को तैयार नहीं है! क्या उसका इनकार उस अतिथि-सत्कार को मुँह नहीं चिढ़ाता जिस से लेखक सारी यात्रा में अपने को अभिभूत पाता है? यात्रा के अंत में आई यह घटना भावी गिरावट का जैसे प्रतीकात्मक चित्र बन कर उभरी है। लेखक का ध्यान इसकी प्रतीकात्मकता की ओर चाहे न भी गया हो।

इस तरह, यदि कोई लद्दाख के, वास्तव में झाँकना चाहे तो ये संस्मरण उसका गवाक्ष खोलते चलते हैं, यात्रा का आनंद तो देते ही हैं। लेखक के अपने चिन्तन के चिर प्रश्न भी हमें कुरेद जाते हैं। कहीं-कहीं लेखक पर काम की मार भी हमारा ध्यान बँटाती है। यह अभाव भी खटकता ही है कि आधुनिकता की दौड़ में लद्दाख का वास्तविक निर्माण कैसे हो, इसकी चिन्ता लेखक नहीं करता। आख़िर, धर्म के दायरे में क़ैद हो कर भी यह प्रदेश कितना रहेगा?

प्रायोगिक सिंधी नाटक

सिंधी नाटककार प्रेम प्रकाश द्वारा लिखित नाटक 'पिकनिक' एक प्रायोगिक नाटक है। लेखक ने न्यूनतम पात्रों और मंचीय सामग्री से इसकी रचना की है। कथानक भी इसका लीक से हटकर है। प्रमुखता इसमें पात्रों को मिली है।

पात्र इसमें दो हैं-आनंद इंजीनियर और डॉक्टर पुष्पा। एक अन्य डॉक्टर और नर्स मित्र के साथ ये लोग पिकनिक पर जाते हैं। उन दोनों को एकांत में प्रेमलाप में लीन देखकर ये दोनों अपने मनोरंजन के लिए, और समय काटने के लिए भी, नए ढंग के खेल में लग जाते हैं। ये अलग-अलग भूमिकाएँ अपनाकर उन रूपों में अलग-अलग मुद्दों पर अपने विचार व्यक्त करते हैं। इस राह से इनका चरित्र हमारे सामने आता है।

आनंद अपने को स्पष्टवादी कहता है। वह कहता है कि स्पष्ट कह देने के बाद मैं न किसी व्यक्ति की परवाह करता हूँ और न परिणाम की चिंता। वह बड़ा स्वाभिमानी भी है। वह यह भी कहता है कि जो स्वाभिमानी नहीं है, मैं उससे नफरत करता हूँ। उसके लिए मैं अंतिम समय तक बुरा हूँ। दूसरे पर निर्भरता भी उसे कतई गवारा नहीं है, न निर्भर रहनेवाले लोग ही उसे स्वीकार्य हैं। इसके बरक्स उसकी पत्नी डॉ. पुष्पा है

जो विनम्र और व्यवहारकुशल है। वह आनंद से कहती है कि मेरी राय जानने की जिद मत करना। निर्भर इस बात पर करता है कि लड़का क्या चाहता है, इसलिए लड़की की राय यों भी गौण हो जाती है। लेकिन इसका अर्थ यह नहीं है कि विभिन्न मुद्दों पर उसकी कोई राय होती ही नहीं है। सच तो यह है कि उसकी अपनी राय होती है और वह ख़ूब सुलझी हुई होती है। उसमें यह कौशल भी है कि वह अपनी बात को सुविचारित ढंग से और ऐसी युक्ति से प्रस्तुत करती है कि अपने हठधर्मी पति को भी उसका कायल कर लेती है।

अपने एक खेल में वे दोनों मेडिकोज़ होते हैं। वे साथ पढ़ते हैं और इस बात पर सहमत होते हैं कि पढ़ाई के बाद विवाह करेंगे और 'को-क्लिनिक' चलाएँगे। जो आनंद किसी पर निर्भरता कतई स्वीकार नहीं करता है, उसी से पुष्पा यह कहलवा लेती है कि किसी भी तंत्र में काम तभी हो पाता है, जब दूसरों के साथ तालमेल बैठाते हुए अपने व्यक्तित्व को बचाकर रखा जाए। अन्य मुद्‌दों पर भी वह पति को अपने विचारों से सहमत कर लेती है। लेकिन आनंद को यह सफलता नहीं मिलती हैं। वह चाहता है, पुष्पा फ्री-सेक्स के मसले पर खुलकर विचार करे, लेकिन वह इसे टाल जाती है जबकि यह वह मुद्‌दा था जो नाटक को अधिक विचारोत्तेजक बना सकता था।

ऐसे विचार-प्रधान नाटकों की एक कठिनाई यह रहती है कि इनकी आत्मा निबंधवत् होती है जिसे लेखक जैसे-तैसे संवादों में ढालकर उसे नाटक का रूप दे देता है। इसकी प्रतीति स्वयं इस लेखक को भी हुई है। आनंद पुष्पा को मना करता है कि वह उसे बीच में टोके नहीं। इस पर उसका उत्तर द्रष्टव्य है; वह कहती है कि "मैं तो टोकती हूँ केवल इस अहसास को तोड़ने के लिए कि मैं कोई भाषण सुन रही हूँ।" स्पष्ट है कि ऐसे नाटकों में आत्मा भाषण की ही बसती है। अवश्य ही, इस लेखक ने टोका-टोकी रूप में कुछ सार्थक प्रश्न उठाकर और तरह-तरह के खेल खेले जाने की युक्ति अपनाकर एकरसता से काफी बचा लिया है।

इस नाटक का भगवान अटलनी द्वारा किया हिन्दी अनुवाद प्रवाहपूर्ण है। एक बात खटकती है। पवित्र शब्द विशेषण है, दो जगह इसके स्थान पर इसके संज्ञा रूप का प्रयोग किया गया है। यथा-"हमारा संबंध पवित्रता ही है। और पवित्रता ही रहेगा" दोनों जगह 'पवित्र' का प्रयोग ही उपयुक्त होता।

आदिवासियों का शर्मनाक शोषण

प्रकाश दुबे : गहे समय ने पाँव

प्रकाश दुबे द्वारा समय-समय पर की गई यात्राओं की कथाएँ 'गहे समय ने पाँव' पुस्तक में संगृहीत हैं। इन कथाओं में कहीं जीवन के मूक पक्ष का वास्तव मूखरित है, तो कहीं अँधेरे पक्ष की हकीकत उजागर है। कई कथाएँ आदिवासियों की व्यथा-कथा कहती हैं। आज़ादी के बाद अपेक्षित तो यह था कि आदिवासियों को सम्मानित जीवन सुलभ कराया जाता, लेकिन कटु सच यह है कि हमने न केवल इन की उपेक्षा की बल्कि सरकारी अमले के हाथों इन्हें अपमानित और उत्पीड़ित होते देखकर भी मुँह फेर लिया। सोलांपुर का माँगगारूड़ी कबीला तो आज भी राह चलते पुलिस द्वारा प्रताड़ित होते देखा जा सकता है। भामरागढ़ की निरीह माड़िया आदिवासी जाति को, कहने को तो वन, राजस्व, आदिवासी कल्याण विभाग, पुलिस आदि का संरक्षण प्राप्त है, लेकिन दर्दनाक बल्कि शर्मनाक हकीकत यह है कि ये सभी विभाग इनका खुलेआम शोषण करते हैं। यह और भी दुर्भाग्यपूर्ण है कि पुलिस के विरुद्ध संघर्ष में इनका सहयोग लेने वाले नक्सली भी इनका दोहन ही करते हैं! यद्यपि लेखक ने यह भी निर्द्वंद्व कहा है कि अधिकारियों के निकम्मेपन और बेईमानी को छिपाने के लिए नक्सलवाद कवच का काम करता है। अंग्रेज़ी राज को पहली चुनौती देने वाले आदिवासी डेलन साय का जीवन किसी सत्यकथा से कम रोमांचक नहीं है। उसे अंग्रेज़ों ने तीन बार फाँसी पर झुलाया लेकिन इस साहसी ने दम नहीं तोड़ा! अंडमान के आदिवासियों के बारे में भी यह जानना दुखद है कि वहाँ के मूल आदिवासियों की नस्ल खत्म होती जा रही है! पातालकोट में भी आदिवासी एक तरह की खौफनाक गुमनामी जी रहे हैं! नर्मदा की गोद से इनका उजड़ना तो अब जग जाहिर है।

लेखक ने राजनेताओं के संरक्षण मे धड़ल्ले से चलने वाले तस्करी धंधों को भी साहसपूर्वक उजागर किया है, चाहे वह विन्ध्यांचल से पत्थरों की तस्करी हो या पोरबंदर से मछलियों की। सेवाग्राम मे अवैध शराब का धंधा भी इन्हीं के संरक्षण मे पल रहा है!

कुछ कथा प्रसंग सर्वथा भिन्न धरातल के हैं। इस दृष्टि से अफ्रीकी शूरों का दुर्ग-द्वीप जंजीरा, मदमस्त हाथियों का खेल साटमारी, शिवपुरी का ताज, सिकंदर के पिताश्री से मुलाकात जैसे प्रकरण भी पठनीय हैं। यह जानना भी प्रीतिकर विस्मय जगाता है कि कन्नौज के निकट उत्खनन में मिली मृण्मूर्तियाँ हड़प्पाकालीन हैं और अपने शिल्प में वे

खजुराहो और कोणार्क के आद्य रूप हैं। नवलगढ़ की हवेलियों में अंकित भित्ति चित्रों की ओर भी लेखक ने हमारा ध्यान आकर्षित किया है।

लेखक ने लिखा है कि उसे बचपन से ही भटकने का शौक था और इस भटकन को ही उसने इस पुस्तक मे कलमबद्ध किया है यद्यपि ये सामान्य अर्थ में पर्यटन कथाएँ नहीं है। हिन्दी में यात्रा संस्मरणों का स्वरूप और उन की चौहद्दी अभी तय नहीं है। आज के युग में जिनकी तय है, वे भी टूट रही हैं। इस पुस्तक में ही 'डेलन साय की कथा' को रेखाचित्र के निकट और 'नर्मदा की गोद' को रिपोर्ताज के निकट रखा जा सकता है लेकिन समग्रत ये पर्यटन कथाएँ यात्रा संस्मरण नहीं फीचर ही अधिक हैं। इनमें प्रमुखता वर्णित प्रसंगों ने ही पाई है, पर्यटन इनमें नहीं है चाहे लेखक ने पर्यटन किया है। पुस्तक के प्रारंभ में ही लेखक ने भूल सुधार की एक सूची दी है इसलिए ध्यान इस ओर भी जाता है कि ऐसा सुधार तो न जाने कितनी ही जगहों पर अपेक्षित है! एक दुनिया अलग-थलग तो भूलवश अनुक्रमणिका में समाविष्ट होने से भी रह गया है!

इतिहास के ज्वलंत प्रश्न छेड़ती यात्राएँ

सांवरमल सांगानेरिया : थोड़ी-यात्रा थोड़े-कागज

'थोड़ी-यात्रा थोड़े-कागज' एक विचित्र-सा शीर्षक है। इसमें सांवरमल सांगानेरिया की भारत-यात्रा के संस्मरण हैं। यद्यपि इस 'भारत' में पंजाब, हिमालय, जम्मू-कश्मीर आदि शामिल नहीं है। यह यात्रा लेखक ने भाग-दौड़ में ही की थी लेकिन संस्मरण उसने काफी सामग्री संकलित करके लिखे हैं; इसलिए यात्रा स्थलों का परिचय इसमें सघन है। स्थानों के इतिहास-भूगोल का ही नहीं, धर्म, संस्कृति का भी और कला-कौशल व उद्योग-व्यापार का परिचय भी इसमें है। दर्शनीय स्मारकों के वर्णन में उनसे जुड़ी कथा-किंवदंतियों उनके धार्मिक-पौराणिक महत्त्व, उनके स्थापत्य-कौशल आदि पर भी उसने प्रकाश डाला है। बतौर बानगी, हम कोणार्क का वर्णन देख सकते हैं। हम शिकायत कर सकते हैं कि इनमें लेखक का अपना संस्मरणीय तत्त्व बहुत कम है, वह तो इमारतों के बारे में जानकारी जुटाने में ही रह गया है। लेकिन स्वयं लेखक इस ओर अनभिज्ञ नहीं है। उसने लिखा भी है कि "हर शहर की अपनी एक बसावट और तहज़ीब होती है किन्तु हमारी विशेष रूचि विभिन्न ऐतिहासिक स्मारकों को देखने-समझने की थी।" उसका मानना यह भी है कि ऐतिहासिक इमारतों के साथ जुड़ी घटनाओं को जानना अपने अतीत से जुड़ना है। इस तरह, उसने स्मारकों की राह से इतिहास को समझना चाहा है, उसका निजत्व इसमें फलित हुआ है। आगरा के स्मारकों को देखते हुए उसकी इतिहास दृष्टि प्रश्न उठाती है कि "इतने वर्ष राज्य करने के उपरांत भी राजपूतों द्वारा बनवाई गई एक भी इमारत यहाँ देखने में नहीं आती है। यहाँ के सभी स्मारक मुगल बादशाहों ने ही बनवाए हैं, यही सुनते आए हैं। जब यहाँ कुछ था ही नहीं तो महमूद गजनी और बाबर जैसे विदेशी यहाँ क्या लूटने और किस पर राज करने के लिए आए थे?" इस तरह की कुछ और टिप्पणियाँ भी हैं।

बहरहाल, इन संस्मरणों में कई स्मारकों में और कला-कृतियों में लेखक द्वारा लक्ष्य की गई विशेषताएँ हमें चकित करती हैं। हैदराबाद के संग्रहालय में रेबेका की मूर्ति इनमें प्रमुख है जिसका संगमरमर को तराश कर बनाया गया घूँघट सचमुच झीने परदे का एहसास कराता है। हैरानी होती है कि "संग-तराश ने आख़िर पहले चेहरा बनाया था या घूँघट? और, बनाया तो कैसे? साँची स्तूप के द्वार पर भी निर्वसना मूर्ति है जिसे शिल्पी ने बहुत ही बारीक वस्त्र पहने दिखाया है।" महाबलिपुरम मे नब्बे फुट लंबी व तीस

फुट ऊँची चट्टान पर उत्कीर्ण अर्जुन की तपस्या विश्व का सुंदरतम और दीर्घतम भिति शिल्प भी विशेष दर्शनीय है और इससे भी बढ़ कर है, वहाँ का विशाल गोल पाषण खंड जो किसी अदृश्य संतुलन के सहारे अधर में स्थित है। काँचीपुरम के एक मंदिर में लटकती पत्थर की जंजीर भी क्या कम अजूबा है जिसकी कड़ियाँ धातु की कड़ियों की तरह घुमाई जा सकती है? इसमें पत्थर की कड़ी बिना काटे दूसरी कड़ी मे पिरोई गई है! कन्याकुमारी के गाँधी-भवन और गंगाधरेश्वर गुफा-मंदिर (बंगलूर) का यह शिल्प भी उस युग के अभिकल्पन का क्या कोई कम चमत्कार है कि दोनों में सूर्य की किरणे वर्ष में एक नियत दिन ही (क्रमश: 2 अक्टूबर और मकर संक्रांति को) अर्चन स्थल को आलोकित करती है। संस्मरणों में ऐसे अजूबों की सूची और भी लंबी है।

कुल जमा, यात्रा स्थलों विषयक सामग्री संकलित करने में लेखक ने जो परिश्रम किया है, उसे देखते हुए इसे गाइडों की गाइड कहा जा सकता है। हाँ! सामग्री संयोजन के कौशल के कारण ये संस्मरण हमें कथा का-सा आनंद भी देते हैं यद्यपि बीच-बीच में अब हम आप को इधर या उधर ले चलते हैं वाली शैली व्यवधानकारी हो जाती है। दर्शनीय स्थलों का और वहाँ के जीवन का जीवंत और समेकित चित्रण हम असम के संस्मरणों में पाते हैं जो पुस्तक का पहला अध्याय है।

जिन खोजा तिन

डॉ. दुर्गाप्रसाद अग्रवाल : आँखन देखी

डॉ. दुर्गाप्रसाद अग्रवाल की 'आँखन देखी' दुनिया के सैर के इस वर्णन में सबसे पहले हमारा ध्यान वे शीर्षक खींचते हैं जो विभिन्न अध्यायों पर लगाये गये हैं; एक तो इसलिये कि वे सर्वथा सटीक हैं; दूसरे इसलिये और भी अधिक कि वर्ण्य धरती चाहे परदेशी है, शीर्षक सर्वथा देशी साहित्य से हैं। आदि से अंत तक।

एक 'वामपंथी रुझान' का लेखक यदि पूँजीवादी देश की व्यवस्था से 'अभिभूत' होता है और उसकी मुक्त कंठ से प्रशंसा करता है तो उसका एक अर्थ तो यही होता है कि लेखक अपने पूर्व-आग्रहों से मुक्त हुआ है; दूसरा, यह कि उस देश की जीवन-पद्धति में सचमुच कुछ ऐसा है जो काबिलेतारीफ़ है।

लेखक ने पाया कि वहाँ आम आदमी में नागरिकता-बोध बतौर संस्कार विद्यमान है। इस बोध में दूसरे के प्रति व्यवहार में शालीनता और सौजन्य तथा ईमानदारी गहरे समाई हुई है। कोई उसकी चौकसी करे या न करे, उसे अपना कर्म पूरी निष्ठा से करना है; जहाँ वह व्यावसायिकता से बंधा हुआ नहीं है, वहाँ भी। नतीजतन, हम उसे हर जगह नियमों-क़ानूनों का पालन करते देखते हैं, किसी दंड या भय से नहीं, संस्कार और अपने विवेक से भी।

लेखक का निकट नाता शिक्षा से रहा है, उसने वहाँ की प्रारंभिक शिक्षा-प्रणाली को अपनी आँखों से देखा और उससे बहुत प्रभावित हुआ, यह जानकर कि वहाँ ज्ञान को बच्चे के अनुभव का अंग बनाया जाता है ताकि उसे उसको रटने की आवश्यकता न पड़े। काश! हमारे देश ने भी बुनियादी तालीम अपनाये रखी होती! उस देश का पुस्तकालय भी उसने उससे जुड़कर देखा। अपनी इच्छित पुस्तक या उसके विषय में जानकारी व्यक्ति को हाथों-हाथ मिल जायेगी। भारतीय शिक्षण-संस्थाओं में सर्वाधिक दुर्गति का शिकार पुस्तकालय ही मिलेंगे। अमेरिका में पुस्तकों की दुकानों पर मिली व्यवस्था, व्यवहार और सुविधाओं से भी वह प्रभावित हुआ। देखने, पढ़ने, चुनने की सुविधा है, खरीदने का दबाव नहीं।

यह देखकर विस्मय होता है कि कॉलेज-शिक्षा में उच्च-अधिकारी रहे व्यक्ति में वहाँ की उच्च-शिक्षा व्यवस्था और शिक्षण प्रणाली को देखना ही नहीं चाहा! उसके लिये जिज्ञासा भी उसमें नहीं जागी!

अख़बारों में रूचि लेते तो हम उसे ऐसे देखते हैं जैसे कर्म-क्षेत्र उसका पत्रकारिता रहा हो। पत्रकारिता की राह से भी उसमें पैठ पाई जा सकती थी। आँखिन देखी न सही, श्रवणन सुनी और ज्ञानन ज्ञानी तो हो ही सकती थी।

बड़े व्यापारिक प्रतिष्ठानों में जो खुलापन, ग्राहकों को मिलने वाली सुविधाओं को उन्होंने देखा तो उससे भी वे प्रभावित हुए। किसी भी वस्तु को देखने की छूट है, खरीदने की कोई बाध्यता नहीं है!

चिकित्सा-व्यवस्था से रू-ब-रू होने का अवसर तो उन्हें शुरू में ही मिल गया था। वहाँ का खुलापन और डॉक्टरों-नर्सों की आत्मीयता देखकर ही उन्हें लगा कि रोगी के रिश्तेदारों द्वारा की गई तीमारदारी न भी हो तो कोई चिंता नहीं।

लेखक ने अमेरिकी नागरिकता-बोध और वहाँ की जीवन-पद्धति की जो प्रशंसा की है उसमें यह प्रश्न उसे बराबर मथता रहा है कि अत्यन्त सभ्य और शिष्ट समाज का निजाम अत्यन्त क्रूर क्यों है, मौत का सौदागर होने की हद तक क्रूर! वैसे तो, इस प्रश्न का उत्तर हमें मिल जाता है; पुस्तक समाप्ति तक लेखक ने भी हमें दे दिया है, चाहे उसके प्रति उतना सजग वह न भी रहा हो।

यह तो उन्होंने लिखा ही है कि व्यावसायिकता वहाँ के लोगों के जीवन में रसी-बसी है। वे अपने स्वभाव और व्यवहार की नम्रता में उसे ऐसे लपेटे रहते हैं कि हम उसे एकाएक लक्ष्य नहीं कर पाते। उनका बिकाऊ माल ऐसे कलात्मक आवरण में लिपटा होता है कि हमारी दृष्टि कलात्मकता पर ही अटक कर रह जाती है, तल तक एकाएक जा ही नहीं पाती। लेकिन अंततः यह व्यावसायिक हितों का संरक्षण करने की भूमिका ही है जो इस निजाम को दुनिया के बाज़ार में मौत का सौदागर बनाती है।

भीषण विनाशकारी युद्ध-सामग्री के लिये बाज़ार तलाशने की बाध्यता ही उस देश के निजामों से अफगानिस्तानों में तालिबान तैयार करवाती है; छोटे देशों में टकराव पैदा कर उन्हें युद्ध की दिशा में धकेलती है और इस तरह हथियारों के लिये बाज़ार जुटाती है। विश्व-शांति का मुखौटा तो दुनिया में अपनी चौधराहट जमाने के लिये हैं अन्यथा असली चेहरा तो खूँखार देश का है। दुनिया में आतंकवाद को पनपाने और पनाह देने वाला सबसे बड़ा देश अमेरिका ही है। यह तो बिना अमेरिका गये भी हम देख ही रहे हैं।

डॉ. अग्रवाल वहाँ सौंदर्य हेतु से अंग-प्रत्यारोपण के आंकड़े जुटाने में जितने लगे रहे, उतनी चिकित्सा-व्यवस्था की छानबीन करते तो पता चलता कि वहाँ के नागरिकों से जो फीस वसूली जाती है, विदेशियों से उसी उपचार की फीसे उससे दुगुनी है!

छोटे-बड़े व्यापारिक प्रतिष्ठानों में जो कैमरे लगे हुए हैं, असलियत उनकी भी यह है कि विदेशी लोगों को वहाँ चोर समझा जाता है, उन पर निगरानी रखने के लिये ही उन्हें लगाया गया है। ईमानदार नागरिकों पर निगरानी की ज़रूरत कैसी!

अमेरिका में लेखक का मेल-जोल वहाँ रहने वाले भारतीय परिवारों से ही हुआ। किसी मूल अमेरिकी-परिवार से घुलना-मिलना तो क्या, परिचय भी नहीं हुआ। स्वयं लेखक को हम इस विषय में जिज्ञासा करते भी नहीं देखते। यही कारण है कि वहाँ के

पारिवारिक जीवन के बारे में हम कुछ भी नहीं जान पाते हैं। यदि लेखक कुछ खोज-बीन करता तो उसकी आँखन देखी अमेरिका का यह चित्र इतना अधूरा नहीं रहता।

कोई जॉन; टॉम, फिलिप, हैरी या मैरी, मिलि, शार्ली-रोजेटी तो मिलने आई ही नहीं। अतः अमेरिकी-घर और अमेरिकी जीवन-शैली तो हमारी अपरिचित ही रही है! भारत में तो विदेशी को अतिथि देवो भवः भाव से ही अपनाया जाता है। उसे लोग घरों में ठहराते हैं। सरकार भी इस विधि को प्रोत्साहित करती है। लेकिन अमेरिकी तो किसी विदेशी को घर में ठहराना तो दूर, अपने घर आमन्त्रित भी भूले-भटके ही करता होगा। इस पहलू को जानकर ही एक तो घरेलू अमेरिका को जाना जा सकता है और यह भी जाना जा सकता है कि जाति-भेद और नस्ल-भेद की असलियत वहाँ क्या है।

अवश्य ही, राजनीतिक क्षेत्र में इस अमेरिका का एक विचारोत्तेजक रूप लेखक ने 'माइकल मूरः असहमति में उठा हाथ' में दिखाया है। अमेरिकी सांसद सत्ता का कोरा लफ्फाजी और हंगामी विरोध नहीं करते, वे पहले बौद्धिक परिश्रम करके तथ्य जुटाते हैं। उनका बौद्धिक विश्लेषण ही उन्हें हौसला देता है कि वे शासन के सूत्रधारों के सामने अपना अंगद-पाँव टिका सकें। भारतीय राजनीति में राम मनोहर लोहिया के बाद तो प्रचंड बौद्धिकता का तो जैसे लोप ही हो गया है।

बहरहाल, इस 'आँखन देखी' पर किया गया यह विचार 'लास वेगस' के उल्लेख के अभाव में अधूरा ही रहेगा। वहाँ तो जैसे साक्षात् इन्द्रलोक ही धरती पर उतार दिया गया है! इसका लास्य सचमुच ही आश्चर्य-स्तब्ध कर देता है। आत्म-केन्द्रित वह समाज या तो अपने में सिमटा रहता है या फिर, इस चौंधियाने वाले सौन्दर्य-सरोवर में ही डूबा रहता है।

लेकिन भोग और भौतिकता की अति से अघाया वर्ग वहाँ ऐसा भी उभरा है जो भारतीय धर्म और सम्प्रदायों में दीक्षित होने लगा है। लेकिन लेखक की दृष्टि इस ओर भी नहीं गई है।

जब आप किसी देश में कुछ समय रह लेते हैं, तब आँखन देखी की आड़ में वहाँ के जीवन के आधारभूत पहलुओं की उपेक्षा कैसे कर सकते हैं? और स्वयं अपने कार्य-क्षेत्र और रूचि के, शिक्षा और साहित्य जैसे पहलुओं से, उन्हें अप्रासंगिक करार देकर, पल्ला कैसे झाड़ सकते हैं?

इन क्षेत्रों में से एक भी ऐसा नहीं जान पड़ता कि यदि लेखक उस ओर बढ़ता तो उसका आकलन उसके लिये कठिन होता और इसीलिये इनका छूट जाना अधिक विस्मित करता है।

पुस्तक पढ़ते हुए कुछ प्रश्न और भी उठते हैं परन्तु लेखक ने चतुराई यह बरती है कि पुस्तक के अंत में स्वयं ही अनेक अभावों को स्वीकार कर आलोचकों का मुँह बंद कर देना चाहा है, लेकिन यदि वह अभाव पक्ष से परिचित था तो गुणगान को प्रारम्भ से ही संतुलित होना चाहिए था, अतिरंजित नहीं। उससे वहाँ की एक संतुलित तसवीर सामने आती।

संदिच्छा आद्यन्त स्पंदित हुई मिलती है कि उस देश की जो भी अच्छाइयाँ बिना किसी अतिरिक्त व्यय और तामझाम के अपनाई जा सकती हों, अपना ली जानी चाहिये। उससे हमारे देश की छवि में कुछ निखार ही आयेगा। अपना कर्म पूरी निष्ठा से करना, क़ानूनों और नियमों का पालन बिना किसी दंड या भय के करना और आचरण में ईमानदारी रखना ऐसे ही अनुकरणीय गुण हैं अन्यथा दूसरों के प्रति आदर-सत्कार, अपनापन और सहायता-तत्परता में तो हम उनसे आगे ही है। भारत-लेखक की भावना प्रशंसनीय है। उसमें कोई अन्य हेतु पढ़ लेना उचित नहीं होगा। लेखक की साहित्य और संगीत में जो रुचि और गति रही है, इस पुस्तक के रचना-प्रवाह में उसे सहज ही लक्ष्य किया जा सकता है।

पुस्तक की सीमा तो जाहिर ही है लेकिन 'मैं अपने पाठकों को यह भी बता दूँ' वाली पुरानी शैली अपना कर अपना पाठक दायरा उन्होंने और भी सीमित कर लिया है। लेखक का काम लिखना है, उसकी उपादेयता और पाठक वर्ग तय करना नहीं। यह पुस्तक उनके लिये भी तो उपयोगी रहेगी जिन्हें अमेरिका जाने में कोई रुचि नहीं है लेकिन जो अमेरिका के जीवन और चरित्र को जानना चाहते हैं और उसके लिये सुरूचिपूर्ण ढंग से लिखी गई साहित्यिक पुस्तक पढ़ना चाहते हैं।

अभी डायरी शेष है

डॉ. पद्मजा शर्मा : विश्वास का घर

लेखक अपने संपूर्ण जीवन के आकलन के लिये आत्मकथा लिखता है और दैनन्दिन जीवन के लेखनीय प्रसंगों को दर्ज़ करने के लिये डायरी। डॉ. पद्मजा शर्मा का कहना है कि लेखक के लेखन में ही उसका व्यक्तित्व समाया रहता है, मुझे जो जानना चाहेगा, वह मेरी कविता, कहानी और शब्द-चित्र पढ़ लेगा, मुझे आत्मकथा लिखने की ज़रूरत कहाँ है? बात गलत नहीं है परन्तु भूलना यह भी नहीं चाहिये कि साहित्य में लेखक का जीवन रूपान्तरित हुआ रहता है, उसकी प्रत्यक्ष अभिव्यक्ति आत्मकथा या डायरी जैसी विधाओं में ही मिलती है। लेखिका ने भी आत्मकथा चाहे न भी लिखी हो, 'विश्वास का घर' शीर्षक से अपनी डायरी तो उसने भी लिखी ही है।

अपने रोज़मर्रा के जीवन में लेखक कुछ प्रसंग ऐसे भी पाता है जिन पर अपनी प्रतिक्रिया पर वह परदा डाल लेता है। अपनी प्राप्ति पर होने वाले गर्व या गलती पर होने वाली ग्लानि और उठने वाले धिक्कार को वह बहुधा दबा ही जाता है। ऐसी भावनाएँ और विचार ही अधिकतर डायरी में अपनी अभिव्यक्ति पाते हैं यद्यपि निषिद्ध वहाँ कुछ भी नहीं होता; सामान्य प्रतिक्रियाएँ भी उसमें रहती हैं और कविता भी रह सकती है और कहानी, उपन्यास के अंकुर और उनकी रूपरेखा तक भी!

लेखक के जीवन और व्यक्तित्व के भी अल्पज्ञात पहलुओं का पता भी डायरी दे देती है।

पद्मजा लेखक हैं, वे कविता लिखती हैं, यह हमें ज्ञात है लेकिन डायरी हमें यह भी बताती है कि वे सामाजिक जीवन में भी सक्रिय हैं। कभी अण्णा हजारे के आन्दोलन को समर्थन देने के लिये वे सड़कों पर भी उतरी थीं और उन्होंने धरने-प्रदर्शन में भी भाग लिया था। जेल-बंदियों में जीवन के प्रति सकारात्मक सोच जगाने के लिये वे उनसे भी संवाद करती रही हैं। इस हेतु से उन्होंने उनमें गाँधी-साहित्य भी वितरित किया है। वे अपने भावों-विचारों के ज्वार को कलम से कागज पर उतार कर कुछ राहत पाते रहें, उस उद्देश्य से उन्हें लेखन सामग्री भी उन्होंने जुटायी है।

लेखन-क्षेत्र में लेखिका का पहला प्रेम कविता है। इसे देखते हुए यह स्वाभाविक ही है कि उनकी डायरी में साहित्यिक-संदर्भ मिलें। चित्रा मुद्गल ने नया उपन्यास किन्नर जीवन जैसे अछूते विषय पर लिखा है। इस प्रसंग पर उनसे हुई बातचीत डायरी में दर्ज़

है। अपेक्षा होती है कि कुँवरनारायण, सर्वेश्वर जैसे कवियों की जो पंक्तियाँ डायरी में है, उनसे जुड़ा लेखिका का विमर्श या लेखिका की मनःस्थितियाँ भी डायरी में रहतीं। यों, इनका आस्वादन अन्यथा भी किया जा सकता है लेकिन तब डायरी कुछ अलग अर्थवत्ता भी पाती। असल में, डायरी की पहली शर्त यही है कि उसकी प्रविष्टियों के जीवनगत संदर्भ भी उसमें रहें। कुछेक संदर्भ और भी हैं परन्तु डायरी की दस वर्षों की अवधि को देखते हुए ये ना-काफी ही कहे जायेंगे।

डायरी का धन-पक्ष यह है कि लेखिका ने अपनी कुछ कमजोरियों को स्वीकारने की ईमानदारी दिखाई है यद्यपि अपने डर का स्वीकार उनमें अकुंठित नहीं है।

वैसे तो, यह विस्मयकारी ही है कि जो कवि कई दशकों से मंच पर कविता-पाठ करती रही है, वही कतिपय वरिष्ठ लेखकों की उपस्थिति में कविता-पाठ करते हुए घबराहट अनुभव करे परन्तु डायरी के कोण से महत्त्व इस बात का है कि लेखिका ने अपनी दुर्बलता ईमानदारी से स्वीकार की है। लेकिन गार्हस्थिक जीवन में घटित ऐसे अन्य प्रसंग डायरी में नहीं है।

अवश्य ही लेखिका ने यह निर्द्वंद्व स्वीकार किया है कि वह डरपोक है। भय उसके मन में गहरे समाया हुआ है। लेकिन यह भय किन-किन बातों से हैं, यह स्पष्ट नहीं है। डायरी में निर्भया-कांड का जो उल्लेख एकाधिक बार आया है उससे, और अपनी बेटियों की सुरक्षा की जो चिंता उसे हर घड़ी सताती रहती है उससे भी, इस भय का कुछ वस्तुगत आधार हमें मिल जाता है।

एतद्विषयक एक प्रसंग डायरी में है। लेखिका अपनी बेटी को विदा करने बस स्टेंड गई। उसकी दृष्टि बस के पीछे की ओर गई तो वहाँ लिखा हुआ था, 'विश्वास ही धोखा है।' इसे पढ़ कर ही वह सहम गई, इतना अधिक कि उसका बस चलता तो वह बेटी को बस से ही उतार लेती या फिर उसके संरक्षण के लिये स्वयं भी बस में बैठ जाती! लेकिन बेटी की दृढ़ता की वजह से ऐसा कुछ भी नहीं करना पड़ा।

प्रसंगवश हम उसे अपना गाँव याद करते देखते हैं। बचपन में वह अपने गाँव में दिन में ही नहीं, रात में भी अकेली विचरती थी। अब तो हालात ये हैं कि गाँव में भाभी ही नहीं, माँ भी उसे रात में बाहर निकलने नहीं देती! सर्वत्र भय ही भय लेखिका को दिखाई पड़ता है, लड़की को लेकर।

इस स्थिति को देखते हुए गहरे जायें तो अनुमान यह होता है कि लेखिका का यह भय उसके बचपन या किशोर्य में घटित या दृष्ट किसी बड़े हादसे की उपज है जो उसके चेतन में ही नहीं, अवचेतन में भी इतना गहरे पैठ गया है कि उससे मुक्त हो पाना उसके वश में भी नहीं रह गया है। आत्मकथा या डायरी ही उसकी अभिव्यक्ति के लिए उपयुक्त जगह होती है लेकिन डायरी लिख कर भी लेखिका इस मूल कथ्य से कतरा गई है।

लेखिका का भय सर्वथा निर्मूल तो नहीं है। यह सही है कि नारी-शिक्षा ने व्यापक प्रसार पाया है और अधिकतर क़ानून भी नारी-जाति के हक में हैं लेकिन इस सबके उपरान्त भी यह तथ्य अपनी जगह है कि यौन-अपराध कम नहीं हो रहे हैं। लेकिन इस

भय से घबरा कर लड़की को घर में भी तो बंद नहीं रखा जा सकता। स्वयं लड़की ही इस क़ैद को कभी स्वीकार नहीं करेगी। अतः आवश्यकता इस बात के चिंतन की थी कि भय का निवारण कैसे हो। कैसे वह साहसी बने, उसका मनोबल बढ़े। परन्तु 'मैं हारूँगी नहीं' लिखने वाली को हम इस दिशा में कोई विचार करते नहीं देखते। 'विश्वास का घर' पर तो विश्वास का संकट ही अधिक हावी हो गया हैं।

डायरी में लेखिका ने अपनी प्रेम-भावना व्यक्त की है; बच्चों से प्रेम, नारी से प्रेम, निरीह और वंचितों से प्रेम, मानवता से प्रेम आदि-आदि। लेकिन यह प्रेम सर्वत्र अमूर्त ही रहा है। इसका कोई वस्तु-पक्ष डायरी में नहीं है। और लेखिका का अपना निजी जीवन तो जैसे वहाँ निषिद्ध है!

अवश्य ही, लेखिका ने यह तो बार-बार लिखा है कि वह कविता लिखना चाहती है; लिख कर वह मुक्त हो जाती है, लेकिन अपनी चाहत की कविता वह लिख नहीं पाती। परन्तु कैसी कविता वह लिखना चाहती है और लिख क्यों नहीं पाती, इसका खुलासा वह कहीं नहीं करती इसलिये हम जान नहीं पाते कि अवरोध कहाँ है निजी, पारिवारिक या सामाजिक जीवन में या फिर अपने भीतर ही कि अभी वह अपने प्रति भी स्पष्ट नहीं है कि उसके भीतर क्या है जो अपनी अभिव्यक्ति के लिये उसे बेचैन और कभी-कभी तो उत्पीड़ित भी करता रहता है।

डायरी में लेखिका ने कुछ स्फुट विषयों पर भी विचार किया है। वैसे तो, डायरी के पसारे में सबके लिये स्थान रहता है परन्तु डायरी उनके लिये प्रकृत स्थल तब होती है जब वे लेखक के दैनन्दिन जीवन के सुख-दुख, हर्ष-विषाद से बन आई मानसिकता की उपज होते हैं अन्यथा प्रकृत स्थान उनका चिंतन-मननपरक अन्य विधाओं में होगा।

डायरी का रचना-काल लगभग दस वर्षों का है। यही काल लेखिका के लेखकीय और पारिवारिक जीवन के लिये उर्वर रहा जान पड़ता है। अधिकांश पुस्तकें, पुरस्कार, सम्मान, ख्याति उसे इसी अवधि में मिली है। गार्हस्थिक जीवन के सुख-दुख, कलह-क्लेश भी इस अवधि में भी रहे होंगे परन्तु डायरी इन सबसे वंचित ही रही है।

डायरी अपना स्वतन्त्र विधायी स्वत्व पाती उन क्रिया-प्रतिक्रियाओं से ही अधिक है जो लेखक के रोज़मर्रा जीवन से जुड़ी होती हैं। उसे दैनन्दिनी संज्ञा मिली भी इसी हेतु से हुई है। लेकिन चिंत्य यह है कि लेखिका इस ओर से बेखबर ही है। अधिक चिंत्य यह है कि, अपने इस अभाव की अभी ठीक से पहचान भी उसे नहीं है।

ऐसा जान पड़ता है कि लेखिका ने डायरी विधा अपनाई तो है लेकिन उसके विधायी-वास्तव से, उसके स्वरूप और सीमाओं से, वह भलीभाँति अवगत नहीं है इसीलिये दैनन्दिन जीवन अभी उसकी वस्तु कम ही बन पाया है। उसे पढ़ते हुए यह लगता है जैसे डायरी अभी शेष है।

संस्मरणों का बेजोड़ संकलन

ओम थानवी (स.) : अपने अपने अज्ञेय

ओम थानवी द्वारा सम्पादित वृहत्काय ग्रंथ 'अपने अपने अज्ञेय' चरित-नायक विषयक लेखकों के संस्मरणों की एक अद्‌भुत मंजूषा है यद्यपि यही इसकी सीमा नहीं है। इसकी शेष सामग्री में भी नायक के व्यक्तित्व की परतें खुलती चली गई हैं। कोई शताधिक लेखकों ने अपने-अपने ढंग से अज्ञेय को याद किया है। हिन्दी के एक साहित्यकार का इतने लेखकों द्वारा किया गया यह स्मरण स्वयं में साहित्य-जगत की एक विरल घटना है। लगभग ग्यारह सौ पृष्ठों का यह ग्रंथ दो खंडों में प्रकाशित हुआ है।

ऐसे ग्रंथ के विषय में आशंका यह रहती है कि वह चरित-नायक का निपट स्तुति-गान होकर ही न रह जाय! इससे उसमें एकरसता भी आ जायेगी।

चरित-नायक की प्रशस्ति इसमें भी है, ख़ूब है; कदाचित् उसका न-होना ही अस्वाभाविक अधिक होता; लेकिन विशेषता इसकी यह है कि इसमें स्मरणीय प्रसंगों में दोहरावट नहीं है। व्यक्तित्व-विवेचन में पिष्टपेषण भी नहीं या कम है।

कुछ तो चरित-नायक के जीवनगत उतार-चढ़ावों ने, कुछ उसके कार्य-क्षेत्र के बहुमुखी विस्तार ने और सबसे बढ़कर लेखकों की दृष्टिगत भिन्नता ने सामग्री की प्रकृति को बदला है इसलिये ग्रंथ आद्यन्त जीवन्त बना रहा है।

इसमें अधिसंख्य रचनाएँ संस्मरण है लेकिन क्योंकि स्मरणीय प्रसंग सभी लेखकों के अलग-अलग रहे हैं इसलिये उस पटल पर भी इसमें एकरसता नहीं है। इसमें रिपोर्ताज, इंटरव्यू, निबंध, गद्य, काव्य, आलोचना आदि का विनियोग भी हुआ है। इसमें और भी कुछ ऐसा है जिसने इसे अलग चरित्र दिया है; इस प्रकृति के ग्रंथों से अलग।

प्राय: ऐसे ग्रंथ को चरित-नायक की आलोचना से बचाया जाता है परन्तु सम्पादक ने इतनी वस्तुनिष्ठता बल्कि उदारता बरती है कि नायक पर कड़वी टिप्पणी करने वाले ही नहीं, उसकी तीखी आलोचना करने और आक्षेप लगाने वाले आलेख भी बिना काट-छाँट के प्रकाशित कर दिये हैं जबकि वह स्वयं नायक का अकुंठित प्रशंसक रहा है! इतना ही नहीं, जिनमें नायक के निकटवर्तियों के लिये जो उपहासकारक विशेषण हैं और जिनके कुछ छींटे स्वयं सम्पादक पर भी पड़ते हैं, उसने उन्हें भी हटाया नहीं है। ऊपर जिसे ग्रंथ का अलग चरित्र कहा गया है, वह इस उदारता से ही उसे मिला है।

सम्पादक ने इस ग्रंथ का शीर्षक भी सूझबूझ से रखा है–'अपने अपने अज्ञेय'। इसमें एक ओर जहाँ 'अपने अपने अजनबी' उपन्यास की अनुगूँज है जो इसे सीधे अज्ञेय से जोड़े रखती है, तो दूसरी ओर, ऐसी समाई भी इसमें है कि वह लेखकों को अज्ञेय विषयक अपने भावों, प्रभावों-अनुभवों, स्मृतियों, विचारों आदि को व्यक्त करने की पूरी स्वतन्त्रता भी दे देती है यद्यपि इस स्वतन्त्रता का अति दोहन भी ग्रंथ में हुआ है।

अज्ञेय के व्यक्तित्व के किसी भी पहलू-विशेष पर एकाधिक आलेख इसमें मिलेंगे। ऐसे आलेखों को एक दूसरे के पूरक के रूप में पढ़ा जाय तो उससे उस पहलू-विशेष पर अच्छा प्रकाश पड़ता देखा जा सकेगा।

इला डालमिया ने अपने आलेख–'मौन का शिल्प' में अज्ञेय की 'संक्षिप्त जीवनी' लिखी है। पद्मा सचदेव ने 'बिच्छुओं के बीच नंगे पाँव' शीर्षक से, अज्ञेय का जो साक्षात्कार लिया था, उसे उसके पूरक के रूप में पढ़ा जा सकता है। यदि इसके पहले जैनेन्द्र और रूपवती के आलेख और बाद में पद्मा सचदेव का साक्षात्कार पढ़ा जाय तो एक पक्ष अपनी पूर्णता पा लेगा।

प्रफुल्लचन्द्र ओझा 'मुक्त' ने अज्ञेय की आकृति का जो चित्रण किया है, नरेश मेहता द्वारा वर्णित अज्ञेय की दैहिक भव्यता के साथ उसे पढ़ने पर यह चित्र पूर्णता पा लेता लगता है।

अज्ञेय के जीवन के विषय में जानकारी कई जगह बिखरी हुई है। इला डालमिया ने 'संक्षिप्त जीवनी' में उन जीवन-तथ्यों को समेकित किया है। उन्हें यह जानकारी स्वयं अज्ञेय से ही मिली होगी इसलिये इसे प्रामाणिक ही मानना चाहिये।

इलाजी से तो अपेक्षा थी कि वे उस जीवन पर कुछ लिखतीं जो उन्होंने अज्ञेय के संग जिया था। उस पक्ष पर इस ग्रंथ में कोई सामग्री है भी नहीं, अत: उसकी उपादेयता असंदिग्ध होती।

अपने जीवन का काफी-कुछ साझा अज्ञेय ने रामकमल राय और विद्यानिवास मिश्र से भी किया था लेकिन इन लेखकों ने भी उस पक्ष को गोपन ही रहने देकर अज्ञेय के प्रति अपनी निष्ठा निभाई है जबकि कुछ ज़िम्मेदारी उनके जीवनीकार होने के नाते, साहित्य-जगत के प्रति भी बनता ही थी! अस्तु।

पद्मा सचदेव ने जब अज्ञेय से बातचीत की, तब उनकी रुचि उनके वैवाहिक जीवन को जानने में नहीं, उनके प्रेम-प्रसंगों में अधिक थी परन्तु लगता है, इस पक्ष में उनके हाथ कुछ भी नहीं लगा! अवश्य ही, अज्ञेय के बचपन, कैशोर्य, पिता के साथ जीवन, शिक्षा-काल और उससे जुड़े प्रसंगों पर और अन्य अनेक पहलुओं पर भी इस वार्ता से कुछ प्रकाश पड़ा है।

अज्ञेय के जीवन और व्यक्तित्व पर लिखने वाले अनेक लेखकों का ध्यान उनकी मोहक आकृति और भव्य देह-यष्टि पर भी गया है परन्तु उसका विशेष वर्णन उन्होंने नहीं किया है। इस दृष्टि से नरेश मेहता और प्रफुल्लचन्द्र ओझा 'मुक्त' हमारा ध्यान विशेष रूप से खींचते हैं। मुक्तजी ने यद्यपि लिखा संक्षेप में ही है लेकिन उनका चित्रण कुछ-कुछ महादेवी के लहजे में है–

"ग्रीक-मूर्तियों को चुनौती देती उनकी मुखाकृति, दीर्घ देह-यष्टि, भरी-पूरी कद-काठी, प्रशस्त ललाट, लम्बी नासिका, गहरी झील की प्रशान्ति समेटे अतलस्पर्शिनी आँखें और करीने से तराशी हुई दाढ़ी–यह धीर-गंभीर और प्रभामंडित छवि थी, सच्चिदानन्द वात्स्यायन अज्ञेय की।" (139)।

ग्रीक मूर्तियों को चुनौती देने वाली इस तेजोमयी देह-यष्टि के अप्रतिम सौन्दर्य को पौर्वात्य और पाश्चात्य जीवन के यादगार प्रतिमानों के समकक्ष रखकर दिखाने का जो उद्यम नरेश मेहता ने किया है, वह सचमुच चकित करता है–

"वात्स्यायन में सुदर्शन व्यक्तित्व का वैशिष्ट्य था परन्तु साधारण अर्थ में नहीं। उनकी देह-यष्टि में ग्रीक मूर्तियों का-सा सौन्दर्य, लालित्य या लयात्मकता ही नहीं थी बल्कि आचरण और व्यवहार में भी वे निष्णात् तराशी धवल प्रतिमा की प्रतीति कराते थे। एक ऐसा सुषमात्व था जिसे विरल ही कहा जा सकता था। पुरुष-सौन्दर्य का यह मूर्ति-तत्त्व हमारे भारतीय उपमहाद्वीप में केवल कद्दावर पठानों के गांधारपन में ही सहज देखा-पाया जा सकता है।

पंडित हजारी प्रसाद द्विवेदी के कथनानुसार पाणिनी पठान थे, आर्य थे इसलिये अनुमान किया जा सकता है कि उस अप्रतिम वैयाकरणी मेधा में भी माइकेल एंजिलों की अनिंद्य प्रतिमा वाली अपूर्वता सम्भव है, वही हो। पाणिनी के बाद सम्भवतः सच्चिदानन्द हीरानन्द वात्स्यायन 'अज्ञेय' को देख-सुन कर आर्य-सौष्ठव की उस पुरुष-माधवता का आभास मिलता है, जो कभी सम्राट समुद्रगुप्त में रही होगी या धूमकेतु खारवैल में। हम चाहें तो इस संदर्भ में सोफोक्लीज का भी स्मरण कर सकते हैं, जो न केवल अपनी ट्रैजेडियों के कारण ही प्रसिद्ध रहा बल्कि जीवन भर स्वयं सौन्दर्य का मानक-व्यक्तित्व भी माना जाता रहा। निश्चित ही वात्स्यायन हिन्दी साहित्य की देशगतता पर सौष्ठव की विषुवत-रेखा हैं तो कालगतता में सर्जनात्मक ऊर्ध्व-शिखर।" (78)।

कहने की आवश्यकता नहीं कि अज्ञेय के देह-सौन्दर्य के वर्णन में नरेशजी ने एक ओर भारतीय उप-महाद्वीप में पाणिनी और समुद्रगुप्त को, तो दूसरी ओर ग्रीक सौन्दर्य में सोफोक्लीज सिसेरो सिकन्दर अपोलो तक का स्मरण कर महादेवी के सौन्दर्य-चित्रण को एक नई व्याप्ति, एक सर्वथा नया आयाम दे दिया है।

अज्ञेय के देह-सौन्दर्य के चित्रण में भारतीय और यूनानी प्रतिमानों के साथ नरेशजी ने हिन्दी के दिग्गज कवि निराला का, उनकी पूरी गरिमा में, स्मरण किया है–

"वैसे तो कद-काठी और प्रभावी मूर्ति-व्यक्तित्व की दृष्टि से निराला उन्नीस नहीं थे परन्तु एक असंग व्यक्तित्व वाला ग्राम-देवता का विग्रह था तो दूसरा होठों में भाषा का बीड़ा दबाये रोमन दरबार का एक संभ्रान्त सामन्त जैसे सिसेरो। निराला गाँव किनारे के पीपल के नीचे खुले में प्रस्थापित अनावृत्त

मारूति की आराध्य-मूर्ति थे, वात्स्यायन म्यूजियम में करीने से रखी अपोलो, सिकन्दर या किसी ग्रीक वीर योद्धा की ऐतिहासिक विरल प्रतिमा।" (80)।

अज्ञेय के देह-सौन्दर्य की मुक्त कंठ से प्रशंसा करने और उन्हें 'सर्जन का ऊर्ध्व शिखर' कहने वाले नरेशजी ने आगे चल कर अज्ञेय के जो संस्मरण लिखे हैं, उनमें वे बिलकुल ही अलग लेखक नज़र आते हैं। वहाँ अंतर्ध्वनि उनकी यह जान पड़ती है कि अज्ञेय की निकटता की कोई लालसा उन्हें कभी नहीं थी! जब भी ज़रूरत हुई, अज्ञेय ही उनके निकट आये थे! 'दूसरा सप्तक' के लिये कविताएँ माँगने वे ही उनके पास आये थे! उनकी लंबी कविता 'समय देवता' भी पूरी करने का अनुरोध भी उन्होंने ही किया था! वे ही उनके उपन्यास की भूमिका भी लिखना चाहते थे लेकिन स्वयं उन्होंने ही उनके प्रस्ताव को अस्वीकार कर दिया!

अज्ञेय नये लेखकों में प्रतिभा देखते तो उन्हें प्रेरित और प्रोत्साहित करते थे। अनेक लेखकों के संस्मरण इसके साक्षी हैं। केदारनाथ सिंह की कविताएँ लाने वे उनके कमरे पर चले गये और अपनी नोट-बुक में उन्हें उतार लाये! गोविन्द मिश्र से उनकी कहानी माँगने उनके घर पर चले गये! इसमें वे अपने को बड़ा-छोटा हुआ नहीं समझते थे। यह उनकी कार्यप्रणाली थी। यही कार्य उन्होंने नरेशजी के लिये भी किया। इसे दुर्भाग्य ही कहा जायेगा कि उस व्यक्ति की सदाशयता को नरेशजी ने अपनी खुशामद और उनकी कमजोरी समझ लिया! और, इसके सहारे उनका महत्त्व कम करने तक का प्रयत्न किया!

अज्ञेय का महत्त्व कम करने के लिये ही उन्होंने सप्तकों के प्रति भी उदासीनता दिखाई है। यह तो जब उनका ध्यान इस ओर गया कि 'दूसरे सप्तक' में तो उनकी कविताएँ भी हैं, तब उन्होंने अपना स्वर बदला और लिखा-'आज भले ही हम कह लें कि सप्तकों में आ जाने से होता क्या है, पर उन दिनों सचमुच ही कुछ होता था, इसे मान लिया जाय तो क्या हर्ज है?' लेकिन अगले सप्तकों पर आते हुए वे अपनी बात बदल देते हैं। उन पर उनकी टिप्पणी है कि-"कालान्तर में तीसरा और चौथा सप्तक भी प्रकाशित हुए पर शायद लकीर पीटने जैसा ही सिद्ध हुआ। उससे न कविता और न कवि को ही कोई ख़ास लाभ हुआ।" (82)।

अज्ञेय से जुड़े एक प्रसंग का स्मरण करते हुए उन्होंने लिखा है "कि एक बार वे अपनी पुस्तक लेने उनके निवास पर गये। वे कपिलाजी के साथ बैठे हुए थे। उन्हें देखा तो भीतर गये और पुस्तक लाकर उन्हें दे दी। लेकिन शिष्टाचारवश भी उन्हें बैठने के लिये नहीं कहा। यह बात उन्हें अपना निरादर जान पड़ी, विशेषकर इसलिये कि वे पूर्व सूचना देकर गये थे।"

इस प्रसंग में संभावना यही जान पड़ती है कि सूचना उन्हें न मिली हो अन्यथा उन्होंने किसी का अनादर किया हो, और वह भी घर आये व्यक्ति का, ऐसा प्रसंग विरल ही मिलेगा। नरेशजी के अज्ञेय से वैमनस्य का कोई ठोस कारण इन संस्मरणों में नहीं है (आगे चलकर तो सुलह भी हो गई; भोपाल में सम्मान उन्होंने अज्ञेय के हाथों से ही ग्रहण किया था) लेकिन यहाँ अज्ञेय को अपना मुखापेक्षी दिखाते हुए उनकी स्थापित

छवि का तो उन्होंने कोई विचार किया ही नहीं है, इस बात की भी चिंता नहीं की है कि स्वयं उन्होंने उन्हें जो 'सर्जन का ऊर्ध्व शिखर' और 'आचरण और व्यवहार में निष्णात्' कहा है, उससे उसकी संगति कैसे बैठेगी? लगता है, अज्ञेय के बहाने नरेशजी ने स्वयं को प्रोजेक्ट करने का उद्यम ही अधिक किया है।

अशोक वाजपेयी का आलेख भी काफी विस्तृत है। इसमें उन्होंने अपनी काव्य-रुचि के निर्माण-काल में अज्ञेय के प्रति आकर्षण और व्यक्तिशः उनसे बढ़ती निकटता की चर्चा की है, तो दूसरी ओर काल-क्रम में उनसे बढ़ती गई दूरी के संदर्भ में अपना पक्ष स्पष्ट किया है।

अगले सोपान पर उन्होंने मुक्तिबोध, श्रीकान्त वर्मा आदि वाम-कवियों और 'कृति' जैसी पत्रिकाओं की ओर बढ़ते अपने रुझान का निदर्शन भी किया है। अभी जबकि अज्ञेय से उनके संबंधों में आत्मीयता की ऊष्मा थी, अज्ञेय का काव्य-संग्रह 'कितनी नावों में कितनी बार' प्रकाशित हुआ। उन्होंने (याने अशोक ने) इस संग्रह की समीक्षा 'धर्मयुग' में प्रकाशित करवाई। समीक्षा काफी तीखी थी। उसके प्रकाशन के बाद अज्ञेय से उनके संबंध बिगड़ गये।

इस समीक्षा पर साहित्य-जगत में हुई प्रतिक्रिया का आकलन करते हुए उन्होंने लिखा है कि "मेरे जैसे उनके निकट माने जाने वाले लेखक के एक मूर्धन्य पर इस तरह के प्रहार ने बहुतों को चकित और उनके अनेक निन्दकों को प्रसन्न किया। कइयों को यह अज्ञेय के कवि-रूप के ढलने की पहली उग्र निशानदेही लगी। पर हुआ यह कि अज्ञेय के साथ मेरे निजी सम्बन्ध खराब हो गये।" (304)।

उन्होंने यह भी लिखा है कि "कम-से-कम अस्थायी तौर पर अज्ञेय का वर्चस्व घट गया लगता था। अज्ञेय को अपदस्थ कर मुक्तिबोध को केन्द्र में लाने का एक विशद आलोचनात्मक अभियान चल निकला था। इस दौरान अज्ञेय का अवमूल्यन-सा होने लगा और मुझे भी उस अभियान में शामिल मान लिया गया।" (305)।

यह 'मान लिया' जाना सर्वथा अकारण तो नहीं कहा जा सकता। अज्ञेय के कवि-रूप का ढलना देखने में उनकी अपदस्थता भी उन्होंने लगभग मान ही ली थी।

अनन्तर ज्ञानपीठ पुरस्कार के निर्णय में अज्ञेय के विरोध में अपना मत देकर स्वयं उन्होंने साहित्य-जगत में अपने अज्ञेय-विरोधी होने की धारणा पुष्ट हो जाने दी। हम स्मरण यह भी कर सकते हैं कि अज्ञेय को जब साहित्य अकादमी पुरस्कार मिला था, तब भी वे उनसे टकराव में आ गये थे यद्यपि समीक्षा प्रसंग में टकराव का रूप बिलकुल अलग प्रकृति का था। उस विरोध में भी उनकी अपेक्षा और आकांक्षा यह भी रही कि अज्ञेय उस समीक्षा को देखें। इस समीक्षा की सीमाएँ स्वीकार करते हुए भी उसे सही परिप्रेक्ष्य में नहीं देखे जाने की शिकायत करते हुए अशोकजी ने बड़े दर्द से लिखा है कि–

> "उसमें आवेग कुछ ज़्यादा था, शायद वह एकतरफा थी। पर उसमें एक युवा आलोचक का ईमानदार दुस्साहस था जिसे अज्ञेय अलक्षित करें, यह मुझे दुखद और निराशाजनक लगा। उनसे बरसों से चला आ रहा सम्बन्ध टूट गया।" (304)।

ऐसा ही क्लेश उनके मन में अज्ञेय द्वारा किये जा रहे 'भारत-भवन' के बहिष्कार के लिये भी था। उन्हें कष्ट यह सालता था कि–

> 'भारत-भवन' जैसी बड़ी पहल से अज्ञेय का कोई सम्बन्ध नहीं था जबकि उसके महत्त्व और ऐतिहासिक ज़रूरत को समझने और उत्साहित करने की सबसे अधिक क्षमता और समझ उन्हीं के पास थी। (305)।

इस स्थिति पर कुछ और विचार करते हुए उन्होंने यह भी पाया कि–

> 'मेरी असफलता यह थी कि मैं उन्हें या उन जैसे कुछ औरों को यह नहीं समझा पा रहा था कि मध्यप्रदेश में सांस्कृतिक विकास का एक बिलकुल नया मॉडल विकसित हो रहा था जिसमें सरकार के धन और साधन थे, पर हस्तक्षेप बिलकुल नहीं था।' (309)।

अशोकजी के इस दर्द को जैनुइन ही कहना होगा। कोई भी व्यक्ति अपने लिये जिसे आदरास्पद पाता है, अपने कार्य-कलापों और लेखन से, उसे चकित कर उससे प्रशंसा और प्रोत्साहन पाना चाहता है। अशोक की अज्ञेय से ऐसी ही अपेक्षा थी लेकिन उनके समीक्षा-लेख ने उनको क्षुब्ध कर दिया। अपनी आलोचना वे गले नहीं उतार पाये।

प्रभाकर माचवे ने भी लिखा है कि उन्होंने 'अपने अपने अजनबी' की जो समीक्षा लिखी थी, उसे पढ़कर वे उनसे नाराज हो गये!'(128) परमानन्द श्रीवास्तव ने भी 'सागर मुद्रा' की समीक्षा में उन्हें 'चुका हुआ' कवि लिखा था। कुछ समय बाद जब उनकी उनसे भेंट हुई, तब उन्होंने उनसे पूछा 'इन दिनों आप क्या लिख रहे हैं?' उत्तर में उनकी व्यंग्योक्ति थी, 'इधर चुक गया हूँ'। (606)। जाहिर है, इस उत्तर में वे उनकी उस समीक्षा के प्रति अपनी नाराजगी ही प्रकट कर रहे थे।

जिस व्यक्ति ने कभी अपना घनघोर विरोध झेला, निन्दा-प्रस्ताव सहे, 'शेखर' की प्रतियों का जलाया जाना देखा, वही धीर, गंभीर, शांत और मौनव्रती साहित्यिक-समीक्षाओं से विचलित हो जाय, यह विस्मयकारी ही लगता है।

वैसे तो, यह मनुष्य मात्र की वृत्ति मानी गई हैं कि वह अपनी प्रशंसा ही पाना चाहता है, अपनी आलोचना उसे ग्राह्य नहीं होती। इन प्रसंगों के रहते, यही कहा जा सकता है कि अज्ञेय भी इसके अपवाद नहीं थे।

अज्ञेय में एक दुर्बल वृत्ति यह भी थी कि अपनी रचना, साहित्य में अपने स्थान, अपने अवदान आदि पर बात करना भी उन्हें रुचता था। साहित्य अकादमी के लिये लिखा गया उनका 'समकालीन भारतीय साहित्य' लेख तो सर्व विदित-सा ही है, एक प्रसंग का उल्लेख मुकुन्द लाठ के संस्मरणों में भी है। उन्होंने लिखा है–'एक दिन उन्हें हिन्दी साहित्य की आधुनिकता पर और उसमें उनके अपने स्थान पर एक अनौपचारिक, पर अच्छा लम्बा व्याख्यान देते सुना।' (472)। इसे भी एक सहज मानवीय दुर्बलता के रूप में ही देखा जाना चाहिये। अस्तु।

भारत-भवन के बहिष्कार का जहाँ तक प्रश्न है, अज्ञेय के उस निर्णय में कोई अनौचित्य नहीं जान पड़ता। जिस आयोजक की अज्ञेय के प्रति धारणा यह हो कि कवि-रूप उनका ढल गया है, वर्चस्व उनका घट रहा है, अवमूल्यन हो रहा है, वे केन्द्र में नहीं रह गये हैं आदि-आदि, तो उसके किसी आयोजन में जाना उन्हें गवारा न हो तो उसे उचित ही कहा जायेगा। स्वयं अशोक को तो वत्सल-निधि के वृन्दावन-शिविर प्रसंग में अपनी स्व-कल्पित उपेक्षा का दंश इतना गहरा चुभ गया कि फिर अज्ञेय के किसी भी आयोजन में वे शायद ही कभी गये! ऐसे में, अज्ञेय के बहिष्कार को अनुचित कैसे कहा जायेगा?

अज्ञेय और अशोक के सम्बन्धों में तनाव का एक बड़ा कारक अशोक का स्वभावगत अहंकार भी रहा। इस आलेख को ध्यान से पढ़ें तो इसमें उनके अहंकार की व्यंजना पग-पग पर पाई जा सकती है। अज्ञेय के संदर्भ में यह उसकी प्रबल अभिव्यक्ति है-

> 'मेरी भी जिद थी कि मैं उस मोर्चे पर गलत या कमजोर नहीं हूँ और अगर अज्ञेय की जिद है तो मेरी जिद भी बनी रहे।' (312)।

वे यह जता देना चाहते थे कि उनकी भी अपनी हैसियत है और वह अज्ञेय से कम नहीं है। उनके इस अहंकार ने ही उनकी दृष्टि को आत्मनिष्ठ बना दिया। परिदृश्य का वस्तुनिष्ठ आकलन वे कर ही नहीं पाये।

अज्ञेय के भारत-भवन के बहिष्कार के विषय में अशोकजी का मत यह था कि 'अज्ञेय इस गलतफहमी के शिकार थे कि अशोक, नामवर सिंह के इशारे पर काम कर रहे हैं जबकि वास्तव में ऐसा नहीं था।'(317)। अशोकजी ने अनुमान यह भी किया है कि 'अज्ञेय ने भारत-भवन, सांस्कृतिक विभाग, प्रलेस आदि को एक ही अभियान में शामिल मान कर उनसे अपना असंतोष प्रगट किया।' (310)।

यदि अशोकजी के अनुमान को सही मान लें, तो यह भी मानना होगा कि अज्ञेय कच्ची जानकारी के आधार पर चलते थे; और, यह भी कि अपने समय की साहित्यिक राजनीति से वे अनभिज्ञ थे! क्या ऐसा मानना उचित भी होगा? विशेषकर जबकि वे पत्रकार भी थे!

वस्तुतः उन दिनों का जो आकलन अशोक ने किया है, वह दृश्य का एक पक्ष है। वामपंथी संगठन तो 'अपने' मनोनीत लेखकों को जो प्रोजेक्ट करने में लगे हुए थे, वह तो उनकी दलीय निष्ठा का तकाजा था। दृश्य के दूसरे पक्ष में झाँकें तो वहाँ स्वयं अशोक भी उन्हें ही (याने वामपंथियों को ही) रिझाने की रणनीति पर काम कर रहे थे! एक ओर वे उन्हें पीठासीन कर रहे थे, तो दूसरी ओर श्रीकान्त-प्रसंग जैसे आयोजन भी कर रहे थे! अज्ञेय उनसे ना-वाकिफ नहीं थे। लेकिन वाम-पक्ष जो अज्ञेय को हाशिये पर धकेलने के मुद्दे पर एकजुट होकर अभियान चला रहा था, उसके प्रति बाखबर होते हुए भी, वे (याने अशोक) बेखबर ही रहे!

यह तो जब अपनी समस्त कोशिशों के उपरान्त भी अशोकजी वामपंथियों को भारत-भवन से जोड़े रखने में सफल नहीं हुए बल्कि जब वाम-पक्ष ने समवेत रूप से भारत-भवन का बहिष्कार कर दिया, तब वे अज्ञेय-उन्मुख हुए!

इस उन्मुखता में भी उनकी दृष्टि उस सलूक पर नहीं थी जो वामपंथी आलोचक अज्ञेय के साथ कर रहे थे। 'पूर्वग्रह' (स्तंभ 'फिर बैतलवा डाल पर') में 'नया प्रतीक' की आलोचना करके अज्ञेय-विरोधी आग में ईंधन तो वे स्वयं झोंक रहे थे जबकि आवश्यकता उस मोर्चे को सँभालने की सबसे अधिक थी! वस्तुत: अशोकजी की चिन्ता केवल अपनी जिद-पूर्ति के लिये अज्ञेय को जैसे-तैसे भारत-भवन ले जाने की थी!

अन्तत: अज्ञेय की नाराजगी के विषय पर उन्होंने (अशोक ने) इलाजी से भेंट की। उन्होंने उनके सामने अपना पक्ष रखा। उन्होंने अपनी बौद्धिक और वैचारिक स्वतन्त्रता के प्रति अज्ञेय की प्रतिक्रिया से निराशा जताई। उन्होंने यह भी कहा कि अज्ञेय को नाराज होना क्यों चाहिये जबकि 'व्यक्ति की स्वतन्त्रता' का पाठ एक तरह से हम में से कइयों ने अज्ञेय की पाठशाला से ही सीखा था!

उन्होंने इलाजी से यह भी कहा कि अज्ञेय के चेहरे पर 'मेरे साथ न्याय नहीं हुआ' का जो स्थायी भाव अंकित हुआ रहता है, वह निराधार है। हिन्दी-समाज उन्हें अपने सर्वश्रेष्ठ अलंकरण दे चुका, अब उसे और क्या करना चाहिये? (314)

हैरानी यह देखकर होती है कि एक कवि के चेहरे पर अंकित 'स्थायी भाव' पढ़ सकने वाला कवि उस दर्द की वर्णमाला के प्रति अबोध ही बना रहा, चेहरा जिसका ज्ञापक था!

बड़े अलंकरण पाकर कवि को तोष तो मिलता ही है लेकिन सत्-कवि को जो गहरी तसल्ली इस बात से मिलती है कि उसे सही समझा गया है, उसका उचित मूल्यांकन हुआ है, विज्ञजनों ने उसे सराहा है, वैसा तोष उसे और किसी बात से नहीं मिलता; बड़े से बड़े अलंकरणों से भी नहीं! भवभूति व्यर्थ ही पाठक के लिये अनन्तकाल तक प्रतीक्षा करने के लिये तैयार नहीं थे!

यह खिन्न विस्मय की बात है कि अज्ञेय की पीड़ा को अशोक अलंकरणों के बाँटों से ही मापते-तोलते रहे जबकि दूसरी तरफ़ वामपंथियों की अनर्गल आलोचना, अज्ञेय को बिना पढ़े ही हाशिये पर धकेलने में, उन्हें नकारने में और एक बड़े प्रबुद्ध वर्ग को उन्हें पढ़ने और उनके निकट जाने से भी विमुख करने में लगी हुई थी। अशोकजी उन्हीं के भाल को तिलकित करने के लिये चंदन घिस रहे थे!

जो भी हो, इलाजी के प्रयत्नों से ही बर्फ पिघली। अज्ञेय ने अपनी अनुकूलता का संकेत वृन्दावन-शिविर-प्रसंग में दे दिया था। उन्होंने अशोकजी को देश के युवा लेखकों के नाम सुझाने के लिये कहा। स्वयं अशोकजी का नाम उस सूची में रखना अनुचित होता क्योंकि शिविर युवा लेखकों के लिये ही था। अवश्य ही, कुछ प्रौढ़ लेखक बुलाये गये थे, पर अन्यान्य कारणों से। अशोकजी ने इसे अपनी उपेक्षा समझा। यह उपेक्षा उन्हें खटक भी गई।

बाद में, उन्हें अज्ञेय की 75वीं वर्षगाँठ पर आयोजित समारोह में बुलाया गया लेकिन तब तक भी वे अपनी उस स्व-कल्पित उपेक्षा के दंश को भुला नहीं पाये थे। फिर उन्हें 'प्रतिष्ठित और अनुभवी' कवि के रूप में वाल्मीकि नगर-शिविर में बुलाया गया। लेकिन

उनके अहंकार को तोष उस आमन्त्रण को भी ठुकरा कर ही हुआ। शायद वे जता यह भी देना चाहते थे कि आमन्त्रण ठुकराना अज्ञेय का ही एकाधिकार नहीं है, अशोक वाजपेयी की भी हैसियत है, ठुकराना वह भी जानता है!

लेकिन दूसरी ओर अज्ञेय को भारत-भवन बुलाने का उद्यम भी उन्होंने छोड़ा नहीं। शायद इलाजी की समझाइस से ही यह संभव हुआ कि अज्ञेय ने भारत-भवन में कविता-पाठ और पाठ-रिकॉर्डिंग आदि के लिये भी अपनी स्वीकृति दे दी! फिर, वे आलोचना-समवाय और कवि-भारती जैसे आयोजनों में भी गये। इस तरह, अशोकजी अपनी जिद में सफलकाम हुए यद्यपि अज्ञेय से निकटता का अर्थ अब वही नहीं रह गया था जो 'महफ़िल' के लिये आलेख लिखे जाने वाले दिनों में था!

अज्ञेय के साथ अशोक के सम्बन्धों की इस पड़ताल से कुछ बातें उभर कर आती हैं। इन सम्बन्धों के बिगड़ने के विषय में अशोकजी ने अपनी जो सफाई दी है, वह आत्मनिष्ठ ही अधिक है। इसमें लक्ष्य हम यह भी करते हैं कि जाने-अनजाने, बल्कि अनजाने क्यों, कहना चाहिये, सजगतः उन्होंने स्वयं को प्रोजेक्ट करने का उद्यम भी किया है बल्कि जितना उन्होंने अज्ञेय को याद किया है, उससे अधिक उन्होंने ख़ुद को प्रोजेक्ट किया है।

प्रारम्भ में ही यह कह कर कि वह नई कविता की प्रतिष्ठा की लड़ाई का दौर था और अज्ञेय उसके निर्विवाद 'सेनापति' थे, (292)। वे अपने लिये अगले दौर के 'कर्णधार' का पद सुगमतापूर्वक आरक्षित करा लेते हैं। आत्म-प्रशंसा का संकोच छोड़कर वे निर्द्वंद्व लिखते हैं कि उनके लिये उनकी पुस्तक 'फिलहाल' के प्रकाशन के साथ ही 'फिर शुरू हुआ एक लम्बा दौर जिसमें साहित्य और संस्कृति के क्षेत्र में मेरी सक्रियता तेजी से बढ़ी-फैली। किसी हिन्दी प्रदेश में होने वाली इस सदी की सबसे बड़ी व्यापक सांस्कृतिक पहल का मैं लगभग कर्णधार बना।' (305)।

इस कथन में सत्यांश है, इसमें संदेह नहीं, लेकिन शील का तकाजा था कि वे संयम बरतते। यह आत्म-श्लाघा उनकी गरिमा कितनी बढ़ायेगी, वे इसका भी कुछ विचार कर लेते तो अच्छा होता!

बहरहाल, 'आलोचना समवाय' और 'कवि-भारती' जैसे आयोजनों में अज्ञेय को बुलाकर जहाँ उन्होंने प्रकटतः उनकी केन्द्रीयता और प्रासंगिकता के बरकरार रहने की प्रतीति उन्हें करानी चाही थी, वहीं प्रच्छन्नतः उन्हें अपनी योजनाशील दृष्टि और आयोजन-क्षमता और कौशल का कायल करना भी चाहा हो, तो उससे भी इनकार कैसे किया जायेगा?

लेकिन आलेख के अंतिम भाग में एक पक्ष और भी है, उसे ओझल रहने देना भी न्याय-संगत नहीं होगा। इलाजी से अशोक ने चाहे यह कह दिया हो कि हिन्दी-समाज अपने सर्वश्रेष्ठ अलंकरण उन्हें दे चुका है, अब उसे और क्या करना चाहिये, लेकिन बाद में अनुभव उन्होंने (अशोकजी ने) यह भी किया और लिखा भी है कि अज्ञेय वास्तव में, अकेले ही रहे हैं। अपने अलंकरणों के साथ भी वे अकेले थे! अपने हज़ारों शब्दों और इतनी सारी रचनाओं के साथ भी अकेले! (318)।

कहने को उन्होंने इलाजी से यह भी कह दिया था कि 'अज्ञेय के चेहरे पर जो स्थायी भाव अंकित हुआ रहता है कि 'मेरे साथ न्याय नहीं हुआ', वह निराधार है, लेकिन गहरे पैठने पर उन्होंने यह भी पाया और लिखा भी कि 'अज्ञेय के साथ सचमुच हिन्दी-लेखक-समाज ने न्याय नहीं किया, उनके जीवन-काल में उनके कृतित्व का जैसा गंभीर विश्लेषण और मूल्यांकन हमारे मूर्धन्य आलोचकों आदि को करना चाहिये था' वह नहीं हुआ, पुनर्विचार करने पर उन्होंने यह भी पाया कि 'बरसों तक एकाध-दो साहित्यिक आन्दोलन अपनी मूल्य-दृष्टियों की प्रतिष्ठा के साथ-साथ अज्ञेय को साहित्य में हाशिये पर धकेलने का, अब लगता है, विफल ही, प्रयत्न करते रहे।' (314)।

इन अंतिम अंशों में अशोकजी को उन आक्षेपों का मार्जन करते देखा जा सकता है जो कभी स्वयं उन्होंने भी लगाये थे और जिनके पक्ष में वे तब भी खड़े थे, जब वे इलाजी से भेंट करने गये थे।

कहना कठिन है कि बाद में किया गया यह मार्जन स्वयं उनके द्वारा अज्ञेय पर लगाये जाते रहे आक्षेपों पर किया गया पश्चात्ताप है या अपने भविष्य की उस दुश्चिन्ता से निसृत उनका मनन-मंथन है जिसने निम्नांकित कथन में अपनी अभिव्यक्ति पाई है–

> क्या अज्ञेय की नियति में, बिना पढ़े अप्रासंगिक मान लिये जाने में हम कई लोगों की भी नियति का पूर्वाभास नहीं है? क्या एक क्रूर अंत हम सब की भी प्रतीक्षा नहीं कर रहा है? (318)।

बहरहाल, इतना ही कहा जा सकता है कि अंत भला, सो सब भला।

निर्मल वर्मा ने अज्ञेय का स्मरण करते हुए उनके साथ अपने जीवन की चर्चा नहीं की है। उन्होंने अपने को उस सलूक पर केन्द्रित किया है, जो वामपंथी आलोचना ने अज्ञेय के साथ किया था। उन्होंने याने वामपंथी आलोचकों ने अज्ञेय-विरोधी जो अभियान चलाया था, निर्मल ने उसका तीक्ष्ण विश्लेषण किया है। उनका कहना है कि सोवियत सत्ता द्वारा वहाँ के लेखकों की स्वतन्त्रता को और स्वयं लेखकों को भी जिस तरह कुचला गया (और जैसी अमानुषिक यातनाएँ उन्हें दी गई), हमारे यहाँ के मार्क्सवादी लेखकों को वे भी निंदनीय तो क्या, अनुचित भी नहीं जान पड़ी थीं! उन्हें हमारे यहाँ का आपात्काल भी कैसे अखरता! ऐसे में, हिन्दी का अज्ञेय जैसा एक स्वाधीनचेता लेखक उन्हें कैसे बर्दाश्त होता! (73)।

ऐसे आलोचकों के निकट स्वतन्त्रता लेखक का सहजात धर्म नहीं होकर अभिजात वर्ग का लक्षण बन कर रह गई! और, उसी नाते से अज्ञेय अभिजात वर्ग के लेखक! जबकि सामन्ती या अभिजात वर्ग से उनका कभी कोई नाता नहीं रहा।

उन्हें अपने बंधे साँचे में अटता नहीं पाकर वे आलोचक उनके विरुद्ध आक्रामक हो गये और उन्हें 'अमेरिकी एजेन्ट' और 'पूँजीपतियों का दलाल' तक कहकर लांछित करने लगे! उन्हें पढ़कर उनकी आलोचना करना दुष्कर था, एजेन्ट और दलाल कह कर खारिज कर देना आसान। यही उन्होंने किया भी। (74)।

आवश्यकता इस अज्ञेय-विरोधी अभियान के विरुद्ध आगे आकर अज्ञेय की सीमाओं और उनके अवदान का सम्यक् मूल्यांकन किये जाने की थी जबकि अशोक वाजपेयी तो स्वयं उस अभियान में ही शामिल हो गये!

निर्मल वर्मा का आलेख एक ओर अशोक के आलेख के पूरक के रूप में पढ़ा जा सकता है (वामपंथी आलोचना के वास्तविक चरित्र को पहचानने के अर्थ में), तो, दूसरी ओर, अनेक वामपंथी लेखकों के संस्मरणों की पूर्व-पीठिका के रूप में भी देखा जा सकता है। ये संस्मरण निर्मल वर्मा के तीखे विश्लेषण को सत्यापित करते जान पड़ेंगे। एक तरह से उसके खरेपन पर मुहर-सी लगाते हुए। कुछ लेखकों ने दबे स्वर में, तो कुछ ने खुलकर, स्वीकार किया है कि उन्हें वामपंथी दिग्गजों द्वारा अज्ञेय से विमुख रखा गया!

विश्वनाथ त्रिपाठी बनारस में रहते अज्ञेय को देख चुके थे। वे उनके व्यक्तित्व से प्रभावित भी थे लेकिन उन्हें बताया यह गया कि वे 'उच्च भ्रू' लोग हैं। 'हमारा उनसे लेना-देना नहीं है।' उन्हें उनसे दूर ही रहना है! (237)।

यह तो जब वे स्वयं दिल्ली चले गये और वहाँ रहते उनसे (अज्ञेय से) मिलने गये, तब पाया कि (जैसा उन्हें बताया गया था, उसके ठीक विपरीत) वे अत्यन्त सहज व्यक्ति हैं। वे बड़े स्नेह से मिले और देर तक उनकी बातें सुनते रहे। वे उन्हें आत्म-विश्वासी भी लगे थे। उन्हें यह भी लगा कि यह उनका आत्म-विश्वास ही था जो लोगों को उनका अहंकार लगता था!

> प्रसंगवश यहाँ यह कह देना भी उचित ही होगा कि अज्ञेय के आत्मीय-वृत्त में रहते हुए भी ओम थानवी की आवाजाही मार्क्सवादी हल्कों में भी अनवरुद्ध रही। वस्तुतः अपनी पत्रकारिता में उन्होंने साहित्य के लिये जो स्थान संभव किया; उस नाते से, और अपनी व्यवहार कुशलता की वजह से भी, साहित्यिक बिरादरी के सभी वर्गों में उनकी पैठ और नाता-रिश्ता बना रहा। इसी वजह से वे उन मार्क्सवादी लेखकों से भी अज्ञेय-विषयक उनके संस्मरण लिखवा सके, अज्ञेय के जीवन काल में जो उनसे मिलने से भी कतराते थे!

अपने लेखन-काल के प्रारंभ में परमानन्द श्रीवास्तव भी अज्ञेय की ओर आकर्षित हुए थे। अपना पहला कविता-संग्रह उन्होंने जाँच और परामर्श के लिये अज्ञेय को ही भेजा था! उन्होंने 'परिमल' के राष्ट्रीय सम्मेलन में भी भागीदारी की थी। परन्तु मुख्य जुड़ाव आपका प्रलेस से था। 'परिमल' के सम्मेलन में ही मार्कण्डेय ने आपको सावधान किया था कि ये लोग याने 'परिमल' वाले और अज्ञेय भी, 'कांग्रेस फॉर कल्चरल फ्रीडम' से सम्बद्ध हैं। इनके झाँसे में मत आना। (605)।

अज्ञेय के अन्य आयोजनों में भी आपने भाग लिया लेकिन इस शंकालु, मानसिकता के साथ कि 'मेरी दुविधा मार्क्सवाद।' (606)। स्पष्ट है, वे अपने को दिग्गजों के दबाव के आगे लाचार पाते थे!

स्थिति राजेश जोशी की भी भिन्न नहीं थी। उनकी बड़ी इच्छा अज्ञेय का काव्य-पाठ सुनने की थी और उससे भी बड़ी लालसा उनके साथ खड़े होकर कविता-पाठ करने की! भोपाल में कार्यक्रम बन भी गया था लेकिन अज्ञेय नहीं आ पाये इसलिये मन की इच्छा मन में ही रह गई! उन्हें बड़ा दुख इस बात का भी हुआ कि अपना दुख वे खुलकर व्यक्त भी नहीं कर सके। उन्होंने लिखा भी है कि–"अज्ञेय को लेकर उन दिनों सहमतियों-असहमतियों का जो दौर था, उसमें इस इच्छा को खुलकर व्यक्त करने का साहस मुझमें नहीं था!" (714)।

इस कथन से भी जाहिर है कि वामपंथियों ने अज्ञेय को लेकर साहित्य-जगत में छुआछूत की-सी बड़ी विकट स्थिति उत्पन्न कर रखी थी और युवा कवियों को आतंकित कर रखा था! निराला ने अपनी स्थिति के लिये कहा था, 'ब्राह्मण समाज में ज्यों अछूत', परन्तु अज्ञेय मौन ही रहे अन्यथा वामपंथी हल्कों में स्थिति उनकी भी भिन्न नहीं थी।

राजेश और विश्वनाथ त्रिपाठी ने जो बात दबे स्वर में स्वीकार की है, गोविन्द मिश्र ने उसे कुछ स्पष्ट कर दिया है। उन्होंने लिखा है, 'वे कहानी माँगने मेरे घर आये। मैं ठहरा करीब-करीब नया लेखक। मैंने जब इस बात का जिक्र अपने साहित्यकार मित्रों से किया तो वे मुझे तरह-तरह से आगाह करने लगे–तुम 'नया प्रतीक' में छपोगे तो बदनाम हो जाओगें, उनसे जुड़ोगे तो तुम्हारी छवि प्रतिक्रियावादी की हो जायेगी।' (467)। साहित्य-जगत की राजनीति का यह पहला झटका था जो उन्हें लगा था लेकिन उन्होंने इसकी परवाह नहीं की। वे उनके निकट भी गये।

गंगा प्रसाद विमल ने अपनी स्थिति कुछ और भी खोल कर रखी है। उन्होंने स्पष्ट लिखा है कि 'जब मैं दिल्ली आया था, तब समाजवादी प्रभाव में था। उन दिनों अज्ञेय को 'कांग्रेस फॉर कल्चरल फ्रीडम' जैसी संस्थाओं और उनके प्रकाशनों से जुड़ा मानकर उनकी चर्चा प्रगतिशील हल्कों में वर्जित-सी चीज़ बना दी गई थी।' (695)।

उनका अपना मिलना अज्ञेय से कभी-कभी होता रहता था। उन्होंने यह श्रेय भी लिया है कि चेकोस्लोवाकिया से जो महिला एक श्रेष्ठ भारतीय लेखक की तलाश में भारत आई थी, अज्ञेय का नाम उसे उन्होंने (विमल ने) ही सुझाया था! लेकिन इसके बावजूद लेखकीय स्वाधीनता के पक्षधर होते हम उन्हें कहीं भी नहीं देखते।

नवल किशोर प्रारंभ से ही उदारवादी मार्क्सवादी रहे इसलिये उनके दृष्टिकोण में कट्टरता नहीं मिलती लेकिन विचारधारा का दबाव वे भी अनुभव करते थे। यह उनकी आत्म-स्वीकृति है कि 'आज लगता है, मैं अज्ञेय को जितना मानता था, उससे कहीं ज़्यादा मानना चाहिये था!' (614)। यह 'ज़्यादा मानना' जो तब सम्भव नहीं हुआ, उसमें बड़ा योग उस दबाव का समझना चाहिये जो वामपंथी विचारधारा उन दिनों लेखकों पर डाल रही था। अन्यथा विदेशी संस्थाओं से उनके संबंध को तो उन्होंने यह कह कर खारिज कर दिया है कि उन दिनों विश्व-भर के बड़े लेखकों के उनसे संबंध थे, अज्ञेय कोई अपवाद नहीं थे। व्यक्ति-अज्ञेय जो स्वतन्त्रता-सेनानी होकर भी सेनानी-पेंशन नहीं ले रहे

थे, उससे वे विशेष प्रभावित हुए। ऐसे व्यक्ति को उन्हें अमेरिका एजेन्ट या दलाल कहा जाना भी उन्हें क्षोभकर ही लगा।

रामशरण जोशी के संस्मरणों से ज्ञात होता है कि रचनाकारों को ही नहीं, पत्रकारों को भी अज्ञेय से दूर रखने का प्रयत्न किया गया। उन्होंने लिखा है कि जब मैं अज्ञेय से मिलने 'नवभारत टाइम्स' कार्यालय में गया, तब इस 'अभिजात' और 'व्यक्तिवादी' लेखक के प्रति 'काल्पनिक पूर्वग्रहों' से भरा हुआ था! 'मुझे मेरे कतिपय वामपंथी लेखक मित्रों ने विभिन्न उदाहरणों से समझा रखा था कि अज्ञेयजी घोर वामपंथ-विरोधी हैं। इनसे सौ मील फासले पर रहना चाहिये!' (88)। परन्तु अज्ञेय से मिल कर जोशीजी ने पाया कि वे न केवल विरोधी मत वालों से सहज भाव से मिलते थे बल्कि अपने अख़बार में विरोधी विचारधारा के लिये भी स्थान रखते थे!

इस तरह, मार्क्सवादी आलोचना की जो बखिया निर्मल वर्मा ने उधेड़ी है, उसकी सच्चाई की पुष्टि वामपंथी लेखकों के ये संस्मरण भलीभाँति कर देते हैं। इन संस्मरणों का अन्यथा महत्त्व भी है ही, उसका यथास्थान निदर्शन किया गया है।

केशवचन्द्र वर्मा के उल्लेख का एक अलग हेतु भी है। इला डालमिया और पद्मा सचदेव ने अज्ञेय के जीवन-पक्ष पर जो प्रकाश डाला है, उसमें उनका इलाहाबाद-जीवन छूट-सा गया है। (मानस मुकुल दास ने उनके इस काल का स्मरण किया है लेकिन वह प्रमुखतः उनके पारिवारिक जीवन से अज्ञेय की आत्मीयता तक ही सीमित रहा है)।

इस काल में उनके सार्वजनिक साहित्यिक जीवन का कुछ लेखा नरेशजी में भी मिलता है लेकिन उनकी दृष्टि पूर्वग्रह-दूषित अधिक रही है। उनके याने अज्ञेय के इलाहाबाद छोड़ने का उल्लेख भी वे व्यंग्यात्मक भंगिमा में ही करते हैं–'वात्स्यायन अपना बोरिया-बक्सा समेट कर दिल्ली जा चुके थे।' (85)

पूर्वग्रह का आक्षेप केशवचन्द्र पर भी चाहे लगे, इलाहाबाद-काल के अज्ञेय के सार्वजनिक साहित्यिक जीवन की और परिमल से उनके संबंध की, और संबंध टूटने की भी, जो तसवीर हमें केशव में मिलती है, उसका कुछ सत्यापन अन्य लेखकों के संस्मरणों से भी होता है। स्वदेश भारती के संस्मरणों में अज्ञेय से बातचीत का जो हवाला है, उसमें स्वयं अज्ञेय भी उनके मत की पुष्टि-सी करते हैं कि इलाहाबाद में वे छले गये! (634)।

वैसे, केशवचन्द्र का आलेख दो भिन्न पहलुओं का गठजोड़ है। इसके एक भाग में कविता और संगीत के संबंधों पर विचार किया गया है। यह सही है कि संगीत कविता की शक्ति रहा है लेकिन सच्चाई यह भी है कि संगीत की वैशाखी हटा कर ही कविता अपना स्वावलम्बन पा सकी है। विचारणीय पहलू यह भी है कि अज्ञेय की उत्तर-कविता पाठक को जिस गहराई में ले जाती है, एक प्रकार का संगीत उस तल से भी स्फुरित होता है जो हमें अपने में निमग्न कर लेता है। पद्य-नाटक के विवेचन में एलियट भी अनहद प्रकृति के जिस संगीत की बात करता है, अज्ञेय उससे अनभिज्ञ नहीं हो सकते थे। यह भी अकारण नहीं है कि 'उत्तर प्रियदर्शी' की रचना पद्य में हुई है। ये सब बातें भी विचारणीय बनती हैं।

बहरहाल, यह स्वीकार किया जाना चाहिये कि केशवचन्द्र वर्मा ने अज्ञेय की कविता में संगीत पर या कहें, संगीत के अभाव पर जो विचार किया है, वह स्वयं में विचारणीय वस्तु है। लेकिन इसके साथ ही यह जोड़ना भी उतना ही आवश्यक है कि अपने मूल में वस्तु यह आलोचना के क्षेत्र की ही कही जायेगी, संस्मरण की नहीं। संस्मरण की दृष्टि से अज्ञेय के 'परिमल' से संबंधों वाला पहलू ही ध्यान देने योग्य है।

अज्ञेय ने परिमल के सदस्यों के साथ मिलकर उसकी गतिविधियों को आगे बढ़ाया था। 'लेखक और राज्य' विषय पर राष्ट्रीय सम्मेलन का आयोजन भी किया लेकिन जब भी उन्होंने उसमें कुछ स्वतन्त्र रूप से किया या करना चाहा, तब सदस्यों को वह गले नहीं उतरा। सदस्यों से परामर्श किये बिना उन्होंने मराठी लेखक प्रभाकर पाध्ये को आमंत्रित कर लिया। इसका तीव्र विरोध हुआ। एक प्रस्ताव उन्होंने सर्व-सम्मति से पारित कराना चाहा, उसका भी विरोध हुआ। इससे वे क्षुब्ध थे। केशव ने लिखा है–'परिमल के भीतर से उभरता हुआ अपने को मुक्त करने का अंदाज़ वात्स्यायन को कहीं गहरे स्तर पर परिमल के कार्य-कलापों से काट गया।' (618)।

इस स्थिति पर टिप्पणी करते हुए केशव ने यह भी लिखा है कि 'उन्हें सदा आँखें मूँद कर साथ चलने वालों की तलाश थी जो परिमल से अन्ततः उन्हें नहीं मिला। सारतः इलाहाबाद से वात्स्यायन को विरति हो गई।' (618)।

बात गलत नहीं है लेकिन अज्ञेय के व्यक्तित्व, उनकी कार्य-शैली और जीवन-शैली को देखते हुए यह कहना ज़्यादा सही होगा कि वे अपना पथ स्वयं बनाने के अभ्यासी थे। दूसरे के बनाये रास्ते पर वे ज़्यादा दूर तक नहीं चल सकते थे; साथी की प्रकृति को देखकर और अपने कार्य की प्रकृति के साथ उसके मेल को देखकर वे उसे चुनते थे। दूसरा कोई व्यक्ति उनकी नकेल अपने हाथ में ले ले, यह उन्हें गवारा नहीं था। दूसरे के बनाये साँचे में बँधकर भी वे नहीं रह सकते थे। यही कारण था कि परिमल में वे ज़्यादा नहीं रह सके।

जो हो, इलाहाबाद उन्हें रास नहीं आया और वे उसे छोड़कर दिल्ली चले गये। रामकमल राय और रामस्वरूप चतुर्वेदी के संस्मरणों से भी इस बात की पुष्टि होती है कि इलाहाबाद का सार्वजनिक साहित्यिक जीवन उन्हें ज़्यादा रास नहीं आया। लेकिन दिल्ली में भी कोई मनोनुकूल माहौल उन्हें नहीं मिला। अन्ततः इसकी पूर्ति उन्होंने वत्सल निधि की स्थापना करके की और उसके द्वारा आयोजित शिविरों और यात्राओं से भी की।

जो भी हो, अज्ञेय के व्यक्तित्व को समग्रतः पाने में इलाहाबाद-काल का निश्चित योग है। 'प्रतीक' और दो सप्तकों के प्रकाशन की दृष्टि से तो उसका महत्त्व है ही, अन्यथा भी रचनाकार अज्ञेय को समझने की दृष्टि से भी इस सोपान का महत्त्व है।

अज्ञेय के जीवन के विषय में कुछ नई जानकारी जोड़ने का उद्यम पंकज बिष्ट ने किया है लेकिन वह विवादास्पद ही रही है।

अज्ञेय से पंकज के संबंध प्रारंभ से ही 'प्रथम ग्रासे मक्षिका पात' वाले ही रहे। अज्ञेय के सम्पादन में 'नवभारत टाइम्स' में छपी अपनी कहानी का पहला स्वीकृत ही नहीं, सुधारा हुआ पारिश्रमिक भी उन्हें नितान्त असंतोषप्रद लगा। इसे लेकर वे अज्ञेय से रुष्ट हो गये। जब अज्ञेय को 'ज्ञानपीठ पुरस्कार' मिला, तब उन्होंने सरकारी पत्रिका 'आजकल' में (जिसमें वे तब कार्यरत थे) उन पर सामग्री और उनका साक्षात्कार सचित्र प्रकाशित करना चाहा। लेकिन 'मैं सरकारी पत्रिकाओं को साक्षात्कार नहीं देता' कहकर अज्ञेय ने उनका उत्साह बुझा दिया। यह जानकर कि पहले अज्ञेय आकाशवाणी में स्टाफ-आर्टिस्ट रह चुके है और आकाशवाणी तब भी सरकारी उपक्रम ही था, (इस न्याय से) 'सरकारी-पत्रिका' कहकर 'आजकल' को साक्षात्कार देने से मना करना, पंकज को अज्ञेय का 'पाखंड' जान पड़ा। पंकज के तर्क में औचित्य जान पड़ता है। अच्छा होता वे यह पक्ष अज्ञेय के सामने भी रखते ताकि उनका मत भी सामने आ जाता। खैर, जैसे भी हुआ, साक्षात्कार का जुगाड़ उन्होंने जगदीश गोयल के दबाव से कर लिया लेकिन तब तक बात बदमजा तो हो ही गई थी। पंकज ने अपनी बौखलाहट अज्ञेय के सैन्य-काल से जुड़े कुछ तथ्यों पर प्रश्न-चिह्न लगाकर प्रकट की।

पंकज का संस्मरण अक्षरशः प्रकाशित करते हुए सम्पादक ने दिखाया है कि उनमें तथ्यों को तोड़-मरोड़ कर और दूसरों के कथन अधूरे उद्धृत कर अपना मंतव्य स्थापित करने की प्रवृत्ति है। शोधकर्ता के लिये यह प्रवृत्ति नितान्त अवांछनीय है।

ध्यान देने की बात यह भी है कि जीवन-विषयक शोध या विवाद का स्थान जीवनी या स्वतन्त्र लेख में ही होगा; संस्मरण में नहीं। वहाँ लेखक के साथ या साक्षी में घटित घटनाओं का आलेखन ही प्रमुख रूप से रहता है, विवादास्पद मुद्दे छेड़ने के लिये यह उपयुक्त स्थान नहीं है। यदि पंकज को अज्ञेय के जीवनगत तथ्यों में शंका है तो उन्हें प्रमाण जुटाकर अपनी बात पृथक से कहनी चाहिये। अस्तु।

प्रभाकर माचवे को अज्ञेय के निकट रहने के अनेक अवसर मिले थे इसलिये उनके संस्मरणों में कहीं-कहीं अज्ञेय के व्यक्तित्व के अल्प-चर्चित पहलुओं पर भी प्रकाश मिल जाता है। आगरा-काल का एक प्रसंग है; अज्ञेय ने एक हरिजन बालिका को चेचक से पीड़ित देखा तो उसकी माँ के मना करते रहने पर भी, बिना नाक-भौं सिकोड़े, उसे कंधे पर उठाया और पैदल चलकर, दूर स्थित अस्पताल पहुँचाया। यह प्रसंग उनकी भेदभाव-मुक्त मानवीय दृष्टि, सेवा-भावना और वात्सल्य का समवेत निदर्शक है।

अज्ञेय के इलाहाबाद, कलकत्ता, इन्दौर आदि कई शहरों के प्रसंग भी इन संस्मरणों में दर्ज़ हैं। यदि लेखक ने स्थान, विषय, काल आदि में से किसी भी क्रम का निर्वाह किया होता तो ये संस्मरण बिखराहट और पुनरावृत्ति से तो बचते ही, सुगठित भी होते और अधिक प्रभावी भी।

अज्ञेय के साहित्यिक-पक्ष पर भी माचवेजी ने कुछ टिप्पणियाँ की हैं। कहीं-कहीं ये (टिप्पणियाँ) वैयक्तिक राग-द्वेष के स्तर पर उतर आई है—

'कवि के नाते उनका अहं स्फीत था। शेष सब हिन्दी कवियों को या तो वे अपना शिष्य मानते थे या अपना शत्रु। शिष्य कब शत्रु हो जाय, इसका भी कोई ठिकाना नहीं। 'मामेकं शरणं व्रज' वाली अव्यभिचारिणी भक्ति अपने अनुयायियों से चाहते थे। जरा भी खटका हुआ, हो गई कुट्टी।' (120)।

हम देख सकते हैं कि लेखक की स्वर-भंगिमा ही तीखी नहीं है, उसका आक्षेप वैयक्तिक भी हो गया है। अपेक्षा होती है, लेखक कुछ संयत होता ताकि शालीनता बनी रहती।

खिन्न विस्मय तो यह देखकर होता है कि जो लेखक अपने संस्मरणों के अधिकांश भाग में अज्ञेय का गुण-ग्राहक और प्रशंसक रहा है, उसने इस बात पर कोई विचार तक नहीं किया है कि उसकी प्रशंसा की, इस तरह की टिप्पणी से कोई संगति कैसे बैठेगी! यह कहते हुए तो उन्होंने उनसे अपनी निकटता से भी पल्ला झाड़ लिया है कि 'मैं अज्ञेयजी का शिष्य या उनकी गुह्य-मंडली का सदस्य यानी पिछलग्गा नहीं रहा।' (114)

यह समझना कठिन है कि अपने व्यक्तित्व को उन्होंने इतना कमजोर कैसे मान लिया कि एक बड़े व्यक्तित्व की निकटता मात्र से ही उन्हें उनका शिष्य या पिछलग्गा मान लिया जायेगा!

विश्वनाथ प्रसाद तिवारी भी प्रभाकर माचवे की तरह ही अज्ञेय के साथ अपने संबंधों को लेकर अनावश्यक ही कुंठित रहे जान पड़ते हैं।

साहित्य-जगत में उनकी छवि यह रही है कि वे अज्ञेय का आदर करते थे और अज्ञेय में भी उनके लिये स्नेह, सौहार्द और आदर था। वे एकाधिक बार उनके घर भी गये थे। वहाँ भोजन भी किया था। एक बार जब शिविर से लौटते हुए वे गोरखपुर आये, तब शिविरार्थी गोरखनाथ दर्शन के लिये जाना चाहते थे, इस पर अज्ञेय बोले, 'आप जाइये अपने गोरखनाथ, हम जायेंगे अपने विश्वनाथ।' याने गोरखपुर उनके लिये विश्वनाथ तिवारी का वाचक था! तिवारीजी के संस्मरण भी अज्ञेय के लिये उनके आदर की पुष्टि करते हैं।

ऐसी स्थिति में इन संस्मरणों में ही यह पढ़कर हैरानी होती है कि ये ही तिवारीजी जब दिल्ली जाते थे, तब अज्ञेय से मिलने जाने से भी कतराते थे! यह उन्हीं का कथन है कि–

"मैं प्राय: दिल्ली जाता था और उनसे नहीं मिलता था। अपनी दिल्ली यात्राओं में मैं जवाहरलाल नेहरू विश्वविद्यालय जाता था और या तो वहीं ठहरता था या उसके गोमती गेस्ट हाउस में।"(432)।

यदि यह 'ताकि सनद रहे' प्रकृति की आत्म-स्वीकृति पढ़ने में नहीं आती तो इस बात पर विश्वास करना भी कठिन होता कि अज्ञेय से आदर पाने वाला व्यक्ति उनसे मिलने से भी कतराता था! कि उनका व्यक्तित्व इतना कमजोर था कि सहारे के लिये उसे वामपंथी वैशाखी की आवश्यकता होती थी!

जे.एन.यू. अज्ञेय-विरोधियों का गढ़ था। वे वहाँ जाना प्राय: टालते थे। अपने विनोद में वे कहते भी थे कि मैं जे.एन.यू. और हिं.सा. (हिन्दी साहित्य सम्मेलन) में प्राय: नहीं जाता।

यह सब जानते हुए भी तिवारीजी वहीं ठहरते थे! इस स्थिति के लिये क्या कहा जाय? स्वयं तिवारीजी का कहना है कि मेरा अपना स्वतन्त्र व्यक्तित्व था और उसे मैंने बनाये रखा। लेकिन प्रश्न उठता है कि बनाये रखा किस तरह? वामपंथी अनुकूलता पाये रहने और 'अज्ञेयवादी' होने के आक्षेप से बचने के लिये उन्होंने वामपंथियों के गढ़, को अपना रैन-बसेरा बनाया और 'दस्तावेज़' के लेखक-केन्द्रित पहले अंक को रामविलासजी पर प्रकाशित किया।

दूसरी ओर, अज्ञेय की उदारता के प्रति वे आश्वस्त थे। वे उनके प्रति ईमानदार भी थे। जे.एन.यू. में अपने रैन-बसेरे की बात भी वे उनसे छिपाते नहीं थे!

स्वयं उनकी शिकायत चाहे रही हो कि अज्ञेय ने मुझे अपना अंतरंग नहीं समझा, ये संस्मरण ही बोलते हैं कि अज्ञेय ने उनको अपने निकट मान लिया था। व्यक्ति की अज्ञेय की परख लगभग अचूक थी। तिवारीजी की सदाशयता और ईमानदारी पर उन्होंने विश्वास कर लिया था। शिविरों में तो वे विरोधी विचार वालों को भी आमंत्रित करते थे लेकिन घर वे उन्हीं के जाते थे जिन्हें चाहते थे और जिनमें अहैतुकी प्रेम पाते थे।

अज्ञेय के उत्तर-जीवन पर मानस ने, और अन्य लेखकों ने भी कुछ नहीं लिखा है; विष्णुकान्त शास्त्री के संस्मरणों में, अवश्य ही, इसकी चर्चा आई है।

केशव मलिक और कुछ अन्य लेखकों का भी, मत रहा है कि अज्ञेय अनीश्वरवादी थे। (234)। लेकिन अमरकंटक के सह-यात्री राजेन्द्र मिश्र को तो वे निर्भ्रांत कहते ही हैं कि 'नास्तिक मैं नहीं हूँ।' सियारामशरणजी को तो उन्होंने एक बार तमक कर कहा कि आपसे किसने कह दिया कि मैं नास्तिक हूँ।

शास्त्रीजी ने लिखा है कि पिछले दो दशकों में वे उत्तरोत्तर भागवत सत्ता की ओर अपनी अन्तर्यात्रा में अग्रसर होते गये हैं। (219)।

उनसे बातचीत में शास्त्रीजी ने पाया कि वे आत्मा की अमरता को मानते थे; परमात्मा को भी मानते थे; और, यह भी कि साधना द्वारा आत्मा का परमात्मा में विलय संभव है। (219)। उन्होंने स्वीकार यह भी किया कि उनके उत्तर काव्यों में भक्ति-भावना की अभिव्यक्ति भी होने लगी है। (219)। इसी अवधि में वे स्वामी अखण्डानन्दजी की ओर भी आकर्षित हुए थे। वृन्दावन-शिविर स्वामीजी के आश्रम में ही हुआ था! इसे देखते हुए उनके (याने अज्ञेय के) धार्मिक-आध्यात्मिक विचारों पर कुछ प्रभाव स्वामीजी का भी संभव है। प्रभावित वे कृष्णमूर्ति से भी हुए थे। लेकिन उनकी यह धर्मोंमुखता जीवन-जगत से पलायन नहीं थी। वे इस राह से जगत को अधिक सारयुक्त बनाने की अन्तर्दृष्टि पाना चाहते थे।

हिन्दू धर्म में सभी धर्मों के प्रति आदर का भाव जो अंतर्गुंफित मिलता है, उसे देखते हुए उनका मत था कि भारत में हिंसक क्रांति संभव नहीं है। लोकतंत्र भी पड़ोसी

देशों की अपेक्षा यहाँ अधिक टिकाऊ होगा। (223)। उनके इन विचारों की पुष्टि उनके पत्रकारी लेखन से भी होती है और रचनात्मक सर्जन से भी।

अज्ञेय से मिलने से पहले तक शास्त्रीजी संकोच में थे। मिलते रहने के बाद उन्होंने लिखा कि 'वे मिलते सभी से सहज भाव से थे, पर खुलते किससे कितना थे, कहना कठिन है।' (210)।

वैसे, इस विषय पर लेखकों के अनुभव अलग-अलग रहे हैं। कुछ लेखकों का मानना है कि उनके गुरू-गंभीर रूप ने उनके सहज रूप को आच्छादित कर दिया था।

कृष्ण बलदेव वैद का मत है कि सहज वे कभी रहे ही नहीं। सदैव गुरु-गंभीर ही बने रहे। यह गम्भीरता उनका नकाब थी। इसीलिये अपने काल्पनिक इंटरव्यू के प्रारम्भ में ही वे उनसे कहते हैं कि पहले आप अपना नकाब उतार दीजिये, फिर बातें होंगी। छायामूर्ति उत्तर देती है कि जिसे आप लोग नकाब समझते रहे, वही मेरा असली चेहरा है। (546)।

एक गंभीर चिंतक-कवि-उपन्यासकार के चेहरे पर गुरु-गंभीरता का भाव बना रहे तो उसे स्वाभाविक ही कहा जायेगा। सभा-सम्मेलनों में और विचार-विमर्श के समय ही नहीं, कविता-पाठ के अवसर पर भी अज्ञेय गंभीर मुख-मुद्रा में ही होते थे। यह उनका सहज रूप ही होता था।

मनोहर श्याम जोशी ने भी यह लिखते हुए कि 'वे अन्यथा कुछ हो ही नहीं सकते थे, गंभीरता को ही उनका सहज रूप माना है।' (54)। अवश्य ही, जागतिक संबंधों से उनकी असम्पृक्ति को उन्होंने कुछ अतिरेकी महत्त्व दिया है, यह कहते हुए कि 'न वह किसी का सुख-दुख जानना चाहता है और न वह किसी को भी अपना व्यक्तिगत सुख-दुख बताता है।' (54)।

चन्द्रकान्त बान्दिवडेकर यह कहते हुए उनकी इस असम्पृक्ति को और भी अति पर ले गये हैं कि 'आंतरिक स्नेह से गहरे स्तर पर जुड़े व्यक्ति की मृत्यु की वार्ता सुनकर तीव्र मानसिक आघात के क्षण को भी वे चुपचाप झेल लेते थे।' (444)। यह गुण मनस्वी में होता ही है लेकिन उसे इस तरह का अभिधायी रंग देने का भी कोई औचित्य नहीं है कि वे रोहीना की मृत्यु से भी अविचलित रहते थे! ऐसा मान लेने पर उन्हें हृदयहीन या फिर अति-मानवीय कहना होगा। क्या वह उचित भी होगा?

इसमें संदेह नहीं कि ऐसा मानसिक संतुलन गहन अनुशासन बल्कि साधना से ही साधा जा सकता है लेकिन उन्होंने इसे जो स्पृहणीय विशेषता के रूप में देखा है, उससे सहमत होना कठिन है।

कहीं-न-कहीं चन्द्रकान्तजी को भी उनकी निस्पृहता को निरपेक्षता की सीमा तक ले जाना अखरा अवश्य है। 'लोगों की आड़' में ही सही, उन्हें भी इसमें 'हृदयहीनता' ही दिखाई पड़ी है। उनका टैक्सी-ड्राइवर भी, जो घंटे भर तक चन्द्रकान्तजी का बोलना सुनता रहा और साथ बैठे 'साब' की चुप्पी लक्ष्य करता रहा, आख़िर बोल ही पड़ा, 'साब, राइटर बहुत बड़े होंगे लेकिन घमंडी बहुत लगते हैं।' (444)। ड्राइवर का कथन

तो यह है ही, लेकिन स्वयं लेखक के किसी मनो-स्तर ने भी इसमें अपनी व्यंजना नहीं पाई है, इससे इनकार कैसे किया जायेगा? अन्यथा, संस्मरण में ड्राइवर-प्रसंग की आवश्यकता ही क्या थी?

इस संदर्भ में व्यक्ति-अज्ञेय के उस पक्ष को भी हम ओझल नहीं कर सकते जिसमें हम पाते हैं कि बीमार मुक्तिबोध और एम.एन.रॉय को देखने वे जिदपूर्वक गये थे! और, बीमार रेणु और शमशेर को देखने के लिये तो उन्होंने लंबी यात्राएँ भी की थीं।

गिरिराज किशोर ने अपनी और शांती की नौकरी पर आये संकट के निवारण में उनको जो चिंतित और यत्नशील पाया था, उसकी अनदेखी हम कैसे करेंगे? याने उस असामान्य के भीतर एक सामान्य मनुष्य भी बसता था। तात्पर्य यह कि उनके वास्तव को पाने के लिये हमें उनके सभी पहलुओं को देखना होगा।

नरेश मेहता ने व्यक्ति-अज्ञेय की असामान्यता को एक अलग ही कोण से देखा है। उन्होंने लिखा है कि यदि उनके साथ तत्कालीन मित्रों, लेखकों ने समवयस्कीपन का भाव और आचरण किया होता, तो वात्स्यायन काफी कुछ सहज हो सकते थे। पूरी तरह उनके मानवीकरण या साधारणीकरण की आशा तो बेकार ही थी। (84)।

अपनी इस असामान्य गंभीरता, इस असहजता को चाहे उन्होंने आत्मानुशासित जीवन जी कर अर्जित किया हो, चाहे मित्रों ने उनको महिमा-मंडित किया हो, अधिकतर का मानना यही रहा है कि उनके व्यक्तित्व में अभेद्य गुरु-गंभीरता थी। लेकिन उनके मानवी-रूप की अवहेलना को उचित नहीं कहा जा सकता। अवश्य ही, यह गंभीरता इतनी सघन होती थी कि मनोहर श्याम जोशी कहते हैं कि अनेक बार यह अनेक लेखकों में हीनता जगाती थी। कई एक तो उनके पास जाने से ही हिचकते थे!

राजेश जोशी का भी अनुभव कुछ ऐसा ही रहा। उनके संस्मरणों में अज्ञेय के व्यक्तित्व का जो विश्लेषण हुआ है, उससे उनके व्यक्तित्व के इस पक्ष को समझने में कुछ सहायता मिलती है। उन्होंने लिखा है कि अज्ञेय की छवि ऐसी थी कि वे सहजता से अपने निकट आने की इजाज़त नहीं देती थी। वे आसानी से नहीं खुलते थे। उनके व्यक्तित्व की भव्यता और उनके कवि का वैभव ही नहीं, उनकी जानकारियाँ की बहुलता का भी एक आतंक था। उनके निकट जाने में एक संकोच भी होता और एक किस्म का डर भी बना रहता। यह छवि साहित्यिकों के बीच शायद कम ही टूट पाती थी। साहित्य की दुनिया से बाहर लेकिन अज्ञेय को देखना शायद अलग अनुभव था। (711-712)।

रंगश्री की बैठक में भाग लेने अज्ञेय भोपाल आये थे। बैठक में राजेश भी थे। बैठक के बाद राजेश ने देखा, प्रभात गांगुली ने उन्हें सिगरेट देनी चाही; वे पहले तो झिझके, फिर ले ली। ऐसे ही, असमय होते हुए भी पीने का गिलास भी उठा लिया। इससे राजेश की धारणा बनी नहीं, मित्रों के बीच ही खुलते थे। ये अज्ञेय ही सहन अज्ञेय थे यद्यपि जैसा कि हम देखेंगे, मित्रों के लिये भी उन्होंने सीमा-रेखा खींच रखी थी।

अज्ञेय का एक अधिक सहज रूप परिजनों के बीच दिखाई पड़ता है; चाहे प्रातःकालीन नाश्ते के समय, चाहे शारदीय चाँदनी के उत्सव में। जब वे मेहमानों को खिला-पिला रहे

होते हैं, तब अधिक खुले होते हैं। अज्ञेय के यहाँ नाश्ते का, और उसमें उनकी तल्लीनता का जो चित्र मानस ने अंकित किया है, वह अज्ञेय के जीवन का विरल चित्र है।

खुशी बाँटने से बढ़ती है, यह वे जानते थे और उसके लिये वे अवसर निकाल लेते थे। एक बार नई किताब छप कर आई तो इलाजी से बोले, रामकुमार के यहाँ चलकर सैलिब्रेट करेंगे। याने परिजनों की तरह ही गहरे परिचितों और आत्मीयजनों के बीच वे सहज होते थे।

उनकी सहजता अपने लिये और भी खुला आँगन पाती थी, जब वे बच्चों के बीच होते थे। वहाँ उनके वात्सल्य को खुलकर खेलने का अवसर मिलता था और वे उसका अंकुठित आनन्द उठाते थे। वात्सल्य के अनेक प्रसंग लेखकों के संस्मरणों में आये हैं लेकिन पुष्पा भारती ने अपने बच्चों के साथ अज्ञेय के खेलने का जो वर्णन किया है, वह ख़ूब खिलन्दड़ा है। तरह-तरह के खेल खेलने के बाद बच्चे अज्ञेयजी की दाढ़ी से खेलने लग गये! यह जानने के बाद कि अंकल अपनी दाढ़ी मेले से लाये हैं, बच्चे जिद करने लगे कि वह नरम-मुलायम दाढ़ी उन्हें दे दी जाय। उनकी मम्मी ने समझाया, कल वे उन्हें बाज़ार से ला देंगी, बच्चे कहने लगे, दूसरी दाढ़ी अंकल को ला देना, हमें तो अंकल की दाढ़ी ही चाहिये! (782)।

मुक्तजी परिवार में हम उन्हें मंद-बुद्धि महिमा के गंदे बिस्तर पर कंकड़-पत्थर से खेलते देखते हैं। शालिनी, बालकनी में बैठी हुई फूलों से खेल रही थी। अज्ञेय ने पूछा, क्या कर रही हो, तो उनकी बुद्धि पर तरस खाती हुई बोली, 'इतना भी नहीं समझते?' अज्ञेय इस वाक्यांश को दोहरा कर इसका रस लेते रहे।

विद्या बिन्दु सिंह अज्ञेय के भाषण में अपने बेटे को साथ ले गई। बच्चा व्याख्यान क्या सुनता, वह बैठा-बैठा अज्ञेय का स्कैच बनाता रहा। व्याख्यान के बाद अज्ञेय उधर से निकले तो बच्चे का बनाया स्कैच देखा और बड़ी ममत्व भरी दृष्टि से उसे निहारा। विद्या अभिभूत हो गई। (825)। शायद अज्ञेय को मेरठ-सम्मेलन याद आ गया होगा। एक सभा में एक के बाद एक वक्ता मंच पर आ रहे थे। श्रोताओं के बीच, प्रफुल्ल चन्द्र ओझा 'मुक्त' के पास बैठे अज्ञेय हर वक्ता का स्कैच बना रहे थे! (141)।

इस प्रसंग में हम यह भी याद कर सकते हैं कि गंगाप्रसाद विमल अपने शरारती बच्चे को एरोप्लेन खिलौना देने का वादा करके ही चुप करा पाये थे। उस समय अज्ञेय बीच में बोले, वह तो मैंने लाकर रखा है, तुम आकर ले लेना। दूसरे दिन घर बुलाकर उसे वह खिलौना दिया भी। (697)। लगता है, वे जब विदेश जाते थे, कोई अनूठा खिलौना देखते तो ले आते थे। उपयुक्त पात्र बच्चा दिखाई पड़ता तो उसे दे देते थे। वे देने का आनन्द भी ख़ूब उठाते थे और उसमें ख़ूब सहज होते थे।

उनका ख़ूब खुलना हम कुछ और प्रसंगों में भी देखते हैं। विक्रम विश्वविद्यालय, उज्जैन में कुलपति सुमनजी ने प्रभात कुमार भट्टाचार्य के निर्देशन में 'उत्तर प्रियदर्शी' का मंचन करवाया था। प्रस्तुति देखने के लिये अज्ञेय भी आमंत्रित थे। प्रभावी प्रदर्शन ने अज्ञेय को खुशी से इतना भर दिया कि वे अपने को रोक नहीं सके; मंचन की समाप्ति पर सीधे मंच पर गये और प्रभात को गले लगा लिया। उत्कृष्ट निर्देशन के लिये उनकी

अकुंठित प्रशंसा की। इस दृश्य पर चकित सुमनजी ने प्रभात से कहा, 'तुम खुश-किस्मत हो प्रभात। अज्ञेयजी इतनी खुल कर तारीफ़ नहीं करते।' अज्ञेय के विषय में यह एक आम धारणा थी। लेकिन तत्काल इसका प्रतिवाद करते हुए अज्ञेय बोले, 'यह आपसे किसने कह दिया, सुमनजी! मैं खुल कर तारीफ़ भी करता हूँ, मगर फिजूल नहीं।' (869)।

वे इस बांग्ला-परिवार से खूब खुल भी गये थे। प्रभात की पत्नी का नाम प्रणति था। प्रभात उन्हें प्रनोति बुलाते थे। 'ण' का उच्चारण टाल देते थे; पूछने पर उन्होंने बताया, 'ण' कर्कश ध्वनि है। अपनी प्रिय (कोमल) पत्नी के नाम में मैं कर्कश ध्वनि कैसे आने दे सकता हूँ। यह उत्तर सुनकर अज्ञेय अपनी हँसी रोक नहीं सके; उनकी मुस्कराहट खिलखिलाहट में बदल गई। (875)।

हम स्मरण कर सकते हैं कि रामगोपाल बजाज ने राष्ट्रीय नाट्य विद्यालय में अपने छात्र-काल में 'उत्तर प्रियदर्शी के मंचन के लिये कई प्रयत्न किये थे। लेकिन नामचीन विद्वानों ने उसका विरोध किया था। बजाज के संस्मरणों ने विद्यालय की भीतरी राजनीति को अच्छी तरह उजागर किया है। बहरहाल।'

अज्ञेय के खुलकर हँसने के दो प्रसंग लेखनीय हैं। अमरकंटक के सह-यात्री राजेन्द्र मिश्र ने उनको अपनी बांग्ला भाषी ख़ास से मिलवाया। उन्हें उनसे बांग्ला में बातें करते देखकर मिश्रजी को विस्मय हुआ। यह चुप्पा कवि 'अड्डा मारना' भी ख़ूब जानता है! आपसे पट जाये तो आपको घंटों बाँधे रख सकता हैं।'

एक अन्य प्रसंग के साक्षी जवाहरलाल कौल रहे। अज्ञेय का एक किसान-मित्र उनसे मिलने उनके कार्यालय में पहुँच गया। क्रांतिकारी दिनों में अज्ञेय उसके घर में छिपकर रहते थे। उसे पहचान कर तपाक से उठे और उसका स्वागत किया। हँसी-मज़ाक का दौर चला। कौल ने पहली बार देखा कि वात्स्यायन इतने भी अज्ञेय नहीं थे! वे खुलकर हँस भी लेते हैं, मज़ाक कर सकते हैं और सह भी सकते हैं। लेकिन यह हास्य-विनोद का वातावरण अधिक देर तक नहीं रहा क्योंकि किसान तो वही किसान था लेकिन वात्स्यायन अज्ञेय हो चुके थे। (904)।

मित्र ने सर्वथा सहज और अनौपचारिक भाव से उनसे पूछ लिया, शादी-वादी कर ली है न! बच्चे-वच्चे हैं कि नहीं। लेकिन इन प्रश्नों ने ही जैसे विनोद के वातावरण को बोझिल बना दिया। सुहास सु उड़ि गयो हंस की नाई। लगा, खुला आकाश जैसे घटाओं से घिर गया हो।

सामान्य धारणा तो यही होती है कि अज्ञेय के दो-एक बाल-मित्र होते, सर्वथा अनौपचारिकता बरत सकने का हक रखने वाले मित्र, तो उनका जीवन ज़्यादा खुला। होता लेकिन यह घटना दर्शाती है कि अज्ञेय के लिये यह बात लागू नहीं होती। उन्होंने कहीं कहा है कि एक सीमा है जिसके आगे मैं अस्पृश्य रहना ही पसन्द करता हूँ। (482)। वह सीमा ऐसे पारिवारिक प्रश्नों से ही बनी जान पड़ती है। दूसरों के जीवन के पारिवारिक प्रश्न नहीं छेड़ कर ही वे यह संदेश देते जान पड़ते हैं कि उनके इस जीवन-क्षेत्र में दूसरों के प्रवेश पर निषेध है।

कौल का मत है कि खुलापन ही उनका सहज रूप था, गंभीरता वे धारण कर लेते थे। लेकिन प्रश्न यह है कि एक गंभीर चिंतक हर समय खुला भी कैसे रह सकता है। इन संस्मरणों से हमें ज्ञात होता है कि उनके जीवन का एक पक्ष उनका खुलापन भी था। उसे उनका मूल रूप चाहे न भी कहें, उसका आंकलन किये बिना उन्हें अधूरा ही पाया जा सकता है। अस्तु।

प्रसंगवश हम यहाँ उनके आत्मीय-वृत्त पर भी कुछ विचार कर सकते हैं। साहित्य-जगत में प्रचलित धारणा यह रही है कि जिन लेखकों ने उन पर प्रशंसात्मक लिखा है, वे उनसे घिरे रहते हैं। वैसे तो जिन लेखकों ने उन पर विवेकसंगत लिखा, वे उनके आत्मीय रहें, यह स्वाभाविक ही है, लेकिन तथ्य यह है कि इन संस्मरणों में ऐसे साक्ष्य कहीं नहीं हैं जो उनके सदा कुछ लोगों से घिरे रहने की पुष्टि करते हों। सच्चाई तो यह है कि आत्मीय वृत्त में अधिसंख्य व्यक्ति वे रहे जिन्होंने शायद ही कभी उन पर कुछ लिखा हो! अतः इस वृत्त पर किया गया व्यंग्य ईर्ष्याप्रसूत ही अधिक जान पड़ता है।

आत्मीय-वृत्त के लेखकों के संस्मरणों को देखें तो उनमें चरित-नायक के व्यक्तित्व को समझने या उनकी विशेषताओं के निदर्शन का प्रयत्न ही अधिक मिलता है, उनमें महिमा-मंडन की प्रवृत्ति नहीं, मिलती है; स्वयं लेखकों का आत्म-प्रक्षेपण चाहे जहाँ-तहाँ मिल जाय।

अपने जीवन-तथ्य अज्ञेय ने रामकमल राय के अलावा विद्यानिवास मिश्र से भी साझा किये थे यद्यपि उनकी लिखी जीवनी मेरे देखने में नहीं आई है। अपने संस्मरणों में उन्होंने देश-विदेश में अज्ञेय के साहचर्य को याद किया है। उन पर विदेशी होने का आक्षेप किया जाता रहा है, उस संदर्भ में मिश्रजी ने लक्ष्य किया कि देश हो या विदेश भारत, भारतीय नारी, भाषा और संस्कृति का उपहास तो क्या, उस पर ठेस भी उन्होंने कहीं भी बर्दाश्त नहीं की। दिल्ली में रहें, चाहे बर्कले में, जहाँ भी रहते, वहाँ उनके व्यक्तित्व की छाप अवश्य रहती थी।

उनके व्यक्तित्व का विवेचन करते हुए मृदुला गर्ग ने लिखा है कि 'उनका सब कुछ तराशा हुआ होता था।' मिश्रजी का मत है कि यह तराश उनकी आत्मा में गहरे तक गई है। उनका समस्त साहित्य उनका आत्मान्वेषण ही जान पड़ता है। मानस मुकुलदास ने भी कुछ ऐसा ही मत व्यक्त किया है।

नंदकिशोर आचार्य के संस्मरण में उनका एक पर्यवेक्षण ध्यान आकर्षित करता है। उनका कहना है कि वात्स्यायनजी के साहित्य और व्यक्तित्व का बहुत निम्न स्तर पर जाकर विरोध करने वालों को मैंने उनकी उपस्थिति में गद्‌गद् भाव से प्रशंसा करते देखा है। (327)। वस्तुतः उनकी प्रशंसा करके वे उनकी दृष्टि में अपने निरावृत्त हो चुके पक्ष को ढकने का विफल प्रयत्न करते थे।

अज्ञेय की कविता में कहीं-कहीं व्याख्या की शिकायत करने वाले आचार्य इस ओर से बेखबर ही रहे हैं कि व्याख्या ने उनके संस्मरणों में भी घुसपैठ पाई है।

यहाँ हम वेद प्रकाश बटुक का स्मरण कर सकते हैं। अज्ञेय-विरोधियों का बौनापन उन्होंने भी दिखाया है। (729)। बटुक स्वयं को अज्ञेय-परिवार के अधिक निकट मानते थे।

रमेशचन्द्र शाह ने अपने प्रति अज्ञेय की आत्मीयता उनके पत्रों में भी दिखाई है और व्यवहार में तो इतनी कि प्रस्थान के लिये बाँधा हुआ सामान भी उन्हें खोलना पड़ जाता था! उस गुरु-गंभीर व्यक्तित्व का पूरक पक्ष भी उन्होंने देखा था; वे तीव्र भावावेगों के व्यक्ति थे; छोटी-सी बात पर रूठ जाते थे, तब उन्हें मनाना पड़ता था। इसी तरह, छोटी-सी बात पर वे मोद-मग्न भी हो जाते थे। यह उनका सहज रूप था। शाह इस दिशा में कुछ बढ़ते तो संस्मरण का 'मैं' केन्द्रित रूप कुछ संतुलन भी पा लेता।

राजी सेठ अपने शब्द-चयन में जितनी अतिरिक्त सतर्कता बरतती है, वैसी ही कुछ विधायी सजगता भी रखतीं तो इस संस्मरण में उनका आत्म-प्रक्षेपण संयत हो सकता था। 'तत्सम' को लेकर किया गया विमर्श आलोचना की वस्तु अधिक है, वे उसे संस्मरण की बना पाती तो वह उनकी बड़ी सफलता होती। अवश्य ही, प्राची उनके हाथों स्मरणीय चरित्र बन गई है; उससे अज्ञेय का वात्सल्य भी उभरा है।

निर्मला ठाकुर श्रीराम वर्मा की राह से अज्ञेय से परिचित हुईं। धीरे-धीरे अपने सांगीतिक कौशल के बल पर वे उनकी आत्मीय बन गईं। उनकी कुछ कविताओं को उन्होंने सुर दिया था, उसे उन्होंने पसन्द किया। वे चाहते थे कि इस दृष्टि से कविताएँ चुनकर उन्हें भी सुर-बद्ध कर दिया जाय परन्तु वे यह कार्य कर नहीं सकीं।

अज्ञेय के आत्मीय-वृत्त में ऐसे लेखक भी कम नहीं रहे जिन्होंने उनके साहित्य पर तो शायद ही कुछ लिखा (कुछ लिखा भी हो तो मुझे उसकी जानकारी नहीं है।) परन्तु उनके संस्मरण बताते हैं कि उनसे संबंध उनके घनिष्ठ हो गये थे। रामगोपाल बजाज से उनके संबंध ऐसे ही थे। उनसे होती रहने वाली भेंट में अज्ञेय ने लक्ष्य किया कि कविता-वाचन का गुण उनमें कुछ विशेष है। उन्होंने चाहा कि वे अपनी अभिनेता-चाचिक की दृष्टि से उपयुक्त कविताओं का चयन कर दें ताकि उनका पृथक संग्रह प्रकाशित करवाया जा सके। लेकिन स्वयं बजाज अपनी चयन-दृष्टि के प्रति आश्वस्त नहीं थे इसलिये इस कार्य को टालते ही रहे, नतीजतन अज्ञेय की यह इच्छा भी पूरी नहीं हो सकी।

कैलाश वाजपेयी अपने फ्री-लांसिंग दिनों में अज्ञेय के ज़्यादा निकट आ गये थे। वे हर तरह की सांस्कृतिक-साहित्यिक सहायता लेने अज्ञेय के पास आ जाते थे। विवाह के बाद उनकी पत्नी भी साथ आने लगी। कपिलाजी की उससे पटने लगी, तब संबंधों में और भी प्रगाढ़ता आ गई।

रमेश ऋषिकल्प ने पत्रकारिता का प्रशिक्षण उनसे पाया। उन्होंने उनको लोगों का इंटरव्यू लेना और लिखना सिखाया। उनकी उनसे पारिवारिक निकटता हो गई थी। उनके विवाह पर अज्ञेय ने बहुमूल्य उपहार दिया था। बाद में, इलाजी को नाराज करके भी इस परिवार ने आई.आई.सी. में उनसे मिलना जारी रखा।

प्रयाग शुक्ल को चित्रकारों से मिलने व प्रदर्शनियों की रिपोर्टिंग की दिशा में उन्होंने ही प्रेरित किया। कैसे अपना मंतव्य दूसरे पर थोंपे बिना, सिर्फ सांकेतिक विधि से कार्य करना वे सिखाते थे, इसे प्रयाग शुक्ल ने कृतज्ञतापूर्वक याद किया है।

रघुवीर सहाय सम्पादन कार्य में उनके (अज्ञेय के) सहायक रहे। कोई कार्य वे सहायक से किस रूप में चाहते थे, उसे वे बोल कर नहीं समझाते थे, वैसा स्वयं करके संकेत दे देते थे। उनसे इस तरह मिले शिक्षण ने उन पर जो गहरा प्रभाव डाला और जो आगे भी हर समय लिखते वक्त उनकी चेतना का नियामक रहा, इसे उन्होंने नपे तुले शब्दों में व्यक्त किया है और इस शिक्षण के लिये उनका कृतज्ञ स्मरण किया है।

मनोहर श्याम जोशी ने व्यक्ति-अज्ञेय को और उसके आचरण-व्यवहार को भी ध्यान से देखा-समझा था और साहित्य-जगत पर उनके व्यक्तित्व के प्रभाव का आकलन भी किया था। संस्मरणों में उन्होंने इस पक्ष पर और स्वयं पर उनके प्रभाव का वस्तुनिष्ठ विवेचन किया है।

पवन चौधरी 'मनमौजी' ने अज्ञेय से परामर्श ले-लेकर विधि विषयों पर लिखना प्रारंभ किया और शीघ्र ही उनके इतने निकट चले गये कि एक दिन उनसे अपने मकान का शिलान्यास करने तक का अनुरोध कर डाला! अधिक विस्मयकारी यह रहा कि उन्होंने उनका अनुरोध स्वीकार भी कर लिया! और, एक दिन शिलान्यास कर भी दिया! फिर, गृह-प्रवेश के अवसर पर भी गये! अज्ञेय की सहजता का यह रूप चकित करता है!

उनके संपर्क में आने वाले व्यक्ति का संचरण-क्षेत्र इतर भाषा या कला रही हो, तो वह उन्हें सहज ही प्रिय हो जाता था। चित्रकार रामकुमार तो उन्हें इतने प्रिय रहे कि उनको उन्होंने एक मेज बनाकर भेंट की! जर्मन अनुवाद में सहायक होने की वजह से लोठार लुत्से उनके प्रिय हो गये। अंग्रेज़ी अनुवाद में सहायक होने के नाते हरीश त्रिवेदी उनके आत्मीय हुए मानस दास के मित्र होने के नाते से प्रवेश तो उन्हें पहले ही मिल गया था! उर्दू में उनकी गति किंचित जाँच कर उन्होंने शीन काफ निजाम को भी आत्मीय बना लिया और उन्हें हिन्दी विद्वानों के साथ विमर्श के लिये अवसर भी दिया! एलियट के काल-चिंतन जैसे जटिल विषय में रुचि देखकर उन्होंने अंजु ढड्ढा मिश्र को शिविर में आमंत्रित किया।

रुचि-समधर्मिता भी अज्ञेय को आकर्षित करती थी। बालिका शम्पा की पॉटरी में रुचि ने उनका ध्यान आकर्षित किया था। अपने बचपन से ही जब-तब घर में आते रहने वाले अज्ञेय का स्नेह पाकर ही वह बड़ी हुई थी। अपनी पॉटरी में उन्हें रुचि लेते देखकर वह प्रफुल्लित हो गई। उसका संस्मरण उसकी इस प्रफुल्लता की ख़ूब सधी हुई और प्रभावी अभिव्यक्ति है।

अज्ञेय की गहरी रुचि फोटोग्राफी में थी। यही रुचि ओ. पी. शर्मा से उनकी निकटता का आधार बनी। जानकी-जीवन यात्रा में अज्ञेय के काफिले को कुछ सिरफिरे युवकों ने रोक लिया। उस घोर अँधेरी रात में समूह का फोटो खींचने का सवाल आया। यदि काफिले की सभी गाड़ियों की एकत्र हैड-लाइट समूह पर केन्द्रित की जाय तो फोटो सम्भव हो जायेगा, इस सूझ ने उस रात की विकट घड़ी को स्मरणीय प्रसंग बना दिया।

इस विवेचन से देख सकते हैं कि जिनमें उन्होंने अपने प्रति जिज्ञासा पाई और जिनमें सदाशयता, निश्छलता और प्रतिभा देखी, उन्हें आत्मीय बना लिया। स्पष्ट है, आत्मीय वृत्त पर लगाये गये माचवेजी, अंचलजी आदि के आक्षेप रुग्ण मनोवृत्ति-प्रसूत ही थे।

कुछ लेखकों ने स्मरणीय प्रसंग विरल होने पर भी संस्मरण लिखे हैं। कृष्णदत्त पालीवाल, अंचल जैसे लेखकों ने संस्मरण के अभाव की पूर्ति नायक के साहित्य के विवेचन से की है। जवाहर लाल कौल ने तो स्मरणीय प्रसंगों के रहते भी अज्ञेय की भाषा के विवेचन का लोभ संवरण नहीं कर पाये हैं। ज्योत्स्ना मिलान उनकी कविता के विवेचन में प्रवृत्त हुई हैं जबकि वस्तु वह आलोचना के क्षेत्र की है। अर्चना वर्मा तो, इस दृष्टि से देखे तो, अपनी जानकारी के प्रदर्शन के लोभ में ज़्यादा ही भटक गई हैं।

कुछ संस्मरण ऐसे भी हैं जो अज्ञेय को समझने के लिये अपरिहार्य हैं, उनके लेखक उनके अधिक निकट चाहे न भी रहे हों।

व्यक्ति अज्ञेय की विनम्रता और सेवा-भावना विष्णु प्रभाकर के संस्मरण में मिलती है, तो उनकी अडिग दृढ़ता और मूल्यों के लिये उनके आग्रह ने अपनी चरितार्यता अरुणेश नीरन के संस्मरण में पाई है। अज्ञेय का पैंसठवाँ जन्मदिन कुशीनगर में मनाया गया था। जल-पान एक नेताजी की कोठी पर होना था। इन नेताजी ने अज्ञेय-संस्थान के लिये दस हज़ार रुपये देने का प्रस्ताव किया था। समारोह स्थल से अतिथियों को कोठी तक एक वयोवृद्ध सज्जन मजीठियाजी अपने वाहन से ले गये। अतिथियों की पहली खेप कोठी पर पहुँची कि मजीठियाजी को देखकर नेताजी भड़क गये। उन्होंने मजीठियाजी के साथ दुर्व्यवहार किया। अज्ञेय इसे देखते रहे। जब सभी अतिथि पहुँच गये और जल-पान का अनुरोध दोहराया गया, तब अज्ञेय खड़े हुए और बोले, चलो। उनके साथ सभी खड़े हुए और बाहर निकल आये। जब कारण पूछा गया, तब उन्होंने कहा कि जो व्यक्ति व्यवहार में वृद्ध व्यक्ति के साथ शिष्टता भी नहीं बरत सकता, उसके यहाँ खान-पान कैसा! उन्होंने अरुणेशजी से कहा कि उस व्यक्ति द्वारा दी गई राशि लौटा दी जाय। एक अन्य प्रसंग में उन्होंने चाँदी के बर्तनों में भोजन करने से इनकार कर दिया और स्टील की प्लेट में खाया। ऐसे प्रसंग दैनन्दिन आचरण में मूल्यों के निर्वाह के प्रति उनकी सजगता और दृढ़ता दर्शाते हैं।

कवि अज्ञेय को समझने के लिये प्रभाकर श्रोत्रिय के संस्मरण के दो प्रसंग द्रष्टव्य हैं। दोनों सभाओं में अज्ञेय मौजूद थे बल्कि उन्होंने वहाँ भाषण भी दिया परन्तु बार-बार अनुरोध किये जाने पर भी कविता-पाठ नहीं किया। कारण शायद यह था कि कविता-पाठ पूर्व-निर्धारित नहीं था। वे चाहते थे, कवि की तरह ही कविता को भी मान दिया जाय। श्रोत्रिय का कहना है कि अकस्मात आग्रह पर कविता नहीं पढ़कर उन्होंने अपनी पीढ़ी को भी अनकहे प्रशिक्षण दिया था। (649)। अकस्मात भाषण करने का कुलपात बालकृष्ण राव का अनुरोध भी उन्होंने स्वीकार नहीं किया था।

रमेश मेहता ने जम्मू में उनके काव्य-पाठ की व्यवस्था की थी। लेकिन व्यवस्था को लेकर जब उन्हें ज़्यादा चिंतित देखा, तो पूछ ही लिया कि आप इतने चिंतित क्यों

हैं? इस पर उन्होंने उत्तर दिया, 'मैं काव्य-वाचन को एक 'परफोर्मेंस' मानता हूँ इसीलिये काव्य-वाचन से पहले आवश्यक तैयारी करना ज़रूरी समझता हूँ। (858)।' यह उत्तर काव्य-पाठ के नकार का औचित्य भी समझा देता है।

इस नियम से हटकर वाचन करते भी हम उन्हें देखते हैं लेकिन वहाँ या तो श्रोता-समूह उनके काव्य का रसिक होता है या फिर वह उनके काव्य का उपजीव्य। अतः वहाँ विरोधाभास नहीं रहता।

अज्ञेय के चिर-प्रतिद्वंद्वी रहे नामवरजी के संस्मरण हमारा ध्यान विशेष रूप से आकर्षित करते हैं। इन दिग्गजों की गंगा-यमुना का संगम जोधपुर बना। कुलपति वी. वी. जॉन अनभिज्ञ नहीं थे कि वे जिन दिग्गजों को विश्वविद्यालय में ला रहे हैं, वैमनस्य उनमें गहरा है। लेकिन नामवरजी ने अपने इन संस्मरणों में यथाशक्य उसे झलकने नहीं दिया है। नामवर तो आ गये थे लेकिन अज्ञेय की राह में नियमों की अड़चनें थीं। चतुर कुलपति ने अड़चने दूर करने के प्रस्ताव नामवरजी से ही करवाये! अज्ञेय की अगवानी करने भी उन्हें ही भेजा। उदारता नामवरजी ने भी दिखाई कि अज्ञेय के स्वतन्त्र आवास का प्रबंध होने तक, कोई दस-एक दिनों तक, उन्हें अपने साथ ही रखा। अज्ञेय भी दिल्ली से अपनी कार लाते समय नामवरजी को साथ लेकर आये। एक संगोष्ठी में भाग लेने दोनों साथ ही बीकानेर गये, साथ ही लौटे। वे यह लक्ष्य किये बिना नहीं रहे कि अज्ञेयजी कार बहुत अच्छी चलाते हैं।

उनके व्यवहार के बारे में अपना पर्यवेक्षण दर्ज़ करते हुए नामवरजी ने लिखा है कि 'कुल मिलाकर समूचा व्यक्तित्व जो वात्स्यायनजी का रहा, उसका एक स्तर था, उसके नीचे वे कभी नहीं गये। उनके व्यक्तित्व में शालीनता थी और उसकी एक मर्यादा थी।' (164)।

अज्ञेय के साथ उनके संबंधों पर जोधपुर-प्रवास के प्रभाव का आकलन करते हुए उन्होंने लिखा है कि 'एक बहुत बड़ा परिवर्तन हुआ था जोधपुर में साथ रहने के कारण। साथ रहे तो उससे एक दूसरे को समझने का मौका मिला...जोधपुर हमारे लिये तपोवन हो गया था। दो साल तक साथ रहने पर उनको नज़दीक से जानने का बहुत मौका मिला।'

यह उन्होंने नहीं बताया है कि वात्स्यायनजी से उनके संबंध बिगड़े क्यों? लेकिन लिखा उन्होंने यह भी है कि 'वात्स्यायनजी से मेरा संबंध जोड़ने में प्रारंभ में भूमिका द्विवेदीजी की रही, तो बाद में वी. वी. जॉन और विद्यानिवास मिश्र की भी रही।' लेकिन इतिहास गवाह है कि भूमिका किसी की भी काम नहीं आई। मनोमालिन्य का बड़ा कारण क्या रहा, इस पर कोई प्रकाश वे नहीं डालते।

अज्ञेय का आचरण तो स्वयं उन्होंने स्तर से नीचे गिरा नहीं पाया। जोधपुर को उन्होंने 'तपोवन' कहा है, आचरण उसके अनुरूप ही था। परन्तु आगे चलकर वे यह कहते हुए अपनी ही बात उलट देते हैं कि 'उस शहर में हम दोनों साथ रहने के लिये 'अभिशप्त' थे। तपोवन में ऐसा क्या घटा कि वहाँ जीवन शापित हो गया, इसका खुलासा संस्मरणों में नहीं है। 'आधा गाँव' पाठ्यक्रम में लगाये जाने पर शहर में नामवर-विरोधी आँधी आ

गई। अज्ञेय तब भी सैद्धान्तिक स्तर पर उनके साथ थे जबकि विश्वविद्यालय या बाहर साहित्यिक-जगत कोई भी उनके पक्ष में नहीं था।

जो हो, तब भी अज्ञेय अपने स्तर से नीचे नहीं गिरे। लेकिन जोधपुर छोड़ने के बाद नामवरजी अपने अज्ञेय-विरोधी अभियान पर पुनः लौट गये और अज्ञेय को कोसने में जुट गये। अब, अज्ञेय की भाषा उन्हें गुलशन नंदा के स्तर की लगने लगी तथा आकृति उनकी चिंपाजी जैसी नज़र आने लगी। (436-37)। इस तरह, निकट आये दोनों दिग्गज फिर विरोधी हो गये।

ओम थानवी के संस्मरण है, वे उनका नाम अज्ञेय के गिने-चुने आत्मीय-जनों में लिया जा सकता है। कई लेखकों ने लिखा है कि अज्ञेय कम खुलते थे और कम लोगों से खुलते थे लेकिन थानवीजी का अनुभव यह भी रहा कि जिनसे खुल जाते थे, सब दीवार-खाइयाँ ढहा देते थे। ऐसे प्रचंड प्रसंग इन संस्मरणों में नहीं हैं परन्तु पहले शिविर के लिये की गई लखनऊ-यात्रा में सभागियों का मनोविनोद कर रहे अज्ञेय में इसकी झलक थानवीजी ने दिखाई है।

अरण्य अज्ञेय को अच्छे लगते थे (बीहड़, अनछुए बीहड़ और भी अच्छे। ऐसा ही बीहड़ वन-प्रान्तर उन्होंने अपने आवास के पार्श्व में ही बसा लिया था या कहें बसे हुए को उन्होंने काटा-छाँटा नहीं था, बने रहने दिया था। उनके निकट आने वाले सभी व्यक्तियों ने इसे देखा नहीं था) जिन्हें उन्होंने यह दिखाया था, ओम थानवी उनमें से एक थे।

'इतवारी पत्रिका' के सम्पादक के रूप में वे अज्ञेय के अधिक निकट चले गये। पत्रिका के लिये वे उनसे परामर्श लेते थे और पत्रिका का परिष्कार करते थे। इसी राह से वे धीरे-धीरे उनके परिवार के अंग बन गये। अपने पर्यवेक्षण से उन्होंने उनके वैयक्तिक जीवन की अनेक विशेषताओं को लक्ष्य किया, उनके ये संस्मरण इन्हीं का आलेखन हैं। शायद ही उनका कोई गुण हो, जिसे उन्होंने छोड़ा हो। उनके वर्णन में जगह-जगह उनकी निजता की छाप है।

ग्रंथ के सम्पादन में जो वस्तुनिष्ठता और विशालता उन्होंने दिखाई है, वह इस प्रकृति के ग्रंथों के लिये और पत्रकारिता के लिये भी, अनुकरणीय कही जायेगी।

इस ग्रंथ पर किये गये विचार का समापन करने से पहले इसमें जहाँ-तहाँ मिलने वाली तथ्य एवं तिथिगत भ्रांतियों का उल्लेख करना भी अनुचित नहीं होगा।

इलाजी ने अज्ञेय की शिक्षा के लिये लिखा है-'1921 में बी.एससी/एम.ए' (184। 1911 में जिसका जन्म हुआ, वह 1921 में बी.एससी का छात्र कैसे होगा? इस ओर इलाजी का ध्यान गया ही नहीं है। मानस मुकुल दास को अज्ञेय के पुस्तकालय में अंग्रेज़ी-साहित्य के चैंबर-इतिहास के तीनों भाग मिले। इनमें से दूसरा व तीसरा भाग द्वितीय वर्ष विज्ञान के छात्र अज्ञेय को पुरस्कार में मिले थे। इन पुस्तकों की भीतरी जिल्द पर लिखा हुआ है-'मद्रास क्रिश्चियन कॉलेज के द्वितीय वर्ष-1926-27 के छात्र एस.

एच. वात्स्यायन को जूनियर मिलर पुरस्कार के बतौर भेंट।' (353)। स्पष्ट है, 1921 में अज्ञेय का जो बी.एससी. पास होना लिखा गया है, वह सही नहीं है।

लोठार लुत्से के आलेख में भी ऐसा ही गलत तथ्यात्मक उल्लेख है–'अज्ञेय का देहावसान उसी दिन सुबह, उनके 76वें जन्मदिन से ठीक एक महीने पहले, हो गया।' (197) जबकि निधन लगभग एक माह बाद हुआ। (जन्म 7 मार्च, 1911, निधन 4 अप्रेल, 1987)।

राजेश जोशी 'रंगश्री' लिटिल बैले ट्रूप की कार्य-समिति के सदस्य थे। उन्होंने लिखा है कि 'अज्ञेय रंगश्री लिटिल बैले ट्रूप के अध्यक्ष थे। 1984 से 1987 में मृत्यु तक अज्ञेय ही इसके अध्यक्ष रहे।' (712)। उधर, अशोक वाजपेयी ने लिखा है कि–'यह संयोग ही हुआ कि उनकी अध्यक्षता का कार्यकाल समाप्त होने पर मुझे नया अध्यक्ष चुना गया। इस चुनाव में उनकी भी पूरी सहमति थी।' (313)। जाहिर है, ये कथन विरोधी हैं। तथ्य की पुष्टि की जानी चाहिये।

इस वृहत् ग्रंथ के अंत में चरित-नायक के प्रमुख जीवन-प्रसंगों का तिथिवार उल्लेख होना चाहिये था। इसी तरह, उनकी कृतियों की सूची भी रहनी चाहिए थी। विस्तार भय से लेखकों का परिचय न भी रहे, उनके पते रहने चाहिए थे। इन बातों से ग्रंथ की उपादेयता बढ़ती।

कुल मिलाकर यह ग्रंथ शताधिक लेखकों द्वारा अज्ञेय को दी गई श्रद्धांजलि है और उनके कृतित्व की तरह ही उनका स्मारक है। उनके जीवनीकार के लिये उनके जीवन के विषय में जानकारियों का यह अक्षय स्त्रोत है। सम्पादक ओम थानवी इसके लिये बधाई के पात्र हैं।

निबंध

हिन्दी ललित निबंधः पुनर्विचार की आवश्यकता

'इतवारी पत्रिका' के 31 जनवरी, 1988 के अंक में हिन्दी के प्रतिष्ठित ललित निबंधकार विवेकीराय का आलेख 'हिन्दी ललित निबंध' प्रकाशित हुआ था। उसमें उन्होंने हिन्दी-जगत में ललित निबंध के बारे में फैली हुई कुछेक भ्रांत धारणाओं को दूर करने का प्रयत्न किया था। प्रस्तुत टिप्पणी उसी संदर्भ में है।

मैं, मोटे तौर पर, उनके मंतव्य-मूल से सहमत हूँ कि हिन्दी में ललित-निबंध विधा में अतिव्याप्ति आ गयी है, कई विधाओं का इस क्षेत्र में अतिक्रमण हो रहा है, नतीजन कई रचनाएँ जिन्हें ललित-निबंध कहा जाता है, सही अर्थ में ललित नहीं है। मैं इस बात से भी सहमत हूँ। कि ललित-निबंध की धारा भारतेन्दु युग के बाद आधुनिक-युग में ही वेगवती हुई है।

लेकिन इन बातों के अतिरिक्त भी कुछेक बातें आलेख में ऐसी है और इन्हीं में से कुछ का सामान्यीकरण इतने अतिवादी या आग्रहवादी रूप में किया गया है कि मुझे उन पर पुनर्विचार की आवश्यकता जान पड़ती है।

यदि हम भारतेन्दु युग के प्रति लेखक के दृष्टिकोण पर ही विचार करें तो जान पड़ेगा कि वह स्पष्ट नहीं और द्विवेदी और शुक्ल-युग में ललित निबंधकार कम ही हुए है, इसका अर्थ यह नहीं किया जा सकता कि हम इस युग की एकान्त उपेक्षा कर सकते हैं। फिर सरदार पूर्णसिंह और प. चंद्रधर शर्मा गुलेरी की गणना आप कहाँ करेंगे? और इन प्रचण्ड व्यक्तित्वों को खोकर क्या ललित-निबंध और भी दरिद्र नहीं हो जायेगा? गुलेरीजी के बारे में राय ने कुछ नहीं लिखा है, लेकिन सरदार पूर्णसिंह को उन्होंने इस वृत्त से निकालने की संस्तुति की है। कहना कठिन है, गुलेरीजी के प्रति उनकी क्या धारणा है। मुझे वह ऐसा अद्भुत और प्रचण्ड व्यक्तित्व लगता है कि आप चाहे कोई-सा भी निकष अपना लें, चाहे वह व्यक्तिनिष्ठता का हो, चाहे सांस्कृतिक दृष्टि की; चाहे गंभीर विचार-चिन्तन केन्द्रीयता का; चाहे शिल्प की अनुरंजनपूर्ण तरलता का; चाहे साहित्य, शास्त्र, भाषा, ज्योतिष, पुरातत्त्व, इतिहास, पुराण, धर्म, दर्शन, तंत्र, कला किसी में भी पैठ का हो; या फिर सामाजिक जीवन की विसंगतियों पर चोट का (ये सारे निकष राय के आलेख के आधार पर परिगणित किये गये हैं)–गुलेरीजी हर एक पर खरे उतरेंगे और मनमौज की तरंगों में झूलने वालों मे भी बेजोड़ ठहरेंगे। बहरहाल, राय ने समुचे द्विवेदी-युग को ही इस क्षेत्र से निष्कासित किया है और पं. गुलेरीजी इसी युग की देन थे। ऐसी स्थिति में गुलेरीजी का निष्कासन स्वतः हो जाता है। क्या यह उचित है?

बात द्विवेदी-युग की ही नहीं है, राय ने भारतेन्दु युग को भी संशय की दृष्टि से देखा है। अवश्य ही, एक जगह उन्होनें भारतेन्दु युग को महत्त्व दिया है। उन्होने लिखा है:

"ललित रूप जो आरंभ में उद्घाटित होता है, पूरे दो चरण अर्थात् आचार्य महावीर प्रसाद द्विवेदी और शुक्ल युग को लाँघकर चौथी उठान के रूप में हजारी प्रसाद द्विवेदी आदि में नया निखार पाता दृष्टिगोचर होता है।"

'आरंभ' से तात्पर्य यहाँ भारतेन्दु युग से ही है। इस प्रकार, ललित निबंध के उद्घाटन का श्रेय उन्होंने भारतेन्दु युग को दिया है; लेकिन ज्ञातव्य है कि इसी आलेख में अन्यत्र उन्होंने भारतेन्दु युग में ललित निबंध का अस्तित्व स्वीकार करने में भी संकोच ही किया है! एक हाथ से गौरव दिया गया है, दूसरे से छीन लिया गया है। राय का कथन दृष्टव्य है–

"ललित निबंध की इस सीमा विस्तारवाली प्रवृत्ति का परिणाम यह होता है कि इसके अंतर्गत भारतेन्दु, प्रतापनारायण मिश्र, बालमुकुन्द गुप्त और सरदार पूर्णसिंह को भी समेट लिया जाता है।"

स्पष्ट है कि राय ने द्विवेदी युगीन लेखकों को ही नहीं, भारतेन्दुयुगीन लेखकों को भी लालित्य-वृत से बाहर कर दिया है। क्या स्वयं भारतेन्दु के बारे में उनकी स्थिति ऐसे परस्पर तीखे विरोधी वक्तव्यों से विषम चिंत्य नहीं हो गयी है? और क्या भारतेन्दु युग की यह उपेक्षा भी उचित कही जायेगी?

विवेकी राय ने ललित निबंध का मुख्य तत्त्व माना है, व्यक्तिनिष्ठा (या व्यक्तिनिष्ठता?)। भारतेन्दु और अन्य युगों को उन्होनें इस तत्त्व के अभाव के कारण ही ललित निबंध क्षेत्र से बाहर किया है। इसे ही उन्होनें संस्मरण, रेखाचित्र, यात्रावृत्त, डायरी आदि से ललित-निबंध का भेदक-तत्त्व भी माना है। उनका कथन है कि ललित निबंध का प्रमुख भिन्नत्व विषयनिष्ठा सम्बन्धी है। निबंध की उक्त आधुनिक विधाओं (या गद्य की विधाओं?) के विषयनिष्ठ होने में ही उनका सौन्दर्य होता है। आदि से अन्त तक कसी और शीर्षक विषय से जूझती इन रचनाओं मे लेखक के व्यक्तित्व की छाप हो सकती है। परन्तु 'कुटज' अथवा 'देवदास' की भाँति 'व्यक्ति' स्वयं तो उनमें नहीं होता। फिर व्यक्ति के संश्लिष्ट तादात्मय के बिना कहाँ बनता है ललित निबंध?

क्या वास्तव में संस्मरण, यात्रावृत्त, डायरी आदि विषयनिष्ठ विधाएँ हैं और इतनी कि उनमें व्यक्तित्व के उस समावेश का अभाव मान लिया जाए तो निबंध में संभव है? उचित तो यह होता कि राय इस व्यक्तिनिष्ठा से अपना आशय स्पष्ट कर देते। क्या व्यक्तिनिष्ठा की छाप और व्यक्ति की छाप और व्यक्ति के संश्लिष्ट तादात्म्य जैसे प्रयोग भी स्पष्ट हैं? यदि हम उपन्यास, कहानी, नाटक जैसी विधाओं को सामने रखें तो निश्चय ही निबंध उनकी तुलना में व्यक्तित्व की अभिव्यक्ति का विशेष रमण-क्षेत्र कहा जायेगा। अब चाहे व्यक्तित्व का अर्थ हम रचनाकार की अनुस्थूत दृष्टि से ले या वैयक्तिक जीवन से, उसकी प्रकृति, रूचि, अध्ययन-क्षेत्र आदि से लें। लेकिन इस व्यक्तित्व की अभिव्यक्ति को संस्मरण, यात्रावृत्त, डायरी आदि से उसको भेदकतत्त्व मानना कहाँ तक ठीक है, यह

विचारणीय है। ऐसे संस्मरण या यात्रा-विवरण संभव हैं कि उनमें लेखक का व्यक्तित्व उभर कर नहीं आये लेकिन इस बात को सामान्यीकृता (जनरलाइज) नहीं किया जा सकता, क्योंकि इसका विलोम भी सर्वथा संभव है। सच तो यह है कि व्यक्तित्व की अभिव्यक्ति इन्हीं में नहीं होती तो कहाँ होगी? महादेवी के रेखाचित्रों में उनका व्यक्तित्व कम फलित हुआ है क्या? मुझे यह मानने में कठिनाई नहीं है कि इन विधाओं में विषय होता है; संस्मरण में स्मरणीय व्यक्ति और यात्रावृत्त में भ्रमण-स्थल विषय ही होता हैं, और आप चाहे तो यह भी कह सकते हैं कि डायरी मे भी भोक्ता व्यक्ति, रचयिता सृष्टा का विषय होता है। लेकिन उस स्थिति में निबंध ही कहाँ विषययुक्त होता है? जिस विधा की बुनावट में स्वयं राय "सांस्कृतिक दृष्टि सम्पन्न गंभीर विचार-चिन्तन केन्द्रीयता की अनिवार्य स्थिति" मानते हैं और जिसका मिश्रित उद्देश्यों और लक्ष्यों से रिक्त होना वे स्वयं भी स्वीकार नहीं करते, वह विषय-रहित कैसे होगा? मेरा आशय निबंध में व्यक्तित्व की अभिव्यक्ति पर संशय प्रकट करना नहीं है, मुझे उसे संस्मरण आदि से उसका भेदक तत्त्व मानने में संशय हो। यह संभव है कि इन विधाओं (एक ओर निबंध, दूसरी ओर संस्मरण आदि) में फलित वैयक्तिकता अलग-अलग प्रकार की हो।

यह बात यहाँ स्पष्ट रहनी चाहिए कि साहित्य में जहाँ भी व्यक्तित्व की अभिव्यक्ति होती है, वह व्यक्तिव रचना की अपेक्षाओं के संदर्भ में संस्कारित या रूपान्तारित व्यक्तित्व होता है। यदि स्थूलता उसमें दिखाई भी पड़ती है और निबंध, रेखाचित्र, संस्मरण, डायरी, यात्रावृत्त आदि में उसके लिए कुछ अवकाश रहता है तो वह उसमें उतनी ही होती है, जितनी वह रचनाशीलता में दखल नहीं देती, बल्कि जितना उसका स्पर्श उसमें कुछ नवोन्मेष का हेतु होता है।

प्रस्तुत प्रसंग में यह समझना भी कठिन है कि बालमुकुन्द गुप्त या सरदार पूर्णसिंह के निबंधों में मसलन 'शिवशंभु के चिट्ठे' या 'मजदूरी और प्रेम', 'सच्ची वीरता' आदि में विवेकी राय को ऐसी विषयनिष्ठता कहाँ दिखाई पड़ी कि उनको उन्होंने इस क्षेत्र से ही बाहर कर दिया है। बालकृष्ण भट्ट में फिर भी विषयनिष्ठता की वृत्ति मिलती है लेकिन इसके उपरान्त भी भट्टजी, गुप्तजी, मिश्रजी विषय को तरह-तरह से छेड़ते हुए, एक प्रकार उससे छुट लेते हुए ही चलते हैं। यह विषय-मुक्ति हजारी प्रसादजी में कुछ भिन्न प्रकार की लेकिन यह विषय की जकड़न नहीं है। द्विवेदी युग के लेखकों में द्विवेदीजी के प्रभाव से यह वृत्ति बढ़ी है; ऐसे कुछ निबंध भारतेन्दु युग में भी मिलेंगे लेकिन इसी से हम उनके लालित्य को अनदेखा नहीं कर सकते यही बात शुक्ल युग के बारे में कही जायेगी। नई कहानी एक भिन्न किस्म की रचना हो सकती है लेकिन उस वजह से हम प्रेमचंद को कहानी को कथा क्षेत्र के बाहर नहीं कर सकते। हर विधा में विकास के अपने सोपान होते हैं। राय इस दृष्टि से भी विचार करें।

संभव है, विवेकी राय ने इन सभी युगों की व्यापक और गहरी छानबीन के बाद यही निष्कर्ष निकाला हो, (और मुझे इस टिप्पणी के समय इस प्रकार की छानबीन की समुचित सुविधा सुलभ नहीं है इसलिए पुनर्विचार का अवकाश मैं बनाये रखता

हूँ।) लेकिन उनके निकष के निम्नांकित अंश से मैं तात्विक रूप से असहमत हूँ (और इसीलिए इस पर आधारित निष्कर्ष भी मेरे गले नहीं उतरता)। उन्होंने लिखा है कि–

"इन लेखकों की मस्ती, जिन्दादिली, मनमौज, फक्कड़पन भरी भाषा, विनोदचटुल शैली, भावाच्छन्नता, कवित्वमयता तथा हास्य-व्यंग्य की गुदगुदी और चोट देखकर ही ऐसा किया जाता है। किन्तु भाषा-शैली की उक्त विशेषताएँ मात्र उक्त लेखकों के वस्तुनिष्ठ निबंधों को ललित-निबंध सी सीमा बाँधने के लिए अत्यन्त अपर्याप्त है।"

उनका तात्पर्य यह है कि भारतेन्दु, प्रताप-नारायण मिश्र, बालमुकुन्द गुप्त, सरदार पूर्णसिंह आदि लेखकों को ललित-निबंधकार कहने की जो भूल की जाती है, वह जिन्दादिली और मनमौज जैसे उनके गुणों के आधार पर ही की जाती है, जबकि ये केवल भाषा-शैली की विशेषताएँ हैं, व्यक्तित्व की विशेषताएँ नहीं। मुझे हैरानी होती है, यह देखकर कि राय ने जिन्दादिली को भाषा की विशेषता माना है! क्या सचमुच ये भाषा के गुण हैं? फिर व्यक्तित्व क्या होगा? जहाँ तक मैं समझ पाता हूँ मस्ती, जिन्दादिली, मनमौज, फक्कड़पन आदि व्यक्तित्व के ही गुण हैं और निबंध में फलित होते हुए ये ही गुण निबंधकार को विषय के खूँटे से परे ले जाते हैं; ये ही उसमें विचार-तरंगे और भाव-तरंगे जगाते हैं, ये ही प्रसंग प्राप्त संदर्भों के उत्थित करते हैं, वे निजी जीवन से भी हो सकते हैं और अध्ययन प्रसूत भी और इन सभी के सम्मिलित प्रभाव से निबंध में लालित्य की सृष्टि होती है या उसका मार्ग प्रशस्त होता है। मेरा विश्वास है कि ये गुण स्वयं में इतने प्रबल और समर्थ हैं कि किसी भी विषयनिष्ठ रचना की प्रकृति को बदलने के लिए पर्याप्त कहे जा सकते हैं। इन्हें व्यक्तित्व से छीनकर भाषा में आरोपित करना एक चिन्ताजनक विपर्यय खड़ा करना है।

यहाँ यह स्पष्ट कर देना भी आवश्यक है कि उपर्युक्त उद्धरण में 'उक्त लेखकों के वस्तुनिष्ठ निबंधों' पद का अर्थ यह नहीं है कि इनके कुछ निबंध वस्तुनिष्ठ हैं और कुछ भिन्न प्रकृति के हैं, बल्कि यही है कि इन लेखकों के सभी निबंध वस्तुनिष्ठ हैं और ललित-वृत्त के बाहर हैं। इस अर्थ का प्रमाण यह है कि इन सबमें से भारतेन्दु में कुछ अपवाद उन्होंने पाये हैं और उसका पृथक से उल्लेख भी उन्होंने वही कर दिया है, लेकिन मैं नहीं समझ पाता हूँ कि भारतेन्दु के कुछ निबंधों में 'व्यक्तिनिष्ठ ललित निबंध के तत्त्व बीजरूप में उभरे' देखकर जो लिहाजी उदारता उन्होंने भारतेन्दु के प्रति बरती है, वह इससे पूर्व किये गये भारतेन्दु के निष्कासन-पाप का मार्जन है या ब्याजान्तर से उस निष्कासन की पुष्टि।

इसी प्रसंग में एक विचारणीय बात यह है कि एक ओर तो हम इन गुणों को दृष्टिगत रखें जो भाषा के गुण कहे गये हैं–विनोदात्मकता, भावाच्छन्नता, कवित्वमयता, कल्पना आदि और दूसरी ओर हम राय के ही निम्नांकित कथन पर भी गौर करें:

"सांस्कृतिक दृष्टिसम्पन्न गंभीर विचार-चिंतन केन्द्रीयता के साथ ललित-निबंध में कवित्वमयता, कल्पना की उड़ान, रमणीयता, लेखकीय व्यक्तित्व की प्रतिच्छाया, उसके 'मैं' का गहरा स्पर्श, मनोविनोदात्मक छुअन और हलकी-फुलकी इतिवृत्तात्मक शुरुआत अथवा किससे कहानी जैसी उठान की मुद्रा विद्यमान होती है।"

जो कवित्वमयता, मनोविनोदात्मक छुअन, कल्पना आदि तत्त्व यहाँ गंभीर-चिंतन को निबंध का लालित्य प्रदान करने के प्रमुख हेतु माने गये हैं, वे ही और कुछ वैसे ही तत्त्व भारतेन्दु और द्विवेदी युगीन लेखकों के सन्दर्भ में भाषा की विशेषताएँ होकर रह गये हैं! मेरा निवेदन है कि राय इस पर भी पुनर्विचार करके देखें।

गणित की भाषा में ललित निबंध को कविता और कहानी का योग कहने वाले लेखक ने इसका भी ध्यान नहीं रखा है कि इस योग में 'सांस्कृतिक दृष्टि सम्पन्न गंभीर विचार चिन्तन केन्द्रीयता' का योग तो सर्वथा छुट ही गया है! और धीरे-धीरे उन्होंने निबंध और कहानी का भेद ही मिटा दिया है। क्या 'वसंत आ गया है' में कथात्मकता इतनी अधिक हावी है? यह बात मैं इसलिए उठा रहा हूँ कि राय ने द्विवेदीजी के इसी निबंध का उदाहरण देकर ललित-निबंध को कहानी के पार्श्व में बैठाया है।

इस समय यह निबंध मेरे सामने नहीं है इसलिए मैं अपनी बात बलपूर्वक नहीं कह सकता लेकिन वर्षों पूर्व पढ़े गये इस निबंध की जो चोट मेरे मानस पर आज भी अंकित है, वह यही है कि वसंत आता नहीं है, ले आया जाता है। मुझे हैरानी होती है यह देख कर कि राय का ध्यान इस ओर गया तक नहीं है। वे तो इसके कहानीपन पर ही मुग्ध हैं जबकि मैं नहीं समझता कि कहानीपन जैसी कोई चीज़ इस पर इतनी हावी है। और, इसमें अगर वह हो भी तो, सिद्धान्ततः निबंध में कहानीपन को 'इतिवृत्तात्मक प्रारंभ' से अधिक महत्त्व देने मे मुझे कोई औचित्य नहीं जान पड़ता।

निबंध के लिये कुछ भी आवश्यक है तो सर्वोपरि रूप से वह भाव या विचार जो लेखक के चित्त पर चोट करके उसे अंतर्दर्शन में प्रवृत्त कर दे या बहिर्जीवन पर दृष्टि डालने के लिए जो प्रेरित कर दे, और वह प्रेरणा-प्रसंग प्राप्त अन्य भावों-विचारों को छेड़ती, प्रसंगों को जोड़ती, कल्पना को जगाती और उस विचार या भाव-मूल को अनुरंजनकारी विस्तार देती हुई विषय की जकड़ को शिथिल करती चली जाए। इसी को लेखक का मनमौज की तरंगों पर झूलना कहेंगे। इसमें कथात्मकता 'इतिवृत्तात्मक प्रारम्भ' के रूप में आकर उसकी रोचकता का वर्धन तो कर सकती है लेकिन इससे अधिक उसकी उपादेयता को समझना मेरे लिए मुश्किल है बल्कि ललित-निबंध का आवश्यक तत्त्व होकर तो वह एक निर्जीव रूढ़ि हो जायेगी।

अपने आलेख में राय ने ललित निबंध के लिए सांस्कृतिक चिन्तन पर भी विशेष बल दिया है। इस पर भी किंचित विचार करना आवश्यक है। इसमें संदेह नहीं कि हजारी प्रसाद द्विवेदी, और द्विवेदी ही नहीं, गुलेरीजी में भी हमें उनकी सांस्कृतिक-दृष्टि सहज फलित हुई मिलती है। ये लेखक प्राचीन साहित्य, शास्त्र, कला आदि क्षेत्रों में ऐसे पले-पगे हुए थे कि कोई भी विचार प्रसंग या शब्द मात्र उनमें सन्दर्भों की चकित करने वाली निर्झरणी सहज ही प्रवाहित कर देता था। वे अपनी विद्वता से आंतकित करने की दृष्टि से वहाँ संदर्भ संजोते नहीं थे, आलोच्य-विषय, यदि वह कोई शब्द ही, स्वयं ही उनमें उन संदर्भों को उपस्थित कर देता था और वे आ-प-से-आप उनके निबंध में गुँथते चले जाते थे। इसलिए उनकी सांस्कृतिक दृष्टि को उनके निबंधों से अलग करके नहीं

देखा जा सकता, वह उसका अविच्छिन्न और अभेद्य अंग है सन्दर्भ भी सन्दर्भ रूप में उपलक्षण ही हैं, दृष्टि उनमें से होकर समूची रचना में समाई हुई मिलती है। लेकिन हर लेखक के लिए यही बात नहीं कही जा सकती। कई आधुनिक लेखकों की जब इस प्रकार की रचनाएँ पढ़ते हैं तब लगता है कि वे सांस्कृतिक क्षेत्र में बौद्धिक व्यायाम कर रहे हैं। वस्तुत: उनके निबंधों को, सांस्कृतिक विषयों पर डॉ. वासुदेवशरण अग्रवाल प्रभृति लेखकों के निबंधों की तरह ही सांस्कृतिक निबंध कहना ही ज्यादा सही होगा। ये निबंध ललित-निबंध से उसी तरह भिन्न समझे जाने चाहिए जिस तरह अन्य विषयनिष्ठ निबंधों को उनसे भिन्न समझा जाता है। सांस्कृतिक निबंध में लेखक सांस्कृतिक प्रसंगों और समस्याओं से जूझता है, विषय की व्यवस्थित विवेचन करता है, उसके सन्दर्भ क्रमिक ढंग से संजोता है और वह उसका कोई सुचिंतित समाधान भी सुझा सकता है। लेकिन ललित निबंध निबंधकार की मनमौजी तरंगों में डूबता-उतरता हुआ आलोच्य प्रसंग में विचार या मनन के लिए कुछ चिंतन-कण ही दे सकता है, इससे अधिक की अपेक्षा नहीं की जा सकती। कोई समाधान सुझाने का संकल्प लेकर तो वह आता ही नहीं, वह तो उस दिशा में निराप्रयास भर होता है और इसीलिए और इसी अर्थ में वह अपने अंग्रेज़ी बिरादर मेंल का हिन्दी भ्रांता होता है। लेकिन जब राय 'सांस्कृतिक दृष्टि सम्पन्न गंभीर विचार चिंतन केन्द्रीयता' को उसका प्रमुख और सर्वोपरि तत्त्व ठहराते हैं, तब कहना पड़ता है कि यह केन्द्रीयता तो सांस्कृतिक-निबंधों की ही उपजीव्य हो सकती है, ललित निबंध की नहीं। इसके साथ ही, जब हम उनके यहाँ सरदार पूर्णसिंह का निष्कासन देखते हैं, तब यह कौंधे बिना नहीं रहता कि 'मजदूरी और प्रेम' का निषेध तो वे इसलिए भी करते कि उसमें उनके निकष पर खरी उतरने वाली सांस्कृतिक दृष्टि सम्पन्न गंभीर विचार चिन्तन केन्द्रीयता नहीं है। जबकि मेरे देखे तो उस निबंध का मर्म ही इस बात में है कि वह औद्योगीकरण और यांत्रिकता की वेदी पर मानव के स्नेहसिक्त श्रम को बलि चढ़ जाने देना नहीं चाहता। वह हमें इस दिशा में चिन्तन करने के लिए कुछ आलोक प्रदान करता है। मेरे जानते यह चिन्तन सांस्कृतिक चिन्तन ही है और ललित निबंध के लिए सर्वथा उपयुक्त है। मैं नहीं समझता कि उग्रजी का 'बुढ़ापा' भी राय के लालित्य-वृत्त में प्रवेश पा सकेगा क्योंकि उसमें भी उनके अभिप्रेत अर्थ में सांस्कृतिक दृष्टि का निवेश नहीं है। मुझे लगता है कि राय का आग्रह याने सांस्कृतिक दृष्टि वाला आग्रह ललित निबंध का क्षेत्र अनावश्यक रूप से संकीर्ण कर देता है।

मेरा तो विश्वास है कि हिन्दी साहित्य में निबन्ध के रूप में ही हुआ था, लेकिन कालान्तार में द्विवेदी युग और शुक्ल युग में विषय की जकड़ उसे कसती गयी। फिर तो इतिहास भूगोल ही नहीं, विज्ञान और विवेचन भी निबंध ही कहा जाने लगा। साहित्यिक निबंध और आलोचनात्मक निबंध ही नहीं, ऐतिहासिक और भौगोलिक तथा वाणिज्यिक और वैज्ञानिक निबंध जैसी संज्ञाएँ भी चल पड़ीं। सच तो यह है कि यात्रा-वृत्त, संस्मरण, रेखाचित्र, हास्य-व्यंग्य जैसी साहित्यिक विधाओं की सृष्टि भी निबंध को इस घालमेल से बचाने के लिए ही किसी साहित्यरसिक ने (आधुनिक काल में) इस ललित विशेषण

से मण्डित कर दिया। इसका तात्पर्य यह कतई नहीं है कि इसका उत्स भारतेन्दु युग ही है। वही यह पल्लवित-पुष्पित भी हुआ। द्विवेदी युग और शुक्ल युग में इसके लालित्य की धारा शिथिल अवश्य हुई लेकिन उसका लोप नहीं हो गया। द्विवेदी युग में यह ध ारा 'मजदूरी और प्रेम', 'सच्ची वीरता', 'कछुआ धर्म', 'मारेसि मोहि कुठांव' जैसे निबंध ों में होकर बहती रही तो शुक्ल युग में 'दो-दो बातें कीमियागर', 'कृष्णतत्व', 'बुढ़ापा' जैसे निबंधों ने इसके प्रवाह को सुखने नहीं दिया। वास्तव मे इन युगों की कितनी सम्पदा विस्मृति के गर्त में चली गयी है, यह जानने के लिए इस युग के संकलनों और इस युग की पत्रिकाओं की व्यापक छानबीन आवश्यक है। आधुनिक-युग में यह धारा पुनः वेगवती हुई लेकिन उसमें अब सीधा सांस्कृतिक-चिंतन घुल मिल रहा है, इसे भी चीन्हने की आवश्कता है।

अपनी टिप्पणी समाप्त करते हुए मैं यह दोहराना आवश्यक समझता हूँ कि विवेकी राय के मंतव्य-मुल से मेरी सहमति है (और ललित-निबंध के स्वरूप पर किये जाने वाले विचार के सन्दर्भ में उनका मंतव्य-मूल ही अधिक महत्त्वपूर्ण है)। हाँ! उनकी कुछेक बातों पर मेरी आपत्ति है और उन्हें ही मैंने विचारार्थ रखा है। पिछले कुछ समय से ललित-निबंध के स्वरूप पर पुनर्विचार की आवश्यकता का स्वर जहाँ-तहाँ सुनाई पड़ता रहा है, राय का आलेख उसी को रेखांकित करता है। मेरा विश्वास है कि इसकी लम्बे समय तक उपेक्षा नहीं की जा सकेगी। कुछ बातें मैं और भी (अपनी प्रतिक्रिया ही नहीं, अपनी बाते भी) कहना चाहता हूँ लेकिन वे अभी नहीं, फिर कभी।

वैदुष्य और शोध की मंजूषा

सुधाकर पांडेय (सं.) : नागरी निबंध गंगा

'नागरी प्रचारिणी पत्रिका' हिन्दी वैदुष्य और शोध की पत्रिका रही है। पत्रिका के शतायु होने पर सभा ने इसके अंकों में से चुन कर कविता, कहानी एवं निबंध का संचयन प्रकाशित करने का निर्णय लिया। सुधाकर पांडेय के सम्पादन में 'नागरी निबंध गंगा' का प्रकाशन उसी योजना के अंतर्गत हुआ है। लगभग 120 निबंधों का संकलन किसी क्रम में नहीं हुआ है परन्तु परिचय की सुविधा के लिये इन्हें तदर्थ क्रम दे दिया गया है।

कुछ निबंध विवेच्य विषयों की प्रतिनिधि रचना होने के कारण विशिष्ट जान पड़ते हैं। डॉ. राजबली पांडेय ने 'कालिदास : भारतीय संस्कृति के प्रतिनिधि' में उनके साहित्य में धर्म, अर्थ, काम, मोक्ष का भलीभाँति प्रतिफलन हुआ दिखाया है। पं. विद्यानिवास मिश्र ने प्रसाद-साहित्य में अवगाहन कर दिखाया है कि जातीय स्मृति की चेतना किस तरह उनमें वैदिक से ब्रजभाषा तक के साहित्य के अनुशीलन से संघटित हुई है।

'भारतेन्दु और प्रसाद का विश्व परिवेश' निबंध का फलक यद्यपि विस्तृत है लेकिन इस परिवेश का प्रभाव इनके साहित्य पर किस रूप में आया है, इसका कोई विवेचन उन्होंने नहीं किया है।

इसी तरह, रामप्रसाद त्रिपाठी का लेख 'भारतीय और इस्लामी तत्त्वचिंतन की मूलभूत एकता' भी गंभीर विषय का सलही विवेचन ही है।

कुछ निबंधों में प्रागैतिहासिक एवं प्राचीन काल के भारतीय इतिहास पर विचार किया गया है। अपने निबंध 'आर्यावर्त और उसका प्रथम सम्राट' में प्रसाद की स्थापना है कि विश्व में सभ्यता का विकास भारत की ही देन है। यह दो-ढाई नहीं, आठ हज़ार वर्ष पूर्व की घटना है।

कुछ विद्वानों ने प्राचीन भारत के उपनिवेशों पर जो विचार किया है, उससे भी भारतीय सभ्यता की प्राचीनता की पुष्टि होती है। इस दृष्टि से मोतीचन्द और वासुदेवशरण अग्रवाल का लेख 'बोगाज कुई के कीलाक्षर लेखों में वैदिक देवताओं का निदर्शन, डॉ. रघुवीर का भारतवर्ष के प्राचीन उपनिवेश बोर्निया द्वीप में प्राप्त श्री महाराज मूलवर्मन के चार संस्कृत शिलालेख', बाबू हीरालाल का 'हिन्दी के शिला एवं ताम्रलेख', लोचनप्रसाद का 'पुराने सिक्कों की बातें' आदि लेख शोधपरक हैं।

राय कृष्णदास ने अपने 'काकुत्स्य' लेख में असुरों के देश में प्रचलित उपासना पद्धति पर प्रकाश डाला है।

काल-गणना में रूचि दर्शाने वाले अनेक लेख भी संकलन में हैं। इस दृष्टि से चन्द्रकान्त बाली का 'व्यासकृत काल-गणना'; लल्ली प्रसाद पांडेय का 'महाभारत के एडूक'; अल्टेकर का 'विक्रम संवत'; राहुलजी का 'तिब्बत संवत्सर की गणना'; पं. केदारनाथ शर्मा का 'वारो का क्रम'; भगवानदास केला का 'कौटिल्य का धन वितरण और समाज' आदि पठनीय हैं। ये भी इस बात की पुष्टि करते हैं कि प्राक्-काल में भारतीय सभ्यता विदेशों में भी फ़ैली हुई थी।

हीरानन्द शास्त्री ने 'पुरातत्त्व' लेख में दिखाया है कि पुरातात्विक ख़ुदाई ने ही बुद्ध के अस्तित्व की प्रामाणिक पुष्टि की है। उसमें बुद्ध की मूर्तियाँ ही नहीं, उनकी अस्थियाँ भी प्राप्त हुई हैं। जिस मंजूषा में ये अस्थियाँ मिली हैं, उसकी कलात्मकता दिखाती है कि प्राक्-काल में भारत में शिल्प-कला अत्यन्त समृद्ध थी। मथुरा के निकट मिली मूर्तियाँ भी अत्यन्त सुन्दर हैं।

कुछ यूरोपीय विद्वानों की स्थापना थी कि भारत में ज्ञान-विज्ञान का प्रसार अरब और यूनान की देन है लेकिन संकलन के अनेक लेख इसे भ्रामक ठहराते हैं। लक्ष्मीशंकर मिश्र ने 'यूरोप के लोगों में संस्कृत का प्रचार' लेख में दिखाया है कि कई पश्चिमी विद्वानों ने ही यह तथ्य उजागर किया है कि गणित, बीजगणित, रेखागणित आदि का ज्ञान वैदिक काल में ही विद्यमान था : यज्ञ की वेदियाँ रेखागणित के नियमों के अनुसार ही बनाई जाती थीं। कार्तिक प्रसाद खत्री ने उस काल में रसायन-विज्ञान के प्रचलन का भी निदर्शन किया है। मुंशी देवी प्रसाद के लेख से भी इस बात का खंडन होता है कि भारत ने गणित अरब से सीखी। हिजरी संवत् का तो प्रवर्तन ही विक्रम संवत् के 679 वर्ष बाद हुआ। इसके प्रवर्तक पैगम्बर हजरत मोहम्मद स्वयं उम्मी याने निरक्षर थे। अरब में पढ़ाई-लिखाई बाद में प्रारंभ हुई। अब्बासी खलीफा ने अनुवाद कार्यशाला खोली। उसमें भारत के संस्कृत विद्वानों को आमंत्रित कर मुस्लिम विद्वानों को संस्कृत सीखने और उसके महत् ग्रंथों का अनुवाद करने के लिये प्रेरित किया। जाहिर है, अरब में ज्ञान-विज्ञान का प्रसार 8वीं-9वीं सदी के आसपास ही हुआ।

संकलन में कुछ लेख भाषा और लिपि विषयक हैं। बहादुरचंद छावड़ा ने ब्राह्मी लिपि पर विचार करते हुए गुप्त-काल के कुछ बाद तक भी उसका प्रयोग माना है। देवनागरी की उत्पत्ति भी ब्राह्मी से ही मानी है।

किशोरीदास वाजपेयी, धीरेन्द्र वर्मा, बाबूराम सक्सेना ने संस्कृत से पाली, प्राकृत, अपभ्रंश से हिन्दी की उत्पत्ति की विवेचना अपने-अपने ढंग से की है। कुछ ऐसा ही मत काशीप्रसाद जायसवाल का है। इन पर गुलेरीजी की 'पुरानी हिन्दी' की छाया देखी जा सकती है।

कैलाशचन्द्र भाटिया ने अपभ्रंश के शिलांकित काव्य 'राउल बेल' में प्रयुक्त क्रियाओं का अध्ययन किया है। उनका कहना है कि 11वीं सदी में प्रचलित आठ भारतीय आर्य

भाषाओं के क्रिया-रूप इसमें मिलते हैं। इसका तात्पर्य यह कि उस समय हिन्दी के साथ बांग्ला, असमिया, मराठी आदि भाषाएँ भी पल रही थीं। उनका अपभ्रंश रूप इस काव्य में है। उन अपभ्रंशों से ही कालान्तर में ये भाषाएँ अस्तित्व में आई। इन भाषाओं के बोले और समझे जाने वाले प्रसार-क्षेत्र को दृष्टिपथ में रखते हुए डॉ. सुनीतिकुमार चटर्जी ने 'समानेषु प्रथमा हिन्दी' लेख में यह मत प्रकट किया है कि हिन्दी ही राष्ट्रीय भाषा होने योग्य है।

कुछ लेखों में उर्दू के प्रादुर्भाव और प्रसार पर विचार किया गया है। चन्द्रबली पांडेय का 'उर्दू की उत्पत्ति', बाबू ब्रजरत्नदास का 'उर्दू का प्रथम कवि', बाबू राधाकृष्णदास का 'मुसलमानी दफ्तरों में हिन्दी' आदि लेख इस प्रसंग में पठनीय हैं। सत्ता के आतंक से तब न्यायालयों में फारसी लिपि का प्रयोग होने लग गया था। यह लिपि आम आदमी के लिये अबोधगम्य थी। बिहार में इसके विरुद्ध आन्दोलन उठ खड़ा हुआ। डॉ. रामनिरंजन परिमलेन्द्र ने इसका वर्णन किया है।

कुछ विद्वानों ने हिन्दी के आदि-काल पर विचार किया है। बाबू श्यामसुन्दरदास ने चन्द को पहला कवि माना था लेकिन मुनि जिन विजय की 'संदेशरासक' की खोज के बाद वह मत स्वतः अमान्य हो गया। पं. हजारीप्रसाद द्विवेद्वी के 'संदेश-रासक के विचारणीय पाठ' में मुनिजी की खोज को आगे बढ़ाया गया है। डॉ. दशरथ शर्मा ने अपने द्वारा शोधित 'पृथ्वीराज रासो' की प्रति को प्रामाणिक ठहराया है।

मोतीलाल मेनारिया ने 'खुमानरासों' के विषय में लिखा है कि यह शब्द किसी राजा का नहीं, मेवाड़ के राणाओं का वाचक है और इसमें उन्हीं के वंशजों का वर्णन है।

कतिपय आलेख मध्यकालीन कविता और कवियों पर हैं। पं. परशुराम चतुर्वेदी ने नानक और कबीर पर विचार करते हुए लिखा है कि कबीर में जहाँ दार्शनिक-आध्यात्मिक पक्ष प्रबल है, वहाँ नानक में इन पक्षों के साथ आततायी शक्तियों के विरुद्ध जाति को संगठित करने का प्रयत्न भी मिलता है। डॉ. भागीरथ दीक्षित ने रहीम के काव्य 'मद्नाष्टक' की तीन प्रतियों की खोज कर उसका प्रामाणिक पाठ स्थिर किया है। विश्वनाथ प्रसाद मिश्र ने इस धारणा को गलत ठहराया है कि आलम नाम के दो कवि हुए थे। उन्होंनें आलम का समय सं. 1703 निश्चित किया है। रीतिकाल में ठाकुर नाम के तीन कवि हुए लेकिन लाला भगवानदीन ने जैतपुर निवासी ठाकुर को ही वास्तनिक कवि माना है। किशोरीलाल गुप्त ने मंडन कवि का परिचय दिया है और इनके काव्य-सौन्दर्य का विवेचन किया है।

गोपाल दामोदर तामस्कर ने कविन्द्राचार्य सरस्वती के जीवन और साहित्य की खोज कर उनका परिचय दिया है। शाहजहाँ ने जब हिन्दू तीर्थों पर कर लगाया, तब उन्होंने उसका विरोध किया और उसे हटवा कर रहे। पं. जयचन्द विद्यालंकार ने मंडलीक काव्य का और पं. लज्जाराम मेहता ने औरंगजेब के हितोपदेश का परिचय दिया है।

कुछ लेखों में रस-चर्चा की गई है। हरिऔधजी ने वात्सल्य पर विचार किया है और अन्य रसों की तुलना में उसकी व्यापकता दिखाई है। मुकुन्द शास्त्री खिस्ते ने रसों का

परिचय दिया है। शितिकंठ मिश्र ने सूर की भक्ति-भावना का विवेचन माधुर्य भाव के रूप में किया है और उस पर वल्लभ के पुष्टिमार्ग का प्रभाव दिखाया है।

कुछ आलेख आचार्य शुक्ल की काव्य-चिंता पर हैं। भोलाशंकर व्यास का 'रसानुभूति पर अभिनव तथा आचार्य शुक्ल', श्रीरंजन सूरिदेव का 'आचार्य शुक्ल का साहित्य-दर्शन' और विनयशंकर भल्ला का 'शुक्लजी के काव्यालोचन के तात्विक आधार' ऐसे ही लेख है। राममूर्ति त्रिपाठी ने 'भट्टनायक की व्याख्या का दार्शनिक आधार स्पष्ट किया है।'

कतिपय आलोचनात्मक लेखों में सीताराम चतुर्वेदी और रामचन्द्र तिवारी के शोध-पद्धति पर और दशरथ ओझा का नाटक पर लेख है। पीताम्बरदत्त बड़थ्वाल ने 'हिन्दी कविता में योग-प्रवाह' का निदर्शन किया है। नन्ददुलारे वाजपेयी ने 'आधुनिक काव्य-चिंतन' पर और नगेन्द्र ने 'दीपशिखा की भूमिका' पर लिखा है। लक्ष्मण नारायण गर्दे ने 'चन्द्रबली पांडेय' पर लिखा है। उस पर सुनीति कुमार चट्टोपाध्याय की यह टिप्पणी पांडेयजी की विद्वत्ता पर मुहर है कि उनका एक-एक लेख डॉक्टरेट की डिग्री के लिये पर्याप्त है।

हिन्दीतर साहित्य पर भी कुछ लेख हैं। विनय मोहन शर्मा ने मराठी के अल्प-ज्ञात कवि जन जसवंत को तुलसी की शिष्य परम्परा में रखा है (जबकि यह परम्परा हिन्दी में भी अभी शोध का विषय है।) उड़िया लेखक ज्ञानप्रकाश महापात्र ने उड़िया कवि 'भीमाभोइ' को स्वर-साम्य के आधार पर कबीर की संत-परम्परा में रखा है जबकि अंतराल दोनों में साढ़े तीन सौ वर्षों का है! देवेन्द्र सत्यार्थी ने उड़िया ग्राम-गीतों में राम के कृषक रूप का वर्णन देखा है। उत्तर-भारत के लोकगीतों में भी देवी-देवताओं के ऐसे मानवीं वर्णन मिल जाते हैं।

जिन विदेशी विद्वानों ने हिन्दी-भाषा और साहित्य का अध्ययन किया, उनमें रूसी विद्वान इ.चेलीशेव का 'सूर का अध्ययन' लेखनीय है। रे.वे. एडिन ग्रीव्स ने 'गोसाईं तुलसीदास का जीवन-चरित' लिखा है। उन्होंने किंवदंतियों का कोहरा हटाकर तथ्यों की वस्तुनिष्ठ पड़ताल करने का प्रयत्न किया है। बी. ब्रेस्काबली ने 'हिन्दी भाषा में द्वंद्व सयास' का और ए. एल. बरख़ुदाशेब का परसर्ग का अध्ययन अपने परिश्रम व सूक्ष्म दृष्टि के कारण चकित करता है। बारान्निकोव ने हिन्दी में अंग्रेज़ी शब्दों के प्रयोग पर विचार किया है।

ऐतिहासिक शोध के रूप में हरिशचन्द्र सेठ का आलेख 'अलेक्जेंडर की भारत में पराजय और दुर्गति' पठनीय है। बाबू पुरूषोत्तम दास का लेख 'हम्मीर माता और हम्मीर पत्नी' ऐतिहासिक होने के साथ, किंवदंतियों का आनन्द भी देता है। रघुवीर का लेख 'वीरवर दुर्गादास राठौड़ के जीवन के अंतिम बारह वर्ष' मारवाड़ परित्याग के बाद के जीवन की प्रामाणिक जानकारी देता है लेकिन परित्याग के कारण वाली घटना इसमें नहीं है।

निबंध-प्रकृति के कुछ आलेख भी संकलन में है। पं. चन्द्रधर शर्मा गुलेरी का 'देवकुल' राजाओं की स्मृति के संरक्षण की एक परम्परा की जानकारी देता है जो

कालिदास के समकालीन नाटककार भास से भी पहले से चली आ रही थी और बिहार से लेकर राजस्थान तक में आज भी विद्यमान है। नर्मदेश्वर प्रसाद चतुर्वेदी का निबंध 'भारतवर्ष में देवदासी' प्राचीन काल से ही मंदिरों में पल रही नृत्य-संगीत की परम्परा की जानकारी देता है। यह परम्परा कालान्तर में विकृत हो गई। केशवप्रसाद मिश्र का 'उच्चारण' निबंध ललित प्रकृति का-सा आनन्द देता है।

संस्कृत साहित्य पर भी कुछ लेख हैं। पं. नारायण शर्मा खिश्ते ने अल्पज्ञात कवि प्रेमनिधि की सूचना दी है और उनका समय सन् 1726 बताया है। पं. बटुकनाथ शर्मा ने अलंकारशास्त्री उद्भट भट्ट का परिचय दिया है। ये आनन्दवर्धन के भी पूर्ववर्ती थे। गणपति जानकीदास दूबे ने 'गीत गोविन्द' के रचयिता जयदेव का किंवदंती आधारित परिचय दिया है। उनका समय उन्होंने विक्रम की 12वीं सदी माना है। गौरीशंकर हीराचन्द ओझा ने 'शिशुपाल वध' के रचयिता माघ कवि का प्रामाणिक समय 7वीं सदी ई. निश्चित किया है। इससे तय है कि कालिदास का समय इनसे भी कुछ पहले का ही होना चाहिये।

पत्रकारिता पर भी कुछ आलेख हैं। इनमें अखोरीप्रसाद सिंह ने पहला समाचार-पत्र 'बनारस-अख़बार' (1849), दूसरा पत्र 'सुधाकर' (1850) को, तीसरा 'बुद्धिप्रकाश' (1852) को, चौथा स्थान 'प्रजा हितैषी' को दिया। लेकिन कालिदास मुखर्जी की शोध ने पहला स्थान 'उदन्त मार्तण्ड' को दिया है जिसका प्रकाशन 1826 में प्रारंभ हुआ।

सांवलजी नागर ने 'गुजराती समाचार-पत्र' की जानकारी दी है। सूर्यकुमार वर्मा ने 'सम्पादन कला' पर लिखा है। अज्ञेय ने 'पत्रकारिता' में इस क्षेत्र की दशा और उसकी समस्याओं पर विचार किया है।

इस विवेचन से स्पष्ट है कि 'नागरी प्रचारिणी पत्रिका' की ख्याति यद्यपि ऐतिहासिक शोध की पत्रिका के रूप में रहीं, तब भी साहित्य के लिये भी स्थान उसमें बना रहा। जिस अवधि में ओझा, गुलेरी, मुंशी की त्रयी ने इसका सम्पादन सँभाला था यद्यपि वह अल्प ही रही लेकिन वह साहित्यिक दृष्टि से इसका महत्त्वपूर्ण काल था। समग्रतः इस पत्रिका ने ज्ञान के विभिन्न क्षेत्रों में संवरण किया था। अनेक अज्ञात एवं अल्पज्ञात विषयों की जानकारी देने और कुछेक में गहरे पैठने और चकित करने वाले विश्लेषण-विवेचन के लिये भी यह संचयन योग्य संकलन है।

गुजराती निबंध की समृद्ध परम्परा

(अनुवाद-कार्यशाला में उपेक्षित अनुवाद)

डॉ. मदनमोहन शर्मा (सं.) : पंडितयुगीन गुजराती साहित्य

पटेल विश्वविद्यालय द्वारा आयोजित अनुवाद-कार्यशाला में अर्वाचीन गुजराती साहित्य के पंडित-युग के साहित्य की बानगी का जो हिन्दी-अनुवाद किया गया, आलोच्य पुस्तक पंडितयुगीन गुजराती साहित्य उसी का पुस्तकाकार प्रकाशन है। इसका सम्पादन डॉ. मदनमोहन शर्मा ने किया है। अनुवाद के लिए गुजराती-लेखन का काल-चयन और चयित काल में से किया गया सामग्री-चयन, विशेषतः गद्य खंड का चयन, इस के नामकरण के औचित्य की प्रतीति कराता है। गोवर्धनराम त्रिपाठी, मणिलाल द्विवेदी, आनंदशंकर ध्रुव इस काल के प्रमुख लेखक थे। सम्पादक ने इनमें से ध्रुव के लेखन से कुछ विशेष चयन किया है चयनित रचनाएँ भी इस औचित्य की प्रतीति कराती है। यह चयन इस लेखक के समग्र कृतित्व में पैठने की जिज्ञासा जगा देता है, एक संकलन की इससे बढ़कर सार्थकता और क्या हो सकती है! आठ-दस लेखकों के निबंध भी यह काम कठिनाई से कर पाते यद्यपि उसकी उपादेयता अलग होती।

ध्रुव अपने समय के प्रखर चिन्तक थे। उन्होंने ज्ञान के विभिन्न क्षेत्रों में संचरण किया था लेकिन सामयिक समस्याओं से भी मुँह नहीं मोड़ा था। अपने समय की शिक्षा-प्रणाली और माध्यम-भाषा को लेकर भी उन्होंने विचार किया था। वे उस वर्ग के राष्ट्रीय लेखकों में से थे जिनके स्वदेशाभिमान के लिए अंग्रेज़ी से शत्रुता आवश्यक नहीं थी। अंग्रेज़ी की हिमायत भी उन्होंने राष्ट्रीयता से प्रेरित होकर ही की थी। उनके साहित्य-चिन्तन में भी यही दृष्टि अनुस्यूत हुई मिलती है। साहित्य को देशाभिमान से जोड़े चलना उस युग की आवश्यकता थी इसलिए उन्होंने भी इस पर बल दिया था अन्यथा उनकी मूल दृष्टि मणिलाल द्विवेदी के इन विचारों से भिन्न थी कि साहित्य, विचार आदि सब कुछ सुधार के अंतर्गत आते हैं। उनका मत था कि ज्ञान-विज्ञान के क्षेत्र में स्वदेशी-विदेशी का कोई भेद नहीं होता। इंग्लैंड छंदबंधों, विचार-तरंगों और नाटकों की विषय-वस्तुओं की खोज के लिए ईटली तक जाता है। उसी के परिणामस्वरूप स्पेंसर और शेक्सपीयर जैसे महाकवियों के नाटक हमें देखने को मिलते हैं। इसी के अनुरूप साहित्य के उत्थान के लिए वे प्राचीन साहित्य, विशेषकर क्लासिक्स के अनुशीलन के साथ पाश्चात्य साहित्य में अवगाहन पर भी बल देते थे। स्वयं उन्होंने एक ओर रामायण-महाभारत और

कालिदास-भवभूति का अध्ययन किया था और उसी अनुराग से 'धम्मपद' भी पढ़ा था, तो दूसरी ओर पश्चिमी साहित्य का भी आलोड़न किया था। उस प्रारंभिक-युग को देखते हुए पश्चिमी साहित्य में उनकी गहरी रुचि और अबाध गति आज भी सचमुच चकित करती है।

साहित्य की समस्याओं पर उन्होंने बड़े अधिकार के साथ लिखा था। इस दृष्टि से काव्य तत्त्व के अंतर्गत संकलित उनकी टिप्पणियाँ काफी विचारोत्तेजक हैं। अंग्रेज़ी साहित्य के क्लासिसिज़्म और रोमांटिसिज़्म के विवाद पर उन्होंने विशेष विचार किया है। उन्होंने कई विद्वानों को उद्धृत किया है लेकिन उनका अपना मत किसी की जुगाली नहीं है। वे कला को ऐसे भेदों में बाँटना उचित नहीं समझते थे। उनका मत था कि एक ही रचनाकार में और बाजवक्त उसकी एक ही कृति में दोनों प्रकार के उदाहरण मिल जाएँगे। कालिदास में उन्होंने इसका निदर्शन भी किया है।

यह उनके लेखन की एक प्रमुख विशेषता है कि पश्चिमी मत को आयत्त करके उसकी चरितार्थता वे भारतीय साहित्य में दिखाते हैं और समकालीन गुजराती साहित्य में भी। समकालीन लेखकों के प्रति यह अकुंठित अनुराग ही था कि उन्होंने नर्मदाशंकर, दलपतराम, नरसिंह राव पर ही नहीं, गोवर्धनराम, क. मा. मुंशी आदि पर भी लिखा यद्यपि वस्तुनिष्ठता से।

कविता को केवल 'हृदय का उच्छलन' मानने वाले वड्र्सवर्थ के अनुयायियों से वे सहमत नहीं थे। उनका कहना था कि 'इलियट, हैमलेट तथा कादंबरी जैसे विश्वप्रसिद्ध ग्रंथ मात्र हृदय की उच्छलन के परिणामस्वरूप नहीं लिखे गए हैं।' इनमें पर्याप्त बौद्धिक जटिलता है। इससे आगे बढ़कर जब वे लिखते हैं कि कविता में जैसे बुद्धि और हृदय की अपेक्षा रहती है, वैसी ही शील की अपेक्षा रहती हैं? तब हमें शुक्लजी का स्मरण हो आता है। वे भारतेन्दु और शुक्ल के बीच की अवधि के थे और इन्हीं की तरह के विचारक-चिन्तक थे। अपनी बात उन्होंने जिस तरह स्पष्ट की है, वह उनकी विचार पद्धति का अच्छा निदर्शन है–"शेली की कविता में हृदय की परिपूर्णता तो है ही, बुद्धि का प्रभाव भी कम नहीं है। फिर भी शेली शेक्सपीयर की बराबरी नहीं कर सकता क्योंकि उसमें शील का अभाव है। उत्तररामचरित का हृदयवेग अद्वितीय है, फिर भी शाकुंतलम् की श्रेष्ठता उन्हीं अंशों के कारण प्रतिपादित होती है जिनमें शील की अधिकता है, परन्तु हमें मात्र शील के आधार पर किसी रचना की श्रेष्ठता या न्यूनता पर विचार नहीं करना है बल्कि उसके औचित्य को भी ध्यान में रखना है। मैकबेथ में शील की अधिकता और तीव्रता है जबकि हैमलेट में उसकी अल्पता या मंदता।"

आनंदशंकर कविता में अध्यात्म तत्त्व की अपेक्षा भी करते हैं, यद्यपि इसकी व्याख्या उनकी अपनी है। वे लिखते हैं कि शेक्सपीयर के नाटकों में एक भी पादरी नहीं है, फिर भी उसमें अपेक्षित आध्यात्मिकता अनुस्यूत है। 'डेजडेमाना' की मृत्यु जिस प्रकार परम तत्त्व की प्रतीति कराती है, वैसी प्रतीति ज्ञानरस या भक्तिरस का अन्य कौन-सा ग्रंथ करा सकता था? टेनिसन जिस 'तत्त्व' का प्रतिपादन 'इन मेमोरियम' की अनेक स्टैजाओं

में स्पष्ट शब्दों में करता है और ब्राउनिंग (ने) जिस पर अपना सम्पूर्ण कवि-जीवन न्योछावर कर दिया, उसी तत्त्व की अलौकिक रेखा शेक्सपीयर द्वारा चित्रित 'डेजडेमाना' की मृत्युबेला की छवि में दृष्टिगत होती है। डेंटी (या दाँतें?) की बिएट्रिस में, भवभूति की सीता में, कालिदास की शकुंतला में और व्यास की सावित्री में उसी के दर्शन होते हैं। यह उद्धरण कुछ लम्बा तो हो गया है लेकिन यह बात भली-भाँति दिखाता है कि ध्रुवजी की विचार-पद्धति में गूँथा हुआ उनका अगाध ज्ञान भी जैसे-जैसे हम पढ़ते हैं, उजागर होता जाता है।

ध्रुवजी ने रामायण और महाभारत पर भी विचार किया था। रामायण में उनके अनुसार करुण रस से और भी कुछ ज़्यादा है, महाभारत में वे धवन्यालोककार से सहमत हैं कि उसमें शांत रस प्रधान है। अभिज्ञानशाकुंतल और धम्मपद के गुजराती अनुवादों पर उन्होंने जो विचार किया है, वह उनकी तीक्ष्ण अनुवाद-चेतना दर्शाता है। वे लिखते हैं कि "स्व. काशीनाथ त्रयंबक तैलंग ने अपने भगवद्गीता के अनुवाद में जिस प्रकार बौद्धधर्म के ग्रंथों से समानार्थक वाक्य टिप्पणी में दिए हैं वैसे इस महान् पाली ग्रंथ के अनुवादक ने ब्राह्मण और जैन ग्रंथों से टिप्पणी दी होती तो बहुत बड़ा लाभ होता।" मुझे हैरानी होती है कि अनुवाद के जिस आदर्श की ध्रुव को आकांक्षा थी, इस कार्यशाला को उसकी छाया भी छू नहीं सकी है। खैर! नरसिंह और मीरा पर किया गया विचार, विशेषतः इस विषयक गोवर्धनरामजी के मत का प्रत्याख्यान, मध्ययुगीन साहित्य में भी उनका संचरण सूचित करता है। त्रिपाठीजी ने यह सम्भावना की है (सम्पादक को इसका स्त्रोत-निदर्शन करना चाहिए था) कि कबीर, नानक, चैतन्य तथा वल्लभाचार्य ने नरसिंह और मीरा से ज्वाला पाई हो सकती है। आनंदशंकर ने नरसिंह और मीरा पर उपलब्ध उद्यतन शोध के आधार पर ही नहीं, इनकी काव्यवृत्ति के आधार पर भी यह स्पष्ट किया है कि मीरा पर जयदेव और चैतन्य का प्रभाव तो सम्भव है, मीरा का प्रभाव चैतन्य, कबीर, नानक पर कदापि सम्भव नहीं है। नरसिंह पर भी वे भागवत से ज़्यादा जयदेव का और जयदेव से भी ज़्यादा कबीर का प्रभाव सम्भव मानते हैं। कुल मिलाकर ध्रुव अपना पांडित्य किस प्रकार संघटित करते हैं, यह चयन उसे भली प्रकार से दर्शाता है।

इस काल के रचनात्मक लेखन पर धर्म व समाज-सुधार, शिक्षा-प्रसार व स्त्री-शिक्षा जैसे आदर्शों का गहरा प्रभाव मिलता है। गोवर्धनराम त्रिपाठी की महती औपन्यासिक रचना 'सरस्वतीचंद्र' इसी छाया में रची गई है। 'राई का पर्वत' नाटक और कुछेक कविताएँ भी आदर्शवाद से ही प्रेरित हैं। 'वीर की विदाई' में भी आदर्श ही प्रमुख है परन्तु फिर भी वह एक भिन्न आस्वाद की रचना है। 'मलयानिल की ग्वालिन' कहानी, 'डाह्याभाई झवेरी' का नाटक श्रीनवीन वीणावेली और रमणभाई नीलकंठ की व्यंग्य-रचना 'भद्रंभद्र कौतुकी' रचनाएँ हैं यद्यपि नीलकंठ में हास्य से अधिक धार्मिक पोंगापंथी पर तीखा व्यंग्य है। नीलकंठ इस युग के एक मँजे हुए व्यंग्यकार है।

यह एक चित्य स्थिति है कि अनुवाद-कार्यशाला में तैयार किए गए इस संकलन का अनुवाद-पक्ष बेहद कमजोर है। गुजराती हिन्दी की बहुत करीबी भाषा है इसलिए काम

चलाऊ अनुवाद में भी विचारों के संप्रेषण में ज़्यादा कठिनाई नहीं आती, लेकिन अनुवाद की दुर्बलता और अनुवादक की असावधानी लक्ष्य करने में भी कोई कठिनाई नहीं होती। यूनानी महाकवि होमर का महाकाव्य इलियड जब एकाधिक स्थलों पर इलियट लिखा जाता है, तब कहना पड़ता है कि अनुवादक का न इलियड से परिचय है, न इलियट से। महाकवि दांते एकाधिक जगह डेन्टी हैं। हाफीज हाफिड़ हैं। दूरदर्शिता के लिए दीर्घ दृष्टि और पौरुष के लिए पौरुषत्व का प्रयोग मिलता है। साथ के अर्थ में एकाधिक स्थलों पर सात का प्रयोग हुआ है। ऐसे में तुनकमिजाज के लिए जलद मिजाज, रचनात्मक प्रभाव के लिए, असर और रूप (फॉर्म) के लिए आकृति के व्यवहार पर आपत्ति करना व्यर्थ हो जाता है। ऊपर कई जगह 'उपर' है और हिन्दुओं को 'हिन्दूओं' लिखा गया है और बनूं को बनुं भी एकाधिक स्थलों पर लिखा गया है। विभक्तियों की असावधानी तो पग-पग पर मिलेगी।

'सुबह में वह अपने गाँव से तालाब में नहाने जाती है।' 'सुबह में मैं यहाँ कुछ चमत्कार दिखाऊँगी'; 'मन की शांति में सचमुच कोई अगम्य अंतर की कथा से ही प्राप्त होती है' आदि वाक्यों में अपादान की रेखांकित विभक्ति का प्रयोग अनावश्यक है। इसी तरह, 'हाथी पर चढ़ने से पहले गिरने का विचार पहले कर लो' या 'मेरे दर्ज़े से ज़्यादा मेरे गुणों से तुम ज़्यादा मोहित हो गई लगती हो' वाक्यों में पहले और ज़्यादा की अनावश्यक पुनरावृत्ति हुई है। 'नहीं' की यह पुनरावृत्ति तो अर्थ ही बदल देती है–'यदि मैं भड़काती नहीं तो मुझे रोटी का टुकड़ा भी नहीं मिलता।' ये छोटी-छोटी बातें पाठ-प्रवाह को सर्वत्र बाधित किए हुए हैं। इसका अर्थ यह नहीं कि बड़े अवरोध नहीं है। कई जगह वाक्य-रचना पूरी तरह उलझी हुई है। यथा, पालिग्नोट्स नामक चित्रकार मनुष्य की विविध वृत्तियों और स्त्री के शरीर की तथा वस्त्र की सुंदरता को व्यक्त करने वाले चित्रों के अतिरिक्त ग्रीक लोगों के घर के पात्रों पर चित्रकला का ऐसा असर है कि आज तक घर के सामानों पर कला का प्रयोग किसी भी देश में इतना विस्मृत नहीं है ऐसा कहा जाता है। यहाँ फिर भी हम दो बार पढ़कर अर्थ निकाल लेते हैं लेकिन निम्नांकित वाक्य तो दो-तीन बातों को कहना चाहते हुए भी ठीक से नहीं कह पाता–"विवाह पूर्व अंग्रेज़ी और संस्कृत में प्रवेश होने ले, सांसारिकता, रसिकता, व्यवहारकुशलता, नीति आदि गृहस्थाश्रम के द्वारपालों का समय जानकर मंदिर में पधारने वाली रानी को सत्कारने के लिए तत्पर और रानी के लिए सरस्वतीचंद्र को मन निराश होकर लौट जाता...।" ऐसे कई उदाहरण और भी मिल जाएँगे। किसी भी पुस्तक में ऐसी भूलें चिन्त्य ही कही जाएँगी लेकिन अनुवाद-कार्यशाला में भाषा की यह दुर्गति अक्षम्य है जबकि ज़्यादातर भाषांतरकार हिन्दी-भाषी हैं।

पुस्तक की प्रस्तुति, छपाई, वर्तनी-निरूपण, प्रूफ़-शोधन आदि का काम भी कम असावधानी से नहीं किया गया है अनुक्रम-निर्धारण तक अव्यवस्थित हैं! प्रकटतः पुस्तक अपने प्रति अध्येता में कोई उत्कंठा नहीं जगाती। लेकिन यदि कोई धैर्यवान पाठक इस तमाम असावधानी और अव्यवस्था की उपेक्षा कर इसे पढ़ने में प्रवृत्त हो जाए तो अपनी क्षतिपूर्ति वह प्रतिपाद्य विषय में पा लेता है।

पारसी थियेटर और लोकनाट्य

डॉ. नवनीत चौहान (सं.) : पारसी रंगमंच और ख़याल परम्परा

इसी विश्वविद्यालय का एक और प्रकाशन है, डॉ. नवनीत चौहान द्वारा सम्पादित 'पारसी रंगमंच और ख़याल परम्परा'। अनुक्रम और प्रस्तुति में यह पुस्तक भी अव्यवस्थित ही है। इसमें एक खंड पारसी रंगमंच पर और दूसरा ख़याल-परम्परा पर हो सकता था उससे सामग्री सुगठित रहती लेकिन सम्पादक ने पारसी मंच पर दो आलेख प्रारम्भ में दिए हैं, दो अंत में। स्वयं सम्पादक के फटकेबाज़ी पर आलेख का एक पृष्ठ सबसे पहले पृष्ठ पर छपा है, पूरा आलेख पृष्ठ 72 से आगे है!

डॉ. सनतकुमार ने पारसी थिएटर का जो विवेचन किया है और डॉ. गोपालशास्त्री ने इस विषय में जो जानकारियाँ जुटाई हैं, उसके बाद डॉ. चौहान का आलेख लगभग अतिरिक्त हो जाता है। डॉ. भागीरथ भार्गव ने अलवर में पारसी मंच का जो परिचय दिया है, वह भी अलवर की नाट्य-गतिविधियों का लेखा ही अधिक है। ख़याल परम्परा पर डॉ. भानावत के आलेख के बाद हमीदुल्ला उसे दोहराने के बजाय केवल ख़याल भारमली पर ही केन्द्रित करते तो ठीक होता। डॉ. जीवनसिंह ने अलीबख्शी ख़याल परम्परा का परिचय देते हुए स्पष्ट कर दिया है कि यह लोकबद्ध ख़याल परम्परा नहीं थी। ये व्यक्ति-रचित ख़याल ही थे लेकिन समाज का साझा होने पर इनमें लोकतत्त्व आने लगा था। क्या ख़याल भारमली इस अर्थ में भी ख़याल है?

यह पुस्तक ऐसे प्रश्न नहीं छेड़ती, परिचय पर ही थम जाती है। सम्पादक का कहना है कि यह पुस्तक विश्वविद्यालय की भारतीय लोकनाट्य पर चल रही शोध-परियोजना का एक भाग है। शोध का लक्ष्य यह है कि विभिन्न लोकनाट्य-रूपों में समानता और भिन्नता का निदर्शन करना और उनके सामाजिक-भौगोलिक कारण खोजना। पूर्ववर्ती शोध की जानकारी मुझे नहीं है लेकिन इस पुस्तक को तुलनात्मक या विवेचनात्मक शोध कहना–चाहे पारसी मंच के संदर्भ में या ख़याल-संदर्भ में–किसी भी जिज्ञासु को और अनुदान आयोग को भी भ्रम में रखना है। हिन्दी में इन विषयों पर यह सामग्री पहले से उपलब्ध है। यह पुस्तक उसमें कुछ विशेष जोड़ती नहीं है। बड़ी अपेक्षा जगाए जाने पर पुस्तक ज़्यादा निराश करती है। आलोच्य विषयों का परिचय पाने के लिए इसे पढ़ा जा सकता है। शोध जैसा इसमें कुछ भी नहीं है।

संस्कार और आधुनिकता : सामंजस्य की चिन्ता
पं. विद्यानिवास मिश्र : स्वरूप-विमर्श

समकालीन साहित्यिकों ने अपने सामाजिक-चिंतन में इस प्रश्न पर काफी विचार किया है कि स्वाधीनता के बाद हमारे सांस्कृतिक मूल्यों का तेजी से क्षरण क्यों हुआ है। डॉ. विद्यानिवास मिश्र की सद्यः प्रकाशित पुस्तक 'स्वरूप-विमर्श' का भी प्रमुख विचारणीय विषय यही है। लेखक का मत है कि 'सर्व पश्यति स पश्यति' ही भारत का मज्जागत संस्कार है। याने जो सबको सब होकर देखता है, वही देखता है। देश का अर्थ यहाँ कभी इतिहास, भूगोल या आर्थिक विचार नहीं रहा है, रहा है वैचारिक और भावात्मक साझेदारी एक व्यापक-बोध की साझेदारी। यह बोध केवल मनुष्यों तक ही सीमित नहीं रहा है, यह प्राणिमात्र और समूची प्रकृति बल्कि चराचर जगत तक विस्मृत रहा है। हमारे शहरी जीवन और मध्यम वर्ग में इस बोध का जो लोप हुआ है, उसका कारण मिश्रजी के मतानुसार पश्चिमी प्रभावी ही है–

कहाँ हमसे गलती हुई, मैं इस पर जब संस्कृति के एक विद्यार्थी की दृष्टि से विचार करता हूँ तो लगता है कि यह खोट उन्नीसवीं शताब्दी के प्रारम्भ में या अठारहवीं शताब्दी के अंत में शुरू हो गई थी, जब पश्चिम का पहला प्रभाव पड़ा और पश्चिम के प्रभाव के साथ औद्योगीकरण का प्रभाव पड़ा, औद्योगीकरण के प्रभाव के साथ एक राष्ट्रीयता की कृत्रिमता की परिकल्पना का प्रभाव पड़ा है। तभी तो हमारी मानसिकता बदली है, बहुत बदली है।

डॉ. मिश्र के पृष्ठभूत क्योंकि संस्कृत-साहित्य का गहरा आलोड़न रहा है इसलिए जिज्ञासा होती है कि वे इस प्रश्न के तल तक जाते और इसको भी पड़ताल करते कि 'सर्व पश्यति' के आदर्श के रहते यह कैसे हुआ कि हमने अपने व्यवहार में अस्पृश्यता और जातीय-भेदभाव जैसी बुराई को पलने-पनपने दिया जबकि दर्शन के धरातल पर हम अभेद का जाप करते रहे? निश्चय ही, अस्पृश्यता और जातीय-भेदभाव पश्चिमी-प्रभाव और तज्जनित औद्योगीकरण और राष्ट्रीयता की देन नहीं हैं। इस बुराई ने तो गहरी जड़ें मुसलमानों के आक्रमण से भी बहुत पहले बल्कि रामायण-महाभारत काल से भी पहले से जमा ली थीं। पश्चिमी राष्ट्रवाद ने हमारी दृष्टि को और अधिक संकीर्ण ही नहीं किया, जीवन की समरसता में विष भी घोला, पर वह एक अलग बात है। यदि इसका उपचार नहीं हो पाता है तो ग्रामीण-जीवन में जैसा-कैसा भी हमारा यह संस्कार बचा

हुआ है, वोट की राजनीति और उसके सबब से फैलने वाले भ्रष्टाचार और पनपने वाले नए भेदभाव इसे समूल नष्ट कर देंगे।

आज के संदर्भ में विशेष प्रश्न यह भी उठता है कि यह 'सर्व पश्यति' वाला आदर्श निर्वाहित कैसे हो, जब हम 'विमूढानानु पश्यन्ति' बल्कि कहना चाहिए 'दुष्टानानुपश्यन्ति' से घिरे हुए हों। जब हमारा वास्ता एक ओर कट्टरवाद से और दूसरी ओर उग्रवाद और आतंकवाद से पड़ रहा हो, तब जीवन में इसका निर्वाह कैसे हो? कट्टरवाद या उग्रवाद आतंक का बाहरी रूप और बाहरी शह पर पलने वाला रूप है, तो भ्रष्टाचार भीतरी घुन है। उपचार दोनों का अपेक्षित है। डॉ. मिश्र की दृष्टि इस ओर नहीं गई हो, ऐसा नहीं है। उन्होंने पूछा है और सही पूछा है कि हम आज़ादी के बाद से ही चुप क्यों रहे? हम जनतंत्र के नाम पर क्यों इस छद्म को झेलते रहे–

50 वर्ष हमने जबान नहीं खोली, हमने चुनौती नहीं दी। हमें हिन्दुस्तान का जनतंत्र प्रभुता और प्रजा के बीच खाई पैदा करने वाला नहीं चाहिए। भाषा के स्तर पर हमें एक ऐसा जनतंत्र चाहिए जहाँ एक प्रभु भाषा हो दूसरी प्रजा भाषा हो। हम संवाद के ऊपर आश्रित जनतंत्र में रहना चाहते हैं। हमने चुनौती दी है हमें मुगलिया ठाट-बाट नहीं चाहिए। कभी हमने नकारा नहीं। 1947 से लेकर के बहुत समय तक हमने नकारा नहीं।

जब राजनीति केवल सत्तानीति बन गई हो और नेता-वर्ग भ्रष्ट हो, तब आशा कहीं टिकती है तो बुद्धिजीवी वर्ग पर ही। इस वर्ग की उदासीनता भी बहुतेरी बुराइयों के लिए उत्तरदायी है। इसी तरह, लेखक ने युवा शक्ति की अकर्मण्यता को और उसकी स्वार्थपरता को भी दोषी ठहराया है। उसने इस शक्ति को लगभग धिक्कारते और ललकारते हुए लिखा है कि–

आप गोली खाते हैं, सिनेमा के टिकट के लिए। कभी अपने देश को एक बनाने के लिए गोली खाई है? कभी आपने आसाम को अपनी समस्या समझा है? पंजाब को अपनी समस्या समझा है? जिस तरह से अमरीका का विद्यार्थी, फ्रांस का विद्यार्थी वियतनाम के युद्ध के लिए लड़ा है, ...कभी आपने उस समस्या को अपनी समस्या समझा है? ...एक जलियांवाला बाग में कांड हुआ तो सारे देश में आग लग गई। ऐसी आग क्यों नहीं लगती है? कहाँ मर गया देश का पानी? क्यों नहीं अनुभव होता है कि कहीं भी कुछ एक जगह टूट रहा है, तो हमारा हिस्सा टूट रहा है, हम टूट रहे हैं, पूरा अस्तित्व हमारा टूट रहा है, सम्पूर्ण जाति टूट रही है, यह अनुभव क्यों नहीं होता है?

कहने की आवश्यकता नहीं कि इस जागृति की आज सर्वाधिक आवश्यकता है। लेकिन यह स्वर इस संग्रह में दबा हुआ रहा है। लेखक का ध्यान ज्यादातर यह दिखाने पर केन्द्रित हो गया है कि हमारे दैनन्दिन जीवन-व्यवहार में, विशेषतः ग्रामीण-जीवन में संस्कृति के जीवंत निदर्शन आज भी विद्यमान हैं। उसका कहना है कि इस देश में भाषागत और भूषागत भेद चाहे हैं, गाँव सर्वत्र एक से हैं, बैलगाड़ी का पहिया, किसान का हल, कुम्हार का चाक सर्वत्र एक-से हैं। कोई भारतीय जब गिनती करेगा तो छोटी उँगली से करेगा, अँगूठे से नहीं; प्रदक्षिणा करेगा या हल चलाएगा तो दाहिनी ओर मुड़ेगा;

फसल काटेगा तो दाने चिड़ियों के लिए छोड़ देगा, रात में फूल-पत्ती नहीं तोड़ेगा, इस तरह अपने को अपने से वृहत्तर परिवेश से जोड़ते हुए चलेगा। लेकिन इसी राह पर चलते हुए लेखक अपर शक्ति में विश्वास के निदर्शन पर आ जाता है। इस मशीन-युग में भी ट्रक ड्राइवर ट्रक चलाने से पहले अगरबत्ती जलाएगा और मौन प्रणाम करेगा, ट्रक में उपस्थित किसी देवत्व के प्रति अपने को अर्पित करेगा, हल चलाने वाला हाथ से मिट्टी को छुएगा, हल को नमन करेगा। ये सब अपने से परे किसी अपर शक्ति की स्वीकृति हैं। यही स्वीकृति लेखक को अगले सोपान पर शकुन विचार पर ले जाती है, जहाँ खाली घड़ा, बिल्ली का रास्ता काटना, पुरुष का बाँया अंग फड़कना आदि अपशकुन के वाचक हो जाते हैं। इस प्रश्न के उत्तर में कि ये अशुभ क्यों है, डॉ. मिश्र कहते हैं कि 'इसका समाधान यह है कि ये सभी अभिप्राय हैं। अर्थात् ये सभी संक्षेप में संकेत देने वाली भाषा के उपादान हैं। मनुष्य को सावधान करने के लिए हैं–आज जब मनुष्य अत्यन्त असहज जीवन व्यतीत कर रहा है, तब उसे ये सारे संकेत अर्थहीन लगते हैं, और इसलिए उसे इन संकेतों को गूँथने वाला कर्मकांड अर्थहीन लगता है।' अन्यथा, लेखक का मत यही है कि ये अर्थहीन नहीं हैं, तभी वह इनके संरक्षण के लिए इनको शिक्षा से जोड़ने का प्रस्ताव करता है–

इस प्रश्न पर मैंने लगातार गहराई से सोचा है और मुझे पहली बात यह लगी कि सुशिक्षित करने के नाम पर गहरे संस्कार की नींव नहीं ढलनी चाहिए। इसके कारण सारा देश एक है। ...इन संस्कारों की अर्थवत्ता इन्हें समझायी जाए, और इनके विकास के उपक्रम को उन संस्कारों के अनुरूप ढाला जाए।

लेकिन यहाँ इस ओर बहुत सावधान रहने की आवश्यकता भी है कि कर्मकांड का तत्त्ववाद जब लुप्त होता है–और वह प्रायः होता है–तब संस्कार व्यक्ति को अंधविश्वासी बनाकर जड़ कर्मकांड की ओर धकेल देते हैं। प्रातः गंगा स्नान के लिए हल्के कम्बल में जाड़े को रात गुजारना गहरी आस्था तो दर्शाता है लेकिन वह निमोनिए को निमंत्रण भी तो है। एक अमेरिकी तो नारकीय जीवन जीने वाले झुग्गीवासी को उल्लास से उत्सव मनाते देखकर विस्मित हो सकता है, उसे वह उल्लास अपनी सम्पन्नता पर एक चाँटा भी लग सकता है, परन्तु ऐसे उदाहरणों से इस वर्ग के अपनी न्यूनतम आवश्यकता पूरी कर लेने की ओट में हम उसको गरीबी की रेखा से ऊपर उठाने के दायित्व से मुक्त नहीं हो जाते। तसल्ली यही है कि स्वयं मिश्रजी जड़ कर्मकांड क अंधा पक्षधर नहीं हैं। सारे मंत्रों के, संस्कृत भाषा के और समूचे देश के ही कर्मकांड बन जाने पर वे कम क्षुब्ध नहीं हैं, हम उन्हें कर्मकांड के इस रूप को कोसते और उस पर बरसते भी देखते हैं। हर उत्सव आयोजन में समझा जाता है, टीका कर दिया जाए तो भारतीय संस्कृति हो जाएगी। इस पर मिश्रजी चिढ़कर कहते हैं–'अरे, टीका न करें, आग लगे उस टीके को। अरे, मन से तो भारतीय होइए।' और भारतीय होने का अर्थ, राम की माला जपना नहीं है, पूरे जीवन को देखना है। वे आज के बाबागिरी के सस्ते नुस्खे और इसी तरह अख़बारों के तंत्र-मंत्र, जादू-टोने ओर अपराध-विशेषांकों पर भी हैरान हैं और इस बात

पर भी कि 'वाल्मीकि का देश तंत्र-मंत्र के पीछे पागल है। बड़े से बड़ा राजनेता, बड़े से बड़ा आदमी, ज्योतिषी के पीछे, तांत्रिक के पीछे...व्यक्तिगत लाभ के पीछे पागल है।'

अवश्य ही, ये अंश जिस आलेख (देश की पहचान) से हैं, वह 'बहुत पहले' का है जो लेख इधर 'दो तीन वर्षों के भीतर' के हैं, उनमें यह स्वर इतना मुखर नहीं है। लेकिन पहले के आलेख भी इस संग्रह में संगृहीत हैं तो यह मानने का कारण है कि वह आज भी लेखक की दृष्टि का ही एक भाग है।

संग्रह के अधिकांश आलेख व्याख्यानरूपेण हैं, इसलिए इनकी शैली बोलचाल की और कुछ प्रभाववादी किस्म की है। इन्हें पढ़ते हुए इस बात को ध्यान में रखा जाए तो इनमें मिलने वाली पुनरुक्ति और वाक्य-रचना की शिथिलता उतनी अखरेगी नहीं यद्यपि मामूली सावधानी या सम्पादन इन दोषों का परिहार किया जा सकता था। परन्तु यहाँ यह कहना भी आवश्यक है कि इन लेखों में प्रभाववादी किस्म की शैली के बावजूद विचार-तत्त्व क्षीण नहीं है। साधुमत, लोकमत, जैसे लेख विचारोत्तेजन करते हैं। ये बातें उत्तरार्द्ध के साहित्यिक निबंधों के लिए भी कहीं जा सकती हैं। तुलसी विषयक निबंधों के लिए भी। सर्व पश्यति की अनुस्यूति मिश्रजी ने इनमें भी दिखाई है। 'विकास को सही दिशा' आलेख में लेखक ने जो दलित-राजनीति और खेल-राजनीति जैसी समस्याओं को भी हल कर लेना चाहा है, वह मामलों का अतिसरलीकरण है। लेकिन संस्कार और विकास के सामंजस्य की चिंता दर्शाने वाला यह संग्रह पठनीय है।

जीवन-दृष्टि के मेल में हो साहित्य-दृष्टि

पं. विद्यानिवास मिश्र : गिर रहा है आज पानी

पंडित विद्यानिवास मिश्र निबंधकार है और साहित्य और जीवन के विचारक भी। अपने समय के बड़े लेखकों से उनके संबंध रहे हैं और उन्होंने उन पर लिखा भी है। समय-समय पर उन्होंने पत्रकारी लेखन भी किया है और उसे अपने संग्रहों में संकलित करने का लोभ संवरण भी वे नहीं कर सके हैं। आलोच्य निबंध-संग्रह गिर रहा है आज पानी में हमें उनके लेखन के इन सभी रूपों की बानगी मिलेगी।

संस्मरण खंड में उन्होंने जिन पर लिखा है, उन सभी के विषय में कुछ न कुछ नई जानकारी हमें मिलती है। फिर भी, भवानी भाई और धर्मवीर भारती के स्मरण में वे जो कुछ कहते हैं, नागार्जुन, शिवप्रसाद सिंह, राहुलजी, डॉ. देवराज आदि के स्मरण में तो उतना भी नहीं कहते। वहाँ पत्रकारी-धर्म का निर्वाह ही अधिक है। अवश्य ही अज्ञेय और नवीनजी के स्मरण में कुछ ऐसी जीवन चरितात्मक बातें भी हैं जिनकी जानकारी हिन्दी के कई पाठकों को नहीं है। अपनी प्रकृति में ये आलेख रेखाचित्रात्मक या जीवन-चरितात्मक अधिक हैं, संस्मरणात्मक कम क्योंकि स्मरणीय घटनाएँ इनमें कम व्यक्तित्व ही अधिक है।

नवीनजी को मिश्रजी ने हिन्दी कि शिखर-पुरुष कहा है। उनके द्वारा साहित्य अकादमी पुरस्कार और नेहरू सरकार में मंत्री पद ठुकराए जाने के प्रसंग उनकी संकल्प शक्ति और उनका स्वाभिमान दर्शाते हैं तो गणेशशंकर विद्यार्थी का यह कथन उनकी निर्भीकता और संघर्षशीलता के दैनिक प्रताप के लिए हमें सबसे अधिक बार जमानत नवीनजी के सम्पादकीय और अग्रलेखों के कारण देनी पड़ी थी। मिश्रजी के हवाले से ही हम जानते हैं कि चौथे दशक तक के विज्ञान के अद्यतन आविष्कारों को कविता में आत्मसात करने वाले वे अकेले कवि थे। गाँधीजी पर उन्होंने शोकगीत लिखा था, वह भी बेजोड़ है। उन्होंने कहानियाँ भी लिखीं और संक्षिप्त आत्मकथा भी। उनके परिवार ने उनकी अप्रकाशित सामग्री अंतर्राष्ट्रीय हिन्दी विश्वविद्यालय को सौंप दी है।

अज्ञेय के विषय में भी कुछ बातें हम पंडितजी के साक्ष्य से ही जानते हैं, जैसे उनके कम बोलने का रहस्य, शेखर का तीसरा भाग पूरा नहीं हो सकने का कारण, आदि। इस आलेख में दो-एक ऐसे प्रसंग भी हैं जो दर्शाते हैं कि कैसे अज्ञेय, देश और नारी के अपमान से तिलमिला जाते थे। अज्ञेय के साहित्य और उनकी रचना-दृष्टि का परिचय भी

उन्होंने अपने ढंग से दिया है। 'असाध्यवीणा' को संदर्भित करते हुए वे लिखते हैं कि, 'यदि हम अपने को पूरी संस्कृति की अस्मिता को नहीं सौंपते हैं तो हम कुछ रच नहीं पाएँगे। हम जो रचते हैं, सबका होकर रचते हैं।' तुलसी पर लिखते हुए पंडितजी जिसे 'औरों में अपने को पाना' कहते हैं, बहुत कुछ उसका भी भाव यही है। वे लिखते हैं कि 'जो भक्त हैं, वह राम में रहते हैं, तो राम राममयता में हैं। अपने में नहीं हैं। जो राममय हो चुका है, उसमें हैं। उसकी प्रतीति कराना रामचरितमानस का मुख्य उद्देश्य है।' न्यूनाधिक यही बात वे सूर के लिए कहते हैं–'माधव के रूप में अपने को प्रतिष्ठापित करके अपने को पहचानना...यह सूरसागर का नवनीत है।'

इन उदाहरणों में इन रचनाकारों की रचना-दृष्टि का निर्देशन तो है ही, हम इनमें स्वयं मिश्रजी की अपनी दृष्टि को भी लक्ष्य कर सकते हैं। पंडितजी के अनुसार साधना की प्रमुख शर्त है, साधक का आत्मदान। अब यह साधना चाहे एक भक्त की हो या कवि की। अवश्य ही भक्त को इस साधना में अपनी पहचान खोनी होती है। मुझे संदेह है कि अपनी साहित्य-साधना में अज्ञेय को यह बात स्वीकार्य थी। अस्तु।

यदि हम इन निबंधों में व्यक्त हुई मिश्रजी की जीवन-दृष्टि पर विचार करें तो उसे भी उनकी साहित्य-दृष्टि के मेल में ही पाएँगे। वे जो कहते हैं कि 'मैं साहित्य की समग्रता में देखता हूँ', उसका एक अर्थ यह भी है कि साहित्य-दृष्टि जीवन-दृष्टि के मेल में होनी चाहिए। 'मेले बीते' निबंध में वे लिखते हैं कि कितने राग मिलते हैं, कितने रंग मिलकर मेले की रंगत बनते हैं, प्रयाग के माघ मेले में किन-किन प्रदेशों के यात्रा-गीत अलग-अलग धुनों में गूँजते हैं और उन सबकी एक अनुगूँज पूरे मेले को तरंगित करती रहती हैं। गाँव के मेले में भी यही होता है। किसी की पहचान खोती नहीं थी लेकिन सबकी पहचान मिलकर एक मेले की पहचान बन जाती थी। 'जीवन उत्सव है' निबंध में वे कहते हैं 'उत्सव और होता क्या है, सिवाय इसके कि निचुड़े हुए रस का भरना और भरकर उफनना, अपने भीतर उसे समो न पाना, उसको वितरित करने का हिलोर भीतर से पैदा होना, यह सब हो और आदमी सब में समा जाने के लिए, सब में अपनी पहचान पाने के लिए आकुल हो जाए।' यही उत्सव है। कहने की आवश्यकता नहीं कि पंडितजी आत्मदान में ही जीवन की सार्थकता देखते हैं। उनकी यह जीवन-दृष्टि ही उनकी साहित्य-दृष्टि की प्रेरक और नियामक रही है।

मिश्रजी का एक निबंध बसंत पर है। वह हमें अनायास ही द्विवेदजी का स्मरण करा देता है। वे कहते हैं, बसंत आता नहीं है, ले आया जाता है। कुछ ऐसा ही मत मिश्रजी का भी है। वे प्रकाश कि किरणें देखकर या 'स्वाध्याय' जैसा संकल्प चरितार्थ हुआ देखकर जो आश्वस्त होते हैं और करते भी हैं, वहाँ भी बसंत लाया ही गया है।

इन निबंधों को पढ़ते हुए यद्यपि हम कुछ न कुछ पाते चलते हैं लेकिन कहीं भीतर यह बात भी खटकती है कि पंडितजी जैसे लेखक से हमें जिस विचारोत्तेजन की अपेक्षा होती है, वह इन निबंधों से पूरी नहीं होती। एक जगह पंडितजी ने लिखा है कि 'उस काल की तीन रचनाओं का पुनर्मूल्यांकन होना चाहिए। एक, 'प्रलय की छाया' प्रसाद

की, दूसरी नवीन की कविता जो उन्होंने गाँधी की मृत्यु पर लिखी है और तीसरी निराला की 'तुलसीदास'। यदि पंडितजी स्वयं इस पुनर्मूल्यांकन में प्रवृत्त होते तो हम उनकी आलोचना-दृष्टि को भी पा सकते थे।'

इस संग्रह में कुछ आलेख भोजपुरी भाषा में भी है। हिन्दी की निकटवर्ती क्षेत्रीय भाषाओं के आधुनिक रूपों के लिए दावा चाहे स्वतंत्रता का किया जाता हो, थोड़ा-सा प्रयत्न करके हिन्दीभाषी उन्हें समझा सकता है। हिन्दी पाठक को इन भोजपुरी निबंधों का आस्वाद पाने में भी ज़्यादा कठिनाई नहीं होती। प्रूफ़शोधन की भूलें इस संग्रह में कई जगह खटकती हैं।

हिन्दू धर्म का मर्म

पं. विद्यानिवास मिश्र : रथयात्रा

'रकीबों ने रपट लिखवाई है जा-जा के थाने में/कि अकबर नाम लेता है ख़ुदा का इस ज़माने में।'

आज ऐसा ही गुनाह हो गया है हिंदू होना। कट्टरवाद को कोसने वाले केवल कट्टरता तक ही नहीं रहते, हिंदू धर्म को भी उसी तरह गरियाते हैं। इस धर्म में स्त्री और दलितों की स्थिति दयनीय हुई है, धार्मिक आडम्बर बढ़ा है, यह तथ्य है (वैसे अन्य धर्म भी इन लांछनों से मुक्त नहीं हैं यद्यपि उस वजह से हिंदू-धर्म क्षम्य नहीं हो जाएगा), इनके मार्जन की आवश्यकता है परन्तु आज समूचे हिंदू धर्म के प्रति विषवमन इस तरह से किया जा रहा है जैसे यह धर्म कट्टर लोगों का धर्म ही रहा हो, इसका इतिहास रक्तरंजित रहा हो, यह राष्ट्र उपनिवेशवादी रहा हो। (जबकि दूसरी ओर उपनिवेशवादी राष्ट्रों और रक्तरंजित इतिहास वाले धर्मों के प्रति ये आलोचक कहीं अधिक उदास हो रहे हैं)। कट्टरता निंदनीय है लेकिन उसकी आड़ में उस व्यापक जन समुदाय को, जो हिंदू होने के कारण सत-संस्कार अपनी जन्मघुट्टी में पाता है और उन्हें जीवनभर आचरण में उतारे चलता है, गरियाने का औचित्य क्या है? स्वल्प में परितोष पाना, वैभव को तुच्छ समझना, आस्था के बल पर प्रलोभन ठुकराना, विरोधियों के प्रति उदार होना, दूसरे धर्मों का आदर करना, सहिष्णुता और करुणा रखना ऐसे ही संस्कार हैं। आत्म हिंदू आज भी अपने धर्म, धर्मग्रंथ, धर्मस्थान और देवी-देवताओं की आलोचना और उनके विरूपण के प्रति जितना उदार है, विश्व में शायद ही कोई और धर्मावलम्बी इसके शतांश भी होंगे। लेकिन कट्टरता पर बरसने वाले इस पक्ष से आँखें मूँदे रहते हैं।

विद्यानिवास मिश्र ठीक कहते हैं कि हमारे साहस को लकवा मार गया है। सच्चाई के पक्ष में खड़े होने वाले इने-गिने रह गए हैं। ऐसे में विद्यानिवास मिश्र के सद्यः प्रकाशित निबंध-संग्रह रथयात्रा के कुछ निबंधों में की गई टिप्पणियाँ सहज ही हमारा ध्यान आकर्षित करती हैं। यह संग्रह यद्यपि हमारे बुद्धिजीवन का अपेक्षित आलोड़न तो नहीं करता लेकिन वर्तमान दोगलेपन के विरुद्ध मुँह खोलने का साहस निश्चित रूप से करता है। मिश्रजी निर्द्वंद्व कहते हैं कि मैं सनातनी हिंदू हूँ, मेरा मन हिंदू-मन है, आदि आदि। इसी निर्भीकता से वे सेक्यूलरवादियों का मुखौटा उतारते हैं। एक जगह वे प्रश्न उठाते हैं कि—प्रगतिशीलता का यह पैमाना कितना झूठा है कि मजहब से ऊपर उठकर

सोचने का उपदेश केवल उदार और सहिष्णु हिंदू को दिया जाए और मजहबी आग्रह में जकड़े हुए लोगों की आलोचना न की जाए क्योंकि वे मुसलमान हैं...इसी देश का अंग कश्मीर है, कितने मंदिर हाल ही में टूटे हैं, कितने प्रगतिशीलों ने निंदा की है, किस सरकार ने कश्मीर के उन अल्पसंख्यकों की चिंता की है जो मतांधता द्वारा हिंसा के शिकार हुए, उन्हें कितनी क्षतिपूर्ति मिली आदि। ये प्रश्न सेक्यूलरवादियों को बगलें झाँकने के लिए बाध्य करने वाले प्रश्न हैं। उनका यह पूछना भी बहुतों को चिढ़ाने वाला होगा कि इतिहास की दोमुँहीं व्याख्या क्यों की जा रही है? इतिहास से एक ओर यह सीख ली जा रही है कि हिंदुओं के साथ अत्याचार मुसलमानों के पूर्वजों ने किए थे, वर्तमान पीढ़ी ने नहीं, इसलिए उनके साथ प्रतिशोध की भावना नहीं होनी चाहिए। उनका बदला इनसे क्यों? दूसरी ओर सीख यह है कि सवर्णों को अवसर-वंचित इसलिए रहना चाहिए कि उनके पूर्वजों ने अतीत में दलितों के साथ अन्याय किया था। यानी पूर्वजों के अपराध का दंड सवर्णों की इस पीढ़ी को भुगतना ही चाहिए। ये कैसी व्याख्याएँ हैं?

इस तरह के प्रश्नों से यह धारणा बन सकती है कि वास्तव में ऐसा नहीं है। हिंदू तो वे हैं लेकिन उनकी दृष्टि हिंदुत्ववादी नहीं है। हिंदू धर्म का मर्म उनमें देखा जा सकता है। वे समाज को हिंदू और गैर-हिंदू या अल्पसंख्यक और बहुसंख्यक जैसे भेदों में बाँटने के पक्ष में कतई नहीं हैं। उन्होंने लिखा है कि–

'नकली सेक्यूलरवाद से काम नहीं चलेगा, न नकली बराबरीवाद से। सही मायने में सबके सामंजस्य और अपरिहार्य सौहार्द की बात करनी चाहिए। हम क्या माने जाएँगे, इसकी चिंता छोड़कर देश की, देशहित की बात करनी चाहिए और जहाँ कहीं कोई सताया जा रहा है या अनुचित रूप से दबाया जा रहा है, उसका पक्ष लेना चाहिए।'

हिंदू का पक्ष भी उन्होंने वहाँ लिया है, जहाँ उन्हें लगा है कि उसे अनुचित रूप से दबाया और सताया जा रहा है। ऊपर जो उदाहरण दिया गया है वह वास्तव में प्रसंगप्राप्त अवसर पर सच्चाई का पक्ष लेने का जो साहस उनमें हैं, उसका निदर्शक है अन्यथा हिंदू होने का धर्म क्या है, उसका मर्म क्या है, इसकी जो व्याख्या उनके इस संग्रह के अधिकांश निबंधों में की गई है, उस पर पक्षधरता जैसी कोई छाया तक नहीं है।

हिंदू देवताओं, हिंदू तीर्थों, हिंदू उत्सवों आदि की व्याख्याएँ मिश्रजी ने की है, उसमें हिंदू धर्म का मर्म उन्होंने अपने ढंग से देख-दिखाया है। ये व्याख्याएँ कट्टरवाद के आलोचकों के लिए तो द्रष्टव्य हैं ही, कट्टरवादियों के लिए भी माननीय हैं। मिश्रजी के अनुसार शिव विभूति को वैभव बनाने वाले ही नहीं, वैभव को विभूति तुल्य समझने वाले देवता हैं। जीवन निषेध नहीं है, पूरा का पूरा स्वीकार है, वह कोरा त्याग नहीं आसक्ति-त्याग है, वह गीता का संदेश है। अपने छोटे दायरे से परे और पार जाने का संकल्प ही तीर्थ है। जो धन, पद, प्रतिष्ठा, विद्या, जाति या धर्म का दायरा तपाने-गलाने को तैयार नहीं है, तीर्थयात्री नहीं पर्यटक है, पर्यटक को इंद्रिय-सुख चाहिए, तीर्थयात्री उसे छोड़कर चलता है। ये व्याख्याएँ हिंदू-मन की व्यापकता, उदारता, निस्पृहता आदि को बख़ूबी दिखाती हैं। प्रश्न उठता है कि फिर यह कट्टरता कहाँ से आ गई? समग्रत:

समाज का पतन क्यों हुआ? इन प्रश्नों की सम्यक पड़ताल मिश्रजी ने नहीं की है, फिर भी इन प्रश्नों के प्रसंग-प्राप्त उत्तर उनमें मिलते हैं। कट्टरता के लिए उनका कहना है कि हिंदू सम्प्रदायवाद मुस्लिम सम्प्रदायवाद की स्वीकृति की प्रतिक्रिया है और कुशिक्षा का संस्कार है। पतन के विषय में उनका कहना है कि 'हमारे भीतर एक मानसिकता भरी गई है कि हम सदा हारने वाली, सदा पिटने वाली महाजाति हैं, हर कोई चढ़ाई करता रहा और विजेता होने का गौरव पाता रहा। हिंदू मात्र पराजय की भावना से ग्रस्त हैं।' वे पोरस से पृथ्वीराज और प्रताप तक की परम्परा का स्मरण करते हुए इसका प्रतिकार करते हैं। लेकिन वे यह भुला देते हैं कि हमारी जातीय फूट का उपचार ये अपराजेय योद्धा भी कहाँ कर पाए थे। शाहेवक्त को नकारने वाले तुलसी-सूर (कुंभनदास) का स्मरण भी वे करते हैं लेकिन जब गाँधी के नकार के संकल्प को भी कमजोर कहा जाता है, तब पराजित जीवन की कई सौ वर्षों की लम्बी अवधि के यथार्थ को अनदेखा कैसे किया जाएगा? और सच तो यह है कि आज भी क्या वोट की राजनीति ने हिंदू को पद्दलित नहीं कर रखा है? वस्तुतः मिश्रजी का यह तमाम विवेचन-विश्लेषण कहीं भी गहरे जाने वाला नहीं है, इसकी प्रकृति सामान्य भावात्मक निबंध की कोटि की है। उनके विचार भी भावप्रेरित स्फुरण ही अधिक हैं।

संग्रह के कुछ निबंधों में समकालीन जीवन की समस्याओं पर भी विचार किया गया है। उनके लिए यह चिंता का विषय है कि हमारी विकास नीति में संस्कृति हाशिये पर है। शिक्षा की समस्याओं पर भी मिश्रजी ने सरसरी तौर पर तीन निबंधों में विचार किया है।

पुस्तक में शिव, तीर्थ, दिवाली पर तीन-तीन निबंध हैं। भारतीय संस्कृति से जुड़े हुए चार-पाँच। बातों को दोहराने से जहाँ प्रभाव पुष्ट होता है, वहाँ सम्पादन का अभाव भी अखरने लगता है। ज़्यादा निबंध बोलकर लिखाए गए हैं या व्याख्यानों के लिपिबद्ध रूप हैं, ये भी सम्पादन माँगते हैं। लगता है, मिश्रजी इन दिनों अपनी पत्रकारी और प्रसंगबद्ध लेखन सहेजने के लिए ज़्यादा चिंतित हैं, सम्पादन की चिंता सम्पादक जी ने छोड़ दी है। सम्पादन की शिकायत छोड़ भी दें तो मिश्रजी से कुछ गम्भीर चिंतन की अपेक्षा तो होती ही है।

गँवई उल्लास की तलाश

डॉ. कृष्णबिहारी मिश्र : अराजक उल्लास

बढ़ता शहरीकरण और वोटों की राजनीति गाँवों की संस्कृति को भी प्रदूषित कर रही है। कृष्णबिहारी मिश्र की आशंका है कि इसके कुप्रभाव से निकट भविष्य में ही गँवई संस्कृति का विलोप हो जाएगा। उनका नया निबंध-संग्रह 'अराजक उल्लास' उनकी इसी चिंता की अभिव्यक्ति है।

गाँवों में तीज-त्योहार और सभी संस्कारी उत्सव तो मनाए जा रहे हैं, लेकिन मिश्रजी का मुद्दा यह है कि इनके आयोजन-पक्ष पर प्रदर्शनप्रियता इतनी हावी हो गई है कि नाते-रिश्तों और गाँव जवार के जिस आत्मीय जुड़ाव में ऐसे उत्सवों के प्राण बसते हैं, वह कहीं दिखाई नहीं पड़ता। पशु-पक्षियों और प्रकृति की हरीतिमा के प्रति भी उदासीनता बढ़ रही है। शहरी जीवन में ये ड्राइंग-रूम कल्चर में क़ैद हो रहे हैं। शहरी जीवन में जितनी व्यावसायिकता बढ़ रही है, उसके अनुकरण में गाँव की जीवन-शैली उतनी ही बिगड़ रही है। लेखक की ये चिंताएँ सही हैं। लेकिन शहरी दबाव का सामना लेखक जिस ढंग से करना चाहता है, उससे साझा करना कठिन है।

अंजना उसे प्रिय इसलिए है कि वह कम पढ़ी-लिखी होने के कारण संस्कृति को अप्रदूषित रख सकती है; बटो भी उसे प्रिय इसलिए है कि औपचारिक शिक्षा नहीं पाने के कारण गँवई संस्कार उसमें बचे हुए हैं; मैना उसे भली इसलिए लगती है कि वह न अख़बार बाँचती है, न मोबाइल रखती है; लेखक को डर है कि गाँव में बिजली आ गई तो अलाव और चौपाल की संस्कृति चौपट हो जाएगी। नतीजतन यह सोच दर्शाता है कि लेखक विज्ञान और शिक्षा को संस्कृति के लिए नुकसानदेह समझता है। लेखक की व्यंजना और सदाशयता को समझा जा सकता है, लेकिन क्या संस्कृति के लिए विज्ञान और शिक्षा को नकारना सचमुच सम्भव है? आने वाले समय में क्या गाँवों को सड़क, बिजली, बस, अख़बार से ही नहीं, टीवी, मोबाइल, कम्प्यूटर, इंटरनेट आदि से भी असंपृक्त रखा जा सकेगा? और, जब तय है कि यह सम्भव नहीं है, तब अपेक्षा होती है कि लेखक इस कोण से भी विचार करता है कि विज्ञान के धक्के से संस्कृति की रक्षा कैसे हो सकेगी?

अगर लेखक के उन्मुक्त चिंता में इस पक्ष का आकलन भी हुआ रहता तो केवल संस्कृति-क्षय की बार-बार चिंता से निबंधों में जो एकरसता आ गई है, वह तो टूटती

ही, विचार की नई दिशा भी खुलती। अपेक्षा यह भी होती कि शीर्ष निबंध 'अराजक उल्लास' में वह ग्रामीण जीवन के उल्लास के अराजक स्वरूप को भी उभारता। लेखक ने शेफाली के उपन्यास की अराजकता तो दिखाई है, लेकिन बाकी में उल्लास के अवरोधों की चर्चा ही है।

संग्रह में कुछ निबंध अलग आस्वाद के भी हैं। 'उदास निबंध' में लेखक ने विज्ञान की सर्वसमर्थता के दावे पर व्यंग्य किया है। उसका प्रश्न यह है कि आज माननीय रिश्तों में आ रही दरारों का उपचार क्या विज्ञान के पास है? बेहया वनस्पति पर लिखे गए निबंध में उसने वनस्पति के ब्याज से राजनीतिक जीवन में बढ़ती जा रही बेहयाई पर तीखा व्यंग्य किया है। लगे हाथ लेखक ने साहित्यिकों पर भी व्यंग्य किया है। उनका कहना है कि इस बेहया के पसरते जंगल पर काबू पाने के लिए देश को विरोध की वाणी की प्रतीक्षा है, लेकिन कैसा दुर्भाग्य है कि वाणी के साधक अविरोध की साधना में लगे हुए हैं।

इस निबंध में लेखक ने क्षेत्रीय संकीर्णता का जो मुद्दा उठाया है वह भी तात्त्विक है, लेकिन निबंध में यह प्रसंग आरोपित-सा ही रहा है। जब 'धरती पत्र' शीर्षक से अलग निबंध में लेखक ने वोटों की व्यूह-रचना करने वालों की संकीर्ण क्षेत्रीय राजनीति से हो रही देश की टूटन दिखाई है, तब बेहया निबंध में इस प्रसंग के आरोपण की आवश्यकता और भी नहीं थी।

लेखक की भाषा आयाससिद्ध कही जाएगी। वह बात को सहज रूप में नहीं कहता, उसका प्रयत्न उसे रचने का रहता है, लेकिन लगता है इस रचाव व्यापार में वह सहज नहीं रह पाता है। कुछ शब्दों का वह अचिंतित प्रयोग भी करता है–उल्लास, समृद्धि, प्रीत, छंद, रचना जैसे शब्दों का प्रयोग बहुत कुछ इसी प्रकृति का है। इन निबंधों में इन शब्दों का अर्थ–क्षय हुआ है लेकिन लगता है, इस तरह की सायास रचना लेखक की शैली हो गई है, वह किसी और विधि से लिख ही नहीं सकता। पुनरावृत्ति का लोभ भी उसमें बहुत है। उसने कई देशज शब्दों का प्रयोग भी किया है। उनका वस्तुगत औचित्य स्पष्ट है। इनमें कुछ शब्दों का अर्थ तो पढ़ते हुए, संदर्भ के साथ, खुलता चलता है, लेकिन जो पारिभाषिक प्रकृति के हैं, उनका अर्थ कोष्ठक में रहता तो ठीक होता। लेखक ने अपने अनुभव के सहारे कुछ सूत्र-वाक्य रचे हैं; मसलन, गैरिक वसन संन्यास का प्रतीक है, प्रमाण नहीं; ग्रंथ ग्रंथि का जनक है; आज के बुद्धिजीवी, इंद्रियजीवी हैं; पाप और पारा पचता नहीं है, समय पाकर फूटता है आदि।

बहरहाल, ग्रामीण जीवन में आ रही विकृतियों के प्रति ये निबंध हममें चिंता जगाते हैं। आहत गँवई संवेदना का दर्द पाने के लिए ये निबंध पढ़े जाने चाहिए।

मालव धरती का सिंगार

नर्मदा प्रसाद उपाध्याय : अस्ताचल के सूर्य

सुपरिचित निबंधकार नर्मदा प्रसाद उपाध्याय मालवा अंचल की चित्रकला के विशेष अध्येता हैं। उनकी नई पुस्तक 'अस्ताचल के सूर्य' में हमें इन दोनों क्षेत्रों में उनकी गति की बानगी मिल जाती है।

लेखक अतिशय भावुक निबंधकार हैं, हालाँकि संग्रह के सभी निबंध एक ही प्रकृति के नहीं हैं। 'वसंता का खत सुनामी के नाम' और 'क्या डूब रहा है' निबंधों में लेखक ने मानवीय त्रासदी का भावुक चित्रण किया है। इसके साथ ही लेखक की दृष्टि मानवीय जिजीविषा की अपराजेयता पर गई है, उससे लेखक को कुछ उन्मुक्त संचरण का अवसर मिल गया है। इससे निबंध में लालित्य आ गया है। 'बटुक' निबंध में लेखक ने संस्कृतपाठी बटुकों के भविष्य का प्रश्न उठाकर विषय को कुछ विस्तार दिया है। 'शालभंजिका' और 'अवंतिका' कुछ भिन्न प्रकृति के निबंध हैं। अवंती के अतीत के स्मरण और उसके विभिन्न नामों की चर्चा के निबंध को रोचक बनाया है। 'शालभंजिका' और भी रसरंजक है। शाल वृक्ष की शाखाओं से झूलती कामिनियों की विषय-वस्तु पर बनी मूर्तियाँ शालभंजिका कही गई हैं। लेखक ने प्राचीन साहित्यिक ग्रंथों, संग्रहालयों, पुरा-स्थलों और स्मारकों में इनका संधान किया है और इनके कलात्मक सौंदर्य का जो वर्णन किया है, उससे निबंध सरस बन पड़ा है।

शीर्षक निबंध 'अस्ताचल के सूर्य' में सूर्य उन प्रतिभाओं का प्रतीक है जो कभी दीप्तिमान थीं। आज नढ छद्म सूर्यों ने 'उजाले के अधिकार एकमुश्त खरीद लिए हैं', इसलिए उन सूर्यों की उपेक्षा हो रही है। इस स्थिति के प्रति लेखक ने चिंता जताई है। लेकिन विचारणीय यह भी है कि इसी निबंध में लेखक ने बरगद को बूढ़ा, बीमार और फलहीन वृक्ष कहकर उससे तरुण वृक्षों के लिए जगह छोड़ने की जो अपेक्षा की है, इससे प्रतीक भ्रामक हो गया है। बूढ़े लोगों के प्रति सहानुभूति की दरकार है तो बूढ़े वृक्ष के तिरस्कार का औचित्य क्या है?

इस संग्रह में लेखक ने माखनलाल चतुर्वेदी, विद्यानिवास मिश्र आदि बड़े लेखकों का स्मरण भी किया है। क्या शीर्षक इस अर्थ में भी व्यंजक है? लेकिन यह चिंत्य स्थिति है कि इन सूर्यों का लेखक ने जो स्मरण किया है, उसमें स्मरणीय तो कुछ भी नहीं है! लेखक की तमाम भावुकता के उपरान्त भी ये लेख इनके परिचयात्मक विवरण होकर ही

रह गए हैं। अलबत्ता बड़े लेखकों से अपनी निकटता दर्शाने के गर्व ने लेखक में कुछ बड़बोलापन ला दिया है। कुछ अन्य निबंध, जैसे 'शेष आगे के पृष्ठ पर', 'भविष्यत: बीते कल की आधारशिला' और 'शिप्रा अमृतमय हो उठी' आदि लेखक की अतिरंजित भावुकता और वैचारिक अस्पष्टता के कारण कमजोर रह गए हैं।

लेखक में चित्रकला के प्रति भी रुचि है। उसने व्यापक भ्रमण कर कई कला-संग्रहालयों का अवलोकन किया है और उनमें मालवी शैली के चित्रों का विशेष अनुशीलन किया है। उसने अन्य शैलियों से मालवा शैली के वैशिष्ट्य का निदर्शन करते हुए लिखा है कि 'मालवा शैली के चित्र मालवा से लगे हुए बुंदेलखंड की कलमों के चित्रों से भिन्नता रखते हैं। ज़्यादातर कलाविदों ने बुंदेलखंड और मालवा के चित्रों में भेद नहीं किया है। बुंदेलखंड के ओरछा और दतिया कलम के चित्रों को सहज ही मालवा कलम के चित्रों से पृथक किया जा सकता है। इसी तरह कोटा और बूंदी शैली के चित्रों से राघोगढ़ और नरसिंहगढ़ के चित्रों को पृथक पहचाना जा सकता है। इसी तरह मेवाड़ और उदयपुर कलम के चित्रों से मंदसौर और जावद में बने चित्रों की भिन्नता को स्पष्ट किया जा सकता है।'

इस तरह का तुलनात्मक उल्लेख हमें शुरू से अंत तक मिलेगा। विदर्भ, खानदेश, मराठा आदि कलमों का उल्लेख भी लेखक ने किया है। लेखक की शिकायत है कि कलाविदों ने विभिन्न कलमों का अंतर स्पष्ट नहीं किया है। बात सही है। लेकिन प्रश्न यह है कि स्वयं लेखक ने जिस तरह से भेदों का निरा उल्लेख किया है, उससे कोई पाठक इन कलमों के निजत्व को और इनसे मालवा शैली के वैशिष्ट्य को कैसे पहचानेगा? कुछ शैलियों की विशेषताएँ लेख में हैं, जैसे राघोगढ़ शैली की; लेकिन भेदों के विवेचन से ज़्यादा रुचि लेखक ने इतिहास में दिखाई है। जिस लेखक ने 'लघु चित्रों की परम्परा पर मन को संतोष देने वाले कार्य' कर लिया है, उससे यह अपेक्षा अनुचित नहीं कही जा सकती कि वह कलात्मक वैशिष्ट्य का व्यवस्थित विवेचन करता। खैर! चित्रकला में जिनकी रुचि है, उनके मन में मालवा कलम के प्रति उत्सुकता यह लेख जगाएगा, इसमें संदेह नहीं।

इस संग्रह में 'निमाड़ी और मालवी लोक-साहित्य की यात्रा' एक लम्बा आलेख है। इसमें लेखक ने मालवी और निमाड़ी बोलियों के काव्य और आधुनिक काव्य को लोक-साहित्य के साथ गड्डमड्ड कर दिया है। बहरहाल, इन बोलियों के प्रमुख लेखकों का परिचय इस लेख से मिल जाता है।

लेखक ने कुछ व्याकरणिक सावधानी बरती होती तो भाषा की कुछ करुण भूलें टाली जा सकती थीं। उसकी वाक्य रचना में 'इसलिए' के लिए 'क्योंकि' का प्रयोग हर जगह मिलेगा। संज्ञा के साथ सर्वनाम के प्रयोग का अनौचित्य भी लेखक ने नहीं देखा है। 'कुलहदार पगड़ी...उसका अंकन उन्होंने किया।' 'बालकृष्णजी के मंदिर में....उसमें झूला दृश्य का लघु चित्र है।' कुछ पुनरावृत्तिमूलक प्रयोग भी हैं, जैसे 'उनके पास बैठने का सान्निध्य बहुत कम मिला' या 'जो कुछ भी इन्हें व्यक्त करने के लिए अभिव्यक्त होता है' आदि।

हमारे जनतन्त्र के नैतिक सवाल

प्रभाकर श्रोत्रिय : प्रजा का अमूर्तन

समीक्षक-सम्पादन प्रभाकर श्रोत्रिय के सम्पादकीय लेखों का संग्रह प्रजा का अमूर्तन नाम से हाल ही में आया है। सम्पादकीय लेखक प्रायः तत्काल और सामयिक विषयों पर लिखे जाते हैं। श्रोत्रिय के कई लेखों के विषय इसी प्रकृति के हैं। जो विषय साहित्यिक हैं, समकालीन प्रासंगिकता उनमें भी है। लेकिन लेखक की गहरी संवेदनशीलता और तराशी हुई भाषा ने न सिर्फ प्रभावी अभिव्यक्ति दी है, बल्कि इन्हें विचारणीय मुद्दा भी बनाया है।

प्रजा का अमूर्तन शीर्षक से कोई पृथक आलेख संग्रह में नहीं है, लेकिन यह अमूर्ततन कई लेखों में भलीभाँति मूर्त हुआ है। यह ज़रूर अखरता है कि आज जब जनतंत्र में आम आदमी 'जन' है, और संग्रह में खारिज होता 'जन' भी मौजूद है तो अमूर्तन 'प्रजा' का क्यों है? विकसित देशों के लिए तो गरीब देश की हैसियत 'प्रजा' की ही है, लेकिन श्रोत्रिय के लिए आम आदमी 'प्रजा' क्यों है? क्या लेखक ने राजतंत्र में होने वाली व्यक्ति की दुर्दशा को आज के संदर्भ में दर्शाने के लिए शीर्षक से 'प्रजा' का व्यंग्ययात्मक प्रयोग किया है? लेकिन अगर ऐसा है, तो फिर कई जगह 'प्रजातंत्र' जैसे शब्द के प्रयोग के लिए हम क्या कहेंगे?

बहरहाल, आज के दौर में प्रजा का अमूर्तन करने वाले तंत्रजाल की श्रोत्रिय ने अच्छी पड़ताल की है। उनका मंतव्य है कि इसकी जड़ में तेजी से पाँव पसारता भूमंडलीकरण और तत्प्रसूत बाज़ारवाद है। इसी ने 'देश' को 'मंडी' में बदल दिया है। मीडिया चाहे इसकी चमकीली तसवीर पेश करे, असलियत इसकी मुनाफाखोरी है। मुनाफा विज्ञापनों से प्राप्त होता है और विज्ञापन चूँकि व्यापारिक घरानों के उत्पादों से मिलते हैं इसलिए तमाम मीडिया ने आदमी को केन्द्र से धकिया कर वहाँ चीज़ों की प्रतिष्ठा कर दी है। उन्होंने लिखा है कि 'पहले विज्ञापन साहित्य, कला को बेचने के लिए होते थे, अब विज्ञापन बेचने के लिए फिल्म धारावाहिक चलाए जाते हैं।'

आज के आदमी की गरीबी की पहचान भी लेखक ने कुछ अलग ढंग से की है। उसका कहना है कि आज का आदमी घर बैठे-बैठे ही अधिक गरीब हो रहा है। कीमती और विलासी उत्पादों का विज्ञापन उसे उसकी लाचारी का बार-बार अहसास करवाते हुए उसे घर बैठे-बैठे ही गरीब बना देता है।

इन विज्ञापनों ने व्यक्ति के नैतिक जीवन को और भी ज़्यादा दरिद्र बना दिया है। इनमें दिखाई जाने वाली हिंसा, अश्लीलता और कामुकता का ही सामाजिक प्रतिफलन है कि आज स्कूली बच्चियाँ प्राचार्य और शिक्षकों तक के हाथों में सुरक्षित नहीं है। जब बाड़ ही खेत को खा रही हो, तब किसे आवाज़ दें? लेखक ने सही लिखा है कि 'नैतिकता की धज्जियाँ उड़ा देने से बड़ा साहस अब कोई रह नहीं गया है।'

यह भी हमारी घोर नैतिक उदासीनता का ही दूसरा पहलू है कि उत्तर प्रदेश में जापानी बुखार से दस हज़ार से भी अधिक बच्चों की मौतें हो चुकी हैं और 'शेष भारत मूक दर्शक बना हुआ है मानो यह नारकीय कथा समुद्र पार के किसी देश की हो।' सुनामी जैसी त्रासदी ने जो राष्ट्रीय सुरक्षा प्रणाली जैसे अहम प्रश्न छेड़े हैं, लेखक ने उन्हें भी खुब शिद्दत से उठाया है। इस प्रकार, तात्कालिक प्रसंगों पर लिखते हुए भी श्रोत्रिय सतह पर नहीं रहे हैं, उन्होंने प्राय: प्रश्नों की तह में जाने का प्रयत्न किया है। अवश्य ही इन त्रासदियों ने और व्यक्ति के नैतिक ने लेखक को कहीं-कहीं कुछ ज़्यादा ही भावुक बना दिया है इसलिए कई जगह वह कह उठा है कि 'यह देश गुलाम रहने लायक ही है।' लेकिन अपने चिंतन के क्षणों में उन्होंने यह भी पाया है कि इस देश की जनता के 'संस्कारों में प्रजातंत्र किसी प्रणाली से अधिक विचार और अवधारणा में जीवित है।'

संग्रह में कुछ आलेख भाषा और शिक्षा पर है। हिन्दी में 'साफ्टवेयर' पर लिखा गया आलेख जानकारीमूलक है। एक विशेष निबंध लेखक ने कोलकाता की याद में लिखा है। उसने अपने ढंग से इस शहर के चरित्र को समझा है तभी लिखा है कि 'यहाँ जो कुछ भी मूल्यवान और अप्रतिम है, उसे आप सतह पर नहीं पा सकते, फिर चाहे वह वस्तु हो या व्यक्ति! कोलकाता का वास्तु प्रमाण है कि आप बाहर से देखने पर, भीतर खुलने वाले भव्य का अनुमान नहीं लगा सकते।' यह अर्द्धनारीश्वर महानगर है, यह अपने 'एक अंग से कम्युनिज़्म का तांडव, तो दूसरे से दुर्गा उत्सव, रवींद्र संगीत का लास्य' करता है।

लेखक का मुक्तिबोध-स्मारक पर लिखा गया लेख भी पठनीय है। आज जबकि हिन्दी जगत में साहित्यिक सौहार्द का लगभग लोप-सा है, और राजनीति हावी है, 'दाएँ इसलिए नाराज कि बाएँ का स्मारक क्यों बनवाया? बाएँ इसलिए नाराज कि दायाँ अपनी उदारता दिखाकर यश लूट रहा है और संकीर्णता उनकी झोली में डाल रहा है', श्रोत्रिय ने छत्तीसगढ़ की भाजपा सरकार द्वारा मुक्तिबोध की स्मृति में राजनांदगाँव में अत्यन्त हार्दिकता से और कवि की गरिमा के अनुरूप भव्य स्मारक बनवाने के लिए मुख्यमंत्री रमन सिंह की उदारता की मुक्तकंठ से प्रशंसा करके अपनी साहित्यिक उदारता का परिचय दिया है।

संग्रह में कुछ आलेख साहित्यिकों पर हैं। मीरा पर अपने आलेख में श्रोत्रिय ने उसकी संघर्षशीलता पर विचार किया है। अमृता प्रीतम और निर्मल वर्मा पर लेखक ने गहरी आत्मीयता से लिखा है और इनके व्यक्तित्व और कर्तव्य को पूरी गरिमा में उभारा है। निर्मल के लिए उन्होंने लिखा है कि उन्होंने 'जो अकेले किया, वह लेखकों का झुंड भी नहीं कर सकता था। वे उन कुछ लेखकों में हैं जिन्होंने हिन्दी भाषा और रचना की

क्षमता से पश्चिम को अवगत कराया।' कहने की आवश्यकता नहीं कि हिन्दी के एक आदमकद लेखक के अवदान का यह खरा मूल्यांकन है।

इसी तरह, उनके साथ हुए अन्याय पर भी एक बेलाग टिप्पणी है कि 'उनके साथ त्रासदी यह हुई कि देसी सनातन और उनके विश्व-विवेक के संगम को फूहड़ तात्कालिकता से परिभाषित किया गया।' ऐसे प्रयत्नों से अपनी विमति जाहिर करते हुए उन्होंने लिखा है कि 'निर्मल को खेमों में बाँधने-बाँटने की कोशिश की गई, पर जब देखो वे उसके बाहर आ खड़े होते थे।' प्रश्न उठता है कि क्या ऐसे फूहड़ प्रयत्नों को निर्मल के जीवनकाल में ही हतोत्साहित नहीं किया जाना चाहिए था?

बहरहाल, तात्कालिक प्रश्नों पर लिखते हुए भी श्रोत्रिय कहीं तात्कालिकता से बँधाते नहीं हैं। उनका लेखन पत्रकारी नहीं, साहित्यिक है।

महापंडित का राष्ट्रभाषा-चिंतन

राहुल सांकृत्यायन : राष्ट्रभाषा हिन्दी

हिन्दी भाषा को लेकर राहुल सांस्कृत्यायन का चिंतन भले उनके व्यक्तित्व की दृढ़ता और जटिलता दर्शाता हो; वास्तव में वह ख़ूब सुलझा हुआ था। एक ओर वे सभी जनपदों की भाषाओं को उनके अधिकार और स्वतंत्र हैसियत दिए जाने के पक्षधर थे और उसी तारतम्य में सभी राज्य-भाषाओं को भी उन राज्यों के राजकाज की भाषा और शिक्षा के माध्यम के रूप में प्रतिष्ठित देखना चाहते थे, दूसरी ओर वे पारिभाषिक शब्दावली का निर्माण करते हुए उतनी ही दृढ़ता से सभी भारतीय भाषाओं के लिए समान परिभाषाएँ स्थिर किए जाने के भी पक्षधर थे, (इन दोनों बातों का एक साथ आग्रह प्रकटतः जटिल और विरोधाभासी विचार जान पड़ता है लेकिन राहुलजी के लिए इसमें कोई विरोध नहीं था। राहुलजी के मत को पाने के लिए हमें भाषा और परिभाषा के अंतर को दृष्टिपथ में रखना होगा। पारिभाषिक शब्दावली के लिए वे कई जगह परिभाषा शब्द का व्यवहार करते हैं। इस अर्थ में एक भाषा में कई परिभाषाओं का रहना एक सामान्य बात है। राष्ट्रभाषा हिन्दी पुस्तक में उनके भाषा संबंधी विचारों का संकलन किया गया है।

वे पारिभाषिक शब्दावली संस्कृत धातुओं और उपसर्ग-प्रत्ययों की सहायता से बनाए जाने के हामी थे लेकिन दुराग्रही नहीं थे। जो पारिभाषिक शब्द जनसाधारण की जिह्वा पर चढ़ गया, चाहे वह अंग्रेज़ी का हो या अरबी-फारसी का, उसे बदलना वे उचित नहीं समझते थे। लेकिन यह उनका आग्रह था कि पारिभाषिक शब्द रहें सभी भाषाओं में एक-समान ताकि किसी भी भाषा के साधारण ज्ञान के बाद पारस्परिक विचार-विनिमय में पारिभाषिक शब्द को लेकर कोई अड़चन न आए। उत्तरी भाषाओं में उनके अपभ्रंशीय उत्स के कारण और दक्षिणी भाषाओं में संस्कृत पदों की काफी विद्यमानता के कारण, संस्कृत आधारित शब्द-रचना की ग्राह्यता की सम्भावना उन्हें अधिक जान पड़ती थी।

संस्कृत की ओर उनके झुकाव का एक कारण यह भी था कि उन्होंने देखा था कि सिंहल वर्मा, स्याम जैसे दक्षिणी-पूर्वी देशों में संस्कृत आधारित शब्दों का निर्माण हुआ है और वैज्ञानिक शब्दावली के लिए भी वे भारत की ओर देख रहे हैं इसलिए यदि हम संस्कृत को आधारभूत स्वीकार किए रहें तो यह शब्द-संपदा उन देशों के लिए भी उपयोगी होगा जिनका हमसे घनिष्ठ सांस्कृतिक संबंध रहा है; हिन्दी और भारतीय भाषाओं के अभाव की पूर्ति तो इससे होगी ही। इसीलिए इस बात पर उनकी दृष्टि थी

कि हरेक परिभाषा का तत्सम रूप अवश्य होना चाहिए। उन्होंने भारत सरकार को सुझाया भी कि यदि बर्मा, लंका आदि दूतावासों के जरिए इन देशों को बता दिया जाए कि हम परिभाषाएँ बनाने का कार्य कर रहे हैं तो उसमें सहयोग के लिए वे अपने विशेषज्ञ भेजने को सहर्ष तैयार हो जाएँगे।

ज्ञान-विज्ञान की शिक्षा भारतीय भाषाओं में दिए जाने के विषय पर कुछ विज्ञानशास्त्रियों का मत था कि उससे हमारी शिक्षा का स्तर गिरेगा। राहुलजी को यह शंका निर्मूल जान पड़ती थी। उनकी सोच यह थी कि यदि ऐसा है तो फिर विज्ञान के क्षेत्र में तो हमें सदैव अंग्रेज़ी का मुखापेक्षी रहना होगा। यह उन्हें कतई गवारा नहीं था। इसके तो वे समर्थक थे कि वैज्ञानिक बनने के आकांक्षी को दो समृद्ध विदेशी भाषाएँ सीखनी चाहिए ताकि उसकी जानकारी अद्यतन रहे लेकिन विज्ञान-शिक्षण में वे अंग्रेज़ी से बँधने को तैयार नहीं थे। उदाहरण वे रूस, फ्रांस, जर्मनी का ही नहीं, जापान का विशेष रूप से देते थे, जहाँ अपनी ही भाषा में शिक्षा प्राप्त करके वैज्ञानिक नोबेल पुरस्कार पा सके हैं। वहाँ अंग्रेज़ी नाम को भी नहीं है।

जहाँ उर्दू-भाषी बहुतायत में हों, वहाँ वे उर्दू की शिक्षा दिए जाने के हक में भी थे यद्यपि उर्दू भाषा से जिस तरह हिन्दी शब्दों को 'कान पकड़' कर बाहर किया जाता है और उसके स्थान पर अरबी-फारसी के शब्दों को भरा जाता है, वह उन्हें नागवार था। वे उर्दू के लिए नागरी लिपि के हिमायती थे ताकि उसके साहित्य का व्यापक प्रचार-प्रसार हो सके। संविधान सभा में मौलाना आज़ाद उर्दू को दूसरी राजभाषा नहीं बनाए जाने को लेकर जिस तरह से आहत हुए थे, उससे राहुलजी उर्दूभाषियों के प्रति शंकित थे। जिस तरह उर्दू को उत्तरप्रदेश और बिहार के लोगों की मातृभाषा बताकर इन राज्यों में से उसे दूसरी राजभाषा बनाए जाने का अभियान मौलाना आज़ाद और ज़ाकिर हुसैन की शह पर चलाया गया और लोगों के झूठे-सच्चे हस्ताक्षरों से ज्ञापन तैयार कराया गया, उससे तो वे क्षोभ से भर गए। टंडनजी और सेठ गोविंददास ने संसद में इसका भंडाफोड़ किया था। राहुलजी ने जोर देकर कहा कि 'उर्दू कहीं भी गाँव के लोगों की मातृभाषा नहीं है।' कहीं शहरों में केवल अभिजात वर्ग की मातृभाषा हो भी तो उसे व्यापक रूप से वैसी मान्यता नहीं मिल सकती। अशिक्षित या अल्प शिक्षित ग्रामीण मुसलमानों की मातृभाषा भोजपुरी है, उर्दू नहीं, चाहे वे बिहारी हों या उत्तरप्रदेश के हों। इस्लाम के नाम पर ग्रामीणों को बहकाकार उर्दू का आंदोलन चलाना खतरनाक प्रवृत्ति है।

जब मौलाना आज़ाद केन्द्रीय शिक्षामंत्री थे, तब राहुलजी ने अनूभव किया कि हिन्दीकरण के काम की वे बराबर उपेक्षा कर रहे थे। उसी से खिन्न होकर उन्होंने लिखा कि इस गति से तो 1965 तक क्या सन् 2000 तक भी हिन्दी नहीं आ पाएगी। केवल मौलाना ही नहीं, अंग्रेज़ी का परम हितैषी नौकरशाही वर्ग भी नहीं चाहता था कि हिन्दी को उसका स्थान समय पर मिले। इतिहास साक्षी है कि राहुलजी की आशंका ही यथार्थ में चरितार्थ हुई। बहुत से मुद्दों पर उनके विचार आज भी प्रासंगिक हैं। अवश्य ही, लिपि विषयक उनके विचार अहिंदीभाषियों को गवारा नहीं होंगे।

उर्दू को वे अरबी की बजाय नागरी लिपि में लिखना चाहते थे, उस दिशा में तो काम हुआ है; अरबी लिपि तो कायम है लेकिन उर्दू साहित्य नागरी लिपि में भी आ गया है और निश्चय ही उससे उसका व्यापक प्रसार हुआ है लेकिन ध्यान रखना चाहिए कि भाषा के रूप मे उर्दू की रचना हिन्दी से भिन्न नहीं है इसलिए नागरी लिपि में उर्दू सुगम रही है, पर यही बात दक्षिणी भाषाओं के लिए नहीं कही जा सकती। राहुलजी चाहते थे कि दक्षिणी भाषाएँ अपनी अनुसंधान पत्रिकाएँ अपनी भाषाओं और नागरी लिपि में निकाले तो दूसरे भाषा-भाषी उनसे लाभ उठा सकते हैं। लेकिन मैं नहीं समझता कि यह बात व्यावहारिक हैं। भाषा अपना चरित्र लिपि से भी पाती है इसलिए रोमन हिन्दी नहीं चली। कहना न होगा कि भाषा-संबंधी राहुलजी की धारणाओं से हिन्दी को लेकर चली बहस का स्मरण भी हो आता है जिसकी अब कहीं चर्चा तक नहीं होती।

ऊँघ रहे हैं हिन्दी के चुंगी अधिकारी

डॉ. कान्ति कुमार जैन : इक्कीसवीं शताब्दी की हिन्दी

हिन्दी का व्यवहार-क्षेत्र जैसे-जैसे विस्तृत होता गया है, उस पर तरह-तरह के दबाव भी आते गए हैं। हिन्दी उन सबकों आत्मसात करती हुई आगे बढ़ती रही है। कभी सरल बनाने के नाम पर उसे हिन्दुस्तानी बनाया गया, कभी भाषा गढ़ने के नाम पर उसे लौह-पथ पर चलाया गया, तो कभी उसके राजभाषा होने के सबब से उसमें अन्य प्रांतीय भाषाओं के शब्द मिलाने की कवायद की गई। आज कुछ भिन्न दबाव उस पर आ गये हैं, एक ओर हिंग्लिशीकरण, दूसरी और आंचलिकीकरण हो रहा है।

डॉ. कान्ति कुमार ने अपनी पुस्तक 'इक्कीसवीं शताब्दी की हिन्दी' में इसी तरह के दबावों के चलते इस युग में फिर से नई चाल में ढल रही हिन्दी से जुड़े कुछ प्रश्नों पर विचार किया है।

पुस्तक में ज़्यादा आलेख मध्यप्रदेश में मिलने वाली हिन्दी के किंचित रूपान्तरों पर हैं जैसे—जबलपुरी, भोपाली, ग्वालियरी आदि। साथ में भवानीप्रसाद मिश्र, दिनकर, बच्चन आदि की काव्य-भाषा की कुछ चर्चा करके लेखक ने दिखाया है कि कैसे स्थानीयता उस पर प्रभाव डाल रही है। इससे हम देख सकते हैं कि स्थानीयता केवल बोली तक ही नहीं रहती है, साहित्य की राह से वह अपना प्रभाव भाषा पर भी डालती है। रेणु तो आंचलिकता के कारण ही ज़्यादा चर्चित हुए, कृष्णा सोबती, मनोहरश्याम जोशी आदि की रचनाओं में स्थानीयता-रंजित भिन्न मुहावरे का प्रचुर प्रभाव मिलता है।

लेखक ने हमारे दैनिक प्रयोगों में शब्दों की अनावश्यक पुनरावृत्ति को भी लक्ष्य किया है और उस पर उचित आपत्ति की है, इतवार के दिन, सज्जन आदमी, विंध्याचल पर्वत, नीलगिरी हिल्स, गुलाब का फूल, ताकत के बल पर आदि ऐसे ही प्रयोग हैं। स्वागत शब्द सु + आगत से बनता है लेकिन ज़्यादा आवभगत दिखाने वाले 'सुस्वागतम' लिखते हैं लेकिन स्वयं लेखक भी कहाँ सावधान है! वहाँ भी हिन्दी बेचारी 'अज्ञान के मूढ़ कवच में क़ैद है। अंग्रेज़ी के कई शब्द ऐसे हैं जिनका हम धड़ल्ले से अविचारित प्रयोग करते हैं, जैसे 'प्लीज'। अंग्रेज़ी के क्रिया-रूप छोटे-बड़े का भेद नहीं दर्शाते, 'सिट' क्रिया सभी के लिए समान रूप से प्रयुक्त होती है जबकि हिन्दी में 'बैठना' क्रिया के बैठ, बैठों, बैठें या बैठिए जैसे रूप-भेद हैं जो छोटे, बराबर वालों और बड़ों के लिए

प्रयुक्त होते हैं। अतः हिन्दी में 'कृपया बैठिए' कहने की आवश्यकता नहीं है क्योंकि जो आदर हम कृपया कहकर दर्शाते हैं, बैठिए में वह अंतर्निहित है।'

अंग्रेज़ी के अनुकरण पर ही हमारा राम, कृष्ण, बुद्ध, योग जैसे शब्द रामा, कृष्णा, बुद्धा, योगा हो गए हैं। रामविलासजी ने पत्र से पत्ता, छत्र से छत्ता जैसे उदाहरण देकर कहा है कि शब्दों का आकारांत होना हिन्दी की प्रकृति के अनुरूप है, लेकिन डॉ. कान्ति कुमार ने उनसे जो विमति दर्शाई है वह तर्कसंगत है। उनका कहना है कि पत्र से पत्ता बनने में तत्सम से तद्भव बनने की प्रक्रिया घटित है जबकि बुद्ध से बुद्धा तो विशुद्ध अंग्रेज़ी प्रभाव के कारण ही हुआ। ऐसे अनुकरण ने हमारे शब्दों की गरिमा घटाई है।

अंग्रेज़ी शब्दों को ग्रहण करने के विषय में लेखक का यह मत विचारणीय है कि अंग्रेज़ी में जिस आसानी से 'विश यू बेस्ट ऑफ़ लक' या उर्दू में 'ख़ुदा हाफिज' कहा जाता है, उतनी आसानी से हम 'आपकी यात्रा मंगलमय हो' अथवा 'शुभास्ते पंथान' नहीं कह पाते। हिन्दी रूपान्तरण कृत्रिम और अस्वाभाविक लगने लगता है। यही कारण है कि 'यस सर' अथवा 'प्रेजेंट सर' का 'उपस्थित महोदय' आदि के रूप में शब्दशः अनुवाद इन शब्दों को उसी प्रकार बोझिल और अव्यावहारिक बना देता है जैसे अंग्रेज़ी के 'गुड मार्निंग' या 'गुड इवनिंग' के लिए 'शुभ प्रभात' अथवा 'शुभ रजनी' कहना।

पुस्तक में हिन्दी शब्दों के लघुकरण के विषय में भी लेखक के विचार विरोधाभासी हैं। एक ओर वह लघुकरण के लिए आंदोलन छेड़ना चाहता है, दूसरी ओर वह यह भी कहता है कि लघुकरण से दयनीय और हास्यास्पद स्थिति उत्पन्न हो जाती है। इससे 'हरिराम मिश्र हरामि' हो जाएँगे, आदि-आदि।

पुस्तक में लेखक के विरोधाभासों का प्रमुख कारण यह जान पड़ता है कि उसने पुस्तक का ठीक से सम्पादन नहीं किया है। एक ही विषय पर लिखे गए एकाधिक लेखों को सम्पादित और समेकित किया जाता तो विरोधों का परिहार होता, पुनरावृत्तियाँ दूर हो जातीं और विचार भी सुगठित होते। जो आलेख प्रतिपाद्य विषय के संदर्भ में प्रासंगिक नहीं हैं, वे हटाए जा सकते थे। क्या पुस्तक का यह असम्पादित रूप हिन्दी में 'सब कुछ चलता है' वाली मनोवृत्ति (जिसे स्वयं लेखक ने कोसा है) का ही प्रकाशन नहीं है? इसी के चलते पुस्तक को नाम तो 'इक्कीसवीं शताब्दी की हिन्दी' दे दिया गया है, पर ज़्यादातर विवेचन इसमें बीसवीं शताब्दी में आंचलिकता के प्रवर्तन के आगे नहीं जाता।

असल में हिन्दी में ऐसी पुस्तकों (जैसी की आलोच्य पुस्तक है) के लेखन के प्रति हमें विशेष रूप से गम्भीर होना होगा क्योंकि इनसे मार्गदर्शक की भूमिका निभाने की अपेक्षा की जाती है। आज हम ऐसे दौर से गुजर रहे हैं जिसमें हमें हिन्दी के प्रसार की व्यापकता एक बड़ी आवश्यकता लगती है। इसके लिए हम हिन्दीतर भाषियों की टूटी-फूटी हिन्दी और चौपाटी और चांदनी चौक के उच्चारण के लिए भी छूट दिए चलते हैं। एक जीवंत भाषा की जीवनी शक्ति के संवर्द्धन के लिए यह सब आवश्यक है। लेकिन यह भाषा का एक पक्ष है। दूसरी ओर, आज हमें ऐसे लेखकों की भी आवश्यकता है जो सही लेखन के प्रति हमें सतत सतर्क करते रहें।

जिन लोगों ने यह भूमिका निभाई उनमें महावीर प्रसाद द्विवेदी के बाद कामताप्रसाद गुरु, किशोरीदास वाजपेयी, रामचंद्र वर्मा, हरदेव बिहारी आदि नाम उल्लेखनीय हैं। लेकिन यह काम निरन्तर किए जाते रहने का है। कान्ति कुमार ने ठीक लक्ष्य किया है कि आज हिन्दी के चुंगी अधिकारी ऊँघ रहे हैं। लेकिन स्वयं कान्ति कुमार भी कितने सजग और सन्नद्ध हैं? हिन्दी में लिंग, वचन, क्रिया सभी रूपों में गलत प्रयोग हो रहे हैं, उनका ध्यान करें तो आलोच्य लेखक की तैयारी और भी अधूरी ही कही जाएगी। लेकिन शिक्षित हिन्दी-भाषियों के गैर-ज़िम्मेदाराना प्रयोगों की जो चर्चा लेखक ने की है, वह उपेक्षणीय नहीं है।

नोट्स

www.ingramcontent.com/pod-product-compliance
Lightning Source LLC
LaVergne TN
LVHW100811051026
849519LV00006B/2036